W0192126

GÜNTHER THÖMMES
Der Fluch des Bierzauberers

EIN NEUER ANFANG Der Dreißigjährige Krieg stürzt Deutschland in die Katastrophe. Der Magdeburger Brauherr Cord Heinrich Knoll verliert bei der Vernichtung seiner Heimatstadt nicht nur alles, was ihm lieb und teuer ist, seine Frau, seine Kinder, die Brauerei, sondern wird auch aus der Stadt ins zerstörte Land hinaus getrieben, wo Hunger und Elend herrschen. Ihm gelingt es, sich inmitten verwüsteter Getreidefelder und zerstörter Hopfengärten ein neues Leben mit seiner zweiten Frau Magdalena aufzubauen. Gemeinsam mit dem Bierbrauer Christoffel Flügel führt er eine erfolgreiche Brauerei, bis Magdalena der Hexerei angeklagt und gefoltert wird.

Als endlich Frieden herrscht, bekommen Cord Heinrich und sein Sohn Ulrich die Chance, unter der Herrschaft des Prinzen Friedrich von Homburg dessen neue Brauerei zu Ehre und Ansehen zu führen. Doch dann droht neues Ungemach von höchster Stelle. Ausgerechnet der Große Kurfürst von Brandenburg zwingt die Bierbrauer zu einem Kampf ums nackte Überleben ...

 *Günther Thömmes stammt aus Bitburg in der Eifel. Er ist gelernter und studierter Bierbrauer. Nach über 20 Jahren als Weltreisender in Sachen Bier und Brauereien, machte er sich 2010 mit der kleinen Erlebnisbrauerei »Bierzauberei« am Rand des schönen Wienerwalds selbstständig. In der mittlerweile als »Kleinbrauerei des Jahres« ausgezeichneten »Bierzauberei« braut Thömmes obergärige Bierspezialitäten und freut sich über bierinteressierte Besucher. Er hat zahlreiche Fachartikel zu den Themen Bier und Brauhistorie veröffentlicht. 2005 erschien sein amüsantes Bier-Lexikon »Jetzt gibt es kein Bier, sondern Kölsch«, 2010 der Bildband »Die Geschichte der Brunner Brauerei 1790-1930«. 2008 gab er sein Debüt als Romanautor. www.bierzauberer.info*

Bisherige Veröffentlichungen im Gmeiner-Verlag:
Der Papstkäufer (2012)
Das Erbe des Bierzauberers (2009)
Der Bierzauberer (2008)

GÜNTHER THÖMMES

Der Fluch des Bierzauberers

Historischer Roman

GMEINER

Original

Besuchen Sie uns im Internet:
www.gmeiner-verlag.de

© 2010 – Gmeiner-Verlag GmbH
Im Ehnried 5, 88605 Meßkirch
Telefon 07575/2095-0
info@gmeiner-verlag.de
Alle Rechte vorbehalten
3. Auflage 2013

Lektorat: Claudia Senghaas, Kirchardt
Herstellung/Korrekturen: Daniela Hönig / Sven Lang, Katja Ernst
Umschlaggestaltung: U.O.R.G. Lutz Eberle, Stuttgart
unter Verwendung des Bildes »Der König trinkt« von
David Teniers d.J. / visipix.com
Druck: CPI – Ebner & Spiegel GmbH, Ulm
Printed in Germany
ISBN 978-3-8392-1074-1

Dieser Roman ist allen Brauern
gewidmet, die auch in schlechten Zeiten
mit Leib und Seele
Bier gebraut haben,
heute brauen und
zukünftig brauen werden.

INHALTSVERZEICHNIS

EINLEITUNG

DER DREISSIGJÄHRIGE KRIEG war eine Kette von Ereignissen, die in der europäischen Geschichte ohne Beispiel war und bis heute ist. Dieser Krieg, bis zu Beginn des 20. Jahrhunderts ganz allgemein der ›Große Krieg‹ genannt, forderte auf deutschem Boden mehr Opfer als alle Kriege zuvor und danach. In manchen Regionen starben bis zu sechzig Prozent der Bevölkerung. Dies war umso dramatischer, als diesem Krieg von 1555 bis 1618 die längste Periode in der deutschen Geschichte vorausgegangen war, die man als ›Friedenszeit‹ beschreiben könnte. Leider hatten sich in dieser Zeit Spannungen aufgebaut und Bündnisse gebildet, die nur darauf warteten, sich im Krieg zu entfesseln. Die verheerende Kombination aus Krieg, unfassbarer Brutalität, Seuchen und Hungersnöten, verbunden mit fehlender Staatsgewalt und im ganzen Lande marodierenden Söldnerheeren sorgte dafür, dass mehr als nur eine Generation von diesem Krieg traumatisiert wurde, und diese Katastrophe, trotz vieler anderer fehlender Glücksmomente, bis heute mehr als alle anderen im kollektiven deutschen Gedächtnis hängen geblieben ist. Auch in die Historie des Bieres ist das 17. Jahrhundert als dunkle, um nicht zu sagen rabenschwarze Periode eingegangen. Mit dem Krieg wurden, durch die Zerstörung der Getreidefelder und Hopfengärten, den Bauern ebenso die Lebensgrundlagen entzogen wie den Brauern. Doch selbst in den finstersten Zeiten gab es immer Menschen, die sich nicht unterkriegen lassen wollten. Von diesen Menschen handelt dieser Roman.

G.T., im Herbst 2009

KEINE SZENE FÜR KLEIST

Homburg: Die Steuer ist, mein Fürst, zu hoch.

Kurfürst: Wenn Ihr, Herr Landgraf, nur ein einzig
Mal mit Eurer gottverfluchten Brauerei in
Weferlingen und der Steuer mit ins Zelt zu
treten – Euch noch unterfängt –

(Der Kurfürst ächzt vor Gicht)

Homburg: Ich wüsste nur zu gern, mein Fürst, wie die
Canaille heißt, die gegen mich bei Euch hier
intrigiert. Lebt wohl.

(Er humpelt hinaus)

(Aus: Herbert Rosendorfer: Der Prinz von Homburg)

DER FLUCH

Ein letztes Mal erhob der alte Braumeister zitternd seinen einfachen, geschnitzten Krückstock und deutete anklagend auf den sehr viel jüngeren Regenten, der blass, aber gefasst auf seinem Thron saß. Nachdem so die leidenschaftliche, hasserfüllte Rede des Alten offensichtlich beendet war, herrschte plötzlich Schweigen im Thronsaal des Cöllner Schlosses.

Fassungsloses Schweigen.

Der alte hünenhafte Mann wusste mit Bestimmtheit, dass er soeben, hier und jetzt, sein Todesurteil unterzeichnet hatte.

Sein Dienstherr, der Prinz, stand neben ihm, hielt den Knauf seines silbernen Stocks so fest umklammert, dass die Adern auf der Hand hervortraten und kratzte sich mit dessen Ende verlegen am Stumpf des nicht mehr vorhandenen rechten Beines. Sein sonst so forsches, souveränes Auftreten war dahin. Er konnte nur noch hoffen, dass er nicht mit in den Strudel der Vergeltung hineingezogen werden würde, der diesem Eklat unweigerlich folgen musste.

Die Höflinge, die der skandalösen Tirade beigewohnt hatten, duckten sich, als hätten sie Angst, gleich vom Orkan einer Wutrede ihres Regenten hinweggefegt zu werden.

Die Soldaten der Leibgarde musterten sich gegenseitig, so als würden sie bereits untereinander abmachen, wer von ihnen dem Erschießungskommando zugeteilt werden würde.

Nur der Sohn des alten Mannes, der Jüngste in der kleinen Gruppe, die vor dem Thron stand, schaute mit Besorgnis zu seinem Vater hinüber. Sein Herz bebte und er hoffte inständig, der Regent möge Gnade walten lassen und seine Familie nicht zerstören.

Der Fürst erhob sich von seinem Thron. Einige Anwesende räusperten sich aus Verlegenheit. Mit herrischer Geste gebot der Fürst zu schweigen.

Dann öffnete er den Mund und begann, den Saal mit seiner Stimme zu füllen, lautstark, wohlüberlegt und mit ausdrucksstarken Gesten; es war eine Rede, von der alle ahnten, dass sie ein grausames Ende für den alten Mann einleiten würde.

Und hätte eine gnädige Vorsehung dies nicht verhindert, wäre es auch genau so gekommen ...

Erster Teil:
Cord und Magdalena im Großen Krieg –
1631 bis 1652

1.

EIN KALTER REGEN, in den sich noch letzte Reste von Schnee mischten, fiel auf Magdeburg nieder und sorgte dafür, dass die Menschen in den Häusern blieben. Der Brauherr Cord Heinrich Knoll stand in seiner Braustube und verfluchte einmal mehr sein Schicksal, in dieses Jahrhundert hineingeboren worden zu sein.

Seit vier Generationen schon hatte seine Familie das Brauhaus in der Magdeburger Krockentorgasse betrieben, genau zwischen dem Stadttor und der Kirche St. Jakob gelegen, aber nie war es so schwer gewesen wie in dieser Zeit. Sieben Mäuler – sich eingeschlossen – hatte er zu stopfen mit dem, was sein Brauhaus eintrug.

Denn neben dem reinen Kampf ums Überleben hatte er obendrein seine Berufsehre, den Ehrgeiz, stets und immer das beste Bier der Stadt zu brauen. Obwohl beide Herausforderungen im Laufe der letzten Monate immer schwieriger zu meistern geworden waren, litt im Moment seine Ehre als Brauer am stärksten unter der Situation. Arm waren sie ja nicht, die Knolls. Viele gute Jahre hatten der Familie Knoll ermöglicht, einen soliden Wohlstand aufzubauen. Die Galerie aus Ölgemälden seiner Vorfahren, die repräsentativ in ihrer guten Stube hing, bestätigte dies anschaulich. Etwas finster dreinblickende Männer waren sie alle gewesen, die alten Brauer der Familie Knoll. Aber tatkräftig und zupackend allemal. Nur, was half einem das Geld und eine erfolgreiche Vergangenheit, wenn es nichts oder zu wenig zu beißen gab?

Seit der Große Krieg, wie die später Dreißigjähriger Krieg genannte Schlächterei im Volksmund hieß, auch seine Heimatstadt, die alte Hansestadt Magdeburg, erreicht hatte, war es mit der Qualität des Bieres immer mehr bergab gegangen. Nicht dass so viel weniger getrunken wurde. Beileibe nicht, die Keller leerten sich weiterhin recht schnell. Das lag jedoch leider nicht daran, dass Knolls sowieso schon preisgünstiges Broyhan-Bier, ein süßsäuerliches und leicht weinig schmeckendes Bier, so beliebt war. Vielmehr war die Ursache, dass die wirklich guten Biere – die Garley aus dem gleich im Norden liegenden Gardelegen, das Bitterbier aus dem genauso nahen, nur südöstlich von Magdeburg gelegenen Zerbst oder das berühmteste von allen, das Duckstein aus dem westlich gelegenen Königslutter – nicht mehr oder nur noch unter großen Schwierigkeiten in die Stadt hineinfanden.

Sogar der Wettinische Keuterling, ein mittelprächtiges Gebräu aus dem Herzogtum Magdeburg, wurde, wenn es denn angeboten wurde, lieber getrunken als Knolls beinahe hopfenloses, süß-saures Broyhan-Bier, dessen Rezept er dem erfolgreichen Original aus Hannover nachempfunden hatte. Allein das Wasser der Elbe eignete sich nicht für den Broyhan. Da die Stadt auf Fels gegründet war, gab es keine Brunnen, sodass sie sich mit dem häufig verdreckten Flusswasser begnügen mussten.

Knoll hatte in Hannover das Bierbrauen gelernt, bei den Nachkommen des legendären Braumeisters Cord Broyhan. Sein eigener Vater hatte ihn mit dem Vornamen des berühmten Vorbilds versehen und taufen lassen. Auch er war erfolgreich in dessen Fußstapfen getreten, hatte das Bierbrauen am Ort der Entdeckung dieses beliebten Bieres gelernt, hatte alle Lehrbücher über die Bierbrauerei studiert, die es überhaupt gab, und schließlich das Brauhaus seines Vaters übernommen.

Jahrelang hatte er geglaubt, er könne nichts anderes brauen als Broyhan. Und jahrelang hatte sein Magdeburger Brauhaus sich auch erfolgreich mit der auswärtigen Konkurrenz arrangiert, was beileibe nicht leicht gefallen war, da Magdeburg doch geradezu umzingelt war von berühmten Brauereien.

Das waren noch Zeiten gewesen, als in der überaus fruchtbaren Magdeburger Börde noch genug von dem berühmten Börde-Brauweizen wuchs! Jedes Frühjahr und jeden Herbst wurden große Mengen davon an die gut zahlenden Brauer nach Königslutter und Gardelegen geliefert. Aber auch für die einheimischen Brauer blieb genug übrig, um gutes Bier herstellen zu können. Im Gegengeschäft für den Weizen hatte so manches Fass Duckstein-Bier auf rumpelnden Karren das Magdeburger Stadttor passiert. Diese Köstlichkeit aus Königslutter wurde den Wirten fast aus den Händen gerissen. Ja, wenn er so ein Brauwasser hätte! Das wäre herrlich …

Die Stadt Gardelegen hatte sich auf andere Weise für die Weizenlieferungen revanchiert. Neben Garley-Bier wurde ebenso der nicht minder berühmte Hopfen exportiert. Auch Knoll hatte jahrelang von der Möglichkeit profitiert, günstig erstklassigen Gardelegener Hopfen zu bekommen, auch wenn der schwach gehopfte Broyhan nur wenig davon benötigte.

Das Zerbster Bier hatte immer ohne gegenseitigen Handel den Weg in die Stadt gefunden. Magdeburg hatte das Stapelrecht für diesen Abschnitt der Elbe, und so musste jedes Fass Zerbster Bitterbier hier verschifft – und natürlich verzollt werden. Der Zoll war meist in Naturalien entrichtet worden.

Alle Brauer waren zufrieden gewesen, die Biertrinker der Hansestadt rühmten die Vielfalt der Biere, die hier im Angebot waren. Auch der Magdeburger Broyhan war erheblich besser gewesen als heutzutage. Sogar der Ratsherr Otto von Gericke, einer der bekanntesten Bürger der Stadt, ein Mann, auf dessen militärischem Geschick nun die Hoffnungen vieler Magdeburger ruhten, war regelmäßig und gern zu Gast in Cords Brauhaus gewesen.

Zu dieser Zeit war besonders ganz Mitteldeutschland durch die, wie eine biblische Heuschreckenplage, über alles herfallenden Söldnerheere bedroht. Sie plünderten, brandschatzten und fraßen ganze Landstriche leer. Aufgrund dieser Verwüstungen, gab es seit zwei Jahren kaum noch Gerste oder Weizen. Und das Wenige von Qualität wurde zum Brotbacken benötigt. Die Brauer bekamen lediglich den Ausputz, das Hühnerfutter. Andere Getreidesorten waren ebenso unerschwinglich geworden. Ein Scheffel Roggen, der 1620 noch zwei Reichstaler gekostet hatte, war mittlerweile nicht mehr unter zwölf Talern zu haben. Diese Taler waren zwar keine reinen Silbertaler mehr, sondern mit Kupfer gestreckt, aber immer noch genauso teuer.

Der Hopfen war aus dem Magdeburger Broyhan komplett verschwunden. Und seitdem bekannt geworden war, dass der verhasste Generalissimus des papistischen Habsburgerkaisers, Albrecht von Wallenstein, dem Wein abgeschworen hatte und am liebsten das Weizenbier aus seiner eigenen Brauerei trank, wurde Knoll regelmäßig das Opfer von Schimpfkanonaden seiner Kunden. ›Braut endlich mal ein Bier, das zu uns Protestanten passt. Bier mit Weizen drin ist was für Katholiken!‹

›Wenn es dem Wallenstein schmeckt, wie könnte es uns dann munden?‹

Knoll hatte nur eine Antwort parat: ›Wenn der Krieg so weiter geht, dann gibt es bald gar kein Bier mehr, auch keines mehr, über das ihr euch beschweren könnt.‹

Wieder einmal hatten zu viele der Machthabenden, ganz besonders aber die Kaiser Matthias und Ferdinand aus dem Geschlecht der Habsburger, die alte Diplomatenweisheit ignoriert: ›Krieg ist leicht anzufangen, die Mitte aber schwer und mühsam und der Ausgang ungewiss.‹

Dieser Krieg befand sich genau in der Mitte, in der schweren und mühsamen Mitte. Und zwischendrin nun die ›Burg der Mägde‹, die eine Jungfrau im Wappen führte. Sie war nämlich erheblich unter Druck geraten. Als ›Unser Herrgotts Kanzlei‹, als ›Heilige Wehrstadt des Protestantismus‹ war Magdeburg die erklärte Hochburg des Widerstandes gegen die vom Kaiser in Wien angeordnete Rekatholisierung und hatte so in der Vergangenheit bereits des Öfteren unter der Reichsacht gestanden. Dem Augsburger Religionsfrieden von 1555 war eine ungewohnt lange Zeit ohne größeres Kriegstreiben gefolgt. Über fünfzig Jahre lang konnten sich die Bauern wie auch Handel und Handwerk an den Früchten ihrer Arbeit freuen. Magdeburg wurde reich. Durch die gleichzeitige Verbreitung der Reformation sowie dem Erstarken der Gegenreformation war der Friede anfänglich nur ins Wanken geraten und schließlich 1618 vom Kaiser und den Böhmischen Ständen gänzlich beendet worden. Seither herrschte Krieg, der von den Herzögen Wallenstein und Maximilian I. von Bayern zuerst einmal nach Böhmen und in die Kurpfalz getragen worden war.

Erst fünf Jahre später – der Krieg war längst überall in Deutschland angekommen – stellte der Rat von Magdeburg fest, dass es wohl unmöglich sein würde, sich in Zukunft aus dem Krieg herauszuhalten und begann aufzurüsten. Eine Kriegsanleihe war erhoben worden, dieser Kriegszehnte war von allen Bürgern zu entrichten; er hätte ursprünglich sogar verzinst werden sollen. Es dauerte jedoch noch einmal sechs Jahre, bis die wirtschaftliche Not so sichtbar war, dass der alte Rat abgesetzt wurde. 1630 gab es erste Unterstützung von schwedischen Soldaten, aber seither war Magdeburg ein protestantischer Dorn im katholischen Auge des Kaisers. Vor allem, weil die Stadt mit der Zeit der einzige echte Verbündete des Schwedenkönigs geworden war.

Der kaiserliche General Tilly, der nach Wallensteins Entlassung aus des Kaisers Diensten die Führung der Armeen der Katholischen Liga übernommen hatte, hatte sich die Eroberung

Magdeburgs, die er, teils zynisch, teils religiös-fanatisch, ›die Verheiratung der Magdeburger Jungfrau mit dem katholischen Kaiser‹ nannte, als oberstes Kriegsziel gesetzt.

Seit Anfang März 1631 lagerten Tillys Truppen vor Magdeburg, hatten Schanzen gebaut, Laufgräben ausgehoben und ihre eigene Stadt vor der Stadt errichtet. Dennoch war den Bürgern innerhalb der Stadtmauern die meiste Zeit nicht bange gewesen. Denn der schwedische König Gustav Adolf, der unbesiegbare ›Löwe aus Mitternacht‹, war mit Verstärkung unterwegs. Er würde General Tilly auf seine gierigen Pfoten klopfen und wieder vertreiben. Zur Befestigung der Wehranlagen hatten die Bürger sogar Steine aus den Mauern des Bischofspalastes herausgebrochen, sodass dieser langsam zerfiel. Der Bischof residierte längst in Halle.

Cord Heinrich Knoll, der keine Ahnung hatte, wie falsch er mit seiner Hoffnung auf schwedische Verstärkung lag und der nicht wusste, dass sein Schicksal eigentlich schon besiegelt war, kämpfte mit anderen, banaleren Problemen: Im Moment versuchte er noch mit Resten eines ziemlich dünn geratenen Malzes einen letzten Sud eines ebenso dünnen Broyhans zu brauen, bevor der anbrechende Sommer der Brausaison ein Ende setzen würde. Es war ein ungewöhnlich kaltes, trockenes Frühjahr gewesen, bis vor einigen Tagen der Regen eingesetzt hatte. Nur aufgrund des kühlen Wetters konnte im Mai noch gebraut werden. Normalerweise war damit Ende April Schluss, auch wenn es in Magdeburg nicht gesetzlich geregelt war wie in Bayern, mit dem Namenstag des Heiligen Georg, dem 23. April, aufzuhören. Er trieb seinen Brauerburschen an, das Feuer ordentlich zu schüren. Dass es sich dabei um seinen eigenen Sohn handelte, spielte keine Rolle. »Los, Gisbert, blas' schon anständig rein in die Glut, auf dass wir eine gute

Hitze haben!« Der achtjährige Junge, mit einer langen, gegerbten Lederhose und einem verdreckten Leinenhemd gekleidet, schwitzte und pumpte an dem großen Blasebalg, als ginge es um sein Leben. Eigentlich war Knoll froh, dass ihm von den neun Kindern, die seine Frau Lisbeth zur Welt gebracht hatte, wenigstens fünf geblieben waren. Gisbert, den Ältesten, hatte er sogar schon zur Brauerei angelernt. Die drei Mädchen waren meist bei der Mutter in der Stube, wobei sie auf den Kleinsten, den zweijährigen Ulrich, achtgaben.

Das Geschäft war so schlecht geworden, dass er schon vor der letzten Saison seine beiden Brauerburschen fortgeschickt hatte. Nun waren nur noch er und Gisbert im Brauhaus tätig. Cord Heinrich Knoll war in der Mitte des ersten Jahrzehnts im neuen Jahrhundert geboren worden und somit siebenundzwanzig Jahre alt. Baumlang und hünenhaft stand er da, mit Händen groß wie Bratpfannen, selbst der bei Bierbrauern obligatorische Bierbauch fehlte, den hatten harte Arbeit und karge Kost dahinschmelzen lassen wie das köstliche Schmalz, das – in besseren, früheren Tagen – in der großen, eisernen Pfanne auf dem Herd ausgelassen wurde. Schulterlanges, schwarzes Haar verdeckte bisweilen die Sicht auf die braunen, treu blickenden Hundeaugen, wie seine Lisbeth sie nannte. Ein mächtiger Bart komplettierte die imposante Erscheinung des Magdeburger Brauherrn. Er nahm die Eimer mit dem Malzschrot, als wögen sie nichts und wuchtete sie gekonnt ins Maischgefäß. Dann füllte er mit heißem Wasser aus dem Kessel auf, unter dem Gisbert eine Höllenglut entfacht hatte. »Gut so, weiter so, mein Junge!«, feuerte Knoll seinen Sohn an, der alle Anlagen hatte, ein Hüne wie sein Vater zu werden. Er brauchte das Feuer später zum Kochen der Bierwürze, da sollte es zwischendurch nicht ausgehen.

»Ich gehe derweil zum Eiskeller nach dem Rechten schauen«, rief er seinem Sohn zu und verschwand durch eine Öffnung in der Wand in einen kleinen Stollen, hinein in die Dunkelheit. Gisbert starrte in die Feuerglut.

Dieser Sud, den die beiden Knolls gerade ansetzten, sollte der letzte gewesen sein. Nicht nur der Saison, sondern in der Geschichte von Knolls Magdeburger Brauhaus.

Für alle Zeiten! Man schrieb den 18. Mai 1631.

Übermorgen würde sich die Stadt ergeben müssen.

General Tilly rüstete zum Sturm auf Magdeburg ...

2.

MAGDALENA BACHERL WAR EINE SOLDATENFRAU. Seit fast sechs Jahren, seit sie einander in der Nähe von Schweinfurt gefunden hatten, folgte sie ihrem Mann, dem Söldner Johannes, im Heerestross quer durch Deutschland. Sie wusch ihrem Mann die Wäsche, pflegte seine Wunden, gebar die gemeinsamen Kinder, die sie auch allesamt gleich wieder beerdigt hatte, und half beim Ausplündern der Toten nach der Schlacht sowie bei den Beutezügen, wenn sie eine Stadt erobert hatten. Gemeinsam mit anderen Soldatenfrauen reinigte sie die Scheißplätze der Soldaten; alles war besser, als allein irgendwo unterwegs zu verrecken.

Das Leben im Soldatenlager war grausam, hart und ohne eine enorme Robustheit und den unbeirrbaren Glauben, dass das ganze Leben nur eine Prüfung des einen, des ewigen Gottes sei, nicht zu ertragen. Magdalena hatte beides. Sie war, als Ehefrau eines erfahrenen Söldners, relativ gut beschützt, selbst in einem Tross voll ewig lüsterner Soldaten. An eine wie sie Hand anzulegen, hätte den sicheren Tod bedeutet. Zu wichtig waren allen Soldaten ihre mit dem Tross ziehenden Familien. Ihre jeweils eigene, kleine Welt. Das war alles, was sie hatten. Es war wenig genug, aber zumindest gehörte es ihnen!

Sie war einst ein hübsches junges Ding gewesen, mit grünen Augen, langen, hellbraunen Haaren und kleinen, festen Brüsten, mit Träumen dazu, wie sie jedes Mädchen hatte: einen guten Ehemann haben, einige Kinder kriegen und den Hof der Eltern bewirtschaften.

All dies war in Rauch aufgegangen, als eine Gruppe ausgemusterter, halb verkrüppelter, ehemaliger Landsknechte, hungrig wie ein Rudel Wölfe, den väterlichen Hof in der Nähe von Frankfurt überfallen hatte. Erst wurde alles leer gefressen, dann die Eltern gefoltert. Obwohl bei ihnen nichts zu holen war, wurden die Mutter sowie der Vater grausam getötet und der Hof in Brand gesteckt. Nie würde sie die Schreie vergessen, den Rauch, den Gestank, auch wenn ihr alles mittlerweile wie die Erinnerung einer anderen Person aus einem früheren Leben vorkam. Sie und ihre Geschwister hatten sich danach in alle Winde zerstreut, sie rechnete auch nicht damit, jemals einen Bruder oder eine Schwester wiederzusehen. Sie hatte sich dann, wie viele Heimatlose und Entwurzelte, einem der vorbeiziehenden Heere angeschlossen. Zuerst hatte sie Handlangerdienste, Räum- und Wascharbeiten verrichtet und versucht, sich ihrer Haut zu erwehren, so gut es ging. Bis sie Johannes aufgefallen war. Der war ein fescher, tapferer Söldner, er hatte sie zu sich genommen und bald geheiratet. Vier Kinder hatte sie ihm bereits geboren. Zwei Mädchen, zwei Jungen. Keines hatte das erste halbe Jahr überlebt. Zu anstrengend war das Leben im Heerestross, zu unsauber und voller Krankheiten für Neugeborene. Über fünf Jahre lang waren sie, vom Frühjahr bis zum Herbst, nun bereits von Schlacht zu Schlacht gezogen und nur mit viel Glück am Leben geblieben. Jetzt lagerten sie seit über zwei Monaten vor Magdeburg und hofften, dass die reiche Stadt bald gestürmt werden würde. Und das alles nur, weil die Magdeburger sich, rätselhafterweise, geweigert hatten, den geforderten Tribut von lächerlichen einhundertfünfzigtausend Talern zu zahlen.

Vergebens hatten die Menschen auf der anderen Seite, innerhalb des Belagerungsrings, bislang auf das Eintreffen des schwedischen Heeres gehofft. Den etwa fünfunddreißigtausend Menschen, die sich hinter den Stadtmauern versammelt hatten, wurden die Vorräte knapp. Jetzt war es langsam vorbei, die Stadt würde sich entweder ergeben müssen oder eine letzte Schlacht um ihr Überleben ausfechten. Ein Sieg über Magdeburg, das würde der Höhepunkt im Soldatenleben eines jeden Mannes sein, der hier in General Tillys Heer stand. Der andere Anführer des Heeres, der Reitergeneral Pappenheim, der als der eigentliche Antreiber des Angriffs galt, hatte die Magdeburger Bürger schon vorab einmal für vogelfrei erklärt. Da galt es, reichlich Beute zu machen. Vielleicht so viel sogar, dass man aufhören konnte mit dem Sengen, Morden und Plündern. So oder ähnlich hörten sich auf jeden Fall die großspurigen Reden an, die Abend für Abend im katholischen Lager geführt wurden.

Früh am Morgen des 20. Mai loderte die aufgehende Sonne bereits über der dem Untergang geweihten Stadt. Der Regen hatte aufgehört. Das Blau des Horizonts wurde nur hier und da von kleinen, weißen Flaumwölkchen getrübt. Die Heeresführung trommelte alle Soldaten für das Gebet zusammen. Feldherr Johann t'Serclaes Graf von Tilly war bereits Anfang Siebzig – doppelt so alt wie sein Pendant Pappenheim –, von mittlerer Statur und sturem, fanatischem Charakter. Unter seinen buschigen, grauen Augenbrauen erblickte man, trotz des Alters, feurige Augen, die seine scharfen Gesichtszüge unterstrichen. Seine hagere Erscheinung zeugte von Bescheidenheit und Disziplin – nicht umsonst trug er den Spitznamen ›Der Mönch‹ –, und er erwartete die gleichen Eigenschaften von seiner Truppe. Im Normalfall …

Der Herzog aus Brabant und Gottfried Heinrich zu Pappenheim hatten beide ihre prächtigsten Kriegsgewänder angelegt.

Tilly trug einen schwarzen, ledernen Kürass mit einer dicken, mehrfach gefalteten, leinenen Halskrause, darüber einen silbern schimmernden Harnisch. Sein Victor-Emanuel-Bart, nach Musketier-Art, war gezwirbelt und gewichst worden wie nie zuvor. Seine polierten Stiefel glänzten. Sogar sein Pferd war geschmückt, denn schließlich war Tilly ja, seiner eigenen Einschätzung zufolge, auf dem Weg zu einer Hochzeitsfeier.

Pappenheim trug eine silberne Rüstung und einen Lederkoller, darüber jedoch nur einen kleineren, den spanischen Kragen, der Golilla genannt wurde. Auch er hatte einen Musketier-Bart, allerdings nicht gezwirbelt, sondern auf Oberlippe und Kinn mächtig aufgekämmt, sodass sein Gesicht voller und männlicher wirkte.

Siegessicher sahen sie beide aus, als sie die Hände ergriffen, zum Himmel hoben und zum Allmächtigen Gott und der Jungfrau Maria flehten, für Kaiser, Papst und Vaterland! Und während die Generäle mit ihren Offizieren, aber auch mit den Soldatenfrauen wie Magdalena, inbrünstig darum beteten, ihrem Gott, dem Gott der Katholiken, die Jungfrau Magdeburg zu Füßen legen zu können, glänzten die Augen der gemeinen Soldaten aufgrund der bevorstehenden Beute. Es waren ungarische, kroatische, polnische, italienische, spanische, französische und deutsche Söldner. Der Krieg war längst kein deutscher Krieg mehr, sondern ein europäischer.

Die reiche Hansestadt bestand aus drei Teilen, die jeweils durch tiefe, künstlich angelegte Wasserkanäle sowie eigene Stadtmauern voneinander getrennt waren: Die Südenburg, die Altstadt und die nördlich gelegene Neustadt. Die Neustadt war im Krieg unmöglich zu halten und daher schon längst geräumt; leer und teils abgebrannt, gab es dort nichts, was noch von Wert für Tilly gewesen wäre. Die Südenburg war klein und von wenig Interesse. So konzentrierte sich alles auf die drei nördlicher gelegenen Stadttore der großen, wohlhabenden Altstadt. Zwei weitere südlichere Tore, das Südenburger-Tor, direkt beim Dom gelegen, sowie das Ulrichstor wurden noch sicher gehalten; also waren die Lukasklause, das Krockentor sowie die Hohe Pforte im Norden als Angriffsziele ausgemacht worden.

Elbseitig gab es nur ein Tor. Die beiden Schanzen auf der anderen Uferseite, die Krockow'sche und die Zollschanze, waren bereits seit längerem unter der Kontrolle der katholischen Armee, und die schmalen Brücken, an denen sich hinter den Schanzen das Holzmarschtor, die Zugbrücke und das eigentliche Elbestadttor befanden, waren teilweise zerstört worden. Bewacht wurden sie nur, damit niemand auf diesem Weg aus der Stadt fliehen konnte.

Johannes hatte beschlossen, dass sie beide durch das Krockentor in die Stadt einfallen wollten, welches Tilly, zusammen mit der Hohen Pforte, seiner Truppe zugeteilt hatte. Pappenheims Soldaten hingegen würden hauptsächlich durch die Lukasklause hineinstürmen. »Beim Krockentor, da sind gleich zwei Kirchen, St. Augustin und St. Jakob, und jede Menge reiche Bürgerhäuser mit fetten Pfeffersäcken gleich drum herum«, frohlockte er vorab.

Die Stadttore waren bald gestürmt und die reiche Hansestadt lag vor ihnen wie auf dem Silbertablett. Als Magdalena dann mit den johlenden Soldaten, etwa sechsundzwanzigtausend an der Zahl, in die gefallene Schönheit eindrang, spürte sie gleich, dass heute irgendetwas anders war. Des Öfteren hatten sich die Truppen bereits über Ortschaften und Städte hergemacht, die es gewagt hatten, dem Kaiser und der Katholischen Liga zu trotzen. Aber noch nie war die Stimmung so aufgeladen gewesen wie heute. Gewalt, Zorn, Übermut, Siegestaumel und Lüsternheit lagen in der Luft, dies allerdings vielfach verstärkt durch Unmengen an Wein und Bier, die Tilly seinen Truppen für die Siegesfeier bereitgestellt hatte. Magdalena hatte ein äußerst ungutes Gefühl, eine dumpfe Vorahnung, dass heute noch mehr Gräueltaten passieren würden als sonst. Sie wollte nur schnell hinein in die Stadt, zusammenraffen, was halbwegs von Wert erschien, und wieder hinaus. Natürlich wusste sie, dass es immer Landsknechte gab, die Frauen schändeten und Bürger quälten, um deren Geldverstecke zu erfahren. Aber meist in einem Rahmen, bei dem die Feldherren beide Augen zudrückten. Heute, das spürte sie bereits am frühen Morgen, würde alles anders ablaufen.

So ließ sie sich gleich zu Beginn nach hinten fallen, während ihr Mann Johannes an vorderster Front losstürmte. Er, der mittlerweile einer der dienstältesten der gemeinen Soldaten war, hatte so viel erlebt, dass ihn andere Männer seines Zuges bereits für ›gefroren‹, also für unverwundbar, hielten. Tatsächlich trug Johannes in seinen Taschen diverse Utensilien, die ihm als Talisman dienten und ihm diese Unversehrtheit garantieren sollten. Ein Stück Bocksbart, ein Wolfsauge und eine Gemskugel sollten dazu auf jeden Fall ausreichen.

Magdalena wartete am Stadttor, dessen in die Stadtmauer integrierter Geschützturm wie auch das vorgesetzte Hornwerk gleich zu Beginn des Sturms aufgegeben worden waren, um in dem entstandenen Gedränge weiterzukommen. Sie vernahm bereits die ersten Schreckensschreie der einsetzenden fürchterlichen Gemetzel und sah, wie die ersten blutigen Leiber über die Stadtmauer hinunter in den Kanal stürzten. Als sie nach dreißig endlos scheinenden Minuten innerhalb der Stadtmauern angekommen war, glaubte sie sich in der Hölle wieder. Blut floss in Bächen die Straßen hinunter und färbte das Pflaster tiefrot.

Anfangs trafen die Eroberer noch auf erbitterten Widerstand der Bürger Magdeburgs. Siedendes Wasser ergoss sich aus den Fenstern in die engen Gassen, auf die Köpfe der vor Schmerz aufschreienden Söldner. Aus dem Hinterhalt der Kellerfenster jagten Pistolenkugeln in die Beine und Bäuche der Eindringlinge. Der Widerstand war jedoch bald im Keim erstickt. Magdalena, die bislang geglaubt hatte, alle entsetzlichen Fantasien der Soldaten seit Jahren zur Genüge zu kennen, wurde bereits in den ersten Stunden eines grausamen Besseren belehrt. Vor einem Brauhaus, nur einige Häuser vom Krockentor entfernt, standen zwei große Fässer mit Bier, die oben eingeschlagen worden waren. Aus einem hatten zwei Landsknechte sich die Krüge gefüllt und tranken, als gäbe es kein Morgen mehr. In dem zweiten steckte kopfüber eine Frau, die gerade von einem Soldaten geschändet wurde. Sie strampelte vergeblich mit den Beinen, die Hände zuckten im Todeskampf, während der Soldat, der seinen Rock hochgebunden hatte, damit er mit einer Hand den Haarschopf des Mädchens ergreifen und ihren Kopf im Bier untertauchen konnte, immer wieder mit den Lenden zustieß, bis er erleichtert aufgrunzte und von seinem Opfer abließ. Die beiden anderen Soldaten standen lachend daneben, und machten sich sogleich nacheinander über die bereits Tote her. Voller Abscheu passierte Magdalena die albtraumhafte Szene, indes, es wurde nicht besser. Überall Entsetzen, Mord, Vergewaltigung und Totschlag. Tillys Soldaten nutzten den Freibrief zur Plünderung, den ihnen ihr General zugesagt hatte, weidlich aus.

Während der metallische Geruch von frisch vergossenem Blut durch die Luft waberte, wurden die Bürger aus ihren Häusern getrieben, auf Böcke gebunden und so lange mit Messern und mit brennenden Pechfackeln gefoltert, bis sie auch ihre letzten Geldverstecke preisgaben. Alle Frauen, egal ob blutjung oder steinalt, derer die Soldaten habhaft werden konnten, wurden vergewaltigt und geschändet, viele bis zum Tod. Und sogar vor den Toten kannte der Furor vieler Soldaten keine Gnade.

Die Soldaten machten auch vor kleinen Kindern und Säuglingen nicht halt. Sie hielten sie in den Armen und ermordeten sie auf grausamste Art und Weise, durchtrennten ihre Körper mit ihren Schwertern oder schlugen einfach ihre Köpfe gegen Hauswände oder Treppenstufen bis sie tot waren.

Mittlerweile war an verschiedenen Stellen Feuer ausgebrochen, was die Dramatik der höllischen Kulisse noch steigerte. Aus dem Pulverhof war das Explodieren der dort gelagerten Munition zu hören. Leichen trieben die Kanäle hinunter in die Elbe und stauten sich am Pfeiler der Holzmarschbrücke und der Zugbrücke. Der große Fluss begann sich rot zu färben.

Magdalena hatte in einem bereits leeren und geplünderten Haus eine schöne, massive, silberne Gürtelschnalle gefunden, die von den ersten einfallenden Plünderern entweder übersehen oder verloren worden war und sie sofort in ihrem Leintuch verstaut. Mittlerweile hatte sie sich bis zur Kirche St. Ulrich im Zentrum der Altstadt vorgearbeitet. Eine prallvolle Geldkatze war dort hinzugekommen, die Johannes ihr zugeworfen hatte. Er zog gerade sein Schwert aus dem blutigen Bauch eines wohlbeleibten, gut gekleideten, aber nun mausetoten Bürgers. »Der braucht sein Geld nimmer!«, schrie er dabei lauthals. Trotz des Infernos um ihn herum wirkte er geradezu fröhlich. Die Frauen von Tillys Soldaten waren mit farbigen Tüchern gekennzeichnet, damit sie nicht aus Versehen geschändet oder gemordet wurden. Viele von ihnen arbeiteten Hand in Hand mit ihren Männern wie eine eingespielte Bande.

So auch Johannes und Magdalena. Wenn er mit seiner Frau beim Plündern war, gab es nur selten Missverständnisse, eher eine traumwandlerische Zusammenarbeit. Aber heute war offensichtlich, dass Johannes mehr wollte. Seine Augen hatten einen blutrünstigen Ausdruck, den Magdalena so noch niemals bei ihm gesehen hatte. Sie hatte genug und wollte nur raus aus der Stadt. Es wäre nicht das erste Mal, dass sie sich erst wieder im Lager träfen. So winkte sie ihm zu, drehte sich um und machte sich auf den Weg Richtung Stadttor. Daher sah sie nicht, wie Johannes nur eine Minute später den Nimbus der ›Gefrorenheit‹ verlor. Eine verirrte Musketenkugel riss ihm das halbe Gesicht

weg und kurz darauf wurde er selbst zum Opfer von Leichen-
fledderern aus dem eigenen Lager.

Auf ihrem Weg hinaus aus dieser Apokalypse ging sie erneut
durch das Krockentor. Dabei passierte sie wieder das Brauhaus.
Die zwei Fässer standen immer noch davor. Aber nun staken aus
beiden die nackten Beine zweier bedauernswerter Magdeburger
Mädchen wie Mahnmale heraus. Lediglich ein in Bier ertränktes
Opfer hatte den Soldaten nicht genügt. Magdalena hatte Mitleid
mit den beiden, ging zu ihnen hin und zog die außen an den Fässern herunterhängenden Röcke zumindest so weit hinauf, um wenigstens die Blöße zwischen den Beinen zu bedecken. »Hoffentlich wird mir einst ein gnädigerer Tod zuteil«, murmelte sie dabei
und schickte gleich noch ein Stoßgebet zum Himmel.

Das Tor zum Brauhaus stand halb offen, so ging sie hinein.
Tillys Mannen waren bereits, gleich zu Beginn, hier gewesen
und hatten alles Inventar zerschlagen, soweit es nicht von Wert
war. Das Feuer näherte sich unaufhaltsam, es war nur noch zwei
Häuser entfernt. Eigentlich sollte sie sich schnell davonmachen,
als sie ein Geräusch vernahm.

Neugierig ging sie in die nächste Kammer, die sich zu einem
saalartigen Raum ausweitete, offensichtlich das Brauhaus. Da
erblickte sie einen Mann – ein baumlanger Kerl, der einen Jungen und ein kleines Kind bei sich hatte. Rauch waberte bereits
durch die offenen Fenster. Der Junge hustete.

Wie konnten die Plünderer diese drei Menschen übersehen
haben?, fragte sie sich.

Der große, kräftige Mann hantierte an einer Holzplatte, die
in die Wand eingelassen war. Als er im Nebel eine Gestalt wahrnahm, drehte er sich um und kam drohend auf sie zu. Sie bekam
es mit der Angst zu tun. Doch Knoll erkannte, dass dort eine
Frau stand, ließ ab und schaute sie mit seinen großen, braunen

Augen vertrauensvoll an. Dann legte er seinen Zeigefinger auf die Lippen und bedeutete ihr somit, zu schweigen.

Der Junge, die Augen voller Furcht, winkte ihr trotzdem zu und rief leise:»Komm mit uns. Wir bringen dich in Sicherheit.« Er deutete auf einen Korb zu seinen Füßen, in dem sich Brot und andere Lebensmittel befanden. Heftig riss der Mann die Schulter des Jungen herum und sah ihn schweigend und voller Wut an. Der Junge schwieg sofort. Hinter der Holzplatte öffnete sich ein schmaler Gang, ein paar Stufen konnte sie sehen, bevor alles im Dunkeln verschwand.

Magdalena zögerte. Was ging da vor? Sie trat näher, sodass sie den Mann genau sehen konnte. Normalerweise wäre sie jetzt hinausgegangen und hätte sich auf der Straße Hilfe gesucht, um zu plündern.

Dann sah sie, wie der Mann den kleinen Jungen liebevoll auf seinen Arm nahm und den anderen, älteren Jungen mit dem Korb in der einen, einer brennenden Kerze in der anderen Hand, als Ersten in den Stollen schickte. Sie dachte an ihre eigenen verstorbenen Kinder, die sie niemals so im Arm halten konnte. In diesem Moment beschloss sie, dieser Familie die Flucht zu ermöglichen. Sie wiederholte die Geste des Schweigens und rieb mit der anderen Hand Daumen und Zeigefinger aneinander.

Der Mann nickte und warf ihr eine silberne Brosche zu, die er aus seinem Beutel genommen hatte. Anschließend griff er eine brennende Fackel aus der Wandhalterung und verschwand die Stiegen hinunter in den Schacht.

Der kleine Junge, der in eine Decke eingewickelt war, wimmerte vor Angst.

Magdalena verließ das Brauhaus, durchquerte das Stadttor und erreichte bald darauf das Lager, in dem bereits ein schwunghafter Handel mit den erbeuteten Preziosen in Gang war. ▦

3.

CORD KNOLL TRIEB SICH und Gisbert an, während er versuchte, den verängstigten Ulrich zu beruhigen. Einige Hundert Fuß lang war der schmale, in den Fels hineingetriebene Stollen, der das Brauhaus mit dem Eiskeller verband. Der von innen verriegelte Eingang befand sich in einem kleinen Wald außerhalb der Stadtmauern. Kaum jemand wusste davon, denn der Eingang lag verdeckt und war, durch die Kriegsereignisse der letzten Monate, lange nicht mehr geöffnet worden. Dieses Frühjahr würden sie kein Eis mehr brauchen …

Die Höhle war vor langer Zeit von einem der frühen Brauer Magdeburgs entdeckt und als Eiskeller eingerichtet worden. Er hatte dies natürlich erst einmal für sich behalten, da es doch einen enormen Vorteil bedeutete, bis in den Sommer hinein das Bier kühl lagern zu können. Fuß für Fuß, Klafter für Klafter, war die Höhle über die Jahrzehnte verlängert worden, bis sie schließlich mit dem Keller des Brauhauses in der Magdeburger Altstadt verbunden wurde.

Jahre-, jahrzehntelang war der Gang von Nutzen gewesen, die Brauerfamilie Knoll hatte das Geheimnis mit dem Kauf des Brauhauses übernommen und bewahren können. Nur wenige Eingeweihte wussten Bescheid. Der Rat hätte sich nicht erfreut gezeigt, wenn allgemein bekannt gewesen wäre, dass es einen unbewachten Zugang zur Stadt gab.

Als der enge Stollen endete, und sie in der Höhle ankamen, erschraken sie zuerst, da es so gespenstisch still war im Vergleich zu dem Lärm des Gemetzels in der Stadt. Von draußen hörten sie vereinzelt Rufe und Hufgeklapper, aber das waren Menschen, die entweder unterwegs in die Stadt oder aus ihr hinaus waren. Gekämpft und geplündert wurde nur innerhalb der Stadtmauern.

Knoll setzte den kleinen Ulrich auf den Boden, entzündete eine weitere Kerze und schaute sich um. Es war alles am Platz, wie er es in aller Eile vorbereitet hatte. Ein kleines Bierfass stand dort, in der Ecke ein paar Eimer Wasser, in der anderen Ecke zwei Eimer – mangels einer Latrine oder eines ›stillen Örtchens‹ – für ihre Ausscheidungen. Ein stabiler Leiterwagen, mit dem ansonsten das Eis aus dem Wald geholt wurde, würde ihnen sicher gute Dienste leisten. Etwas Stroh und ein paar alte Decken lagen auch herum. Brot, Käse und Wurst befanden sich im Korb. All das, wonach er bei ihrer Flucht in aller Schnelle in der Küche gegriffen hatte; auf jeden Fall war es fürs Erste genug.

Einen Beutel voll mit Reichstalern hatte er auch dabei. Die große Zeit der Falschmünzer, der Wipper und Kipper, wie die Fürsten genannt wurden, die ihr Silber mit wertlosem Kupfer gestreckt, ihr eigenes Volk betrogen und die größte Inflation aller Zeiten verursacht hatten, ging trotz dieses Krieges ihrem Ende entgegen. Anscheinend waren die Fürsten durch den Krieg auch auf anderen Wegen reich geworden. Sein Geldbeutel mit Talern aus echtem Silber würde also für eine gute Weile vorhalten.

Jetzt, wo er sich mit den Jungen halbwegs sicher fühlte, begann er sich um Lisbeth und die Mädchen große Sorgen zu machen. Heftig gestritten hatten sie am Vorabend, nachdem die Nachricht bekannt gegeben worden war, dass am nächsten Morgen der Sturm losbrechen sollte.

»Lass uns in den Dom gehen, den anzutasten werden sie nicht wagen«, war Lisbeths Meinung gewesen. Sie glaubte nicht nur fest an Gott und seine Gebote, sondern auch an die Unantastbarkeit einer geweihten Kirche.

»Aber was, wenn der Dom überfüllt ist und sie uns nicht

hineinlassen? Und wie lange müssen wir unter Umständen dort
ausharren?« Cord Heinrich Knoll war skeptisch gewesen. Und
am Allerwenigsten traute er Tilly und seinen Soldaten. In Göt-
tingen und Neubrandenburg hatten diese sich, den Gerüchten
zufolge, einen Dreck um Moral, Anstand oder gar Heiligkeit
der Gotteshäuser geschert. Lisbeth war stur geblieben. Und
als Knoll früh am Morgen aufgestanden war, waren sie und
die Mädchen schon fort gewesen. Der Dom sollte heute über-
voll werden …

Knoll schickte ein Gebet zu Gott für seine Familie.

Er wusste nicht, wie lange sie hier versteckt bleiben mussten,
also galt es, sparsam mit den Vorräten umzugehen. Eine kleine
Mahlzeit, dann legte er Ulrich schlafen. Aber der Junge wei-
gerte sich, er spürte die Unruhe und die Gewalt um sich herum.
Und so sang Knoll ihm mit zitternder Stimme und Tränen in
den Augen ein Kinderlied vor, das erst in diesem Krieg entstanden war, nachdem Wallensteins Heer sich mordend und brand-
schatzend durch Norddeutschland gewälzt hatte: »Maikäfer
flieg, dein Vater ist im Krieg, die Mutter ist im Pommerland,
Pommerland ist abgebrannt, Maikäfer flieg …«

Ulrich schlief ein. Die Dämmerung kam und mit ihr die Stille.
Es wurde Nacht. Knoll schob behutsam den Riegel beiseite und
ging hinaus, einige Schritte in den Wald hinein. Niemand trieb
sich hier in der Dunkelheit herum. Obwohl, dunkel konnte man
dies nicht nennen, denn der Feuerschein der sterbenden Stadt
erleuchtete den Himmel.

Er kletterte auf einen Baum und blickte hinüber zu den mächtigen Mauern, die doch nicht mächtig genug gewesen waren. Er
versuchte, sein Brauhaus zu erkennen, aber alles, was er aus-
machen konnte, war, dass alle Häuser dieses Stadtteils, auch
die in der Krockentorgasse, anscheinend lichterloh in Flam-

men standen. Nicht nur seine Brauerei schien zu brennen, sondern auch die gute Stube mit der Bildergalerie seiner Vorfahren. Seine eigene Vergangenheit und die seiner Sippe fielen in diesem Moment offensichtlich den Flammen zum Opfer. Nicht nur Pommerland, auch Magdeburg war abgebrannt. Voller Trauer und Verzweiflung schweifte sein Blick noch einmal zurück auf seine Heimatstadt, auf das untergehende Magdeburg. Er wusste nun wie sich Äneas hatte fühlen müssen, als dieser das brennende Troja hinter sich verließ.

Er kehrte zurück in die Höhle, verschloss sie sorgfältig, sprach ein Gebet und umarmte seine beiden Söhne. »Wir haben unser Leben, das ist alles, was uns geblieben ist«, flüsterte er den beiden schlafenden Kindern ins Ohr. »Wir werden neu anfangen. An einem anderen Ort.« ▮

4.

VIER ENDLOSE TAGE dauerten die Plünderungen und Feuersbrünste noch an. Das kühle, trockene Wetter unterstützte die Brände, die vom Wind immer wieder neu angefacht wurden. Einigen wenigen reichen Bürgern gelang es derweil, sich und ihren Familien mit ungeheuren Geldsummen ihre Freiheit zu erkaufen.

Etwa dreitausend Menschen hatten sich im Magdeburger Dom versammelt und wie Lisbeth Knoll gehofft, dass diese Bastion selbst für die entfesselten Soldaten des katholischen Heeres tabu wäre. Mitnichten. Die Soldaten warfen Fackeln durch die Fenster und zwangen so einige der Gläubigen, den Dom zu verlassen. Die, die hinausliefen, wurden geschändet, gefoltert und getötet. Darunter waren auch Lisbeth Knoll und ihre drei Töchter, die in der Nacht heimlich das Haus verlassen hatten, in der Hoffnung, der Dom würde der sicherste Platz sein, sollte es zum Sturm auf die Stadt kommen.

Andere harrten im Dom aus, litten Hunger und Durst, bis Tilly vier Tage später persönlich das Eingangsportal öffnete. Der evangelische Domprediger Reinhard Bake fiel vor dem Generalissimo auf die Knie und trug in lateinischer Sprache einen abgewandelten Vers Vergils über die Zerstörung Trojas vor: »Das ist der Tag des Verderbs und das unabwendbare Schicksal Magdeburgs! Troier waren wir, Ilion war und der Elbestadt strahlender Ruhm!« Tilly lies sich ausnahmsweise erweichen und schonte die Überlebenden. Das Feuer beschädigte zwar den Kreuzgang des Doms, das Mauerwerk blieb aber ansonsten unversehrt. Alle anderen Kirchen brannten aus, und bei den meisten wurden auch die Archive Opfer der Flammen und der Zerstörung.

Bei der Magdeburger Hochzeit starben rund zwanzigtausend Menschen. Es war das größte und schlimmste Massaker während des gesamten Dreißigjährigen Krieges. Die letzten moralischen Grenzen wurden hierbei überschritten. Überlebende berichteten später, die Taten und der Schrecken seien in ihrer Entsetzlichkeit ›nicht in Worte zu fassen und nicht mit Tränen zu beweinen.‹

Seuchen folgten der Katastrophe auf dem Fuße und forderten weitere Todesopfer. Der große Rest der wenigen Überlebenden verließ die Stadt und suchte woanders sein Glück. Nur ein einziges Haus in der Altstadt, das in Domnähe gelegene Fachwerkhaus der Domherrenkurie, überstand das Inferno gänzlich unbeschadet.

Eine der bedeutendsten Städte Deutschlands war für zwei Jahrhunderte praktisch nicht mehr vorhanden.

Reue zeigten die Sieger keine. Viele Katholiken jubilierten und sangen Spottlieder.

Pappenheim schrieb: ›… es seien über zwanzigtausend Seelen darüber gegangen, und es ist gewiss seit der Zerstörung Jerusalems kein gräulicher Werk und Strafe Gottes gesehen worden. Alle unsere Soldaten sind reich worden‹.

Tilly erwiderte bereits während der Plünderungen auf das Flehen einiger seiner Offiziere, das Massaker zu stoppen: ›Der Soldat muss etwas haben für seine Gefahr und Mühsal.‹

Und Papst Urban VIII., Papst aus dem Geschlecht der Barberini, zeigte eindrucksvoll, dass er nicht nur in Rom destruktiv wirken konnte. Denn bis heute geht in Rom das Sprichwort um: ›Was die Barbaren nicht schafften, schafften die Barberini.‹ Er äußerte noch einen Monat nach dem ganz und gar unchristlichen Massaker in einem Schreiben seine Freude über die ›Vernichtung des Ketzernestes‹.

Während über zweihundert Flugschriften, zwanzig Tageszeitungen und einundvierzig illustrierte Flugblätter die grauenhaften Nachrichten von der Magdeburger Hochzeit in Windeseile durch ganz Europa trugen und aus dem Magdeburger Gemetzel die erste echte Mediensensation der europäischen Geschichte machten, war die deutsche Sprache um ein Wort reicher: Wenn seither ein Synonym für die größtmögliche Gewalt oder für das totale Grauen des Krieges gesucht wurde, sprach man von ›magdeburgisieren‹.

Es mag ein schwacher Trost für das schockierte Lager der Reformation gewesen sein: Die Sieger konnten ihren Triumph nicht dauerhaft umsetzen. Zögerlich belauerten Tilly, von Pappenheim und der schwedische König Gustav Adolf einander so lange, bis die Eroberung Magdeburgs strategisch ohne Wert war. Krieg ist meist sinnlos, aber die Opfer von Magdeburg starben einen besonders sinnlosen Tod. 🦎

5.

VIER ENDLOSE TAGE lang harrte Magdalena im Lager des katholischen Heeres aus. Dann war sie überzeugt, dass ihrem Johannes etwas zugestoßen war. Überrascht war sie nicht, schließlich glaubte sie nicht an Johannes' ›Gefrorenheit‹ wie die Soldaten. Sie glaubte an Gott, nicht jedoch an die Unverwundbarkeit mittels Amuletten. Sie befragte ins Lager zurückkehrende Soldaten, die im Siegestaumel aber keine Antworten lieferten. Schließlich fand sie seinen Regimentskommandeur, der ihr bestätigte, was sie längst ahnte: Johannes war tot. Aus dem Hinterhalt erschossen.

Voller Trauer packte sie ihre wenigen Habseligkeiten. Hier war nun kein Platz mehr für sie. Als Hure verdingen wollte sie sich nicht, obwohl die Soldatenwitwen meist keinen anderen Ausweg sahen, um zu überleben. Grußlos und unauffällig verließ sie das Lager. Johannes hatte keine Freunde gehabt, beim Saufen und Würfelspielen würde er sofort von anderen Männern ersetzt werden. Niemand würde ihn vermissen. Und sie genauso wenig ...

Johannes hatte ihr ein gutes Messer geschenkt. ›Damit du dich deiner Haut erwehren kannst, wenn ich nicht bei dir bin‹, hatte er lachend gesagt. Nun war er nicht mehr bei ihr, und sie würde den Dolch dringend benötigen.

Sie stolperte durch den Wald, der Magdeburg umgab. Der Gestank der qualmenden Trümmer und der beginnenden Verwesung wehte ihr bis hierher um die Nase. Sie stieg einen Hügel hinauf und blickte zum Himmel. Es würde gleich beginnen zu regnen. Warum nicht ein paar Tage früher, dann wären die Brände eher gelöscht worden? Die ersten Regentropfen prasselten auf das Laub. Sie suchte Schutz in einer dichten Baumgruppe. Kein Soldat war weit und breit zu sehen. Alle versoffen, verspielten und verhurten jetzt das Geld, das sie von den Händlern und Marketendern für ihre Beutestücke erhalten hatten. Die rieben sich derweil die Hände; Magdalena wusste genau, dass kein Soldat jemals den Wert einer Preziose richtig einzuschätzen wusste. Deswegen hatte meist sie die Verhandlungen für Johannes' Beute übernommen. So war sie in Gedanken versunken und wartete darauf, dass der Regen aufhörte. Hunger quälte sie.

Zu spät hörte sie das Geräusch der näher kommenden Schritte. Ein Mann tauchte auf. Zum Glück war er nicht wie ein Soldat gekleidet. Zur Flucht wäre es sowieso zu spät gewesen. Der Mann zog einen Karren, neben dem ein Junge herlief.

Hatte sie die beiden nicht schon einmal gesehen?

Der Mann hielt, blickte sie an. Überdeutlich war das Erstaunen über ihr erneutes Zusammentreffen in beiden Gesichtern zu erkennen. »Danke!« Das war alles, was er herausbrachte. Der Junge sah sie an und forderte sie mit einer kurzen Geste dazu auf mitzukommen.

Die folgenden Tage und Wochen zogen sie gemeinsam durchs Land. Knoll hatte ebenso nach einigen Tagen des Wartens die traurige Gewissheit erlangt, dass der Rest seiner Familie mit Sicherheit ermordet worden war. Eine Rückkehr in die Stadt war zu riskant. Und selbst wenn nicht, was sollte er in einer Stadt, die zerstört war und die sich in der Hand des katholischen Heeres befand? Er wollte nur noch fort. Obwohl er lange mit sich haderte, seiner toten Frau und seinen Töchtern keine Beerdigung zuteil werden lassen zu können.

Auch Magdalena erzählte ihre Geschichte.

Das Erstaunliche geschah: So gegensätzlich sie waren, dort der Bürger, hier die Frau aus dem Lager der Plünderer und Landsknechte, hier der stolze Protestant, dort die gläubige Katholikin; der Verlust, den jeder erlitten hatte, schweißte sie zusammen. Knoll spürte, dass Magdalena kein schlechter Mensch war, dass lediglich ein schweres Schicksal sie ins Soldatenlager geführt hatte. Magdalena hatte bereits bei ihrem ersten Treffen, im Brauhaus während der Plünderung, Gefühle für diese Menschen verspürt, die sie vorher nie gehabt hatte. Eigentlich waren sie nun wie eine Familie. Nur heimatlos, ohne zu wissen, wohin sie sich wenden sollten. Doch Magdalena war zuversichtlich, hoffte auf bessere Zeiten. Darauf, dass die Welt wieder menschlicher werden würde. Friedlicher. Ruhiger.

Cord Heinrich Knoll war erfüllt von grenzenlosem Hass. Auf den Kaiser in Wien, auf Tilly, auf Pappenheim, denen er insgeheim die grässlichsten Flüche nachsandte.

Hass auf die, die ihm alles genommen hatten, bis auf seine beiden Söhne.

Niemals sprachen sie über Magdeburg. Beide, Cord wie Magdalena, vergruben die Erinnerungen an die grauenhaften Ereignisse tief in ihrem Herzen.

So kühl es bis zum Frühjahr gewesen war, so schnell und warm kam der Sommer. Für Reisende ohne Unterkunft war dies ein wahrer Segen. Hörten sie von Weitem Trommeln, Trompeten oder irgendeinen anderen Hinweis auf sich nähernde Soldaten, schlugen sie schnell seitliche Wege ein. Sie wollten jeglicher Soldateska aus dem Wege gehen.

Der Krieg war durch das Eingreifen der Schweden und den Fall Magdeburgs in eine neue Phase getreten. Nun waren in erster Linie Mittel- und Norddeutschland betroffen. Sie versuchten, so gut es ging, ihren Weg hinweg von den Kriegsschauplätzen zu finden, Richtung Westen.

Schon bald hatte sich Knoll an die Koständerung gewöhnt.

In Magdeburg hatten sie sich, selbst in Kriegszeiten, am liebsten von Bürgerspeise ernährt: Die Früchte der Bäume, wie Kastanien und Pfirsiche, waren neben Fleisch, Käse und Speck stets auf ihren Tischen zu finden gewesen. Nun, unterwegs, aßen sie meist ›niedere‹ Speisen: Knollen, Wurzeln, Zwiebeln, Salat. All das, was unten am Boden wuchs und daher, nach altem Brauch, seit jeher für die ›da unten‹ bestimmt gewesen war. Aber solange Knolls Geld ausreichte, litten sie zumindest keinen Hunger. Wenn die Bauern, auf deren Höfen sie anklopften, sie meist unfreundlich empfingen oder gleich davonjagen wollten, so war beim Anblick einer klingenden Münze meist ein Stück Käse oder Wurst zu haben. Manchmal sogar ein Platz im Heu.

Wohin sollten sie sich wenden? In eine Stadt, damit Knoll dort Arbeit als Braumeister finden könnte? Alle protestantischen Städte lebten derzeit mit dem Damoklesschwert der katholischen Truppen über sich und konnten jederzeit überfallen werden. Das wollte Knoll nicht noch einmal durchmachen. Am besten wäre sicher, erst einmal dem Krieg aus dem Weg zu gehen. Denn auch der längste Krieg würde irgendwann einmal vorbei sein. Und mit einfachem Handwerk konnte man sich auch auf dem Land über Wasser halten. Vorausgesetzt, man lief den Plünderern nicht in die Arme.

Aus Wochen wurden Monate. Immer wieder trafen sie auf ihrem Zug durch Niedersachsen auf vereinsamte Gehöfte, wo vorbeiziehende Soldaten verbrannte Erde hinterlassen hatten. Sie wanderten vorbei an Ruinen einst stolzer Häuser und über kahle Hügel, auf denen häufig verwitterte Galgen standen – bisweilen hingen noch Teile der Gehenkten daran, die wie bedrohliche Wegweiser in eine düstere, fürchterliche Welt wirkten. So sehr sie von den Grausamkeiten bereits abgestumpft waren, reagierten sie doch ein ums andere Mal erneut schockiert über den Einfallsreichtum der Folterknechte. Das geflügelte Wort von den ›Soldaten, die der Bauern Teufel sind‹, war hier grausame Wirklichkeit geworden. Sie durchquerten die protestantische Grafschaft Mark, die besonders übel heimgesucht worden war. Sie mussten fort aus dieser Gegend, so schnell wie möglich.

Einige Wochen später hatten sie den Rhein erreicht und standen vor einer plumpen, steinernen Brücke, die jedoch zerstört war. So setzten sie zwischen Köln und Bonn mit einem Boot über, dessen Fährmann sich letzte Reste von Mitleid und Menschlichkeit bewahrt hatte. Nach allem, was sie unterwegs gehört hatten, war es am Niederrhein, trotz der Nähe zu den spanischen Niederlanden, bislang weitgehend friedlich geblieben. Keine Schlachten, nur gelegentlich vorbeiziehende Truppen auf einem Gewaltmarsch, denen Kost und Logis gewährt werden mussten. Größere Plünderungen waren jedoch ausgeblieben. Lediglich Häuser ohne Dächer erblickten sie ab und zu. Da erinnerte sich Knoll daran, dass in den Zeiten der schlimmsten Inflation einige Jahre zuvor die Falschmünzer sogar Dächer abgedeckt hatten, um genügend Kupfer für ihre Betrügereien zu haben.

Mittlerweile befanden sie sich in der Eifel. Wie der Rest des Reiches, war auch diese Gegend zumeist Bauernland. Die Bauern waren der Boden der gesellschaftlichen Pyramide. Sie ernährten ihre Herren, sie zahlten, leisteten Frondienst, bei Protest wurden sie massakriert. Aber dennoch waren dies hier andere Bauern als die in der Magdeburger Börde, die sich bei Verhandlungen über das Getreide meist als vorlaut und schlagfertig erwiesen hatten. Die Eifeler Bauern waren schweigsam, gläubig und fleißig, noch erdverbundener als andere und, bei aller Langsamkeit – die Knoll zuerst für Dummheit hielt –, doch klug und lebenserfahren. Sie ehrten ihre Traditionen, sprachen aber wenig darüber, sondern befolgten sie ganz einfach. Die

Schweigsamkeit hatte ihre Vorteile: Niemand fragte Knoll nach dem Woher und Wohin. In diesen Zeiten war das halbe Reich unterwegs, Flüchtlinge der Religion, Katholiken wie Protestanten, Flüchtlinge aus eroberten Städten, zerstörten Dörfern und niedergebrannten Bauernhöfen, arme Flüchtlinge und auch wohlhabende, jung wie alt, Männer wie Frauen, Bürger, Bauern und sogar bisweilen der Klerus. Wer keine Fragen stellte und keine Antworten erwartete, der wurde auch in Frieden gelassen. Zumindest von der Landbevölkerung.

Bei Dreimühlen, etwas südlich von Eiserfey, durchquerten sie eine Landschaft voller bizarrer Felsen und wunderlicher Steinformationen. Hier nahm die Idee in ihren Köpfen zum ersten Mal Gestalt an.

Magdalena sprach es als Erste aus: »Hier gibt es sicherlich Höhlen. Wenn wir eine solche nur finden könnten. Das wäre doch etwas zum Verstecken und zum Überleben.«

Also begannen sie mit der Suche. Und wurden bald fündig. Mehr als das. Sie fanden ein ganzes Höhlensystem, das von den Einheimischen nach einem Riesen aus einer alten Sage ›Kakushöhle‹ genannt wurde. Dieser riesige, alte Kalkfelsen würde ein prächtiges Versteck abgeben! Sie waren aber weder die Ersten noch die Einzigen, die diese Idee gehabt hatten. Etwa vier Dutzend Menschen hatten sich bereits in dieses unterirdische Labyrinth zurückgezogen.

Cord, Magdalena und die beiden Söhne fanden dennoch Platz dort und wurden von den anderen Bewohnern angenommen. Sie gliederten sich in die kleine Gemeinschaft ein, die gerade dabei war, eine soziale Ordnung zu entwickeln.

Knoll, als einer der ganz Wenigen, die lesen und schreiben konnten, wurde zum offiziellen Schreiber der Höhlengemeinde gewählt. Außerdem zum Lehrer der etwa zwanzig Kinder und, da er im braufreien Sommer stets Küferarbeit verrichtet hatte, war er von nun an auch dafür verantwortlich, die Fässer, die einige mitgebracht hatten, zu reparieren.

Magdalena sammelte mit den anderen Frauen Holz und grub auf den Feldern nach Gemüse und Wurzeln. Die meisten Männer gingen jagen und stellten Fallen auf. Die Kinder mussten zu ihrer eigenen Sicherheit immer in der Nähe der Höhle bleiben. Dort sammelten sie Beeren, Schwämme und Reisig, manchmal fand ein Glückspilz einen Igel. Beinahe so etwas wie Zufriedenheit war es, was sie empfanden, wenn die kleinen Stacheltiere am Spieß steckten, himmlischen Duft verbreiteten und den Hunger der Kinder stillten. Allen gemeinsam war der Wunsch nach Frieden im Land und in ihrer Gemeinschaft, der nur selten durch kleinere Streitereien unterbrochen wurde. Diese wurden denn auch gemeinsam geschlichtet, denn es gab keine Hierarchie, keinen Anführer unter ihnen. Alle arbeiteten Hand in Hand. Das von allen hergestellte Werkzeug wurde von jedermann genutzt, die Früchte der Jagd und des Sammelns vernünftig geteilt. Es gab eine kleine Nebenhöhle, in der wurden Holzvorräte angelegt. Damit das Holz immer schön trocken war und nicht so viel Rauch entwickelte wie nasses Holz. Sie lebten wie eine Herde Tiere, alle zusammen und in der Gruppe; eine Privatsphäre existierte so gut wie nicht. Die meisten Familien hatten sich behelfsmäßige Gestelle aus Ästen gebaut, an denen Sackleinen aufgespannt waren. Diese dienten als Zwischenwände, um ihren Wohnraum von anderen abzugrenzen.

In jeder Nacht verwandelte die kalte, nackte Dunkelheit die Höhle in eine Welt voller wispernder, flüsternder Schatten. Grunzendes Schnarchen, Kinderweinen und leises Gestöhne erfüllten die Höhle. Knoll und Magdalena waren sich bewusst, dass sie ihre Intimität mit seinen Kindern, aber auch mit anderen Familien teilen mussten. Magdalena war dies nicht fremd, denn beim jahrelangen Umherziehen mit den Truppen war ihre Privatsphäre ebenfalls sehr eingeschränkt gewesen. Sie hatte damit keine Probleme. Knoll, der mit seiner Frau in Magdeburg ein eigenes, gutbürgerliches Schlafgemach geteilt hatte, brauchte eine Weile, bis er sich damit arrangiert hatte. Wenn Magdalena sich jedoch in der Nacht an ihn klammerte und ihre nackten, abgemagerten Körper sich vereinten, dann vergaß er für eine kurze Weile das Elend um ihn herum. Die gegenseitige Hingabe in der Nacht ließ beide die schweren Tage besser überstehen. Die Höhlenmenschen gewöhnten sich an ihr sonnenarmes Dasein. Es gab Todesfälle, es gab Geburten, es gab Kindstaufen und andere Gelegenheiten, bei denen dann bescheidene Feste ausgerichtet wurden. Ab und zu fand ein Geistlicher den Weg in die Höhle. Mitsamt Kruzifix, Messgewand und Abendmahlskelch. Sogar diese, Männer beider Konfessionen, waren auf der Flucht.

Sie verbrachten eine lange, lange Zeit in der Kakushöhle. Immer wieder kamen neue Mitbewohner, andere verließen sie. Es gab Menschen, die wanderten regelrecht von Höhle zu Höhle. Quer durch das Reich. Immer auf der Flucht. Die erzählten bisweilen die erstaunlichsten Geschichten. So wie die Familie aus dem Hunsrück, die vor Tillys Truppen Zuflucht auf ihrer heimatlichen Burg Koppenstein gesucht hatten. Tilly belagerte die Burg, die Lage wurde immer verzweifelter, das Wasser wurde knapp. In der großen Not grub man die Brunnen tiefer und tiefer, bis ein Brunnen plötzlich nachgab und eine Wand durchbrach. Dahinter fand man eine riesige Höhle, in welche die Bevölkerung der gesamten Burg mit Sack und Pack einzog und die Wand hinter sich verschloss. Die Eroberer erstürmten eine leere Burg, konnten sich das rätselhafte Verschwinden der Burgleute nicht erklären und zogen unverrichteter Dinge ab, da es in der Burg nichts zu erbeuten gab.

Die Zuhörer lachten trotz ihres eigenen Elends lauthals über diese Geschichte und Knoll wünschte sich, ganz Magdeburg hätte sich vor Tilly in einer Höhle verstecken können.

Des Öfteren fragte er sich, wie er in eine solche Situation geraten konnte. Er, der einstmals geachtete, gut beleumundete Bürger, der wohlhabende Brauherr aus Magdeburg, klug, erfahren und stark. Nie hatte er aufbegehrt gegen die Obrigkeit, hatte brav seinen Platz eingenommen, auf den ihn die Vorsehung gestellt hatte. Anständig war er gewesen, hatte immer seine Steuern bezahlt und seine Pflichten erfüllt. Trotzdem war er nicht beschützt worden. Und trotzdem hatte das Schicksal ihm so übel mitgespielt, dass er nun in einer Höhle leben musste. Er lebte, immerhin, aber sein Vertrauen in die gottgegebene Gesellschaftsordnung war merklich erschüttert. Hilflosigkeit war das, was er am heftigsten empfand. Keine Möglichkeit blieb ihm, wirklich aktiv gegen sein Schicksal aufzubegehren. Nichts, außer schimpfen und fluchen.

Einmal versuchte er sich am Bierbrauen, ließ sich eine kleine Menge der kargen Getreideernte zuteilen, vermälzte diese unter primitiven Bedingungen und präsentierte am Ende ein dünnes, hopfenloses Gersten- und Haferbier, das dennoch von allen mit Genuss getrunken wurde.

Als sie endlich beschlossen, dass es genug sei, dass der Krieg nun wohl vorbei sein müsse, hatten sowohl Cord Heinrich Knoll als auch Magdalena die dreißig Jahre gerade überschritten, Gisbert war zwölf und der kleine Ulrich sechs Jahre alt. Und die kleine Lisbeth Magdalena, in der Kakushöhle geboren, zählte zwei Jahre. Sie war insofern eine Kuriosität, als dass sie zweimal getauft worden war. Einmal reformiert und einmal katholisch, jeweils von einem Elternteil, ohne Wissen des anderen.

Mehr als drei Jahre lang hatten die Knolls als Höhlenmenschen gelebt. Man schrieb das Frühjahr 1635. Nur eine einzelne, zerrissene weiße Wolke hing einsam an einem ansonsten unwiderstehlich blauen Frühlingshimmel, als die Familie die Kakushöhle für immer verließ ...

Und während sie in der Höhle dahinvegetierten, war in einem anderen Teil Deutschlands, im hessischen Homburg, am 30. März 1633 die Geburt des kleinen Prinzen Friedrich von Homburg gefeiert worden. Die Geburt eines Menschen, der viele, viele Jahre später so dramatisch ins Leben der Familie Knoll eingreifen sollte. ◯

6.

LEIDER WAR DER KRIEG keineswegs vorbei, sondern es hatten sich lediglich erneut Schauplatz und Protagonisten geändert. Das katholische Frankreich beteiligte sich nun an der Seite des protestantischen Schweden am internationalen Schlachtfest. Dadurch geriet die Katholische Liga unter Druck, und der Krieg verlagerte sich nach Süddeutschland.

Zur gleichen Zeit begann jedoch überall, in ganz Deutschland, für die Bevölkerung der grausamste Teil des Krieges: Die, vom nun bereits beinahe zwanzig Jahre andauernden Krieg, völlig verrohten Söldner kannten inzwischen keine Grenzen mehr, was das Drangsalieren der Landbevölkerung anging. Das Magdeburgisieren wurde der traurige, der entsetzliche Standard. Überall zogen kleinere, verwahrloste Heere durchs Land, zu Wallenstein, Pappenheim, den Bayern, Franzosen, Spaniern, Holländern oder Schweden gehörig, schlugen hier und da eine bedeutungslose Schlacht, die sie jeweils zum Anlass nahmen, die Bürger und Bauern zu schröpfen. Bisweilen kam es auch zu grausamen Missverständnissen, wie in Donauwörth, wo die Schweden zuerst die reformierten Bürger vom katholischen Joch erlösten und anschließend versehentlich massakrierten.

Besonders diese schwedischen Söldner erlangten traurige Berühmtheit durch ihren Erfindungsreichtum, da sie sich immer neue Foltermethoden ausdachten. Zum Teil hing es auch damit zusammen, dass sie hier im deutschen Krieg zum ersten Mal mit Wein in Berührung gekommen waren, den sie in den gleichen Mengen und mit demselben Durst konsumierten wie ansonsten das Bier. Nur mit dem gravierenden Nachteil, dass der Wein viel stärker war als ihr üblicher Durstlöscher, und somit zogen die Schweden die meiste Zeit völlig betrunken und enthemmt durchs Land. Wie auf das Wild, so wurde auch Jagd auf Bauern gemacht, von denen man sich noch ein Stück Vieh oder ein Geldstück erhoffte. Unbarmherzig wurden die Opfer misshandelt, nackt an heiße Öfen gebunden, gehängt oder an den Fußsohlen verbrannt. Am meisten gefürchtet wurde der Schwedische Trunk: Eimerweise schüttete man den armen Leuten Wasser oder gar viehische Jauche in den mit einem Stück Holz aufgesperrten Rachen, worauf man ihnen mit den Füßen in die dick angefüllten Bäuche trat oder mit Holzlatten darauf schlug. Wer das überlebte, der verriet alle Verstecke. Auch die Söldner hatten mittlerweile den Braten gerochen, dass sich viele Menschen in Höhlen vor ihnen versteckten. Deshalb hatten sie sich folgerichtig auf Menschen abgerichtete Spürhunde angeschafft, mit denen sie durch die Wälder zogen, um so die Menschen in ihren Höhlen ausfindig zu machen. Deutsche, spanische, kroatische, niederländische sowie Soldaten anderer Nationen standen den Schweden hinsichtlich der ausgeübten Grausamkeit jedoch in wenig bis gar nichts nach.

Viele Bauern waren entweder im Krieg gestorben oder hatten sich aus Verzweiflung den Söldnern angeschlossen und die Höfe einfach ihren Frauen überlassen. Dies führte dazu, dass viele Anwesen weit unter Wert verkauft wurden, weil die überforderten Frauen sich und ihre Kinder vor dem Hungertod retten mussten. Die so heimatlos Gewordenen schlossen sich zu regelrechten Bettlerheeren zusammen, die nun planlos durch ganz Europa zogen. Alle Fundamente der ein Jahrtausend alten, von den meisten als göttlich angesehenen Gesellschaftsordnung gerieten ins Wanken. Und nachdem das ganze Land geplündert war, das Vieh tot und die Felder verwüstet, kam die Pest über die Menschen. Bis zum Herbst dauerte die Seuche an, danach gab es eine große Teuerung und zu guter Letzt erneut eine Hungersnot.

Die Natur spielte allerorten verrückt: Im Winter war es so warm gewesen, dass die Mandelbäume geblüht hatten, im Sommer nun hingegen erfroren alle Obstbäume. In Bamberg erbebte die Erde. An der Nordsee wütete eine verheerende Springflut, die nicht nur Inseln entzwei riss, sondern Teile von Hamburg und seiner Hafenanlagen zerstörte, und Schiffe, Menschen und Häuser mit sich zog. Zehntausend Menschen starben allein bei dieser Katastrophe. An der Ostsee tobte ein mörderischer Sturm mit Blitzen und Donner in nie erlebter Stärke. Aus Neapel wurde eine Entzündung des Vesuvs gemeldet, der das paradiesische Land mit Felsbrocken und glühender Asche verbrannt hatte; gerade so, als wolle die Natur zeigen, dass nicht nur die Menschen das Land verwüsten und magdeburgisieren konnten. Vielerorts wurde von Himmelserscheinungen, Kometen und drei Sonnen berichtet. Wahrsager und Scharlatane hatten Hochkonjunktur.

Spätestens im Mai 1635 hatte Knoll es bereut, die Höhle verlassen zu haben. Sie waren aber bereits zu weit gewandert, um zurückzukehren. Der Hunger wurde nun zu ihrem größten Feind. Sogar mit dem wenigen Geld, das ihnen verblieben war, konnte man nichts anfangen. Es gab einfach nichts, was die Leute entbehren konnten. Und sich mit Gewalt etwas zu nehmen, das kam für ihn nicht infrage.

»Dann wäre ich ja nicht besser als die rasenden, wütenden Bestien, die das Land verheeren«, sagte er wiederholt, wenn Magdalena die Frage aufwarf, ob Verhungern besser sei als Raub: »Wer nix hat, wird halt bös!«

Fanden sie einmal ein verendetes Pferd auf ihrem Weg, so war dies ein richtiggehender Glücksfall. Knoll verscheuchte dann die Raben und verwilderten Hunde, wedelte mit einer Hand die Myriaden Fliegen beiseite und schnitt mit seinem Messer in der anderen Hand Streifen des teilweise bereits verwesenden Fleisches ab. Sie aßen es sofort und roh, an Ort und Stelle, und häufig erbrachen sie das Ganze, von Krämpfen geschüttelt, gleich wieder. Doch manchmal half es ihnen, einen weiteren Tag zu überleben. Wiederholt sahen sie Menschen, die weinend und wimmernd dabei waren, ihre Verstorbenen wieder auszugraben, um mit deren Leichnamen ihren unsäglichen Hunger zu stillen. Alle wussten um den Frevel und die Strafen, die der Entdeckung dieser Gräueltaten folgen würden. Indes, alles war besser, als elendig den Hungertod zu sterben.

Grimmig merkte Magdalena an: »Wenn man überall vergebens um Nahrung angesucht hat, dann klopft man schließlich bei seinen Ahnen an.«

Niemand beachtete sie, niemand hatte Angst vor ihnen oder davor, dass sie die hungrigen Totengräber verraten könnten. Sie waren wie Schatten, die durch diese grausame Welt huschten.

In der Nähe von Wittlich, nicht weit entfernt vom großen Moselfluss, sahen sie von Weitem einen Bauernhof, bei dem sie um Lebensmittel nachfragen wollten. Ein schöner, großer Hof, mit einem Hauptgebäude in Fachwerkbauweise, daneben eine große Scheune, deren untere Hälfte gemauert und die obere ebenfalls als Fachwerk errichtet war. Dazu gab es noch zwei kleine Holzschuppen und einen kleinen Teich.

»Ob das vielleicht sogar der Hof eines Gutsherren ist?«, fragte Magdalena.

Knoll war skeptisch. Und das zu Recht. Schon das fehlende Anschlagen eines Hofhundes hätte sie warnen müssen. Ebenso vermissten sie die normalerweise um einen Hofteich flatternden

Enten oder Gänse. Auch sonst waren keine Vögel in der Luft. Kein lautes Geschnatter, kein wütendes Bellen, kein Gezwitscher, kein Geräusch. Nichts. Gespenstische Stille. Totenstille. Als sie näher kamen, sahen sie die halbverbrannten Dächer der Gebäude. Ein Regenguss hatte anscheinend dafür gesorgt, dass nicht alles abgefackelt worden war. Sogar das Toilettenhäuslein etwas abseits war teilweise verbrannt. Das herzförmige Schild an der Tür, auf dem mit ungelenker Schrift ›Unsere Heymlichkeit‹ geschrieben stand, war mit Ruß verschmiert. War der Hof verlassen? Vielleicht gab es doch noch etwas zu holen. Die Hoffnung starb zuletzt. Trotz des bestialischen Gestanks, einer Mischung aus feuchtem Moder, dem Odeur von geronnenem Blut und dem alles überlagernden, allen Menschen dieser Zeit sattsam bekannten, süßlichen Geruch verwesenden Fleisches, für den es jedoch keine augenscheinliche Quelle gab, der einfach überall präsent war.

In der Stube war niemand. Die Speisekammer wie leergefegt. Die wenigen Möbel lagen wüst im Zimmer durcheinander, teilweise zertrümmert. In einer Ecke stand ein kleines Krautfass, gerade so groß wie ein Eimer. Dem Gewicht nach zu urteilen, war es voll. Sollten die Marodeure tatsächlich etwas übersehen haben? Knoll glaubte, dass es wohl eher verloren gegangen war, im Wirbel der Ereignisse während einer Plünderung. Er nahm das Fass und gab es Magdalena, die er dann mit den Kindern wegschickte. Hier wollte er allein weiter nach dem Rechten sehen. Zu oft hatten die Kinder bereits unfreiwillig Gräulichkeiten mit ansehen müssen. Wenn es nicht sein musste, dann wollte er ihnen das ersparen. Was er in der Scheune dann sah, ließ sogar dem inzwischen hart gesottenen Brauer die Galle hochkommen. Die Frau, zwei Großeltern und drei Kinder hingen nackt und tot an den hölzernen Wänden, die die Ställe voneinander trennten. Die räuberischen Söldner hatten die ganze Familie gekreuzigt, wohl bei lebendigem Leib und sicher nicht, ohne die weiblichen Mitglieder vorher zu schänden. Am Schlimmsten, sofern es noch schlimmer ging, hatte es jedoch den Bauern selbst getroffen. Tot und zuvor grün und blau geschlagen hing er, festgebunden, auf einem hölzernen Bock, der in einer eingetrockneten Blutlache stand. Ein Ladestock einer Muskete, schwarz vom geronnenen Blut, steckte tief in seinem After. Zudem hatte man ihm die Hoden mit einer Zange abgekniffen, die nun blutverschmiert am Boden vor sich hin rostete. Welche Schmerzen musste der arme Mann erduldet haben, bevor man ihn, auf dem Bock liegend, in dieser Position einfach hatte verbluten lassen?

Mäuse und Ratten tummelten sich furchtlos und benagten die bereits verwesenden, stinkenden Körper. Schnell verließ Knoll den Ort des Grauens, nicht ohne die zu verfluchen, die dies angerichtet hatten. Dazu sprach er ein Gebet für die arme Familie. Wie ekelte es ihn vor diesem Krieg! Dann kehrte er mit aschfahlem Gesicht zu seiner Familie zurück und fragte sich nicht zum ersten Mal, ob Gott in diesem Krieg wohl gestorben war.

Sie wurden mit jedem Tag schwächer. Das schon leicht verdorbene Sauerkraut hatte sie ein paar Tage über Wasser gehalten und zumindest verhindert, dass ihnen die Zähne noch weiter ausfielen. Das Wenige, das sie noch hatten, gaben sie den Kindern, besonders den beiden Kleinen. Dem ungeachtet waren alle fünf bald dermaßen schwach, dass sie nichts als Haut und Knochen waren. Mit gelblich schwarz gefärbter Haut, tief in den Höhlen liegenden Augen, fleckigen Zähnen und geschwollenen Bäuchen zogen sie durchs Land, wie so unglaublich viele andere, ziellos wie ein Stück Treibholz in einem stürmischen Meer. Sie waren ihr eigenes, kleines Bettlerheer geworden. Den schon gründlich zu Schaden gekommenen Leiterwagen ließen sie irgendwann einfach stehen. Zu anstrengend war es geworden, ihn zu ziehen. Außerdem hatten sie auch nichts mehr, was sie in den Karren hätten legen können. Die Kleider zerlumpt und rissig, schleppten sie ihre ausgemergelten Körper durch die Lande. An den Füßen trugen sie Stroh, das anfangs noch mit Schnüren festgebunden worden war, mittlerweile jedoch nur noch durch den Matsch der Straße zusammenhielt. Sie aßen Gras und Wurzeln und schabten Rinde von den Bäumen. Wenn sie ein Tier hätten fangen können, sie hätten es auch roh gefressen. Sie kauten auf alten Tierfellen herum, um ihren Mägen vorzugaukeln, sie erhielten Nahrung. Das Elend war unbeschreiblich.

Es war September, als Gisbert an Hunger starb. Sie hatten ihn für so stark gehalten, den beinahe dreizehnjährigen Jungen. Aber anscheinend hatten sie sich zu sehr um die beiden Jüngeren gekümmert, die dennoch ebenfalls kurz vor dem Tod standen. Gisbert war eines Tages einfach umgefallen und nicht mehr aufgestanden. Knoll und Magdalena hatte die Kraft gefehlt, ihn zu tragen, so hatten sie Rast gemacht und versucht, ihm ihren allerletzten Kanten schimmeliges Brot zwischen die Zähne zu zwängen, es war aber bereits zu spät. Ohne zu jammern, ohne Wehklagen hatte Gisbert mit ihnen gelitten. Cord Heinrich Knoll machte sich schreckliche Vorwürfe. Sie waren sogar zu schwach, um ihn zu begraben, sie ließen ihn einfach am Wegesrand liegen, als einen der zahlreichen Körper, die dort vor sich hin verwesten.

Die Wolken hoben sich düster vom schweflig gelben Sonnenuntergangshimmel ab. Kein Luftzug, kein Zweig rührte sich. Alles war still, als habe ein plötzliches Grauen das Leben ringsherum gelähmt, als sie Anfang Oktober 1635 an die südliche Pforte der Stadtmauer einer kleinen Stadt anklopften. Sie wussten alle, dass sie nicht mehr lange zu leben hatten.

»Wer begehrt Einlass? Kommt Ihr aus der Richtung von Wolsfeld?«, fragte eine laute Stimme durch das Gitter der dicken, eisenbeschlagenen Tür. In Wolsfeld, einem kleinen Ort etwa acht Kilometer entfernt, grassierte nämlich gerade die Pest.

»Lasst uns ein, wir sind am Verhungern. Unsere Kinder liegen im Sterben.« Knolls Stimme war bereits merklich schwächer geworden.

»Wir lassen kein Landvolk mehr in die Stadt, wir haben selbst kaum genug zu beißen«, kam als höhnische Erwiderung genau die Antwort zurück, die Knoll befürchtet hatte.

»Wir sind kein Landvolk«, erwiderte er, bevor er mit der letzten, ihm verbliebenen, würdigen Demut betonte: »Ich bin der bürgerliche Brauherr Cord Heinrich Knoll.«

Dann fiel er vor Hunger und Entkräftung einfach um.

7.

ZWEI TAGE UND NÄCHTE lang schlief Knoll durch.

Er merkte nicht, dass ihm zwischendurch heiße Suppe eingeflößt wurde.

Er merkte nicht, wie er ausgezogen, gewaschen und gepflegt wurde.

Er merkte nicht, wie er in seinen Alpträumen sein Leid hinausschrie.

Er schrie von Blutgerichten, geschändeten Frauen und toten Kindern, vom Fegefeuer und Zerstörung, vom Weltende und der ewigen Verdammnis. Als er endlich erwachte, hatte sich seine Familie bereits in Sorge um ihn versammelt. Der Geruch der herzhaften Suppe und des frisch gebackenen Brotes war unbeschreiblich köstlich und erweckte ihn wieder zum Leben. Die Kinder hatten sich erstaunlicherweise am schnellsten erholt, Suppe und Brot wirkten bisweilen wahre Wunder. Auch Magdalena war körperlich ziemlich rasch genesen, obwohl sie die kleine Lisbeth die meiste Zeit mittragen musste. Sie hatte, da sie durch jahrelange Teilnahme am Kriegswesen mit einem robusten Gemüt ausgestattet war, die erlittenen und mit angesehenen Scheußlichkeiten am besten verarbeitet. Außer den ausgefallenen Zähnen war allen Dreien auf den ersten Blick kaum mehr etwas anzusehen.

»Wo bin ich? Wo sind wir?«, waren Knolls erste Fragen.

»Im Hospiz in Bitburg«, antwortete Magdalena. »Weil wir eine Bürgerfamilie sind, haben sie uns Einlass in die Stadt gewährt. Und uns sogleich ins Hospital überwiesen.« Wie zum Zeichen, dass nun alles besser würde, hielt sie ihm einen großen Krug Bier hin, das erste richtige Bier seit langer, langer Zeit. Knoll trank mit Genuss. »Hier ist auch alles knapp. Aber es sind gute Menschen. Und Bier gibt es nur noch für die Schöffen und das Hospiz.«

Beinahe musste er grinsen, obwohl er gerade erst dem Tod von der Schippe gesprungen war. »Das wäre wahrhaftig ein Grund, noch länger hier zu bleiben.«

Nach zehn Tagen bereits verließ die Familie das Hospital. Gestärkt und sogar gebadet, sah man ihnen die erlittenen Strapazen bei genauerem Hinsehen aber doch noch deutlich an. Der Stadtschreiber, ein umständlicher Bürokrat namens Dietrich, wies ihnen vorläufig eines der fünf kleinen Häuser zu, die neu angesiedelten Familien vorbehalten waren. Zuerst gab er beiden Kindern einen Apfel, für Lisbeth Magdalena war es der erste ihres Lebens, aber auch Ulrich hatte keine Erinnerung mehr an frisches Obst. Nach überschwänglichen Dankesbezeugungen gingen sie zum Haus.

Magdalena konnte es genauso wenig fassen wie Knoll und die Kinder: »Ein Steinhaus! Ich habe noch niemals in einem Haus aus Stein gewohnt.« Sprachlos vor Erstaunen öffnete sie die Eingangstür und die mit Ölpapier ›verglasten‹ Fenster immer wieder. Sie hatte große Freude daran, wie ein Kind an einem neuen Spielzeug, an dem es sich nicht satt sehen kann. Auch die Kinder waren beeindruckt, obwohl der kleine Ulrich sich noch dunkel an Türen und die bleigerahmten Butzenscheibenfenster in ihrem Haus in Magdeburg erinnern konnte. Lisbeth Magdalena, auf dem Arm ihrer Mutter, schaute hingerissen durch das Fenster und klopfte mit ihren kleinen Fingerchen dagegen. Noch nie hatte sie so etwas gesehen.

»Wir haben in den letzten Jahren einige Neubürger bei uns angesiedelt«, erklärte der Stadtschreiber. »Und da war die Schatulle der spanischen Habsburger auf einmal weit offen, um hier frisches Blut hineinzubringen.«

Dankbar bezogen sie die bescheidene Behausung, die keinem Vergleich mit Knolls Magdeburger Bürgerhaus standhielt, aber weit besser war als alles, worin sie in den vergangenen vier Jahren gehaust hatten.

Magdalena sagte prophetisch:»Mein halbes Leben lang schon sitzt der Hunger mit am Tisch und der Tod am Bett. Ist das jetzt endlich vorbei?«

War dies der Ort des Neubeginns? Würden sie in Bitburg in Frieden leben können?

Die Stadt Bitburg mit ihren knapp eintausend Einwohnern lag im Luxemburger Land, im äußersten südöstlichen Ausläufer der spanischen Niederlande, und gehörte somit ins Lager der Habsburg-Loyalen und Katholiken. Landesherr war also de facto der Spanier Philipp IV. Das Umland aber, sogar das direkt um die Stadt gelegene, gehörte bereits größtenteils zu dem mächtigen und bedeutenden Kurtrier. Bis vor Kurzem war auch Trier der Allianz der Katholiken zugehörig gewesen. Der derzeitige Kurfürst aber war der bereits achtundsechzig Jahre alte Philipp Christoph von Sötern. Er regierte seit zwölf Jahren, dies jedoch mittlerweile nicht mehr unbedingt im Einverständnis mit den Trierer Bürgern. Von Sötern hatte zu Beginn seiner Regentschaft den gleichen Kurs der Rekatholisierung eingeschlagen wie der Kaiser. Diese Politik, zusammen mit einer offen betriebenen Günstlingswirtschaft und rigiden Steuerauflagen zur Finanzierung seiner Bautätigkeit, hatten nicht nur Widerstand in der Bevölkerung, sondern auch im Domkapitel hervorgerufen. Endloser Zank hatte ihn so schließlich ins Lager der reformierten Kräfte getrieben. Von Söterns gutes Verhältnis zu Frankreich war dann so lange als Neutralität ausgelegt worden, bis mit Kardinal Richelieus Hilfe Frankreich ebenfalls, zuerst passiv, ab 1635 dann aktiv, in den Krieg eingegriffen hatte. Die Bürger Triers hatten den Kaiser in Wien um Hilfe gebeten, der hatte spanische Truppen geschickt, die 1630 Trier erobert hatten. Daraufhin hatte von

Sötern 1631 mit Schweden und Frankreich einen Neutralitäts-pakt abgeschlossen, was ihn aber nicht daran gehindert hatte, sich ein Jahr darauf Trier von den Franzosen zurückerobern zu lassen. Zum Dank dafür hatte von Sötern dem achtzehn Jahre jüngeren Richelieu seine Nachfolge auf dem Trierer Bischofs-stuhl versprochen. Und damit hatte er das Fass zum Überlau-fen gebracht! Denn in diesem Fall hätte Armand-Jean du Plessis, Duc de Richelieu, ein französischer Kardinal, tatsächlich Mit-sprache- und Mitwahlrecht bei der deutschen Kaiserwahl gehabt; und die verschiedenen Teile des Habsburgerreiches wären mit an Sicherheit grenzender Wahrscheinlichkeit auseinandergefal-len. Nur die Tatsache, dass von Sötern Richelieu um zehn Jahre überlebte, verhinderte Jahre später Schlimmeres.

Und so verliefen bei Trier und Bitburg bei Knolls Ankunft dort gleich mehrere Grenzen: Grenzen der Konfession, der Poli-tik und der militärischen Allianzen, aber alle diese quer durch-einander, hin- und herwechselnd. Zu Verwüstungen und Plün-derungen durch die wild gewordene Militärmaschinerie, wie es anderswo geschehen war, war es bislang nicht gekommen, zu sehr hatte die Politik hier noch die Fäden des Geschehens in der Hand. Zum Teil lag das auch an der Geiselnahme von Söterns, der bei der erneuten Eroberung Triers, 1635, durch habsburgi-sche Truppen verhaftet worden war und seither in Linz in Haft saß – diese sollte zehn lange Jahre andauern; in den Augen vie-ler hatte erst die Festsetzung des Trierer Bischofs den Grund für den Kriegseintritt Frankreichs geliefert. Mit Genehmigung des Kaisers hatte mittlerweile das Domkapitel die Regierung des Trierer Kurfürstentums übernommen. Das war die politi-sche Situation in der Region.

Das größte Ärgernis dort waren jedoch holländische Freibeu-ter, die, ohne mit dem Krieg wirklich etwas zu tun zu haben, seit dem Abfall der nördlichen Provinzen der Niederlande vom spanischen Habsburg raubend und plündernd durch das Luxemburger Land zogen, und dies bereits seit über vierzig Jahren taten, lange bevor der große Krieg begonnen hatte. Die Bitburger nannten diese Freibeuter die Staatischen. Man versuchte, mit allen Seiten so gut wie möglich auszukommen und ließ sogar Protestanten in die Stadt, wenn keine Gefahr von ihnen ausging. Auch wenn Bitburg keine Insel der Seligen inmitten dieses Krieges darstellte, so hatte die Stadt doch allein dadurch, dass sie bislang nicht geplündert oder erobert worden war, ihren bescheidenen Wohlstand halbwegs aufrechterhalten können. Bei schlechten Ernten mussten alle den Gürtel enger schnallen, aber verhungert war hier – bislang – immerhin noch niemand.

All dies konnte Knoll nicht wissen, als er und Magdalena gemeinsam zum Stadtrichter Erasmus Oetz vorgeladen wurden, der auch Bürgermeister war und, gemeinsam mit den adeligen Schöffen, die Stadt regierte. Nachdem die Neuankömmlinge mithilfe von Spenden der Bürger neu eingekleidet worden waren – Hosen und Hemden aus grobem Leinen sowie ein einfaches Kleid für Magdalena, sogar für hölzerne Pantinen hatte es gereicht –, gingen sie hinüber zu Oetz' Haus am Kirchplatz. Es glich mit den vielen Anbauten – Tenne, Hof und Stall, einer offenen Feuerstelle nebst Herd sowie einem kräftig vor sich hin dampfenden Misthaufen – eher einem Bauernhof als einem Bürgerhaus, geschweige denn dem Haus des Bürgermeisters. Den Wohlstand, sogar inmitten des Krieges, erkannte man jedoch an den Nahrungsmitteln: Knoblauch, Lauch, Erbsen und Bohnen standen in Schüsseln auf dem großen Tisch in der guten Stube. Ein Stück Käse nebst einem großen Kanten Speck ließ Knoll das Wasser im Mund zusammenlaufen. Es roch nach Wurst und Rindfleischsuppe. Unvergleichlich gut …

Den Stadtrichter trafen sie an, als er gerade mit dem Schöffen, Johann von Esch, vor einem großen gusseisernen Ofen beisammen saß und über die Kriegslage debattierte.

Oetz war klein, untersetzt und trug eine prachtvolle Knollennase im Gesicht. Mit seinem schütteren, weißen Haar sah er so aus, wie sich die Leute den alten griechischen Philosophen Sokrates vorgestellt hätten. Nur mit dem einen Unterschied, dass Sokrates kein prächtiges, gold-grünes Wams mit roter Schärpe und gleich drei goldenen Ketten über dem Bauch getragen hätte. Hinter der gemütlichen Erscheinung mit dem Kugelbauch und dem verschmitzten Lächeln steckte jedoch ein hellwacher Verstand voller Esprit, an dem Knoll in den kommenden Jahren, in denen der Stadtrichter ein guter Freund werden sollte, noch viel Freude haben würde. Oetz war verheiratet mit der ältesten Tochter des Schöffen Laudolfe aus einer der ältesten Adelsfamilien der Stadt. Diese Verbindung hatte ihm den Weg nach ganz oben in der Bitburger Politik geebnet. Er saß auf einem thronähnlichen Stuhl, etwa einen Fuß höher als der kräftig gebaute, hagere Schöffe von Esch, der seine Vollglatze zur Schau stellte und gegenüber dem Stadtrichter in seiner einfachen Alltagskleidung geradezu unscheinbar wirkte. Fast so auffällig wie Eschs fehlende Haarpracht waren seine langen, gelben Zähne, die an die eines Wolfs erinnerten.

»So, Ihr wollt ein Brauherr sein, der halb verhungert bei uns angeklopft hat?« Knoll, der immer noch, wie während ihrer Irrfahrt durch das Kriegsgebiet, vollbärtig und zottelhaarig dastand und Magdalena, die mehr Wert auf ihr Äußeres legte und sich deswegen ein Band ins Haar geflochten hatte, nickten unterwürfig. »Sagt an, welcher Konfession gehört Ihr an?«

»Katholisch natürlich, Herr Stadtrichter«, antwortete Magdalena schnell, bevor Knoll etwas erwidern konnte.

»Nicht dass es für uns noch einen Unterschied machte. Die Staatischen sind auch Katholiken und machen uns das Leben schwerer als alle anderen.« Oetz schien in großmütiger Laune zu sein. Knoll mochte ihn auf Anhieb. Und hatte das Gefühl, als würde dies auf Gegenseitigkeit beruhen. »Wo ist denn Euer Geburtsbrief? Ohne den werdet Ihr ja Euer früheres Heim nicht verlassen haben.«

Knoll wusste nicht, ob sich das Inferno von Magdeburg bis ins Luxemburger Land herumgesprochen hatte, sagte deshalb erst einmal nur: »Ich hatte ein Brauhaus in Magdeburg. Wir sind im Mai 1631 von dort geflohen.« Schrecken und Verständnis in einem zeichnete sich auf den Gesichtern ab.

»Und Ihr habt überlebt? Da könnt Ihr Euch glücklich schätzen, dass Ihr mit dem nackten Leben davongekommen seid!« Damit war die Frage nach seinem Geburtsbrief erledigt, und das ohne eine erneute Glaubensfrage, war doch Magdeburg bekanntermaßen reformiert gewesen.

»Was habt Ihr seither getrieben?« Die nächste Frage kam vom Schöffen Esch. Der stand auf, erst jetzt sah Knoll, dass dieser Oetz um fast zwei Köpfe überragte. Cord Heinrich Knoll erzählte seine Geschichte. Als er von der Kakushöhle sprach, schüttelten die beiden Bitburger Ratsherren erstaunt die Köpfe.

»So wisst Ihr gar nicht, wie der Krieg seither weiterging?«

»Nein, nur dass er noch nicht vorbei ist, das haben wir am eigenen Leib bitter erfahren müssen.«

Der gut informierte Stadtrichter und sein Schöffe erzählten Knoll und Magdalena nun so viel sie von den Ereignissen der letzten drei Jahre wussten; immer wieder unterbrochen von überraschten Zwischenfragen der ehemaligen Höhlenbewohner.

»Dass die Schweden in den Krieg eingetreten sind, habt Ihr noch mitbekommen?«

»Wenn sie früher eingetreten wären, wäre uns und Magdeburg die Zerstörung erspart geblieben«, knurrte Knoll.

»Also, das Schlachtenglück schwankte hin und her. Fortuna hatte niemals einen Liebling in diesem Krieg. Erst siegte Tilly«, bei Nennung des verhassten Generals verfinsterte sich Knolls Gesicht, »vor dreieinhalb Jahren bei Bamberg über die Schweden. Die wiederum belagerten und eroberten Donauwörth. Dann schlugen sie bei Rain am Lech das Heer der Katholischen Liga. Dabei wurde Tilly schwer verwundet.«

»Und, was geschah mit Tilly?«, fragte Knoll.

»Der starb zwei Wochen nach der Schlacht.«

Knolls Miene hellte sich auf.

»Freut Euch nicht zu früh. Noch im gleichen Jahr erlitt der Schwedenkönig bei Nürnberg seine erste Niederlage. Wallensteins Mannen waren zu stark für ihn.«

»Wallenstein? Den hatte der Kaiser doch längst entlassen.« Knoll verstand die Welt nicht mehr.

»Nachdem das Schlachtenglück so schlecht geriet, hat er ihn 1632 wieder eingesetzt«, erwiderte von Esch lakonisch.

»Also, welcher Partei ist denn derzeit die Gunst des Kriegsgottes hold?«

»Das Jahr war ja noch nicht zu Ende. Im November kam es zur großen Schlacht, die fand bei Lützen statt. Im Sachsen-Anhaltinischen kämpften achtzigtausend Soldaten sieben Stunden lang. Und am Ende war der Schwedenkönig tot.«

Knolls Kinnlade fiel herab. König Gustav Adolf war tot?

»Aber auch Pappenheim zog sich eine tödliche Verletzung zu«, ergänzte Oetz. »Er starb am Tag nach der Schlacht.«

»Und wer hat denn jetzt gewonnen?« Knoll wurde ungeduldiger.

»Beide – und niemand!« Oetz schüttelte den Kopf. »Seit Lützen geht alles drunter und drüber. Alle wollen die Schlacht gewonnen haben. Die Schweden hatten plötzlich eine sechsjährige Königin, Gustav Adolfs Tochter Christina. Dennoch kämpft Schweden weiter, deren Reichskanzler Oxenstierna will es so.«

»Und weiter?« Knoll wollte alles wissen.

»Dann, 1633, haben die Schweden den Heilbronner Bund gegründet, als Gegengewicht zur Katholischen Liga. Hat denen aber nicht mehr Fortune gebracht. Und nachdem die Schweden geschwächt schienen, hat der Kaiser in Wien Wallenstein wieder entlassen und ihn gleich darauf ermorden lassen.«

»Auch Wallenstein weilt nicht mehr unter den Lebenden?«

Knoll zählte kurz durch: Wallenstein, Tilly, von Pappenheim – alle drei tot, die Mörder von Magdeburg, gefallen oder ermordet. Ein Gefühl tiefer Befriedigung machte sich in seiner Seele breit. »Zu siegen verstehst Du, oh Hannibal, den Sieg zu nutzen verstehst Du nicht«, schlug er leise murmelnd eine historische Brücke vom alten Karthago bis zu den Generälen der Habsburger Kaiser. Dann lauter: »Wie ging es weiter?«

»Und im letzten Jahr haben die Schweden dann bei Nördlingen endgültig den Marsch geblasen bekommen und sind mit eingezogenem Schwanz aus Süddeutschland abgehauen.« Nun war es an Oetz und von Esch, etwas Befriedigung zu zeigen.

»Nachdem seit diesem Jahr aber die Franzosen im Krieg mit dabei sind, geht es wieder retour. Das größte Übel ist meiner Meinung nach mittlerweile der Kardinal Richelieu. Der ist im Hintergrund ein stiller Teilhaber aller Koalitionen gegen Habsburg.«

Von Esch setzte hinzu: »Ein Meister des kalten Krieges ist er. Und der verdeckten Intrigen. Wenn das so weitergeht, dann wird es eine richtige Feindschaft zwischen unseren Völkern geben, dem deutschen und dem französischen. Bislang tragen das nur die Armeen aus; das Volk leidet unter allen Heeren gleich.«

Oetz seufzte. »Man hätte den Krieg jetzt gut beenden können, ohne Sieger. Jedoch, irgendwer will immer weiterkämpfen. Solange der Krieg den Krieg ernährte, ging das noch halbwegs. Wenn wir uns indes jetzt das Land anschauen …«

Er schüttelte bekümmert den Kopf. Das brauchte er Knoll nicht zu erzählen. Der hatte es am eigenen Leib erfahren. Doch Knoll war noch nicht am Ende mit seinem Wissensdurst.

»Und wer ist sonst noch gestorben während der Zeit?«

»Friedrich V. von der Pfalz, die hundsföttige Hundsnase, die elende, die den ganzen Krieg hier überhaupt erst mit angezettelt hat, schmort auch schon seit drei Jahren in der Hölle!«

Da fiel Knoll noch eine andere Hauptfigur dieses unseligen Krieges ein: »Was ist mit dem Kaiser?«

»Der erfreut sich bester Gesundheit, ist aber durch den Krieg weich geworden«, wusste Oetz bestens Bescheid. »Er hat nach Nördlingen den Prager Frieden geschlossen, um zumindest ein bisschen Ruhe ins Reich zu bringen.«

»Was sagt der Prager Frieden denn aus?«

Allein das Wort ›Frieden‹ klang zu verlockend.

»Der Kaiser hat Frieden mit den deutschen Reichsständen geschlossen, mit der Reformation.«

»Aber, dann ist der Krieg ja vorbei!« Knoll glaubte seinen Ohren nicht zu trauen. Nun verstand er auch, warum die Bitburger so aufgeschlossen waren in Glaubensdingen. Es gab einen neuen Religionsfrieden.

»Ihr vergesst die Schweden und die Franzosen«, dämpfte Oetz sogleich die Erwartungen. »Die kämpfen nach wie vor gegen unseren Kaiser. Und zwar auf deutschem Boden. Und es gibt noch zehntausende ehemaliger Söldner, überwiegend Krüppel und Invaliden, die das Land heimsuchen. Da wird einiges auf uns zu kommen. Wir müssen weiterhin wachsam sein und unsere Stadt verteidigen.«

Das Gespräch steuerte seinem Ende entgegen.

»Nun, ich bin dankbar für die Neuigkeiten, die Ihr mir präsentiert habt. Jetzt bin ich sicher, dass das Leben weitergeht, jeder Krieg ein Ende findet und die Sonne sich weiterhin brav um unsere Erde dreht.«

»Bei Letzterem wäre ich nicht mehr so sicher!« Von Esch hatte sich bereits zum Abschiedsgruß erhoben, bleckte die Zähne zu einem Grinsen und fügte noch im Gehen an: »Da gibt es einen Mann in Italien, einen sogenannten Sterndeuter namens Galilei. Der behauptet nämlich, dass sich die Erde um die Sonne dreht und nicht umgekehrt.« Er lachte schelmisch.

»Es soll mittlerweile viele Menschen geben, die das auch glauben. Und um dem erst einmal einen Riegel vorzuschieben, hat die Heilige Inquisition Galilei verurteilt und unter Hausarrest gestellt. Er hat schon widerrufen. Also, passt auf mit Behauptungen, die Ihr nicht beweisen könnt.« Wieder lachte er. »Gehabt Euch wohl.«

Knoll und Magdalena waren allein mit dem Stadtrichter Oetz.

8.

DER STADTRICHTER WUSSTE anscheinend genau, worüber Knoll und Magdalena sich sorgten und redete dementsprechend nicht lange, sondern kam gleich zum entscheidenden Punkt: »Möchtet Ihr in unserer Stadt bleiben?«

Die beiden nickten.

»Auch wir haben viele Tote und Weggegangene zu beklagen. Überall gibt es Mangel an guten Arbeitskräften. Ihr scheint ein guter und gebildeter Mann zu sein. Und Ihr«, er wandte sich an Magdalena, »eine tapfere und starke Frau.«

»Wir werden hart arbeiten, Ihnen keine Schande machen und der Stadt nicht zur Last fallen«, beeilte sich Knoll zu erklären.

»Das weiß ich doch!« Oetz schüttelte verständnisvoll den Kopf. »Aber eines solltet Ihr wissen: Es wird immer wieder Scharmützel um die Stadt geben, und Soldaten werden uns so lange Ärger bereiten, bis dieser gottverfluchte Krieg anständig beendet ist. Und wenn es Ärger gibt, dann stehen wir alle zusammen. Egal ob Katholiken oder Protestanten, wer innerhalb der Stadtmauern ist, kämpft auf unserer Seite. Wenn ich Euch die Bürgerrechte verleihe, dann ist es auch Eure Stadt. Versteht Ihr das?«

»Genauso selbstverständlich, wie ich Magdeburg verteidigt hätte, wenn es möglich gewesen wäre.«

»Und um die Hand- und Spanndienste, die jeder Bürger zum Erhalt unserer Stadtbefestigung leisten muss, werdet Ihr ebenfalls nicht herumkommen.«

Knoll nickte zustimmend.

»Die gute Nachricht jedoch lautet: In Zeiten wie diesen sind Neubürger für die ersten zehn Jahre von allen Steuern und Abgaben befreit.« Oetz grinste breit. »Ein Privileg, dessen ansonsten nur ich als Stadtrichter, unsere Schöffen und unser städtischer Kuhhirte teilhaftig werden.« Er legte Knoll väterlich die Hand auf die Schulter.

»Indes, Ihr müsst Euch den Lebensunterhalt verdienen. Mit Arbeit. Ehrlicher Arbeit.«

Der Stadtrichter nahm eine Liste vom Tisch mit der Bemerkung: »Das ist die Herdpfennigsliste. Da stehen alle drin, die zur Zahlung des Herdpfennigs verpflichtet sind, also auch alle Handwerker.« Dann las er laut vor.

»Wir haben zurzeit folgende Berufe ansässig bei uns in Bitburg: Türwärter, Gerichtsschreiber, Stadtschreiber, Stadtbote, Stadtschöffe, Stadtpförtner, Küster, Landwirt, Schankwirt, Krämer, Schmied, Schlosser, Schuhmacher, Schneider, Leinenweber, Wollweber, Zimmermann, Fassbinder, Schreiner, Brauer, Bäcker, Metzger, Barbier, Tagelöhner.«

Er hielt inne und fragte Knoll: »Könnt Ihr Euch irgendein Handwerk vorstellen, welches hier nicht erwähnt ist und uns von Nutzen sein könnte?«

Knoll erkannte bewundernd, dass Oetz von Anfang an schon weitergedacht und die Liste nicht zufällig auf dem Tisch gelegen hatte. »Nun, was ich kann, das ist Bier brauen und Fässer binden. Und beides nicht schlecht.«

»Hört, Knoll, ein zweites Brauhaus wird es nicht geben, die Ernte wirft schon nicht genug gutes Getreide ab für eines. Zumindest solange der Krieg andauert, schlagt Euch das aus dem Kopf.«

»Und die Fassbinderei?«

»Wir haben zwei davon, ob eine dritte ihren Mann ernährt?«

Plötzlich stutzte Oetz. Ein Leuchten ging über sein Gesicht, seine Knollennase rötete sich, als habe er soeben die Lösung aller Probleme gefunden. »Geht zu Flügel, gleich morgen. Ich glaube, wir sollten auch an morgen denken.«

Dann weihte er Knoll unter vier, beziehungsweise sechs Augen in seinen Plan ein.

Nicht nur Flügels Brauhaus litt unter dem Krieg. Es gab kaum Getreide, und das, was gut war, wurde selbstverständlich verbacken, nicht verbraut. Die Hopfengärten in Holsthum, etwas außerhalb von Bitburg gelegen, waren genauso häufig von durchziehenden Truppen verheert worden wie die Obstgärten und Getreidefelder.

Auch der Wohlstand der ganzen Familie Flügel, über Jahrhunderte mit gutem Bier erarbeitet, stand mittlerweile auf Messers Schneide. Als eine der wohlhabenderen Familien der Stadt hatten sie sich immer und überall an Kost und Logis vermeintlich befreundeter Truppen beteiligen müssen. Die Rationen waren nicht ohne: pro Tag und Mann zwei Pfund Fleisch, zwei Pfund Brot, zwei Maß Bier. Und als Schankwirt musste Flügel auch Soldaten bei sich unterbringen. Dieser sogenannte Servis durfte nicht berechnet werden und bestand aus Heu und Hafer, Salz, Brennholz und Licht.

Flügels Brauereigasthof ›Zum feisten Römer‹ bestand seit über zweihundert Jahren. Gegründet von Niklas von Hahnfurt, auf den auch die ursprüngliche Brauerei gleichen Namens an der Albachmühle zurückging. Schon vor längerer Zeit war diese Brauerei stillgelegt worden, da sie etwas außerhalb der Stadtmauern gelegen war, was in diesen unsicheren Zeiten ein zu großes Risiko darstellte. Gebraut wurde nur noch in der Petersgasse. Jedoch, der Name war mitgezogen, das ehemals ›Gescheuerte Arschleder‹ war umbenannt worden, da ›Römerbier‹ allen ein Begriff war.

Mit der Ermordung von Dieter vom Markte war die Brauersippe der de Foros ausgestorben. Mehr als eine Familie hatte sich in der Zeit danach am Bierbrauen versucht, um dem unseligen Reihebrauen mit seinen grauenhaften Brauresultaten endlich wieder ein Ende zu setzen. Keiner Sippe war Erfolg beschieden gewesen. Und das Reihebrauen hatte sich mit Kriegsbeginn von selbst erledigt, da die Rohstoffe zu knapp wurden. Lediglich die großen Tordurchfahrten vieler Stadthäuser erinnerten noch daran, dass hier mit schöner Regelmäßigkeit die Sudgefäße zu dem Bürger hineingefahren worden waren, der gerade mit Brauen an der Reihe gewesen war. Flügels Brauhaus unterschied sich darin von den anderen Häusern. Hier hatte es immer eine Brauerei gegeben, daher war ihre Tordurchfahrt kleiner, nur ein Karren mit Bierfässern musste hindurchpassen.

Familienoberhaupt der alteingesessenen Bitburger Brauerfamilie war im Jahre 1635 der siebenundzwanzigjährige Christoffel Flügel. Er hatte die Brauerei erst drei Jahre zuvor übernommen, nachdem sein acht Jahre älterer Bruder Matthias, der das Brauerhandwerk von der Pike auf gelernt hatte, plötzlich an der Pest gestorben war. Furcht und Schrecken hatte die Krankheit verbreitet, als Matthias die ersten Symptome gezeigt hatte. Schwarze Beulen waren auf der Haut erschienen, der Körper war innerhalb kürzester Zeit entkräftet gewesen, und er selbst hatte lethargisch und verwirrt gewirkt. Der schnelle Tod war ein recht gnädiges Los gewesen, ebenso glücklich war die Familie, als feststand, dass sich sonst niemand angesteckt hatte. Aber für ihn, Christoffel, war es eine große Herausforderung gewesen, ein Sprung ins Ungewisse. Seinen Handel mit Waren und Gewürzen aller Art, den er eröffnet hatte, musste er aufgeben. Und ohne Ausbildung, nur mit dem Braurecht seiner Familie ausgestattet, hatte er schnell lernen müssen. Sehr schnell, um die Brauerei fortzuführen. Der Krieg war schon in vollem Gang gewesen, da verboten sich Bildungsreisen von selbst. Matthias hatte noch nach Köln und Aachen ziehen können, um dort das Brauereihandwerk zu erlernen. Christoffel lernte nur, was innerhalb der Mauern Bitburgs an Wissen verfügbar war. Das reichte zwar aus, um das Handwerk weiter zu führen, zu mehr aber nicht. Nicht, um auf das gebraute Bier wirklich stolz zu sein. Und erst recht nicht, um den alten Ruf Bitburgs als Bierstadt zu festigen. Er freute sich bereits jetzt auf den Tag, da der Krieg zu Ende sein würde. Dann würde er seinen Kindern die Ausbildung ermöglichen können, die er selbst nie erhalten hatte.

Während Flügel nicht ahnte, dass sich seine Situation schon sehr bald ändern würde und er demnächst reichlich Gelegenheit bekäme, seinen Wissensdurst zu stillen, ging der Mann, der dies bewerkstelligen sollte, mit einem tiefen Gefühl der Befriedigung zu seinem neuen Zuhause. Das Gespräch mit dem Stadtrichter war mehr als vielversprechend verlaufen. In ihrem kleinen Häuschen angekommen, nahm Knoll Magdalena in den Arm, sah ihr direkt in die Augen und ohne große Umstände, mehr gemurmelt als gesprochen, ließ er es heraus: »Wenn wir uns hier eine neue Existenz aufbauen wollen, dann sollten wir vorher heiraten.«

Magdalena lächelte wissend, nickte und fragte, mit leichtem Spott in der Stimme: »Wo ist denn die nächste reformierte Kirche?«

Knoll lachte: »Das Opfer bring ich gern, um des lieben Friedens willen werden wir katholisch heiraten. Sobald ich konvertiert bin.«

Sie riefen die Kinder und Knoll verkündete die Neuigkeit. Dann wurde er ernst. Schaute alle drei an und erklärte feierlich: »Wir sind gemeinsam durch viel zu viel Ungemach gegangen. Dieser unselige Krieg hat mein Brauhaus in Magdeburg zerstört, mein erstes Weib und vier meiner Kinder auf dem Gewissen, und uns beinahe den Hungertod gebracht. Ich werde *nie wieder*«, seine Stimme bebte vor Entschlossenheit, »*nie wieder* kampflos hinnehmen, dass meine Familie und unsere Existenz bedroht oder gar zerstört werden. Das gelobe ich hiermit feierlich vor Gott, dem Allmächtigen.«

Auch Magdalena war feierlich zumute, als sie Cord erwiderte: »Ich hoffe, ich werde dich nicht allzu oft an diesen Schwur erinnern müssen.«

Der Wechsel der Konfession und die anschließende Hochzeit gingen erstaunlich schnell vonstatten. In Kriegszeiten ließen neben der Moral auch Formalismus und Bürokratie Federn. Oetz höchstpersönlich fungierte als Trauzeuge und überreichte Cord Heinrich Knoll mit der Heirats- auch die neue Bürgerurkunde mit den Worten: »Ich hoffe, Ihr erweist Euch dessen als würdig. Die Gebühr in Höhe von sechzehn Reichstalern werden wir Euch stunden, bis Ihr ein sicheres Einkommen habt.«

Der Stadtrichter bürgte sogar persönlich für den Kredit von fünfzig Talern, die Knoll als Starthilfe beim jüdischen Geldverleiher ausborgte.

Stolz trug er nach der Trauung Magdalena über die Schwelle des kleinen Hauses. Sie küssten sich und beide glaubten, noch niemals in ihrem Leben so glücklich gewesen zu sein. ⊘

9.

BALD SCHON GING es in der Brauerei mit der Arbeit los. Knoll traf sich mit Flügel und unterbreitete dem vier Jahre jüngeren Brauer die gleichen Vorschläge, die Oetz ihm gemacht hatte. Flügel war eine ungewöhnliche Erscheinung. Mittelgroß, aber mit unglaublich breiten Schultern und viel zu dünn geratenen Beinen, dazu schwarze, buschige Augenbrauen, eine wulstige Nase und ein breiter Mund, in dem einige Zähne fehlten, der jedoch, trotz der angespannten Lage, nicht verkniffen wirkte. In seinen recht jungen Jahren neigte er bereits zur Glatze und trug deswegen eine Perücke, die vor einiger Zeit einmal vornehm gewesen sein mochte, mittlerweile jedoch schon etwas verfilzt und verstaubt wirkte. Er führte immer einen Spazierstock in der Hand und hatte eine mächtige Pfeife im Mund, aus der dichte Wolken herausquollen. Die Söldner der verschiedenen Heere hatten diese Sitte des Rauchtrinkens mittlerweile auch beim einfachen Volk bekannt gemacht. Und nachdem Versuche zu Beginn des Jahrhunderts, den Konsum dieser Pflanze, die Nicotiana genannt wurde, zu verbieten, gescheitert waren, war auch der Preis so weit gesunken, dass sich jeder eine Pfeife leisten konnte.

»In den Erblanden, in Österreich, ist das Tabaktrinken verboten, bei uns aber nicht«, bemerkte Flügel lächelnd. Magdalena hatte früher mit Johannes im Heereslager gelegentlich zusammen diese trockene Trunkenheit genossen und fing bald, dank Flügels Vorbild, erneut an zu rauchen. Knoll teilte ihre Begeisterung weniger.

»Das kostet nur Geld, und wir leben derzeit auf Pump. Lass uns erst einmal eigenes Geld verdienen, dann kannst du rauchen, soviel du magst.«

Magdalena aber scherte sich nicht um Knolls Worte, denn

ihr half der Tabak, den Krieg leichter zu verarbeiten. Außerdem gefiel es ihr, die Pfeife genau in die Lücke ihrer Schneidezähne festzuklemmen. Auf diese Weise konnte sie reden, ohne die Pfeife aus dem Mund zu nehmen oder sie festhalten zu müssen. Schließlich gab Knoll nach, akzeptierte das neue Laster seiner Frau und widmete sich mit Christoffel Flügel der Arbeit in der Brauerei.

Oetz hatte recht gehabt. Flügel war, nach anfänglichen Bedenken, die Brauerei gewissermaßen zu teilen, einverstanden gewesen. Sehr überzeugend hatte Knoll ihm dargelegt, was er alles wusste, wo und wie er früher Bier gebraut hatte. Obwohl die Brausaison offiziell bereits in vollem Gange war, hatte Flügel bis Anfang November noch nicht allzu viel zustande gebracht. Zu Beginn des Herbstes waren ihm zwei halbwegs gute Sude gelungen – darunter war auch derjenige, der im Hospiz Knoll wieder Kraft gegeben und und ihm auf die Beine geholfen hatte. Danach waren leider die Getreidelieferungen ausgeblieben und seither zehrten sie von den Anfängen. Zudem ging das Bier trotz drastischer Lieferbeschränkungen langsam zur Neige.

»Wir werden gemeinsam diesen Krieg überstehen. Dazu werden wir preiswertes und gutes Bier herstellen müssen. Damit die Leut' es trinken und wir ein Auskommen haben. Nur vom Hospiz und den Schöffen können wir nicht leben.«

»Wie wollt Ihr das anstellen? Es gibt kaum gutes Getreide, und Hopfen ist teurer als Gold«, war Flügels pessimistische Erwiderung. »Die meisten Getreidefelder und alle Hopfengärten sind verwüstet.« Flügel ließ Knoll bei den nächsten Suden zusehen, die mit schlechtem Getreide und ohne Hopfen naturgemäß grauenhafte Ergebnisse erbrachten. Die Resultate waren sogar noch schlechter als Knolls letzte Magdeburger Broyhan-Biere. Aber eines registrierte Knoll gleich zu Beginn: Das Wasser in

Bitburg, das sie aus dem Brunnen auf dem Petersplatz eimerweise aus der Tiefe zogen, war etwas Besonderes. Gerne ließ er es direkt aus dem Eimer in seine Hand und über die Finger rinnen. Kühl und weich fühlte es sich so viel besser an als das Elbewasser, das er von früher kannte. Es war fast so, als wäre dies eine gänzlich andere Substanz. Und es roch frisch und kalt, ansonsten nach gar nichts. Kein Kot oder Harn, keine Gerberabfälle, keine Tiere hatten dieses Wasser jemals verunreinigt. Damit würde er zu gern einmal einen Broyhan brauen, wenn auch erst später, sobald die Zeiten wieder besser geworden waren.

Flügel, den er darauf ansprach, verstand gar nicht, wovon er redete. »Wasser ist Wasser«, murmelte dieser nur. »Hauptsache, es löscht uns den Durst, wenn wir kein Bier haben. Und macht uns ein gutes Bier, wenn wir Getreide und Hopfen haben.«

Knoll fand es tröstlich, dass in Bitburg gutes Wasser so selbstverständlich war. Das würde also das Geringste ihrer Probleme sein.

Der nächste der fahrenden Händler, die trotz dieser unsicheren Zeiten – mit zugegebenermaßen reduziertem Warenangebot – durch die Lande zogen, erhielt von Knoll den Auftrag, nach bestimmten Fachbüchern Ausschau zu halten und beim nächsten Besuch mitzubringen. In der Zwischenzeit machte Knoll eine ausgiebige Erkundung der Flügel'schen Brauerei. Er begutachtete alle Gefäße, Töpfe und Gerätschaften, ließ sich von Flügel erklären, wie dieser Bier braute und erkundigte sich, wo das Getreide und der wenige Hopfen herkam und wie viel dafür gezahlt wurde. Auch was sonst noch in und um Bitburg von den Bauern angepflanzt und erzeugt wurde, ließ er sich berichten.

Als er alles gesammelt hatte, was an Informationen verfügbar war, vergrub er sich in seinem Haus einige Tage lang hinter Papieren, auf denen er Berechnungen anstellte, Rezepturen austüftelte und Listen erstellte.

Schneller als erwartet war der Händler nach ein paar Wochen wieder da.

»In Lüttich habe ich einiges von dem gefunden, was ihr mir aufgetragen habt«, verkündete er freudestrahlend. Zufrieden nahm Knoll die Bücher entgegen, die der Marketender ihm voller Stolz überreichte. Das erste Buch, ein kleines Bändchen mit schwarzblauem Einband, trug den Titel ›Der kunsterfahrene Brauer‹.

»Das habe ich einst auch besessen«, entfuhr es Knoll erregt. »Da steht eigentlich alles drin, was wir wissen müssen.«

Ein anderes Buch hatte seinen prahlerischen Namen mit schwarzen, fetten Lettern auf blauem Grund gedruckt: ›Der vollkommene Bierbrauer‹.

Knoll strahlte mit dem Händler um die Wette.

»Hier habe ich noch eines, das aus Hamburg den Weg nach Lüttich gefunden hat.« Der Händler hielt Knoll die ›Vollständige Beschreibung der Braunbier-Brauerei‹ unter die Nase.

»Habt Ihr den Doktor Knausten auch gefunden?« Knoll hätte dieses Werk gern wieder besessen. Erschienen in Erfurt im Jahre 1573, war Knaustens Bier-Enzyklopädie das erste wirkliche Fachbuch über die Bierbrauerei gewesen. Auch wenn sich mittlerweile einiges darin als falsch oder zumindest stark übertrieben herausgestellt hatte, seine Beschreibungen der verschiedenen Biere halfen jedem Brauer, sich einen guten Überblick zu verschaffen, was im gesamten Reich so alles hergestellt wurde.

Triumphierend griff der Händler erneut in seine große, lederne Tasche und entnahm ihr ein Bündel von gleich mehreren Büchern. »Das kommt Euch aber teuer!«

Knoll nahm die Wälzer in die Hand und überflog die ihm

von früheren Zeiten her bekannte pompöse Titelzeile: ›Fünf Bücher von der göttlichen und edlen Gabe, der philosophischen, hochteuren und wunderbaren Kunst, Bier zu brauen: Auch von Namen der vornehmsten Biere in ganz Deutschland und von deren Naturen, Temperamenten, Qualitäten, Art und Eigenschaft, Gesundheit und Ungesundheit, sie sein Weizen oder Gersten, Weisse oder Rote Biere, gewürzt oder ungewürzt. Aufs Neue übersehen und in vielen Wegen über vorige Edition gemehret und gebessert. Durch Herrn Heinrich Knausten, beider Rechten Doctor. Gedruckt zu Erfurt erstmals im Jahre 1573. Dritte Ausgabe von 1614.‹

Knoll erinnerte sich noch, dass er zum Studium dieses Werkes eigens etwas Latein hatte lernen müssen, da der gelehrte Herr Doktor Knausten seine Erläuterungen teilweise in der Sprache der Akademiker abgefasst hatte. Dadurch war diesem Werk, trotz seiner Güte, auch der durchschlagende Erfolg bei den meist ungebildeteren Brauern verwehrt geblieben. Der Händler förderte weitere Schriften zutage: ›De Cervisia‹ von Tadeáš Hájek, ein lateinisches Bierbuch, geschrieben von einem böhmischen Gelehrten. Sogar eine neuere Ausgabe des allerersten Bierbuches in deutscher Sprache konnte er vorweisen, das bereits fast hundert Jahre alte ›Über Natur und Kräfte der Biere‹ von Johann Brettschneider, der sich selbst ›Placotomus‹ nannte. Zu guter Letzt zeigte er noch das ›Weinbuch‹ von 1580, geschrieben von dem Österreicher Johann Rasch.

»Was soll ich mit einem Weinbuch?«, fuhr Knoll den Händler etwas schroffer an, als der es verdient hatte.

Der Händler erwiderte gar nichts, sondern schlug lediglich das letzte Kapitel auf, und Knoll las vor: »›Wie man gut Bier machen und behalten soll.‹ Der Rasch wollte die Weinbauern tatsächlich das Bierbrauen lehren!« Knoll lachte.

Flügel stimmte ein. »Schuster, bleib bei deinen Leisten«,

setzte er warnend an einen imaginären Winzer hinzu. Kurz verhandelten beide über den Preis für alle Bücher, der anfangs horrend hoch war. Der Händler legte als letztes Zugeständnis ein Buch obendrauf. Das war, zu Knolls vollständiger Begeisterung, ›Der praktische Rathgeber für den Pierpreu in Noth- und Kriegszeiten‹ aus Leipzig.

Die beiden Brauer zahlten anstandslos, dann machten sie sich ans Studium. ✝

10.

Tagelang hockten sie in der Brauerei, die Köpfe in den Büchern vergraben. Sie diskutierten, machten Vorschläge und verwarfen viele ebenso schnell wieder.

»Nachdem die Hopfengärten vernichtet sind, müssen wir uns andere Würzmittel suchen«, schlug Knoll gleich am Anfang vor.

»Dann werden unsere Weiber aber kein Bier mehr trinken.« Knoll nickte verständnisvoll. Schließlich war Hopfen seit jeher als äußerst empfängnisfördernd betrachtet worden.

»Hopfen macht die harte, verschlossene Mutter wieder weich«, zitierte Flügel ein gängiges Sprichwort.

»Und Bier, das nicht gehopft ist, macht Winde und wird bald sauer«, fügte Knoll eine weitere Volksweisheit hinzu. »Obwohl das auf den Broyhan weniger zutrifft. Aber es scheint, als müssen wir alles an uns und unseren Weibern ausprobieren, bevor wir neues Bier unter die Leut' bringen.«

»Aber auch die Gerste als wichtigster Rohstoff sollte nicht in Stein gemeißelt sein«, war Flügel weiteren schmerzhaften Änderungen nicht abgeneigt.

Als neue Rohstoffe, neben den Getreidesorten Hafer, Weizen, Emmer, Hirse und Roggen, erwogen sie auch die Verwendung von Runkelrüben, Apfel- und anderem Obstsaft sowie Honig. Sogar Bier aus Kohl wurde erörtert.

»In Knaustens Buch ist die Herstellung eines Honigbiers genau beschrieben«, bewies Knoll seine Lateinkenntnisse.

»Im Krieg ist der aber auch knapp und wertvoll.« Flügel kannte die wirtschaftlichen Verhältnisse in Bitburg besser.

»Wir werden Bier brauen mit dem, was wir bekommen«, war Knoll aber nicht unterzukriegen.

Flügel zeigte Knoll eine Pflanze, die dieser noch nie gesehen hatte. Länglich, dick wie ein Unterarm, voll mit speckigen, grünen Blättern. »Der Seefahrer Kolumbus hat diese Pflanze in Amerika entdeckt, die Spanier haben diese Frucht mit zu uns gebracht. Sie soll essbar sein, wir wissen aber nicht, wie.«

Knoll schälte die Blätter ab und enthüllte einen gelben Kolben, vollbesetzt mit Körnerreihen. Er biss herzhaft hinein und verzog das Gesicht. »Sauer und schmeckt wie Gras.« Der Geschmack erinnerte ihn an die harten Zeiten unterwegs, als sie Gras essen mussten, um zu überleben.

»Wie nennt man diese Frucht?«

»Die Spanier nennen sie Mais, die Habsburger Kukuruz.«

»Vielleicht kann das Vieh sich davon ernähren. Dann frisst es uns den Hafer nicht mehr weg.«

Gewürze als Hopfenersatz zu beschaffen, das würde einfacher sein. In allen Büchern wurde beschrieben, wie in alten Zeiten, vor der Einführung des Hopfens, das Bier gewürzt worden war. Die Liste wurde länger und länger: Tannenzapfen, Holunder, Wermut, Fichtensprossen, Ingwer, Wacholder, Gurkensamen, Nelken, Pfeffer ...

Vieles wuchs einfach in den Wäldern und Wiesen um Bitburg. Manches war durch den Krieg unerschwinglich geworden, wie Pfeffer und andere Handelsgewürze. Besonders interessant war der Biberklee.

Biberklee wuchs in den Flussauen von Kyll, Nims und Prüm, den drei Flüssen im näheren Umkreis Bitburgs. Die dreiteiligen Blätter und die Wurzeln, viel größer als die gewöhnlichen Klees, enthielten einen starken Bitterstoff – einen der stärksten in der Natur überhaupt, der seit langer Zeit zur Behandlung von Koliken und Blähungen, aber auch bei Erschlaffung der Organe und des Darms verwendet wurde. Auch zur Fiebersenkung, bei Ohrenfluss, Hautausschlägen, sogar bei Traurigkeit, Schluckauf, Bleichsucht, Gicht, Wassersucht und Hysterie wurde Biberklee seit jeher empfohlen.

»Das wäre doch mal einen Versuch wert«, schlug Knoll vor. »Das macht uns vielleicht den Verlust unseres geliebten Hopfens mehr als wett.« So schickten sie ein paar Jungen auf die Suche, den Biberklee zu finden und zu ernten.

Unter den Jungen befand sich neben Ulrich Knoll auch Flügels gleichaltriger Sohn Johann. Ulrich hatte schnell in die Gruppe hineingefunden, die tagsüber die kleine Stadt unsicher machte. Johann, der unter den Jüngeren der Wortführer war, hatte ihm den Einstieg erleichtert. Die beiden Jungen hatten einander, wie ihre Väter auch, gleich gemocht. Tagaus, tagein strolchten sie nun durch die Gegend, machten sich einen Spaß daraus, trotz der Ermahnungen der Eltern heimlich aus der Stadt zu verschwinden und später am Tag, bei ihrer Rückkehr, die Stadtwache anzuflehen, sie nicht zu verraten. Die kleineren Buben waren draußen fast keinerlei Gefahren ausgesetzt, aber sobald sie älter als zwölf Jahre waren, konnte es gefährlich werden. Vorbeiziehende Truppen ergriffen gelegentlich die Heranwachsenden, entführten sie, um sie als Dienstboten zu missbrauchen, oder rekrutierten sie sogar zwangsweise als Soldaten. Daher hatten alle Eltern ein wachsames Auge darauf, dass ihre älteren Kinder in der Stadt blieben.

Auch Flügel hatte noch eine Tochter: Sophia, die ein Jahr älter war als Knolls Tochter. Beide waren zu jung, um zur Biberkleeernte mitzukommen. Also versuchten hier die Mütter, Freundschaft zwischen den beiden Mädchen zu stiften. Doch die beiden verstanden sich nicht auf Anhieb so gut wie ihre Brüder. Das lag zum großen Teil daran, dass Sophia Angst hatte vor der zerbrechlichen, feengleichen Gestalt Lisbeths. Das Mädchen, das seine ersten Lebensjahre in der Kakushöhle verbracht und dementsprechend wenig Sonnenlicht gesehen hatte, war nicht nur für Sophia wie ein Wesen aus einer anderen Welt. Hellblonde, fast weiße Haare, die zu ihrer hellen, fast durchsichtig schimmernden Haut überhaupt keinen Kontrast bildeten, umrahmten ein zierliches Engelsgesicht, dessen dünner Hals auf einem ebenso mageren, zerbrechlich wirkenden Körper saß. Ihr bisheriges Leben war geprägt gewesen von Hunger, Elend und endlosen Wanderungen durch zerstörte Landschaften. Sie hatte es bald nach ihrer Geburt schon aufgegeben, sich über Mangel an Nahrung oder Wärme schreiend zu beklagen. Instinktiv hatte der Säugling gemerkt, dass seine Mutter ihm alles gab, wozu sie fähig war. Weshalb sollte das Mädchen dann noch etwas fordern, wenn nichts mehr da war? Obwohl es zurzeit wieder aufwärts ging, blieb Lisbeth Magdalena schweigsam und bescheiden. Sie fragte nicht nach, sie nahm sich einfach, was sie brauchte, sofern sie es mit ihren spindeldürren Beinchen, auf denen sie staksend daherkam, erreichen konnte. Ansonsten saß sie meist auf dem Fußboden, spielte mit Steinen und Stöckchen, die sie aufgelesen hatte oder sang Kinderlieder vor sich hin, die auch hier im Habsburgerland im Krieg entstanden waren, wie das beliebte ›Schwedenlied‹: »Die Schweden sind gekommen, haben alles mitgenommen, haben's Fenster eingeschlagen, haben's Blei davongetragen, haben Kugeln draus gegossen, und die Bauern totgeschossen.« Während sie das Liedchen vor sich hinträllerte, liefen Magdalena Tränen die Wangen hinunter. ⚥

11.

DIE MÄNNER UNTERBRACHEN IHR BÜCHERSTUDIUM gelegentlich, um einander aus ihrem Leben zu erzählen. Knoll berichtete wehmütig vom Untergang Magdeburgs; Flügel steuerte neben seiner eigenen Familiensaga auch Anekdoten aus der bewegten Bitburger Biergeschichte bei. Er erwähnte Niklas von Hahnfurt, der im Jahr 1276 die Brauerei gegründet hatte, in der Flügels Urahn einst als Lehrling eingestellt worden war und sie anschließend übernommen hatte.

»Aber Niklas war nicht der erste Brauer in Bitburg. Die de Foros waren schon länger Bierbrauer. Obwohl, ich bin mir nicht sicher, ob man deren Gebräu Bier nennen konnte«, lachte er los. »Und vor den de Foros waren es Benediktinermönche in St. Maximin, die zuerst in Bitburg Bier brauten, wenn auch überwiegend, um den eigenen Durst zu stillen.«

Er holte zwei Krüge des letzten Biers, setzte sich Knoll gegenüber und begann zu erzählen. »Die älteste Geschichte, die es in Bitburg über Bier gibt, stammt von diesen Benediktinermönchen. Die brauten wohl ein wahrhaft gutes Bier, das weit und breit gerühmt wurde. Aber eines Tages starb ihr Abt und ein neuer wurde bestimmt. Dieser hieß Vincenz von Urtingen und kam irgendwo aus dem Süden des Landes zu uns in die Eifel. Er war ein strenger Ordensmann, der den Mönchen das Bierbrauen zwar weiterhin erlaubte, ihnen aber verbot, es selbst zu trinken. Diese Verordnung nahmen die Brüder nur äußerst schweren Herzens hin, weil sie doch jeden Abend in der Braustube zusammenkamen, um nach der Andacht und dem Nachtessen bis um Mitternacht dem guten Bitburger Bier zuzusprechen.« Flügel und Knoll stießen mit den Krügen an, dass das Bier herausschwappte. Der Bitburger Brauherr fuhr fort: »Der neue Abt achtete sehr auf Einhaltung seiner neuen Anordnung und so herrschte schnell schlechte Stimmung im Kloster. Die Brüder beratschlagten, wie man diese Anordnung umgehen könnte. Sie dachten dabei an die Mönche des Klosters Himmerod, die der Abt aus ähnlichen Gründen um ihren allabendlichen Weinschoppen gebracht hatte. Bald darauf starb einer nach dem anderen, bis ein berühmter Arzt aus Frankreich feststellte, dass es keine Seuche war, sondern eine Infektion, die durch unsaubere, vernachlässigte Weinfässer verbreitet wurde. So einfach lag der Fall hier aber nicht. Die Mönche sannen auf eine List, um die Absichten ihres Oberen zu durchkreuzen. Ihnen fiel aber absolut nichts ein, bis ihnen der Zufall zuhilfe kam. Während im Kloster noch tiefe Enttäuschung herrschte, und die Mönche die Köpfe hängen ließen wie Blumen, denen man Licht und Wasser entzogen hatte, erschien plötzlich der Trierer Bischof zu Besuch. Er wunderte sich sehr über die düstere Stimmung im Kloster und fragte den Abt nach dem Grund dieser Veränderung. Er kannte die Klosterbrüder von früheren Besuchen als Männer, die bei aller Pflicht einigen irdischen Freuden durchaus nicht abgeneigt gewesen waren. Der Abt konnte die Frage jedoch nicht beantworten. Während das Essen serviert wurde, ließ der Bischof zur Feier des Tages Bier auftragen. Als die Krüge auf die Tische gestellt wurden, erstrahlten die Gesichter der Mönche, die beinahe vergaßen zu essen und sich wünschten, der Bischof möge dem Kloster am besten jede Woche einen Besuch abstatten. Der Gast trank einen Schluck aus seinem Krug und verzog dabei das Gesicht, als ob er Essig getrunken hätte, sprang auf und verlangte ein Glas Wasser, da, wie er es formulierte, das Bier nach faulem Käse schmecke. Der Abt war verzweifelt und rief den Bruder Braumeister zu sich, der seinen und den Tadel des Bischof übernehmen sollte. Dieser aber bewahrte Ruhe und parierte den Vorwurf, er habe sein Amt vernachlässigt und das Bier schlecht werden lassen, mit den Worten: ›Woher, werter Bischof, soll ich wissen, dass mein Bier nach faulem Käse schmeckt, da unser hochwürdigster Abt mir und allen Brüdern verboten hat, es zu trinken? Früher war es Pflicht und Ehrensache, in einmütiger Runde die Erzeugnisse des Klosters zu verkosten, damit sein Ruf erhalten bleibt.‹ Nachdem er sich so verteidigt hatte, verschwand der Braumeister mit schnellen Schritten. Der Abt errötete und erblasste abwechselnd, als der Bischof ihn daraufhin ansprach, ob es mit den Worten des Braumeisters seine Richtigkeit habe. Der Klostervorsteher musste es wohl oder übel zugeben. Daraufhin schüttelte der Bischof den Kopf und sagte: ›Brüder des Herrn! Es freut mich zu hören, dass Ihr Eure Pflichten nicht vernachlässigt habt und die mindere Qualität des Bieres lediglich auf den Übereifer unseres verehrten Abts zurückzuführen ist. Ich lege ihm daher nahe, sich ein anderes Kloster zu suchen, in dem kein Bier gebraut wird!‹« Knoll lachte laut los, Flügel stimmte ein, bevor er prustend fortfuhr: »Der Abt fiel auf die Knie, küsste den Saum des bischöflichen Gewands und bat, Bitburg auf der Stelle verlassen zu dürfen. Er wolle zu Fuß durch das Land wandern und seine Schuld büßen.«

»So ein Narr«, meldete sich der Magdeburger zu Wort. »Bier war doch sicher das Beste, was es damals zu trinken gab. Ich hoffe, er hat ein Kloster gefunden, in dem nur Wasser getrunken wurde.«

»Nein, natürlich nicht«, schloss Flügel die Geschichte ab. »Die Sage geht so, dass der arme Vincenz für den Rest seines Lebens umhergeirrt sei, bis ihn der Tod gnädig erlöste, denn ein Kloster ohne die ehrbare Braukunst habe er nicht gefunden.«

Beide prosteten sich wieder lachend zu und leerten die Krüge. »Was geschah mit dem Kloster?«, fragte Knoll.

»Das Stift St. Maximin gibt es noch, es liegt außerhalb der alten Stadtmauern, gleich beim südlichen, dem Trierer Stadttor. Aber gebraut wird dort nicht mehr.«

»Wie ist dein Bruder dann durch die ersten Kriegsjahre gekommen?«, führte Knoll das Gespräch zurück in die Gegenwart.

»Ach, zuerst war es nicht schlimm. Mühsam wurde es erst, als die Wipper und Kipper das Kommando über die Münze übernahmen. Da konnte unsereins kein Geld mehr verdienen mit dem Bier. Also haben wir den Ausschank gegen leichte Münze verweigert, und nur noch Silber angenommen oder gleichwertiges. Das hat uns das Geschäft gerettet. Aber gleich nach der Münzreform, kam aus Luxemburg ein Erlass, dass wir das Bier wieder gegen klingende Münze ausschenken müssten. Seither ging es so, bis mein Bruder plötzlich gestorben ist.« Flügel holte tief Luft, zeigte, dass ihm dieses Thema unangenehm war und er das Gespräch hier beenden wollte. Beide wandten sich wieder ihren Büchern zu, denn sie hofften inständig, endlich mal wieder einen Sud einmaischen zu können. ⚷⟞

12.

IN DEN NÄCHSTEN WOCHEN erhielt die Stadt Bitburg noch weiteren Zuwachs. Auch andere Familien hatten sich auf ihrer Flucht durch das gebrandschatzte Deutschland hierher durchgeschlagen. Ein Ehepaar mit drei Kindern namens Zangerle stammte aus Tirol, eines mit Namen Häberle, deren Kinder unterwegs gestorben waren, aus der Nähe von Donaueschingen und Paul Röhr, ein Bulle von einem Mann, dessen Trauer darüber, dass er in diesem Krieg seine gesamte Familie verloren hatte, tiefe Furchen in sein Gesicht gegraben hatte, war den weiten Weg von Schlesien gekommen. Alle Neulinge wurden in die Häuser für die Zugezogenen einquartiert und somit Knolls Nachbarn, und alle wiederum berichteten grauenhafte Geschichten aus dem Krieg, als sie abends beisammen saßen. Der schlimmste Bericht kam von Röhr, der über zwei Jahre lang auf der Flucht gewesen war.

»Ich stamme aus der Stadt Goldberg und war dort Stellmacher. Viel Geld habe ich verdient, weil ich für unsere Bauern Räder, Wagen und Pflüge gebaut habe. Und solide Karren für die Händler. Ein schönes Haus besaß ich, hatte ein treues Weib und drei Kinder. Bis im Oktober 1633 spanische Soldaten von Wallensteins Truppe unsere verschlossenen Stadttore mit Äxten einschlugen. Niemand setzte sich zur Wehr, wir ergaben uns und beteten, die Weiber schrien und weinten. Doch die verdammte Soldatenbrut, die tobte wie der Teufel! Jedes Haus wurde aufgebrochen, geplündert und ausgeraubt, die rasenden Bestien haben alles niedergeschossen und erstochen, wie es ihnen beliebte. Sie hatten sich eigens Hämmer angefertigt, mit denen sie den Bürgern gegen die Köpfe schlugen, wie ein Fleischhauer einen Ochsen tötet. Sie traten mit ihren Füßen alles und jeden, bis das Blut nur so herumspritzte.« Alle schüttelten sich vor Grausen. »Die Offiziere aber, diese gottlosen und verruchten Bösewichter, die waren die grausamsten Ungeheuer. Sie fesselten die Ratsherren und zwangen sie, ihre Pferde zu halten, während sie in die Herrenhäuser eindrangen und alle Frauen schändeten, ob alt oder jung, Magd oder Hausherrin. Sie machten auch vor Kindern und älteren Menschen keinen Halt. Schließlich begannen sie, die Bürger zu martern, um Verstecke von Gold, Geld und anderen Gütern zu erfahren. Man legte ihnen Stricke um den Hals und zog sie nackt durch die Gassen, schlug mit Hämmern auf Knochen und Schädel, rieb raue Steine gegen die Stirnen, bis diese blutig waren, oder zog knotige Stricke um die Köpfe, dass die Augen aus den Höhlen heraustraten, und Blut aus Mund und Nase strömte. Auch mit Feuer, brennenden Kienspänen und heißen Schwefeltropfen auf nackter Haut hantierten diese Ungeheuer.«

Magdalena geriet bei den grausamen Schilderungen regelrecht in Seelenangst und umklammerte totenbleich den Griff ihrer Stuhllehne. Die Erinnerung, selbst an diesen Massakern teilgenommen zu haben – wenn sie auch nur geplündert hatte, erschien ihr im Nachhinein wie ein böser Traum. Und auch Knoll konnte sich nur schwer vorstellen, wie diese Männer, wenn sie mit ihren Untaten fertiggeworden waren, sich nach ihrer Rückkehr zu Hause von ihren frommen Gattinnen lieblich umarmen und verhätscheln ließen.

»Und wie bist du davongekommen?«, fragte er Paul.

»Ich war für einige Tage außerhalb der Stadt, um ein paar Achsen und Werkzeuge auszuliefern. Als ich zurückkam, brannte Goldberg. Ich wartete drei Tage lang vor den Stadttoren. Danach fand ich meine toten Kinder und meine erschlagene Frau und begrub sie. Mein Haus war teilweise abgebrannt und alles von Wert geraubt worden. Also bin ich fort gegangen.« Alle fühlten ähnlich, alle Mitglieder ihrer kleinen Gruppe einte ein vergleichbares Schicksal. Und Paul hatte Glück im Unglück: Ein Stellmacher lebte in Bitburg derzeit nicht.

Tatsächlich ergab sich gegen Ende des ersten Winters, den die Familie Knoll in Bitburg verbrachte, die Gelegenheit zu einigen Biersuden. Oetz in seiner Funktion als Stadtrichter, war Mitglied der Städtekammer und fuhr daher zweimal jährlich zum Ständetag nach Luxemburg. Dort hatte er über die Zeit einige gute Geschäftsbeziehungen aufgebaut, die er nun zum Nutzen der Brauer einsetzen wollte. Ein ihm bestens bekannter Händler bot sich an, eine ausreichende Menge Gerste aus Luxemburg zu beschaffen. Der hatte auch vom Hopfenmangel erfahren und zeigte sich in der Kenntnis des Brauens versiert genug, um den Brauern eine kleinere Menge Quassiaholz anzubieten.

»Das Holz kommt aus Südamerika und enthält wundervolle, würzige Bitterstoffe. Man muss es nur auskochen und danach den wässrigen Absud abfüllen«, wusste der Händler.

Weder Knoll noch Flügel hatten von diesem Holz jemals gehört, bestellten es aber dennoch. Damit die kostbare Fracht ohne Zwischenfall ihr Ziel erreichte, beantragte Oetz bei der Heeresleitung einen Geleitbrief zur Sicherheit, der ihn vor den eigenen, plündernden Soldaten schützen sollte.

»Ob das was nützen wird?« Die Brauer stellten das Papier zu Recht infrage.

Allerdings wurde es nicht benötigt. Die Gerste wie auch das Quassiaholz kamen wohlbehalten an. Die Brauer verarbeiteten ihre Ware so schnell wie möglich und gingen voller Elan ans Werk.

Auch etwas Honig, ein paar Pfund Rübenschnitzel und drei Eimer runzlige, vertrocknete Äpfel, die zu nichts sonst zu gebrauchen waren, wurden bereitgestellt. Dazu wurde der Biberklee gehäckselt, aufgekocht und dieser Extrakt in eine Blechkanne gefüllt. Die gleiche Prozedur wurde anschließend für das bittere Holz wiederholt. Der Extrakt des Quassiaholzes roch extrem scharf und bitter, sodass die Brauer sicher waren, ein ausgezeichnetes Würzmittel an der Hand zu haben. Seit Monaten hatten sich weder Soldaten noch Staatische blicken lassen, fast schien es, als herrsche endlich Frieden. Allerdings erwies sich dieser Eindruck als trügerisch. Denn alle Heerhaufen befanden sich lediglich im Winterlager und erwarteten ungeduldig das Frühjahr, auf dass die Gefechte wieder losgehen konnten.

»Weißt du«, sagte Knoll zu Flügel eingedenk dieser Tatsache, während beide im Maischbottich rührten. »Eigentlich passen die Brauerei und der Krieg gut zusammen: Das Bierbrauen findet in der kalten Jahreszeit statt, genau dann, wenn der Krieg Pause macht.«

»Wir sollten schauen, dass das ganze Bier zu Beginn der warmen Jahreszeit bereits getrunken ist, sonst wird es doch nur von den saufenden Soldaten requiriert«, fügte Flügel an. »Vielleicht vergeht ihnen dann die Lust aufs Kämpfen.«

»Meinst du, der Krieg wäre schon vorbei oder hätte niemals begonnen, wenn es kein Bier gäbe? Dann müssten wir aber Wein saufen.« Flügel schüttelte sich demonstrativ bei Knolls Worten. Jetzt saß beiden Brauern eindeutig der Schalk im Nacken.

Die ersten Sude nach den neuen Kriegsrezepturen stießen auf höchst gemischte Resonanz. Die beiden Brauer schlossen sich selbstkritisch den eher negativen Meinungen an und veränderten die Rezeptur dementsprechend. Sie klärten es mit frischem Ei und Asche, fügten etwas Salz und Wein hinzu sowie, als sie immer noch nicht zufrieden waren, Leinsamenöl. Damit gelang der Durchbruch, das Bier war genießbar und sie verkauften ihren ganzen Bestand. Sie gewannen eine wichtige Erkenntnis, und zwar, dass der Biberklee nicht wirklich schlechter war als das viel gepriesene Quassiaholz und dazu einen bedeutenderen Vorteil besaß: Er wuchs auf den Wiesen vor der Stadt und war somit umsonst. Deshalb beschlossen sie, nachdem sie ihre

Lieferung aufgebraucht hatten, kein weiteres Bitterholz mehr zu bestellen.

Im Frühjahr begannen die Kämpfe erneut. Und auch wenn Bitburg nicht zu einer der streitenden Parteien gehörte, so befand sich die Stadt doch immer irgendwie mittendrin, umringt vom immerwährenden Krieg. Trier zog wieder mal gegen Luxemburg, dann auch noch gegen die Herren von Hamm. Bei einer Fehde zwischen dem Burgherrn zu Schloss Hamm und der Stadt Trier wurde Hamm belagert, wobei Bitburger Bürger Schaden erlitten, darunter auch die Schöffen Oetz und von Esch, deren Saat von den Pferden und vorbeiziehenden Truppen zertrampelt wurde. Doch es trat etwas ein, was in den Kriegszeiten Seltenheit hatte: Die Stadt Trier erstattete den Geschädigten tatsächlich Regress. Dieses wundersame Ereignis wurde dementsprechend gefeiert, mit dem letzten Bier aus Flügels Keller. Weniger entgegenkommend waren zwei Monate danach die Staatischen, die bei einem Angriff auf die Stadt, der abgewehrt werden konnte, Brandpfeile in die Unterstadt abfeuerten, sodass dreiundzwanzig Häuser Opfer der Flammen wurden. Tote gab es zum Glück nicht zu beklagen.

Zum Ende des kriegerischen Sommers versuchten die Luxemburger aufs Neue, Trier einzunehmen. Als dies wieder nicht gelang, wendeten sie die allseits bekannte, verheerende Taktik der verbrannten Erde an. Alle Weinberge und Keltern wurden zerstört. Die luxemburgischen Pferde durften sich an den Getreidesaaten satt fressen.

Die bösen Vorahnungen teilten die Brauer mit den anderen Bürgern von Bitburg. Sie zweifelten, dass das, was die Staatlichen übrig gelassen hatten, ihnen über den Winter reichen würde. $\bigvee$

13.

DIE SCHLIMMSTEN BEFÜRCHTUNGEN trafen ein. Es gab wenig Getreide. Ausreichend zwar, damit niemand verhungern musste, aber nicht genug, um anständiges Bier zu brauen.

Zudem ließ der Stadtrichter eine gewisse Menge Gerste beschlagnahmen und Brote backen, die an das vor der Stadtmauer herumlungernde kleine Bettlerheer verteilt werden sollten, die in Notzeiten wie diesen vor jeder Stadt lagerten und mit jedem Tag größer wurden. »Damit sie sich nicht zur Bedrohung für uns auswachsen«, argumentierte Oetz. Die Rechnung ging auf und jeder Bettler, der versprach, Bitburg nicht weiter zu behelligen, erhielt ein Brot. Brot aus Gerste, die den Brauern natürlich fehlte. Also sannen sie auf Verbesserungen.

»Wenn wir nicht ausreichend Gerste haben, dann sollten wir zusehen, dass wir aus dem, was wir haben, das Beste herausbekommen«, führte Knoll den ersten Gedanken aus. Missmutig betrachtete er den Seihbottich, in dessen Trebern Flügel gerade herumrührte, um auch wirklich die letzten wertvollen Flüssigkeitsreste durch den gelochten Boden abfließen zu lassen.

»In alten Klosterzeiten haben die Mönche aus dem hier«, Flügel zeigte auf die Treber, »noch einmal ein neues Bier gemacht. Das wurde ein Dünnbier und Covent genannt. Das würde uns aber keiner abkaufen.«

Knoll dachte nach. »Demnach muss noch etwas vom Extrakt im Treber drin sein, was wir für unser normales Bier gebrauchen könnten.« Er machte sich gleich an die Arbeit. Und bereits beim nächsten Sud präsentierte er seine neue Erfindung. Zuerst behandelten sie den Seihbottich wie immer: Die Maische wurde hier mittels eines Siebbodens von den Trebern getrennt, so lange, bis nur noch trockene Treber im Bottich lagen. Die Flüssigkeit wurde unter dem Seihbottich gesammelt, in einem Gefäß, welches ›Grand‹ genannt wurde. Dann setzte Knoll zuerst einen metallenen Dorn in den Bottich, und darauf eine eigenartige Konstruktion, die der Schmied und der Schlosser für ihn konstruiert hatten. Das Gestell bestand aus drei Kupferrohren, die alle von der Mitte nach außen gingen wie ein Dreizackstern, am Ende verschlossen waren und über die gesamte Länge mit seitlichen Löchern versehen waren. Oben in die Mitte wurde ein Eimer gesetzt, der über ein Loch in seinem Boden mit den Röhren verbunden war. Auf Flügels fragenden Blick hin nahm Knoll einen Eimer heißes Wasser und goss ihn hinein. Sogleich begann das Wasser durch die kleinen Löcher hinaus- und über die Treber zu fließen.

Flügel verstand sofort: »Damit waschen wir den Rest vom Extrakt auch noch hinaus und in unser gutes Bier hinein.«

Knoll lächelte und begann, das Gestell zu drehen. Das ging leicht, weil es ja locker auf dem Dorn saß und das seitlich ausfließende Wasser für eine Art Antrieb sorgte. Es floss auf diese Weise auch in den letzten Winkel des Bottichs. »Ich werde diese Vorrichtung ›Drehkreuz‹ nennen.«

Die Bierwürze wurde danach besonders lange mit Biberklee und dem restlichen Quassiaextrakt gekocht, und am Ende ergab es das stärkste und beste Bier, das während des Krieges bislang in Bitburg gebraut worden war.

Das Drehkreuz

Mithilfe des neuartigen Drehkreuzes konnten sie nun das Bier um ein Drittel stärker und nahrhafter machen, ohne mehr Gerste als sonst zu benötigen. Die Bitburger begannen so langsam wieder, ihre Brauer zu schätzen. Denn, wie Bürgermeister Oetz es formulierte: »Bier zählt auch in Kriegszeiten zur unumgänglichen Notdurft und soll uns das feinste aller Getränke sein. Weiter so, wackere Brauherren!«

14.

DER WIND JAGTE UM DIE MAUERN des Stadthauses und des Schulhauses, die den Kirchplatz der Liebfrauenkirche begrenzten und wirbelte die bereits braunen Blätter auf. Trotz der frühen Tageszeit und der Tatsache, dass ein Unwetter in der Luft lag, war der Platz gut gefüllt. Unter den Bitburgern, die voller Ungeduld auf das angekündigte Schauspiel warteten, befanden sich auch Magdalena und ihr Gatte Cord Heinrich Knoll. Die Kinder hatten sich ganz nach vorn gedrängt und waren mittlerweile aus dem Blickfeld ihrer Eltern entschwunden. Knoll war, an diesem Spätsommertag des Jahres 1637, erst nach einigem guten Zureden mitgekommen. Die Saison ging bald los, er wollte alles gut vorbereitet wissen.

»Ein wenig Zerstreuung könnte dem Herrn Braumeister, unserem verehrten Herrn Knoll, nicht schaden«, hatte Magdalena gespöttelt.

»Was soll ein Jesuitentheater schon an Zerstreuung bieten?«, hatte Knoll aus seiner mangelnden Wertschätzung für diesen Orden kein Hehl gemacht. Die Abneigung hatte sich in den letzten Monaten verstärkt, da Knoll den Jesuiten mittlerweile sogar Geschäftsschädigung verwarf. »Die Kuttenträger preisen dieses neuartige Getränk aus Spanien, das man Schokolade nennt, nun sogar als Fastenspeise an und reden den Leuten das Bier aus.« Als Brauer verstand er da natürlich keinen Spaß. Und zumindest im spanischen Herrschaftsgebiet und für die, die es sich leisten konnten, lag er durchaus richtig mit seinem Vorwurf.

Die sonstigen Einschätzungen Knolls wurden den Jesuiten allerdings nicht gerecht und zeugten in erster Linie von Unwissenheit, denn diese erwiesen sich als wahre Meister der Theaterkunst. Ihre Vorstellungen waren weithin berühmt, ihre Bruderschaft hatte bereits Dramatiker hervorgebracht, wie den Pater Jacob Bidermann, der sich selbst für eine katholisch-motivierte Ausgabe des vor einigen Jahren verstorbenen William Shakespeare hielt. Die Jesuiten stürzten ihr Publikum immer in ein Wechselbad der Gefühle; biblische Szenen zur religiösen Erbauung wechselten sich mit finsterster Dramatik ab, Szenen aus dem Krieg wurden ebenso vorgeführt wie komödiantische Possen, bei denen die Zuseher sich die Bäuche hielten vor Lachen. Das Theater sollte den Menschen einen Spiegel vorhalten. So gehörten die pralle Lebensfreude und der höfische Glanz ebenso dazu wie eine tiefe Religiosität und eine von den apokalyptischen Geißeln der Zeit – Krieg, Pest und Hungersnot – bestimmte Todesahnung. Die Art der Jesuiten, mit unchristlichen Unsitten umzugehen, wie Prophezeiungen, Astrologie und magischen Praktiken, war, diese im und durch das Theater lächerlich zu machen. Auf diese Weise sollten sogar Ketzer wieder zurück in den Schoß der Kirche finden. Im Laufe der Jahrzehnte hatten die Jesuiten ihre Kunst perfektioniert und auf ein Niveau gebracht, welches selbst Kritikern des Ordens Bewunderung abnötigte. Da wurden für eine Vorstellung Windmaschinen installiert und Flugapparate aufgebaut. Erfahrene Jesuiten nutzten Lichteffekte oder es wurden Schnürböden aufgebaut, von denen sie Engel und andere Figuren herabschweben ließen. Die durchschnittliche Vorführung dauerte mittlerweile acht Stunden, obwohl es auch schon mehrtägige Veranstaltungen gegeben hatte. Und all dies im Dienst der jesuitischen Pädagogik …

Die Trierer Theatertruppe der Jesuiten war im gesamten Bistum Kurtrier bekannt, von Koblenz bis nach Metz und Verdun reisten sie und hatten bereits auf allen größeren Plätzen der Region gespielt. Auch in Bitburg waren sie einige Jahre zuvor schon einmal gewesen. Die Leitung hatte derzeit Bruder Jakobus inne, ein junger Pater von mittlerer Statur und unauffälligem Aussehen, mit äußerst frommen, rigiden Ansichten und großem Ehrgeiz. Er wollte nicht bis an sein Lebensende Theater spielen und, um dieses Ziel zu erreichen, musste er möglichst viele Ketzer bekehren. Die, die er nicht bekehren konnte, hätte er wahrscheinlich gern gefoltert oder verbrannt. Jetzt rief Jakobus lautstark Befehle über die Baustelle. Er selbst spielte nicht mit, er hatte sich lediglich vorbehalten, einige besonders lehrreiche Passagen auf der Bühne persönlich zu rezitieren. Bald stand die Bühne, mit deren Aufbau die Truppe vor dem Morgengrauen begonnen hatte. Der Kirchplatz war mittlerweile komplett gefüllt. Es gab Buden, an denen Speisen verkauft wurden. Oder Tand. Oder kandierte Früchte. Und das mitten im Krieg! Sogar Libretti des zu erwartenden Stücks hatte ein geschäftstüchtiger Drucker kurzerhand angefertigt und bot sie zum Verkauf an. Das Stück begann mit einem Choral. Die Handlung war Nebensache. Je bunter und lauter das Bühnenbild, desto besser. Auf der Bühne stand ein Schurke, der wurde anschaulich mit Weidenruten traktiert, während er seinen gespielten Schmerz laut hinausbrüllte. Das Publikum klatschte Beifall. Es gab einen überheblichen französischen General, der einen Kardinal zurechtwies: »Schweig still, er ist es nicht wert, mir die Steigbügel zu küssen, geschweige denn zu halten!«

Die Menge buhte. Jetzt verwandelte sich der General. Er trug einen weißen Filzhut mit grüner Feder, wie einst der Schwedenkönig, als er in Frankfurt eingeritten war.

»Der Löwe aus Mitternacht«, murmelten einige Zuschauer ergriffen. Auch wenn er früher der verhasste Feind gewesen war, als Toter war er zur Legende geworden. Ihm gegenüber stand ein anderer Mann, ebenfalls als General verkleidet. Ihm hatte man ein Namensschild um den Hals gehängt.

»Der böse alte Teufel Tilly«, murmelte Knoll ergrimmt. Es ging um Magdeburg. Knolls Atem stockte.

Der Schwedenkönig wollte Tilly maßregeln: »Gott verleiht einem den Sieg nicht, damit man ihn wie ein schlechtes Almosen wegwirft.«

Tilly verteidigte sich: »Die Zerstörung des Ketzernestes war ein großer Sieg, den haben wir nicht weggeworfen!«

Da die Zuschauer nicht, wie vom Regisseur gewünscht, für Tilly Partei ergriffen, sah sich Bruder Jakobus gezwungen, einzuschreiten. Er betrat die Bühne. In diesem Moment ging eine Veränderung in dem Geistlichen vor, die Knoll präziser registrierte als die meisten anderen Zuschauer: Von einem unauffälligen Mönchlein verwandelte sich der Jesuit in eine geifernde, fröstelnd machende Furie.

Er schrie wie von Sinnen: »Alles ist von Gott gewollt. Die Welt bietet ein solches Ansehen, dass alle Pestilenzen, Krieg, Aufruhr, Missgeburten, Naturereignisse und das große Sterben, aber auch Hass und Unfriede unter den Königen Zeichen des göttlichen Strafgerichts sind. Gottes Himmelsrute peitscht soeben auf uns nieder. Und ganz besonders auf die Ketzer! Der edle Feldherr Johann t'Serclaes Graf von Tilly, Gott sei seiner Seele gnädig, hatte natürlich die Wahrheit gesagt. Auch unser heiliger Vater, Papst Urban VIII., war der gleichen Meinung. Der Tag der Zerstörung Magdeburgs war ein großer Tag und ein vernichtender Schlag gegen die Ketzerei!« Er holte tief Luft, während Knoll jeden Moment damit rechnete, dass der Tobende anfinge, Feuer zu spucken, und ihm ein schwefliger Gestank entweichen würde. »Denn wie steht es geschrieben im neunten Psalm: ›Du schiltst die Heiden und bringest die Gottlosen um, ihren Namen vertilgest du auf immer und ewiglich.‹ So erkennet man, dass der Herr Recht schaffet.« Anschaulich wurde daraufhin eine Puppe, welche die Häresie der Protestanten darstellen sollte, auf der Bühne von echten Hunden in Stücke gerissen, während Bruder Jakobus auch den Psalm elf zitierte: »Der Herr wird regnen lassen über die Gottlosen Blitz, Feuer und Schwefel und wird ihnen ein Wetter zum Lohn geben.« Nun wusste das Publikum, wem es zuklatschen und wen es ausbuhen sollte. Knoll hingegen hatte genug gesehen und gehört. Seine Nasenflügel weiteten sich, als er mit kräftigem Ausspucken seine Verachtung zeigte und wortlos den Kirchplatz verließ. Den Rest des Stückes schaute Magdalena allein an und war verblüfft von der Tricktechnik und den dargebotenen Illusionen. Ein Palast stürzte ein, das Meer wogte und wechselte gar die Farbe. Wolken zogen über die Bühne hinweg. Feuersbrünste tobten. Gelächter und Tränen. Applaus. Dann war die Vorstellung vorüber.

Es wurde Abend, der Platz leerte sich, während die Jesuiten und ihre Helfer die Bühne abbauten, Requisiten einsammelten und ihre Kostüme abstreiften. Mittlerweile hatte das Unwetter an Stärke zugelegt. Der Sturm zerrte an den Bäumen, riss die Dachziegel von den Häusern und zerschmetterte sie in den engen Gassen. Bruder Jakobus war der Letzte, der den Marktplatz verließ. Ein abschließender, umherschweifender Blick, ob auch nichts von Wert vergessen worden war, dann machte er sich durch die menschenleeren Gassen auf zum Stift St. Maximin – einer Filiale der Trierer Reichsabtei gleichen Namens, wo er bei seinen Mitbrüdern von den Benediktinern die Nacht verbringen wollte, bevor es am folgenden Morgen weiterging nach Kyllburg, zur nächsten Vorstellung. Das kleine Stift lag, angebaut an die Maximin-Kirche, die Hauptstraße hinunter, vorbei am Hospital, an der Verzweigung Richtung Trier und Echternach. Außerhalb des alten Kastells gelegen, war es Jahrhunderte lang nur erreichbar gewesen, nachdem man die Stadt durch das alte südliche Tor verlassen hatte. Seit der großen Stadterweiterung um 1340 lagen Hospital wie auch die

Maximin-Kirche jedoch innerhalb der Stadtbefestigung. Der Weg war dementsprechend sicher vor Räubern und Wegelagerern. So ging er mit eiligem Schritt, sah nur gelegentlich mit bangem Blick auf, um rechtzeitig einem eventuell auf ihn herabfallenden Ziegel ausweichen zu können. Der Jesuit war so sehr durch den Sturm abgelenkt, dass er den Schlag von der Seite weder kommen sah, noch spürte. Der Holzprügel, der von vorn gegen seinen Schädel geschlagen wurde, streckte ihn sofort nieder. Regungslos lag Bruder Jakobus da, während Blut von einer Platzwunde auf seiner Stirn im morastigen Boden versickerte. Der Urheber des Schlages blickte zufrieden auf sein Opfer, dann ergriff er mit seinen kräftigen und an harte Arbeit gewohnten Händen den bewusstlosen Jesuiten und begann, ihn fachmännisch zu fesseln. Anschließend ließ er ihn einfach liegen. Kurz darauf rauschte der Regen hernieder und die Blitze zuckten senkrecht zur Erde. Am nächsten Morgen, das Unwetter hatte sich mittlerweile gelegt, fand die Stadtwache Bruder Jakobus in der matschigen Gosse der Trierer Straße liegen, gefesselt an Armen und Beinen, geknebelt, grün und blau geprügelt und mit einem Leinensack über den Kopf gezogen. Aufgrund seiner Bewegungsunfähigkeit und der mit dem Angriff einhergehenden Angst hatte er in seinen Habit uriniert. Schlimmer als die massive Beule samt Platzwunde an seinem Kopf und die zahlreichen Blessuren am Körper war die Schmach, der er nun ausgesetzt war. Obwohl die meisten Bitburger das Theaterstück am Vortag mit Begeisterung verfolgt hatten, war ihre Schadenfreude doch größer ausgefallen als das Mitleid und die Anerkennung für die gelungene Unterhaltung des gestrigen Abends. Viele hämische Blicke verfolgten ihn daher, als er sich, nachdem er losgebunden worden war, wortlos und behäbig zum Kloster St. Maximin schleppte, um zu seiner Theatertruppe zu stoßen. Der Stadtrichter nahm den Fall auf, legte ihn jedoch genauso schnell wieder zu den Akten. Niemand hatte etwas gesehen oder gehört. Also hatte der Vorfall keine Aussicht auf Klärung. Außer der Täter würde sich in naher Zukunft verraten, womit unter normalen Umständen nicht zu rechnen war.

Einige Wochen später – die Brausaison war in vollem Gange – führte den nunmehr am Kopf für den Rest seines Lebens gezeichneten Jesuiten sein Weg wiederum nach Bitburg. Und gleich nach seiner Ankunft am Abend drangen lästerliche Gerüchte an sein Ohr. Obwohl er nur auf der Durchreise nach Mechelen war, beschloss er sofort, diesen hier und jetzt nachzugehen. So betrat er am nächsten Morgen Flügels Brauhaus. Mönche auf Reisen waren in Brauhäusern durchaus nicht selten anzutreffen; nur wenn ein Kloster mit eigener Brauerei in der Nähe war, blieb man unter sich. Zuerst schüttelte es ihn innerlich, nachdem er die Schankstube betreten hatte. Der Geruch darin, biergeschwängert, vermischt mit dem Dunst von gekochtem Kohl und Suppe, dazu die von Straßendreck und Erbrochenem getränkten Sägespäne am Boden, hier fand er all das wieder, was er so verachtete: Das sorglose, liederliche Leben der einfachen Leute! Nur Fressen und Saufen im Kopf, nur an Heute denken und wie man den Tag gut überlebte. Alle würden sie in der Hölle schmoren später, als Lohn für dieses gottlose Leben. Er setzte sich auf eine der zahlreichen leeren, aus grobem Holz geschnitzten Bänke, an einen Tisch aus ebenso massivem Holz. So saß er eine Weile da und sah sich um. Seine Nase atmete den Geruch der kochenden Bierwürze, der für ihn nun, deutlich erkennbar inmitten der anderen olfaktorischen Eindrücke, aus dem Brauhaus drang. Auch die Bittere des Hopfens durchlöcherte den Panzer, der sich über die Jahre um seine Sinne gelegt hatte. Fast genoss er diese Melange der verschiedenen Gerüche, führte sie ihn doch in Gedanken weit, weit zurück, in seine Kindheit, in die Stube und die Küche seiner Mutter …

Doch nur kurz, ganz kurz, gab er sich dieser Schwäche hin, er wollte ja etwas überprüfen. Also gab er sich einen Ruck, wie um seinen Schwächeanfall zu vergessen und fragte in die Runde der wenigen Anwesenden am Nebentisch, was es denn zu trinken gäbe. Die Frage hatte dröhnendes Gelächter zur Folge.

»Jesuitenbier gibt's! Das wird Euch munden«, riefen die lachenden, frühen Zecher durcheinander. Jakobus' Zornesader schwoll an.

»Warum Jesuitenbier?«, fragte er herrisch und wütend zurück. Die Männer ließen sich nicht einschüchtern und spotteten weiter.

»Weil der letzte Sud völlig missraten ist«, erklärte einer der Trinker. »Sauer ist's Bier geworden und die Scheißerei kriegst du auch davon. Da aber an allem Mangel herrscht und wir das Bier also nicht wegschütten können, saufen wir's auch so, schlecht wie es ist.«

Ein Zweiter fiel ins Wort: »Unsere Brauherren haben es aber Jesuitenbier genannt, weil es normalerweise nur gut genug für diese Brut wäre.«

Erste mahnende Blicke der anderen machten dem Spötter klar, dass er nicht mit irgendeinem beliebigen Mönchlein redete. Erschrocken schwieg dieser, nachdem er sein Malheur bemerkt hatte. Bruder Jakobus jedoch hatte genug gesehen und gehört. Ohne selbst einen Krug Bier getrunken zu haben, stand er auf und verließ die Schankstube des Brauhauses. Auf diese Brauherren würde er ein Auge haben in nächster Zeit ... 🗝

15.

KNOLL HATTE SICH DIEBISCH über seine Idee gefreut, die Jesuiten mittels eines missratenen Biers zur Zielscheibe des öffentlichen Spotts zu machen. Obwohl der Grund dafür ein Ärgernis und schlecht für den Ruf der Brauerei gewesen war. Indes, es war das einzige Missgeschick der gesamten Saison gewesen und bis zum Frühjahr war das Jesuitenbier bei den Meisten wieder in Vergessenheit geraten.

Da hatten die Bitburger schon wieder mit anderen Problemen zu kämpfen. Denn im Frühjahr 1638 wurde die Jungenbande um Johann Flügel und Ulrich Knoll zu Helden der Stadt. Sie halfen nicht nur Cord Heinrich aus einer Bredouille, die er selbst verschuldet hatte, sondern retteten gleich die ganze Stadt. Alles begann mit zwei harmlos wirkenden Besuchern, die ans südliche Stadttor pochten, welches Gulfartzpforte genannt wurde: Ein spanischer Hauptmann und sein Adjutant begehrten Einlass in die Stadt. Arglos öffnete der Wächter das Tor und ließ sie ein. Während die beiden die Hauptstraße, die Große Straße, entlangritten, tuschelten die Leute auf den Straßen über die betont weiten Pluderhosen des Hauptmanns, bei denen das Futter aus gelber und roter Seide zwischen den Schlitzen hervorlugte.

»Ein derart vornehmer Herr, was mag der bei uns wollen?« So lautete die häufigste Frage, die sich die Bewohner von Bitburg stellten. Der erste Weg führte den so gut gekleideten, von der Reise aber dennoch reichlich dreckverkrusteten Hauptmann zum Stadtrichter Oetz. Dort stellte er sich als Kapitän Hernandez vor und fuhr Oetz nach kurzem Austausch von Höflichkeiten heftig an – erstaunlicherweise in Deutsch: »Ich führe im Auftrag des Kaisers einen Schlachthaufen von einhundertfünfzig Mann nach Westfalen gegen die Franzosen. Mein Heer lagert bei Oberweis, dort ist jedoch nichts mehr zu holen. Ich werde bei Euch Nahrung für meine Männer und unsere Pferde requirieren.«

Oetz erblasste. Seit Monaten war die Stadt nicht mehr behelligt worden. »Was verlangt Ihr?« Er wusste, viel konnten die Bitburger nicht geben. Und auf einen Streit wollte er es nicht ankommen lassen.

Hernandez wechselte die Sprache, sein im Krieg erlerntes Deutsch reichte entweder nicht für größere Zahlen aus oder er wollte einfach nur demonstrieren, wer hier das Sagen hatte. So sprach er nun Rotwelsch, die Sprache der Soldaten, die aber mittlerweile überall im Reich auch vom gemeinen Volk weitgehend verstanden wurde: »Das Übliche für eine Woche. dreihundert Strich Korn, einhundertfünfzig Rinder, dreißig Fass Wein, ein Fass Branntwein und siebenhundert Strich Hafer.«

Oetz schüttelte den Kopf. »Den Branntwein schlagt Euch gleich aus dem Kopf. Den Wein ebenfalls. Wir sind eine Bierstadt, bei uns gibt es weder Wein noch Branntwein.«

Hernandez war anscheinend kein Bierfreund, denn er schüttelte sich in gespieltem Grausen. »Na, dann halt Bier, wenn es denn sein muss.«

Oetz wusste jedoch genau, dass auch die anderen geforderten Mengen unmöglich zu liefern waren. Dazu war der Winter zu lang gewesen, die Vorräte gingen bereits langsam zur Neige. Und selbst wenn sie die Mengen an Getreide besäßen, einhundertfünfzig Rinder gab es in der ganzen Stadt nicht, geschweige denn siebzig Fass von Flügels ungehopftem Dünnbier. »Wir haben selbst kaum genug.«

Oetz' Widerspruch provozierte jedoch nur Hernandez' patzige Antwort: »Wir müssen fressen, unsere Pferde müssen fressen! Und seid froh, dass wir keine Holländer sind, die dreimal so viel Fleisch fressen wie wir Spanier.«

Eigentlich hätte Oetz hier zustimmen müssen, war die Gier

der holländischen Soldaten auf Fleisch doch bereits legendär. Da hätte es mindestens vierhundert Rinder gebraucht, aber das Korn hätten sie dafür behalten können. Dennoch, was nicht ging, ging nicht! Hernandez spielte daraufhin an seinem kleinen Dolch an der Hüfte herum; der grimmige Ausdruck in seinem Gesicht machte Oetz jedoch klar, dass dies eher als Drohung zu verstehen war. Der Spanier wollte eben eine weitere Diskussion über die Pflichten der Stadt beginnen, da hörten sie großes Geschrei von der Straße her. Die beiden Männer stürzten hinaus auf den Balkon, um dort Zeugen eines überaus ungewöhnlichen Schauspiels zu werden.

Da krabbelte Hernandez' Adjutant doch tatsächlich auf allen Vieren im Hof vor dem Haus des Stadtrichters herum, splitternackt und mit dem Gesicht so nah am Misthaufen, dass er die Gülle förmlich schmecken musste, während Cord Heinrich Knoll wie ein Reiter auf ihm drauf saß und ihm die Gerte und die Sporen gab. Mehrere Bürger waren bereits zu dem Spektakel herbeigeeilt, ebenso zwei Stadtwachen. Diese, wie auch die anderen Zuschauer kommentierten lautstark und erregt die seltsame Inszenierung.

»Was ist hier los?«, schrie Oetz und versuchte, gegen den Lärm anzukommen. »Was in Gottes Namen soll das, mein lieber Knoll?«

»Ich mache es einmal umgekehrt. Jetzt reitet endlich das Pferd den Reiter, wie auch der Fisch einmal den Angler angeln sollte!« Knolls Stimme klang laut, zornig und kampflustig.

»Ist der plötzlich närrisch geworden?« Oetz war ratlos. Dann sah er Knolls Frau Magdalena gegen die Hauswand gelehnt, weinend und mit zerzausten Haaren; ihr Kopftuch hielt sie in der Hand. Was war hier vorgefallen?

»Stadtrichter, Ihr sorgt jetzt sofort dafür, dass meinem Leutnant wieder Ehre angetan wird, dann klären wir den Vorfall.« Der Spanier hatte seine Fassung wiedergefunden und bemühte sich, für alle ersichtlich, die Herrschaft über das Geschehen an sich reißen. Knoll gab noch einen peitschenden Gertenschlag auf das blanke Hinterteil des Leutnants ab, der daraufhin einen letzten Schmerzenslaut ausstieß. Knoll stieg ab und ging zu Magdalena hinüber, die er tröstend in seine Arme nahm. Der Gedemütigte wollte sich sogleich von hinten auf ihn stürzen, wurde aber von den Stadtwachen zurückgehalten. Dem Brauer einen finsteren Blick zuwerfend, stieg er in sein uniformähnliches Gewand, das ganz verdreckt am Boden lag.

Oetz winkte Knoll zu sich. »Erklärt Euch!«

Der Braumeister löste sich von seiner Frau und legte los: »Der Hauptmann war noch nicht richtig drinnen bei Euch, als dieser geile Schweinehund«, er zeigte auf den Leutnant, »auch schon auf mein Weib losging, die gerade zufällig hier entlangkam und sie behandelte wie eine der Huren, die dem Heer nachziehen. Sie schrie und wehrte sich, jedoch vergebens. Also habe ich ihm mit einer Fasslatte von hinten kräftig eins über den Schädel gezogen. Und als er da so ohne Bewusstsein auf dem Boden lag, haben wir ihn ausgezogen und ihm dann einmal gezeigt, wie sich die fühlen, die von ihm normalerweise getreten werden. Ich habe einen heiligen Eid geschworen, dass meiner Familie nichts Übles mehr zustoßen wird und somit nur meinen Schwur gehalten.«

Oetz musste sich sehr zusammenreißen, um nicht zu grinsen. »Was sagt Ihr dazu, Hauptmann Hernandez? Ist das die Art und Weise, wie Ihr Spanier Euch als Gäste benehmen sollt?«

Der vornehme Spanier sparte sich die Antwort. Er erwartete auch keine mehr bezüglich der Lebensmittel. »Das werdet Ihr mir büßen. Die ganze Stadt!«, rief er wutentbrannt, als die beiden Soldaten unter dem Hohnlachen der Bitburger erneut das südliche Stadttor passierten, welches unmittelbar hinter ihnen geschlossen wurde.

»Hoffentlich ziehen die bald weiter und eröffnen keinen Rachefeldzug«, äußerte Oetz rasch seine Befürchtungen, die Knoll sofort zu zerstreuen versuchte: »Dieser kleine spanische Haufen hat doch eine Mission, wie Ihr sagt. Nach Westfalen sollen sie.«

»Ach, lieber Knoll«, Oetz sprach jetzt beinahe wie ein Vater mit seinem schwachsinnigen Kind. »Glaubt Ihr wirklich, die sagen immer die Wahrheit? Ob Offizier oder einfacher Soldat, die lügen und betrügen, dass sich die Balken biegen, wenn es um ihr Futter geht. Und die einfachen Soldaten marschieren immer brav mit, solange sie Hoffnung haben, anderswo das zu finden, was sie nicht mehr haben: Brot, Fleisch, Bier und ein paar Weiber. Mittlerweile gibt es einige Heere, die nur noch plündern. Ohne Mission und Ziel. Und die sich in einem so erbärmlichem Zustand befinden, dass ihre Hauptleute Räuberhauptmännern gleichen. Heerhaufen, die ohne Pferde, Wagen und Munition, ja, sogar ohne Brot und Bier durch die Lande ziehen. Es würde mich nicht im Geringsten wundern, wenn das gar keine Spanier wären. Vielleicht haben sie ihren einzigen Caballero vorgeschickt, um uns zu übertölpeln.« Er grinste schalkhaft. »Aber eines muss ich Euch sagen: Das habt Ihr fein gemacht mit dem Leutnant! Ich hoffe nur, wir werden nicht alle teuer dafür bezahlen müssen.« Knoll wandte sich bereits zum Gehen, da rief Oetz ihm noch hinterher: »Knoll, wenn ich's nicht besser wüsste, dann würde ich sagen, Ihr habt heute Euer zweites Gesicht gezeigt. Und das ist ein gewalttätiges.«

Knoll schaute so unschuldig wie er nur konnte.

»Seid Ihr ganz sicher, dass Ihr nichts mit der Schandtat am Jesuiten im vergangenen Jahr zu tun habt?« Er erinnerte sich auch an das verdorbene Bier und Knolls höhnische Namensgebung.

»Ein Freund dieser Bruderschaft scheint Ihr ja nie gewesen zu sein.«

Der Braumeister sah aus, als könnte er beim besten Willen kein Wässerchen trüben. Pathetisch erhob er die Hände und deklamierte mit einem flehenden Unterton in der Stimme: »Was, ich? Glaubt Ihr im Ernst, ich würde mich an einem Gottesmann vergreifen? Selbst wenn er mich bis aufs Blut reizen würde. Niemals wäre ich dazu fähig! Ihr habt recht, ich mag sie nicht. Aber einen Jesuiten halb totzuschlagen oder zu verspotten, sind doch zwei Paar Stiefel.«

Oetz lachte und winkte ab. »Schon gut. Geht nach Hause.«

16.

ZWEI TAGE SPÄTER stand der Heerhaufen vor der Stadt, verteilte sich und begann mit der Belagerung. Zerlumpt und ohne erkennbare Ordnung, schafften die wilden Landsknechte es dennoch, alle Stadttore so zu besetzen, dass keine Maus mehr hinein- oder hinausgelangen konnte. Schnell sprach sich herum, dass es tatsächlich keine Spanier waren – Oetz hatte demnach recht gehabt mit seiner Vermutung –, sondern lediglich ein zusammengewürfelter Haufen von Söldnern überwiegend schwedischer Herkunft, die sich zwar offiziell zum protestantischen Lager bekannten, tatsächlich aber keinen Kampfauftrag mehr besaßen. Und Hernandez war ein Überläufer zu den Protestanten.

Bald donnerten aus den beiden Kanonen, die von den Soldaten noch mitgeführt wurden, einige Kugeln in die Stadt hinein. Wenn diese auch auf dem Schlachtfeld, allein durch ihre Masse und Geschwindigkeit und weniger durch die Präzision des Schusses, verheerende Breschen in eine anrennende Truppe schlagen konnten – gut abgeschossen konnte eine Kanonenkugel etwa achthundert Meter weit geradeaus fliegen und dabei unterwegs Dutzende Leiber zerfetzen –, so waren sie doch bei einer Belagerung weniger hilfreich. In größerem Winkel abgefeuert, sodass sie im Bogen über die Stadtmauer flogen, verloren sie rasch an Wirkung und rissen lediglich Löcher in Dächer oder Mauern. Menschen kamen eher zufällig zu Schaden. Ziel des Kanonenfeuers war daher eher ein taktisches, denn in seinem Schutz wurden die zum Angriff nötigen Laufgräben ausgehoben. Einen ersten Sturmangriff wehrten die Bitburger tapfer ab. Dennoch erschien kurz darauf der Befehlshaber der Schweden, der sich General Christian Tonning nannte, vor dem Stadttor und forderte dreist die Übergabe der Stadt.

Oetz, bekleidet mit seiner bürgerlichen Kampfuniform –

lederner Kürass, Helm und Stulpenstiefel –, erwiderte von der Höhe der Stadtmauer, er sei willens, bis auf den letzten Mann zu kämpfen. »Rennt Euch nur Eure schwedischen Köpfe an den Bitburger Schanzen blutig!«, rief er höhnisch hinüber ins gegnerische Lager. Auch die weiteren Anstrengungen der Schweden schlugen fehl. Die Angreifer vermuteten schwere Schäden an der Stadtmauer und rückten von zwei Seiten gegen die Stadt an. Alle Bürger kämpften mit dem Mut der Verzweiflung. Bürgerfrauen, Kinder und Mägde schleppten Holz, Steine und Mist, um Löcher in den Mauern auszubessern. Auch kochendes Wasser und Pech wurden herumgetragen, um sie den Feinden über die Häupter zu gießen. Das meiste Wasser kam aus Flügels Brauerei. Die beiden Brauer hatten rechtzeitig alle Sudkessel beheizt, um möglichst viel heißes Wasser vorrätig zu haben.

»Sogar heiße Bierwürze würde ich den Schweinehunden aufs Haupt gießen, wenn ich nichts anderes hätte«, erklärte Knoll auf Brauerart den Grad seiner Verzweiflung. »Lieber durstig und frei, als mit vollem Sudkessel erobert!«

Ein Vorstoß durch eine eingefallene Mauer wurde gerade noch rechtzeitig zurückgedrängt. Die Schmerzensschreie der verbrühten Soldaten drangen bis in die Stadt und nährten die Zuversicht der Belagerten. Schließlich hörten die Schweden auf zu kämpfen und verlegten sich auf eine Blockade der Stadt. Eine Bitte um zweistündige Waffenruhe beantworteten sie mit einem Lachen. »Waffenruhe wird erst gegeben, wenn alle Bitburger verhungert sind.«

Oetz, Knoll und allen anderen Bürgern verging das Lachen ob dieser Prognose. »Wie lange werden wir einer Belagerung standhalten können?«, wurde Oetz immer wieder von besorgten Bitburgern gefragt. Rasch wurden die Lebensmittel gesichtet, Lebendvieh zusammengetrieben und alle Kornvorräte unter

Aufsicht der Schöffen gestellt. Da der Nachschub an Eicheln aus dem Bedhard, dem Bitburger Stadtwald, zur Fütterung der Schweine ausblieb, mussten diese wohl bald geschlachtet werden. »Drei Wochen, wenn alles gut geht, vielleicht vier«, lautete das wenig ermutigende Resultat der Sichtung.

»Bis dahin sind unsere Belagerer vielleicht selbst verhungert«, sprachen sich einige Bitburger Mut zu.

Nach zwei Wochen war die Stimmung auf dem Tiefpunkt, innerhalb wie außerhalb der Stadt. Auch im Umland gab es wenig zu holen, es hatte sich zudem herumgesprochen, dass das belagernde Heer nicht im Dienst des Kaisers stand. Daher gab es Widerstand allerortens, kein Dorf, keine noch so kleine Stadt wollte noch Vorräte herausgeben und so hatte mehr als einmal ein Schwedentrupp erfolglos den peinlichen Rückzug antreten müssen. Der Zorn von Christian Tonning stieg ins Unermessliche. Er schien die Belagerung noch lange aufrecht halten zu wollen.

Weitere bange, weitgehend ereignislose Tage vergingen. Innerhalb der Stadtmauern würde es nicht mehr lange dauern, bis mit den ersten Hungertoten zu rechnen war. Jeden Morgen tagten die Schöffen und beratschlagten, wie die Stadt aus dieser Situation herauskommen könnte. Meist ging man ohne greifbare Ergebnisse auseinander. In der dritten Woche gab es kein Schlachtvieh mehr. Die letzten Ziegen waren geschlachtet worden, sodass der städtische Ziegenhirte, der ›Custos caprarum‹, arbeitslos geworden war. Lediglich ein paar Kühe und Hühner lebten noch, weil man Milch und Eier benötigte. Die sauber ausgeschabten Felle aller geschlachteten Tiere wurden für die Zeit der Belagerung in einer schattigen Ecke des Oetz'schen Hofes gesammelt, da sich die Gerberei vor dem nördlichen, dem Kölner Stadttor und somit derzeit in den Händen der Belagerer befand.

Wieder saß der Rat bei Oetz und diskutierte. Draußen im Hof, dort, wo mit der Demütigung des Leutnants das ganze Unglück der Stadt begonnen hatte, spielten die Kinder. Sie litten am wenigsten unter der Situation. Alle waren im Krieg geboren worden und kannten nichts anderes als Mangel und Verzicht. Und die Mütter sorgten dafür, dass die Kinder den geringsten Hunger leiden mussten. Für Johann Flügel, Ulrich Knoll und die anderen war es deshalb nicht mehr als ein großes Abenteuer. An diesem Morgen spielten sie ein neues Spiel. Was immer es war, es ging den Schöffen erheblich zu laut zu, und störte sie bei ihren wichtigen Beratungen. Oetz ging hinaus auf den großen Balkon seines eindrucksvollen Hauses, um die Kinder zur Ordnung zu rufen. Er sah hinunter und staunte, als er einige tanzende Ziegen erblickte. Erst bei näherem Hinsehen erkannte er, dass sich die Jungen die Felle der geschlachteten Tiere übergestreift hatten und damit ein Spiel veranstalteten.

»Ich bin die Obergeiß, wenn du hungrig bist, so fang mich doch«, rief eine Ziege, deren helle Jungenstimme der Stadtrichter Flügels Sohn Johann zuordnete.

Ulrich Knoll setzte nach, erwischte die Ziege am Schwanz und schrie aus Leibeskräften: »Jetzt hab' ich dich! Nun müssen wir nicht mehr Hungern. Mutter, fach' das Feuer an, ich habe eine Geiß gefangen!« Die Kinder lachten lauthals und Oetz kam eine brillante Idee.

Grimmig blickte Christian Tonning wie jeden Morgen in Richtung der Bitburger Stadtmauern. Wann würde Bitburg endlich kapitulieren? Hauptmann Hernandez hatte ihm berichtet, dass er wenig Vieh gesehen hatte während seines kurzen, unrühmlichen Besuchs innerhalb der Mauern. Lange würden die Eingeschlossenen sicher nicht mehr durchhalten können. Jedoch auch ihre eigenen Vorräte wurden langsam knapp.

Wer würde zuerst kapitulieren?

Er freute sich darauf, mit seinen Männern in die Stadt einzufallen. Zwei Tage unbeschränktes Plündern hatte er ihnen versprochen. Hernandez sehnte sich nach einem Wiedersehen mit Cord Heinrich Knoll und seiner hübschen Frau. Dem würde er es heimzahlen; wie, das erzählte er jeden Abend beim Lagerfeuer, wenn der Wein floss, die angeblichen Heldentaten reichlich ausgeschmückt erzählt wurden und alle Mäuler groß waren. Detailliert beschrieb er ebenfalls, was er mit Knolls Frau machen würde. Mit der Frau, an die sein Adjutant nicht rangekommen war.

Da Tonning nicht wusste, ob vielleicht nicht doch bereits Hilfe für die unrechtmäßig belagerte Stadt unterwegs war, hoffte er, dass dies alles bald vorbei sein würde und er mit seinem Haufen und reichlich Beute abziehen könnte, bevor sie sich einen Kampf mit einer regulären Armee liefern müssten.

So ließ er wie üblich seinen Blick zur Stadt hinüberschweifen und erwartete sehnsüchtig das Zeichen der Kapitulation. War da nicht eine Bewegung auf der Stadtmauer? Das war ungewöhnlich, denn außer der Stadtwache, die aus den Türmen Ausschau hielt, hatte dort oben niemand etwas zu suchen. Zu groß war die Gefahr, zufällig getroffen zu werden, wenn seine Männer aus Übermut manchmal in Richtung der Mauern feuerten. Da, schon wieder etwas, das sich bewegte! Sofort ließ er seinen Adjutanten mit einem Fernglas kommen. Was er dann sah, ließ ihm endgültig die Zornesadern auf der Stirn so anschwellen, dass sie zu platzen drohten.

Da tanzten in der Tat Ziegen auf der Stadtmauer! Erst zwei, dann drei, immer mehr kamen hinaufgeklettert, schließlich zählte er zwölf Tiere. Fröhlich liefen sie dort herum, als sei es die natürlichste Sache der Welt, während einer feindlichen Belagerung auf den Stadtmauern zu grasen.

»Geht es der Stadt immer noch so gut, dass sie uns mit ihren Ziegen lächerlich machen wollen?«, brüllte er unbestimmt in Richtung seines Heerlagers. Eine gute Stunde lang schaute er dem seltsamen Schauspiel zu, währenddessen alle Bitburger auf der anderen Seite der Mauern mit bangen Herzen warteten, ob ihre Kriegslist aufging. Dann schlich Tonning langsamen Schrittes zurück und berichtete seinen Offizieren. Einstimmig wurde daraufhin beschlossen, die Blockade abzubrechen.

»Die halten länger durch als wir«, war der einhellige Tenor. »Wer so viele Ziegen hat, der hat auch noch reichlich Kühe und Hühner.«

Sogar Hernandez wollte nicht mehr warten, der Hunger wühlte mittlerweile in seinen Eingeweiden genauso wie in denen seiner Mitstreiter. »Ziegen werden in Notzeiten immer zuerst geschlachtet und erst zum Schluss die Kühe«, wusste auch er von anderen Belagerungen.

Enttäuscht, zornig und mit leeren Händen zog der schwedische Haufen ab und ließ sich nie wieder blicken. Zwei Tage lang warteten die Bitburger noch, dann öffneten sie die Tore und jubelten. Ein großes Fest wurde jedoch erst ausgerichtet, als Boten berichteten, die Männer um Tonning und Hernandez seien schon in der Nähe von Aachen gesehen worden. Bei aller Not geriet das Fest zum ausgelassensten, das Bitburg seit Jahren erlebt hatte. Alle lobten die kluge Idee des Stadtrichters Oetz, der indes genau wusste, wem die Stadt diesen Triumph zu verdanken hatte. Er rief Flügel, Knoll sowie die Väter der anderen Jungen zu sich und lobte die Tapferkeit der Kinder. »Ihr habt euch mit Mut und Geschick um die Stadt verdient gemacht, meine kleinen Gässestrepper! Diesen Tag werden wir niemals vergessen. Auch über diesen unseligen Krieg hinaus.«

Flügel und Knoll nutzten den Anlass, einen neuen Sud Bier einzubrauen. Ein Gässestrepper-Bräu, benannt nach der mundartlichen Bezeichnung für ›Geiß-Überstreifer‹. Das erste Starkbier seit Langem.

17.

DIE ZEIT GING INS LAND, ausnahmsweise einmal eine relativ ruhige Zeit. Das Kriegsgeschehen spielte sich andernorts ab, von gelegentlichen Übergriffen der Staatischen abgesehen. Die Brauerei florierte; Knoll und Flügel verdienten sogar wieder einiges an Geld. Die Bitburger hatten sich an das mit Biberklee versetzte Bier gewöhnt, nur gelegentlich würzten die Brauer einmal mit anderen Kräutern oder Wurzeln, die in den verschiedenen Lehrbüchern erwähnt wurden. Ein ruhiger Sommer und Herbst hatte im Jahr 1639 allen, Bauern wie Stadtgärtnern, die beste Ernte seit langer Zeit beschert. Die Biere wurden daher mit Anteilen an Rüben, Honig, Hirse oder Obstsaft, wovon alles in ausreichender Menge zur Verfügung stand, versetzt und vergoren. Die damit erzeugten Biere waren zwar geschmacklich etwas gewöhnungsbedürftig, aber immerhin ungeheuer nahrhaft.

Magdalena hatte das einfache Haus, das ihnen bei ihrem Eintreffen in Bitburg zugewiesen worden war, inzwischen praktisch und hübsch eingerichtet. Sie zahlten seit geraumer Zeit sogar Miete, nachdem Knoll die ersten Schulden bald zurückgezahlt hatte. Wenn er manchmal zusah, wie seine Frau am Brunnen stand und das Geschirr reinigte – dazu rieb sie die Näpfe, Töpfe und Löffel zuerst mit Asche aus, bevor sie sie mit Wasser abspülte, während sie sich mit den anderen Frauen unterhielt, dann fühlte er sich in glückliche Magdeburger Zeiten zurückversetzt. Seine Frau hatte einen kleinen Garten angelegt, in dem Salat, Petersilie und Rettich sprossen. Sogar Bohnen steckte und zog sie mit Erfolg. Für Missmut hatten lediglich ihre Pläne gesorgt, verschiedene Kräuter anzupflanzen, die, mit Wasser aufgebrüht, gegen allerlei Krankheiten und Unwohlsein helfen sollten. Knoll befürchtete, dass Magdalenas Vorhaben die anderen Stadtbewohner verärgern könnte, den ein oder anderen sogar dazu bringen könnte, sie als Kräuterweib zu bezeichnen. Schließlich hatte Magdalena ihn überzeugen können, dieses Gebräu nur herzustellen, wenn ein Familienmitglied erkranken würde.

Vor Beginn der Brausaison 1639 beschlossen die beiden Brauer, die zerstörten Hopfengärten wieder aufzubauen, und begannen mit der Planung. Im Frühjahr 1640 wurde der Entschluss in die Tat umgesetzt. Knoll und Flügel hatten im Winter einige Grundstücke ausgesucht, die dafür geeignet waren. Teilweise war dort bereits in früheren Zeiten Hopfen angepflanzt worden, andere Felder hatten einfach nur brach gelegen. Beide hatten Kenntnisse über den Hopfenanbau, die von Flügel waren lediglich angelesen – er war erst in Kriegszeiten in die Brauerei eingetreten, aber Knoll war in friedlicheren Zeiten noch selber zum Hopfeneinkauf in die Gärten gefahren. Magdalena hatte sofort großes Interesse gezeigt, die Verantwortung für die Gärten zu übernehmen. Sie war keine Frau, die nur zu Hause sitzen wollte und hatte ihr gutes Händchen bei der Gartenarbeit längst unter Beweis gestellt. Ihr Kräutergärtlein war mittlerweile eines der ertragreichsten und vielseitigsten der ganzen Stadt. Sie hatte sich mit ihrem Wissen über Kräuter sogar schon einen gewissen Ruf in der Heilkunst erworben, jedoch, ohne den Badern oder Medizi Konkurrenz zu machen. Die meisten der ausgewählten Gärten lagen in Gehweite außerhalb der Stadtmauern. Einige davon wollten Cord und Magdalena vom Herren von Hamm, Lothar von der Horst, pachten. Zur Vertragsunterzeichnung suchten sie ihn in seinem Schloss auf. Lothar empfing beide freundlich und bewirtete sie wie Gleichgestellte, obwohl er den Ruf hatte, ein zynischer, arroganter Zeitgenosse zu sein. Seine langen, glatten, pechschwarzen Haare hatte er zu einem Pferdeschwanz gebunden, was ihm, zusammen mit dem tunika-ähnlichen Gewand, das er aus Gründen der Bequemlichkeit zu Hause trug, ein leicht weibisches Aussehen verlieh.

Knoll verzog ein wenig den Mund, ohne dass der Herr von Hamm es sah und murmelte Magdalena zu: »Der Herr scheint ein wenig dekadent zu sein.«

Er sollte aber nicht den Fehler machen, Lothar von der Horst zu unterschätzen. Dieser war nämlich mit allen Wassern gewaschen. Erst jammerte er ihnen vor, wie ertragreich die Felder seien, die sie für den Hopfenanbau pachten wollten, um dann gnädig ihrem Mietgesuch nachzugeben. In Wahrheit war er froh, für die brachliegenden Felder noch Pachtzins zu erzielen, hatte er doch niemanden mehr, der sie ihm sonst bestellen konnte. Sobald Cord Heinrich und Magdalena den Vertrag unterzeichnet und das Schloss Hamm wieder verlassen hatten, rieb er sich die Hände ob dieser unverhofften Einnahme. Der am weitesten entfernte Hopfengarten war indes der älteste und daher der, auf den sie die höchsten Hoffnungen bezüglich der Qualität der Ernte setzten: Der Garten in Holsthum, etwa fünfzehn Kilometer entfernt, hatte eine lange Tradition und war günstig zu erwerben. Auch hier war Niklas von Hahnfurt der Vorreiter gewesen. Nur war der wilde Hopfen von damals über die Jahrhunderte sorgsam verfeinert und kultiviert worden.

Magdalena nahm einige Mägde aus der Stadt mit und gemeinsam begannen sie, unter abwechselnder Aufsicht der beiden Brauer, die Gärten zu bearbeiten. In den durch die Soldaten verwüsteten Feldern lagen überall die großen Ankersteine verstreut, die vor dem Krieg zur Befestigung der Seile benutzt worden waren, um die sich Hopfenpflanzen hochranken sollten. Die Steine für die neuen Gärten wurden in mühsamer Arbeit eingesetzt. Rechtzeitig hatten die Brauer reichlich lange Holzstecken, die sogenannten Derbstangen, bestellt, über welche die Seile geführt wurden, an denen die Ranken hochwachsen sollten. Auch die Wurzelsetzlinge, die beim Hopfen Fechser genannt werden, trafen pünktlich ein. Darüber hatte es eine heftige Diskussion zwischen Knoll und Flügel gegeben, da es unter Brauern allseits bekannt war, dass ein Hopfenfechser erst ab dem dritten Jahr Ertrag abwarf.

»Was willst du also mit einem Zweijährer?«, hatte Flügel Knoll vorgeworfen.

»Hast du dir mal die Preise für die Dreijährer angesehen?«, wollte Knoll die Wirtschaftlichkeit im Auge behalten. »Ausreichend viele Fechser gibt es zu dieser Zeit nur in Böhmen, und die Nachfrage jetzt im Krieg ist ungeheuer groß. Ich denke, wenn wir ein weiteres Jahr mit Biberklee brauen, schadet uns das nicht. Dafür haben wir dann viel Geld gespart.«

Grummelnd gab Flügel schließlich klein bei und beugte sich dem Diktat der Ökonomie. Nachdem alle Gärten bearbeitet waren, verbrachte Magdalena viel Zeit auf den Feldern, wobei sie die Kinder meist mitnahm. Die Jungen halfen gelegentlich mit, die mittlerweile sieben Jahre alte Lisbeth Magdalena, immer noch still und zurückhaltend, saß am liebsten im Schatten und spielte mit ihrem Lieblingsspielzeug, einer einfachen, mit Stroh gefüllten Stoffpuppe, die ihre Mutter ihr gebastelt hatte.

Magdalena nahm die Arbeit ernst und ließ sich in jeder freien Minute von Ulrich vorlesen, was es über den Hopfenanbau zu wissen galt. Sie selbst tat sich immer noch schwer mit dem Lesen, da sie es als Kind nicht gelernt hatte.

Magdalena berücksichtigte die Mondphasen beim Wachstum und beim Düngen des Hopfens. Sie hegte die Pflanzen und behandelte die Ranken, als diese mit klebrigem Geschmeiß befallen waren, mit starker Kuhmistdüngung. Sie nahm den überlieferten Spruch der böhmischen Hopfengärtner, ›Der Hopfen will jeden Tag seinen Herrn sehen‹, sehr wörtlich, und es gab im Sommer Zeiten, da sah Knoll seine Familie tagelang nicht. Umso mehr konnte er sich der Brauerei widmen. Beinahe täglich tüftelte er an Verbesserungen und Erfindungen. Auch war er mittlerweile politisch aktiv und wurde von den verschiedenen Schöffen oft um Rat gebeten.

Er genoss es, wie früher in Magdeburg, wenn auch in bescheidenerem Rahmen, am Sonntag auf der Hauptstraße flanieren zu gehen, mit der kompletten Familie im aufgeputzten Sonntagsstaat. Vergessen waren in diesen Momenten die schlimmen Zeiten, das Elend und die Not, die sie alle durchlebt hatten.

Bereits im dritten Jahr warfen die Hopfengärten so gute Erträge ab, dass Knoll und Flügel einen Teil des Hopfens weiterverkaufen konnten. Schnell hatte sich die gute Qualität des Bitburger Hopfens herumgesprochen, sogar bis nach Flandern. Aus Luxemburg, Lüttich und Mechelen reisten die Hopfenkaufleute nach Bitburg und klopften an die Tür des Bitburger Brauhauses, um das begehrte grüne Gold möglichst gewinnbringend weiterzuverkaufen. Auch wenn ab und zu einmal ein Garten bei einem räuberischen Ausflug der Staatischen in Mitleidenschaft gezogen wurde, nach jedem Herbst blieb mehr übrig, als die Bitburger selbst verarbeiten konnten. Knolls Geldschatulle wurde voller und voller. Er wie auch Magdalena waren mittlerweile die angesehensten Neubürger. Paul Röhr, der anfangs die besten Aussichten dazu gehabt hatte, hatte im Herbst 1639 einen tödlichen Unfall erlitten, als er mit einem neuen Ochsenkarren, den er ausliefern wollte, im Morast stecken geblieben war. Und bei dem Versuch, den Karren zu befreien, war er unter die Hinterachse geraten und erdrückt worden.

Beide Knolls hatten aufrichtig getrauert, sie hatten Paul als anständigen und ehrlichen Nachbarn schätzen gelernt.

»Immerhin ist er als freier Mann gestorben und nicht im Krieg gemeuchelt worden«, versuchte Magdalena dem Unfall noch etwas abzugewinnen.

Oetz jedoch war stolz auf seine Menschenkenntnis. »Ich habe gleich gesehen, dass Ihr ein tüchtiger Mann seid«, hörte er sich selbst gern sagen, wenn er bei einem guten Krug Bier saß und Knoll anerkennend auf die Schulter klopfte. »Und auch Euer Weib. Die kann sich nicht nur sehen lassen, sie raucht Pfeife und arbeitet wie ein Mann.«

Der Stadtrichter wurde im gleichen Sommer von seinem Amt als Bürgermeister abgewählt. Er hatte es beinahe neun Jahre innegehabt. Johann von Esch wurde zu seinem Nachfolger berufen. Dessen erste Amtshandlung war, dass er sich neben einer imposanten Schärpe eine Brille mit einem Bronzegestell zulegte, um die Würde seines neuen Amtes zu demonstrieren. Eschs Frau, die als dermaßen streitlustig und rabiat verrufen war, dass ihr Mann sie am liebsten in den Krieg geschickt hätte, hatte nun noch mehr Grund, sich aufzuplustern als ehedem. Die Gattin des Bürgermeisters lehnte es von heute auf morgen ab, mit gewissen Menschen Umgang zu pflegen. Zu den derart Geschnittenen gehörte auch Magdalena. Sie hatte damit keine Probleme und amüsierte sich über die Zoten, die von Esch in der Stadt über seine eigene Frau kursieren ließ.

Der beliebteste Spruch von Esch war: »Wenn sie nicht so fett wäre und besser bei Atem, bei Gott, sie würde selbst in die Schlacht ziehen und den Schweden aufs Haupt hauen. Dann würde sie mich wenigstens in Ruhe lassen.«

Von Esch machte kein Hehl daraus, dass er sein neues Amt in erster Linie deswegen genoss, weil es ihm hinreichend Möglichkeiten bot, seinem Zuhause neben dem Kobenturm und seiner zänkischen Xanthippe zu entkommen.

Oetz hingegen hatte nach der Amtsübergabe noch mehr freie Zeit, und die Bierkrüge, die er im Brauhaus in sich hineinschüttete, wurden zahlreicher. »Jetzt bin ich ein freier Mann«, frohlockte er dann gern.

Knoll erinnerte ihn in diesen Situationen an seine Funktion als Stadtrichter, die er immer noch innehatte, worauf Oetz dann entgegnete: »Das kann eigentlich jeder ausführen, dazu gehört nicht viel. Ein guter Bürgermeister sein, *das* ist ein schweres Amt, besonders in Kriegszeiten. Ich glaube, Esch ist ein fähiger Mann und wird uns hoffentlich so lange vorstehen, bis dieser verdammte Krieg vorbei ist.« Er schaute Knoll an, mit dem er jetzt, seines Amtes ledig, wie mit einem Freund reden konnte. »Du hättest auch das Zeug dazu. Ich hatte dich sogar vorgeschlagen, aber die anderen wollten in diesen Zeiten eben einen, der schon einige Schöffenjahre auf dem Buckel hat.«

Knoll fühlte sich geschmeichelt, obwohl er keinerlei Ambitionen auf das Bürgermeisteramt gehabt hatte. Er war Brauer mit Leib und Seele. Die Anerkennung und Freundschaft des ehemaligen Stadtoberen bedeuteten ihm dennoch sehr viel.

Ein einziges Mal geriet Knoll in dieser ruhigen Zeit wieder mit Bruder Jakobus aneinander. Der hatte sich, erneut auf der Durchreise, in Flügels Brauhaus blicken lassen, um zu überprüfen, ob der Name seines Ordens dort immer noch geschmäht wurde. Höflich hatte er nach einem Bier verlangt und saß nun still und friedlich in einer Ecke am Tisch, während er den Gesprächen der anwesenden Zecher lauschte, als ein großer Schatten auf ihn fiel.

Knoll beugte sich hinüber und zischte erbost. »Trinkt aus und geht. Ihr seid hier nicht willkommen.«

Jakobus war kurz davor, einen Streit zu beginnen. Er besann sich jedoch eines Besseren. Zu sehr wäre er hierbei auf sich allein gestellt, zu groß war Knolls körperliche Überlegenheit. Er war sich nun sicher, wem er den Überfall und die Demütigung nach dem Theater zu verdanken hatte. Ebenso klar war ihm aber auch, dass das Geschehen zu lange zurück lag, um Knoll dafür zur Rechenschaft ziehen zu können. Er würde auf eine bessere Gelegenheit warten, die sicher eines Tages kommen würde. Also grinste er nur schief, ließ seinen Bierkrug halbvoll stehen und verließ grußlos die Schankstube. Knoll hatte den Vorfall bald darauf schon wieder vergessen. Doch auch hier, wie immer, wenn man glaubt, das Schlimmste sei überstanden, hält das Schicksal noch etwas bereit. Einige wenige Jahre in weitgehender Zufriedenheit sollten ins Land gehen, bevor Krieg und Verwüstung zurückkehrten. Und für die Familie Knoll würde die große Gefahr wieder einmal persönlich greifbar werden. Nicht zuletzt dank des guten Gedächtnisses des Jesuitenbruders. ▦

18.

DIE KINDER WUCHSEN SCHNELL HERAN. Sowohl Ulrich Knoll als auch Johann Flügel näherten sich dem vierzehnten Lebensjahr. Beide Helden der Gässestrepper-Geschichte wurden ihren Vätern immer ähnlicher. Ulrich war bereits ein Hüne, mit Händen groß genug, um auch das schwerste Werkzeug zu handhaben, jedoch mit der linkischen Art eines heranwachsenden Jungen, der mit seiner Kraft und Größe nicht so recht umgehen konnte. Seinen Vater verehrte er als ›Bierzauberer‹, während er zu Magdalena stets eine höfliche Distanz wahrte. Denn trotz gemeinsamer Erlebnisse und der vielen Zeit – von der Kakushöhle bis zur Bestellung der Hopfengärten – die sie miteinander verbracht hatten, hatte er sie niemals als Mutter anerkannt. Magdalena hingegen hatte ihrem Stiefsohn seine spröde Zurückhaltung niemals übel genommen und ihn auf ihre Art genauso lieb gehabt wie die bald neunjährige Lisbeth. Beide Jungen hatten vor zwei oder drei Jahren in den Krieg ziehen wollen. Nachdem sowohl Knoll als auch Flügel vehement dagegen gesprochen hatten, war bei den beiden Freunden die Entscheidung gereift, in die Fußstapfen ihrer Väter zu treten.

»Ich möchte das Brauhandwerk erlernen«, verkündete Ulrich denn auch kurz vor seinem dreizehnten Geburtstag.

Knoll war sichtlich erfreut, trotz seiner Bedenken: »Wenn dieser Krieg noch weiter andauert, wirst du dich schwertun, sowohl mit dem Umherziehen als Geselle wie auch damit, später anständig in Lohn und Brot zu stehen.«

Natürlich gaben beide Väter den Wünschen ihrer Söhne nach – nicht zuletzt musste das Brauhaus ja auch irgendwann in die Hände der nächsten Generation übergeben werden, und so wurde aus dem Brauhaus ›Zum feisten Römer‹ ein echter Familienbetrieb, in dem zwei Söhne als Brauerlehrlinge von ihren Vätern lernten.

Selbstverständlich war Knoll besonders streng mit Ulrich, genauso wie Flügel mit Johann. Frühes Aufstehen, harte, schweißtreibende Arbeit standen ebenso auf der Tagesordnung wie Ermahnungen und Schimpfkanonaden. Gelegentlich, wenn auch selten, setzte es sogar Schläge. Brauerarbeit war knochenhart. Die Jungen mussten die Gerste auf den Getreideboden bringen, das feuchte Getreide wenden, trocknen, wieder wenden, dann das Malz mahlen, die Maische rühren, das Feuer schüren, die Würze kochen, die Gärbottiche reinigen – ›schlupfen‹ in der Sprache der Brauer – sowie die Fässer pichen und befüllen. Und, am häufigsten von allem: Putzen, putzen, putzen.

»Putzen ist die halbe Brauerarbeit!«, wiederholte Knoll mit schöner Regelmäßigkeit, bis die Lehrlinge es nicht mehr hören konnten. »Nur wenn die Brauerei reinlich ist, kann das Bier reinlich sein!«

Drei lange Jahre hindurch versuchten die erfahrenen Bierbrauer, all ihr Wissen und Können in die Köpfe ihrer Söhne hineinzuklopfen. Sie lehrten sie, gute Gerste, gutes Malz und guten Hopfen von schlechtem Material zu unterscheiden. Sie unterwiesen ihre Lehrlinge im Gebrauch des Kühlschiffs, der Erkennung einer guten Kräusenbildung bei der Gärung und in der Reparatur an Fässern und Bottichen. Sie zeigten ihnen die Möglichkeiten, ein verdorbenes oder fehlgeratenes Bier zu korrigieren und wieder trinkbar zu machen. Die Söhne schimpften, fluchten – und lernten eifrig.

Knoll steuerte seine Erfahrung aus anderen Bierstädten hinzu. So lernten sie über den Broyhan, das Zerbster Bitterbier, den Duckstein und die Garley, was es zu wissen gab. Alles Biere, die er noch aus der guten, alten Zeit kannte und »nach denen wir uns heute alle zehn Finger schlecken würden«, wie zu betonen er nicht müde wurde.

Flügel ergänzte immer wieder: »Es werden wieder bessere Zeiten kommen, dann werden wir auch anständigeres Bier machen können.«

Dem konnten Knoll und die Lehrlinge nur mit großer Hoffnung zustimmen. Eines Tages im späten Frühjahr 1645, beschlossen Flügel und Knoll, dass ihre Söhne nun genug gelernt hatten, und es an der Zeit wäre, sie auf Wanderschaft zu schicken.

»Seit drei Jahren verhandeln die hohen Herren in Münster und Osnabrück, es wird sicher bald Frieden geben. Unser Kaiser ist in einer ausweglosen Lage. Die Schweden stehen in Krems an der Donau, die Siebenbürger Armee marschiert auf Wien zu. Ich glaube, der Kaiser wird den Frieden seinem Untergang vorziehen müssen«, verkündete Flügel das, was an Neuigkeiten wie ein Lauffeuer durch die Stadt gegangen war. »Ich denke, ihr solltet nun in die Welt hinausziehen und euch als Brauergesellen die Hörner abstoßen.«

Knoll und Flügel tunkten die frischgebackenen Brauer kopfüber in den Maischebottich, den sie zu diesem Zweck mit Wasser gefüllt hatten. Dann klopften sie jedem zehnmal symbolisch mit dem Maischescheit auf den Hosenboden. Zu guter Letzt trank ein jeder noch einen großen Krug Bier bis zur Neige aus. Flügel als bestellter Meister der – zugegebenermaßen – kleinen Bitburger Brauerzunft, stellte die Gesellenbriefe aus. Am nächsten Morgen verließen beide Jungen, unter großem Jubel, in den sich jedoch auch einige Tränen mischten, die Stadt, um auf große Wanderschaft zu gehen. Es sollte Jahre dauern, bis sich die Familie wiedersehen sollten. Von seiner Stiefmutter Magdalena war es für Ulrich ein Abschied für immer.

Viel sollte in den nächsten Jahren geschehen.

Die meisten Tränen flossen indes heimlich, im stillen Kämmerlein. Lisbeth Magdalena betrauerte Johanns Fortgang genauso, wie Flügels Tochter Sophia Ulrichs lange Abwesenheit beweinte. Beide hatten jeweils ihren Bruder und dessen besten Freund als kleine Kinder gehasst. Dann, durch die Rettung bei der Belagerung, bewundert, und sich schließlich jeweils in den Bruder der Freundin verliebt. Deshalb beteten die beiden Mädchen jeden Abend für eine glückliche Heimkehr ihres Helden, ohne dies von der jeweils anderen zu ahnen.

Kaiser Ferdinand III., dem in seiner Notlage, die Flügel so anschaulich geschildert hatte, der Ausruf ›Ich bin ohne Geld, ohne Leut', ohne Generale!‹ nachgesagt wurde, schloss tatsächlich im gleichen Jahr noch Frieden, allerdings nur einen kleinen, ›Linzer Frieden‹ genannt, mit dem Fürst aus Siebenbürgen, Georg I. Rákóczi. Damit verhinderte der Habsburger einen Zweifrontenkrieg und die Schweden mussten mangels Unterstützung erfolglos aus Österreich abziehen. Der wahre, der große Frieden, der in der ländlichen Idylle Westfalens verhandelt wurde, sollte noch einmal drei Jahre auf sich warten lassen. Zu schwierig war das Unterfangen, einhundertachtundvierzig Gesandte – davon siebenunddreißig aus dem Ausland – zu einer gütlichen, übereinstimmenden Lösung zu bringen. Zwischen umherlaufenden Hühnern und Schweinen, den durch die holprigen Straßen ratternden Erntewagen ausweichend, rannten Diener mit Depeschen zwischen den Delegationen hin und her. Viele hatten keine Vollmacht und mussten sich jeden Schritt bestätigen lassen, das kostete Zeit. Fünfzehn Tage benötigten die Schriftstücke nach Wien, nach Paris waren es zehn Tage, Stockholm war in sechzehn Tagen erreicht, Dresden in fünf; nach Madrid waren die Depeschen ganze vier Wochen lang unterwegs. Und die Antworten dauerten ebenso lange. Besonders schwer mit den Verhandlungen tat sich der Heilige Stuhl. Dessen Bote, Nuntius Fabio Chigi, durfte auf Weisung Roms nur mit Katholiken verhandeln, nicht mit den verhassten protestantischen Ketzern. Viele Diplomaten verloren die Geduld, da sie in der elenden Provinz auf Antwort ausharren mussten. Der Generalbevollmächtigte des Kaisers, Graf Trauttmannsdorff, adressierte seine Depeschen sogar mit ›geschrieben zu Münster, hinter dem Saustall‹. Alles in allem waren es denkbar schlechte Startbedingungen für einen dauerhaften Frieden. Umso wundersamer war das, was dann Jahre später herauskommen sollte. ☐•☐

19.

Wenn Neuigkeiten auch, wie überall im Reich, ihre Zeit brauchten, um nach Bitburg zu gelangen, so wurden diese dann doch umso intensiver auf den Straßen und Plätzen diskutiert. Und dabei ganz besonders Nachrichten über die verhassten französischen Soldaten. Deren General, Louis II. de Bourbon, Prince de Condé, befehligte das gesamte französische Herr im spanisch-französischen Krieg. Dieser warf bislang zwar bereits seine Schatten bis nach Bitburg, dies jedoch ohne weitere Folgen für die Stadt. Das sollte sich bald ändern.

Immer, wenn Knoll und Oetz sich trafen, wurde über die Politik debattiert. Mal waren beide froh und erleichtert, wie nach den Meldungen vom Tode Kardinal Richelieus oder des Königs Ludwigs XIII. Dann bisweilen bedrückt, wenn der Krieg, wieder einmal näherzurücken schien.

Eines schönen Sommertags 1643 – die beiden Jungen hatten in Bitburg soeben ihr erstes Jahr als Brauerlehrlinge hinter sich gebracht – trafen sich die beiden Freunde, der Braumeister und der ehemalige Stadtrichter, auf ein paar Krüge Most in Flügels Brauhaus. Die Biersaison war vorüber und Knoll hatte genügend Muße, mit Oetz die Lage zu erörtern.

»Die Franzosen haben anscheinend einen neuen Schlachtermeister«, eröffnete Oetz das Gespräch. »Oder hast du schon einmal von einem Henri de Turenne gehört?« Knoll schüttelte den Kopf. Oetz fuhr fort. »Zum neuen Marschall von Frankreich ist er ernannt worden. Und ist nun Herr über alle Franzosentruppen in Deutschland.«

Knoll ahnte Böses. »Hoffentlich ist der Herr Turenne nicht zu ehrgeizig. Es wäre doch arg, wenn die Franzosen den Frieden, den die hohen Herren dort in Westfalen aushandeln, wieder gefährden würden.«

Ganz unrecht sollte Knoll mit seinen Befürchtungen nicht haben. Turenne war, im Gegensatz zu vielen anderen Heerführern dieses Krieges, ein gebildeter, vorsichtiger und methodisch denkender Mensch, dazu noch ein ausgezeichneter Taktiker. Wie wohl nur Wallenstein hatte er die Ökonomie des Krieges und die Bedeutung sorgfältiger Verpflegung und Unterbringung seiner Truppen erkannt, wenngleich diese hohe Einschätzung des Marschalls in der Pfalz und in Bayern, die er beide zuerst mit seinen Truppen heimsuchte, wohl nicht geteilt wurde.

Es sollte noch ein knappes Jahr dauern, dann war Turennes Gegenwart auch in der Eifel und in Bitburg spürbar geworden.

Wie sich die Bilder glichen! Fast, als wäre nichts geschehen, saßen ziemlich genau ein Jahr später wieder einmal beide Männer im Brauhaus und schimpften auf die Franzosen.

»Jetzt haben sie bald alle Habsburger Truppen aus dem Rheingebiet verjagt«, jammerte Oetz. »Wer soll diesen Bestien, Turenne und Condé mitsamt ihrem Mörderpack, noch Einhalt gebieten?«

Knoll empörte sich mehr über die Plünderung des in der östlichen Eifel gelegenen altehrwürdigen Klosters Maria Laach im Februar dieses Jahres, die überall für große Aufregung gesorgt hatte. »Dabei hatte das Kloster eines Schutzbrief der französischen Heeresverwaltung. Und diese Hunde des Krieges haben ihren eigenen Schutzbrief ignoriert!«, schimpfte Knoll, den dies an Magdeburg erinnerte.

So gänzlich unschlagbar waren die Franzosen indes nicht. Das Schlachtenglück wechselte hin und her, schließlich siegten aber doch die Franzosen am 3. August 1645 bei Nördlingen über das bayerische Heer. Trotz des Sieges war die Armee in desolatem

Zustand. Turenne erkannte dies und schickte die arg dezimierte Kavallerie zurück nach Lothringen. Zunächst versuchte er vergebens, seine planlos herumziehende und marodierende Infanterie zur Ordnung zu rufen. An der Lahn, östlich des Rheins, richtete er schließlich ein Lager ein, aber die komplett ausgeplünderte Gegend gab nichts mehr her. So schickte Turenne einen Teil seiner Truppen westwärts an die Mosel. Dort eroberten sie am 18. November 1645 die Stadt Trier von den Spaniern zurück und gaben dem frisch aus der österreichischen Haft entlassenen Kurfürsten von Sötern den Schlüssel der Stadt wieder. Dadurch dass die Franzosen Trier wieder freigaben, wurden sie mit Abgaben des Luxemburger Landes entschädigt. Alle mussten entrichten, was die Besatzer verlangten, so auch die Stadt Bitburg. Das schürte nur weiteren Hass auf die Lothringer, wie die Franzosen in Bitburg auch genannt wurden. Wenngleich die Stadt nicht erobert worden war, so befand sie sich doch, de facto, in der Hand der Lothringer. Und die Namen der lothringischen Offiziere, die immer wieder Bitburg ›besuchten‹ und durch das Servis ausplünderten – Baron de Fours, Conte de Luneville, Baron de Molle, Baron de Chatelet, Oberst Hacquefort sowie der Oberstleutnant Montaubant –, waren bald allgemein verhasst und wurden im Geheimen nur mit äußerster Verachtung ausgesprochen. Dieser Hass erinnerte Knoll daran, wie er Tilly und Pappenheim gegenüber empfunden hatte, die zum Glück beide schon länger unter der Erde weilten – und in der Hölle schmorten, wie er hoffte.

Der einzige Führer der habsburgischen Streitmacht, ein General Becken, ließ sich nur selten blicken, fürchtete er doch die lothringische Übermacht sogar auf seinem eigenen Territorium. Wenn er in Bitburg um Servis ansuchte, schickte er vorab heimlich einen Boten in Zivil in die Stadt, um sicherzugehen, nicht zufällig dort mit dem Feind aneinanderzugeraten.

Einen Vorteil hatte das für die Bitburger: Die Winterlager, als sich in früheren Kriegstagen Habsburger Soldaten monatelang in Bitburg einquartiert hatten, waren passé. Und alle hofften, dass nicht die Lothringer auf die Idee kämen, bei ihnen ihr Winterquartier aufzuschlagen.

Zeitgleich mit den ersten Zahlungen an die Franzosen – ungefähr zu der Zeit, da die beiden Brauergesellen hinaus in die weite Welt zogen –, machten erste, von Neid genährte, Hexengerüchte über Cord und Magdalena Knoll die Runde in der Stadt. Niemand nahm sie ernst. Unter der Herrschaft der spanischen Habsburger waren Hexenprozesse eher selten gewesen. Ganz anders dagegen im benachbarten Kurfürstentum Trier. Allein zwischen 1585 und 1593 waren dort Hunderte von Hexen angeklagt und verbrannt worden. Der damalige Kurfürst von Trier, von Söterns Vorvorgänger Johann von Schönenberg, hatte sich damit nicht nur als einer der ersten, sondern auch als einer der nachhaltigsten Hexenjäger etabliert. Unterstützt worden war er dabei vom Trierer Weihbischof, Peter Binsfeld, der die Kunst in seinen Werken, die Hexengefahr intensiv und drastisch auszumalen, zu neuen Höhen geführt hatte. In manchen Regionen des Reiches wurde die Jagd auf Hexen sogar als die ›Trierer Krankheit‹ bezeichnet. Und in den miserabel verwalteten Klein- und Kleinstterritorien wie auch in den anderen geistlichen Fürstentümern des Rhein-Main-Mosel-Gebiets fand sich schnell eine reichliche Anzahl an Gesinnungsgenossen.

Während also in Münster und Osnabrück die ersten Verhandlungen für einen echten, universellen, europäischen Frieden anliefen, bis zu dessen Unterzeichnung es jedoch immer noch drei Jahre dauern sollte, wiedererstarkten durch Triers und Turennes Machtzuwachs auch diejenigen Kräfte, die Freude daran hatten, angebliche Hexen brennen zu sehen. Auch wenn von Sötern selbst sich aus den Hexenprozessen heraushielt, die Saat war gelegt und ging in den folgenden, durch die lothringischen Marodeure verursachten, erneut hereinbrechenden Notzeiten, wie von selbst auf.

20.

Die Hopfengärten gediehen prächtig. Magdalena verdiente in einem Herbst, es war der von 1644, mehr Geld als Knoll mit seinem Anteil der Brauerei in einer ganzen Saison. Sie stellte Arbeiter ein, die ihr die anstrengendsten Tätigkeiten abnahmen, dennoch ließ sie sich nicht davon abhalten, all ihre Gärten regelmäßig selbst zu inspizieren. Knoll und auch Magdalena zeigten ihren Erfolg jetzt auch öffentlich. Nicht durch Prunk und Protz. Aber wenn sie sonntags durch die Stadt flanierten, in respektabler Bürgertracht gekleidet, Knoll mit Schlapphut, Pluderhosen und flachen Halbschuhen, Magdalena mit der Pfeife im Mund, gab es für die Betrachter keinen Zweifel: Hier gingen erfolgreiche, wohlhabende Leute spazieren. Zumal dies im protestantischen Magdeburg sowieso durchaus üblich gewesen war, denn Erfolg war nach calvinistischer Lehre Teil der göttlichen Gnade, und diese Gnade wollte und sollte man nach außen hin ruhig zur Schau stellen. Magdalena, die in bescheideneren Verhältnissen aufgewachsen war, hatte sich längst daran gewöhnt und ihre Zurückhaltung aufgegeben.

Wie hatte sie sich zudem gefreut, als, sogar hier im ländlichen, spanientreuen Bitburg, das seit mehr als einhundert Jahren gültige spanische Modediktat auch bei der Damenmode endlich durch Neueres ersetzt wurde. Die Ehefrauen der Schöffen trugen als Erste die neue Mode, und beim nächsten Besuch der Tuchkaufleute gab es kein Halten mehr, für diejenigen, die es sich leisten konnten. Die Frauen trugen jetzt böhmische oder holländische Hauben, dazu Spitzkragen nach venezianischem oder französischem Stil, passend zur bereits seit Längerem akzeptierten neuen Mode der Herren.

»Hinweg mit der spanischen Panzerkleidung! Hinfort mit den Halskrausen und Puffärmeln!«, hatte Magdalena übermütig gerufen und sich begeistert einen der neuen, flachen Leinenkragen angelegt. Darunter trug sie ein Kleid ohne Eisenkorsage, mit locker fallenden Ärmeln, die an den Handgelenken mit Schleifen gebunden waren. Die ganz Mutigen hatten bald festgestellt, dass man die neuen Kragen viel tiefer ziehen konnte als die spanischen, und so ihren Männern – und den anderen natürlich auch – ganz neue Einblicke in die weibliche Anatomie gestattete. Das Dekolleté war erfunden!

Knoll begrüßte die Änderungen insofern, als mit dem Verschwinden des spanischen Einflusses auch der Genuss von Schokolade bald wieder der Vergangenheit angehören würde. So hoffte er jedenfalls …

Doch immer wieder – es gehört wohl zur Tragik menschlichen Daseins – ruft Erfolg Neider auf den Plan. Zudem, wenn der Erfolg schnell eintrifft und auch, obwohl er hart erarbeitet ist.

Zu den größten Neidern Knolls und Magdalenas gehörte erstaunlicherweise einer ihrer Verpächter, der Schlossherr von Hamm, Lothar von der Horst. In früherer Zeit waren die Herren von Hamm mächtige Herrscher in der Region gewesen. Aufgrund eines Afterlehens – eines Lehens, das von einem höher gestellten Herrn, der selbst bereits Lehensmann war, erteilt wurde, also doppelt belehnt wurde –, das sie von den mit ihnen verwandten Grafen von Vianden übernommen hatten, hatten sie sogar lange Zeit als Schutzherren über die große und berühmte Abtei Prüm gewacht. Im 14. Jahrhundert hatte die Sippe von Malberg-Milburg die Herrschaft von Hamm übernommen. Die letzte Frau dieses Namens, Anna von Malberg, hatte um 1580 Gerhard von der Horst geehelicht, einen ehrgeizigen, machtbesessenen Mann, der es nicht verwunden hatte, dass die besten Tage von Hamm vorüber waren. Und so hatte er versucht, mit tels persönlicher Einflussnahme, all denjenigen zu schaden, auf die er neidisch war. Bis zum Propst von Bitburg und Echternach hatte er es gebracht, war sogar Rat in Luxemburg geworden, um dann seinem Rivalen um die Macht in Bitburg, dem Bürgermeister Johann Schweisthal, einen Hexenprozess anzuhängen. Sein Enkel Lothar war aus dem gleichen Holz geschnitzt, wie Knoll und Magdalena schon bei der Unterzeichnung des Pachtvertrages ansatzweise erfahren hatten. Verwöhnt, ehrgeizig und skrupellos, wollte auch er am liebsten alle seine Feinde auf dem Scheiterhaufen brennen sehen. Schnell vorbei war die Zeit gewesen, da er geglaubt hatte, die Verpachtung einiger Felder an die Knolls sei ein einträgliches Geschäft. Der Pachtzins war bald ausgegeben gewesen, jetzt sah er nur noch den Profit, den der Hopfen offensichtlich Jahr für Jahr abwarf. Und nichts davon wanderte in seine Taschen. Das wollte er ändern, und zwar so schnell wie möglich. Zuerst schickte er Knoll einen Brief, in dem er eine kräftige Nachzahlung forderte sowie eine sofortige Verdreifachung der vereinbarten Pacht.

»Ist der denn völlig närrisch geworden?«, kommentierte Knoll den Brief aufgebracht. »Wie kommt er dazu, unseren Vertrag brechen zu wollen?«

»Neidisch ist er, gierig und voller Hass auf all die, die Erfolg haben«, hatte Magdalena eher als Knoll die Motive Lothars erfasst. »Hast du noch nicht gehört, wen er und seine Familie nicht schon alles mit ihren Anschuldigungen verfolgt haben? Seit Jahrzehnten geht das so!«

»Was machen wir mit dem Brief? Ich werde ihn dem Feuer übergeben«, schickte Knoll sich an, das Schreiben zu vernichten.

»Vielleicht zahlen wir besser, sonst kommt es noch zu einem schlimmen Streit!« Magdalena war eher um Ausgleich und Versöhnung bemüht.

»Keinesfalls!«, polterte Knoll los und erschrak selbst über seine Lautstärke. »Ich lasse mich nicht von diesen sogenannten hohen Herren ins Bockshorn jagen. Ein Vertrag gilt auch für die Sippe derer von der Horst!« Zudem erinnerte er Magdalena an sein Versprechen, nie mehr kampflos klein beizugeben, wenn es um ihre Existenz ginge. »Eine derartige Erhöhung des Pachtzinses würde den Hopfen so verteuern, dass wir ihn nicht mehr verkaufen könnten. Ich werde unseren Bürgermeister um Rat ersuchen.«

Mit einer gehörigen Portion Wut im Bauch bat der Brauer um einen Termin bei von Esch. Diesem zeigte er den Brief und auch den älteren Vertrag. Der Bürgermeister diskutierte kurz mit dem Schöffenkollegium und gab Knoll in allen Punkten recht. »Das Ansinnen von Lothar von der Horst ist zur Gänze zurückzuweisen. Der Vertrag ist gültig und muss eingehalten werden.«

Knoll triumphierte, seine Frau blieb skeptisch und Lothar von der Horst tobte.

»Wenn das mal kein böses Ende nimmt«, murmelte Magdalena in böser Vorahnung.

Kurz nach diesem Urteil verbreiteten zwei Jesuiten aus Trier, die regelmäßig zu Besuch im Bitburger Maximinkloster weilten, erste Gerüchte, Knoll und seine Frau gehörten einem Hexenzirkel an. Die guten Beziehungen von Schloss Hamm sowohl nach St. Maximin als auch zu den Jesuiten waren wohl bekannt, dennoch war Lothar von der Horst die Urheberschaft nicht nachzuweisen. Die neuen Aktivitäten der Jesuiten hingen damit zusammen, dass Bischof von Sötern gerade erst nach zehnjähriger Haft in Linz entlassen worden und nach Trier zurückgekehrt war. Dort angekommen, hatte er als Erstes das Domkapitel wieder entmachtet. Daraufhin wurden die Verdächtigungen gegenüber der Familie Knoll schwerwiegender.

Zwei Personen, ein Schöffe namens Peter Keul aus Bitburg sowie eine Margaretha Sonnen aus Biersdorf, wurden des Hexenwerks angeklagt und bezichtigten die Knolls, mitzuwirken. Beide wären auf dem Hexentanzplatz gesehen worden. Und zu guter Letzt hatte sich eine weitere Angeklagte, Helene Schausten, zu der Aussage verleiten lassen, dass Knoll der König der Hexer, der Roi des Sorciers wäre. Knoll erwirkte, mit von Eschs Unterstützung, in Luxemburg eine Kommission anrufen zu dürfen. Die Nachforschungen ergaben, dass sowohl die Sonnen als auch die Schausten einige Jahre zuvor im Hopfengarten gearbeitet hatten, dann mit Magdalena in Streit geraten und fortgegangen waren. Peter Keul korrigierte sich. Er sei so schwer gefoltert worden, dass er seine einzige Möglichkeit zur Rettung darin gesehen hatte, den unschuldigen Knoll mit hineinzuziehen, auf dass die Luxemburger auch seine Unschuld attestieren würden. Daraufhin wurde durch Erlass der Kommission verboten, Knoll und seine Frau als Mitglieder eines Hexenzirkels zu verleumden. Damit hätte die Anklage erledigt sein müssen.

Aber Lothar von der Horst war ein zäher, hartnäckiger Gegner. Er hatte sich mittlerweile ausgerechnet, was die Hopfengärten einbrachten. »Und die Fechser kann sie nicht mitnehmen, die alte Hexe«, frohlockte er vorzeitig. »Ich werde die Knolls hinausjagen, den Hopfen selbst anpflanzen und das Geld für mich scheffeln.« Dazu musste er allerdings schwerere Geschütze auffahren. In den nächsten Monaten wurden in der ganzen Eifel, besonders in den Orten, die zu Kurtrier gehörten, unter Folter erstaunlich viele Aussagen über Knolls und Magdalenas Hexenwerk gemacht. Fast alle Angeklagten schienen sie zu kennen. Der Herr von Hamm sammelte alles akribisch. Er war mit vielen dieser Herren befreundet, die diese drastischen Verhöre und Verfahren leiteten. Wieder schaltete Knoll die Luxemburger ein. Die fühlten sich aber – auf einmal – nicht mehr zuständig, da ihnen die Sache zu unheimlich wurde. Zudem waren neue Gerüchte aufgetaucht, dass Knoll der ›König der Zauberer‹ wäre. Diesen Vorwurf führte man auf seinen Spitznamen ›Bierzauberer‹ zurück. Sein eigener Sohn hatte ihn damit unwissentlich in die Bredouille gebracht!

Knoll beriet sich mit von Esch, aber auch mit Flügel und dem immer noch einflussreichen Oetz, was zu tun wäre. Alle drei unterstützten ihn ohne Vorbehalte.

»Der Hammer ist schon ein neidvoller Mensch«, wiederholte Oetz gelegentlich. »Wie viele Menschen der wohl bereits ins Unglück gestürzt hat?«

»Wir sollten den Großen Rat in den Niederlanden anrufen«, schlug von Esch als Ultima Ratio vor. Knoll stimmte zu. Diese Entscheidung setzte ein viele Monate dauerndes Verfahren in Gang.

Knoll machte sich mit Magdalena auf die Reise nach Mechelen, dem Sitz der höchsten juristischen Instanz der Niederlande. Die Stadt, etwa fünfundzwanzig Kilometer nördlich von Brüssel gelegen, gehörte seit 1477, durch Verheiratung Marias von Burgund, der Erbtochter Karls des Kühnen, mit Maximilian I. zum Haus Habsburg. Kaiser Friedrich III. höchstpersönlich hatte Mechelen dann 1490 zu einer edlen Grafschaft erhoben. Unter Margarete von Österreich war es für kurze Zeit sogar Hauptstadt der Niederlande gewesen. Nach dem Abfall und der Unabhängigkeitserklärung der sieben vereinigten, nördlichen Provinzen, die auch für die Probleme mit den Staatischen im Bitburger Raum verantwortlich waren, war Mechelen wieder zu Brabant gekommen und zum Sitz des höchsten Gerichtshofs für die gesamten habsburgischen Niederlande bestimmt worden.

Beeindruckt standen Cord Heinrich und Magdalena nach vier Reisetagen auf den gut befestigten Handelsstraßen nach Flandern vor dem Mechelner Schepenhuis – dem Schöffenhaus – im Steinweg, in dem die Verhandlung stattfinden sollte. Hier tagte auch der Große Rat. Auf einen Advokaten zu ihrer Verteidigung hatten sie auf Anraten von Eschs verzichtet.

»Wer gleich zu Beginn einen Advokaten mitbringt, wirkt schon schuldig«, so dessen Begründung. »Dies ist nur eine Anhörung, keine Anklage.«

Knoll hatte sich widerstrebend gefügt. Ihm schwante indes nichts Gutes. Also hatte er sich selbst vorbereitet, so gut dies möglich war.

Nachdem die beiden ihr Ansuchen erklärt hatten, und es tatsächlich auch im Ratsbuch verzeichnet war – Knoll schickte ein Stoßgebet gen Himmel und einen Dank an von Esch –, wurden sie in den großen Ratssaal eingelassen. Dessen Stirnseite beherrschte ein riesiger Wandteppich, der in bunten Farben und prächtigen Bildern die Schlacht von Tunis darstellte. Alle Verhandlungen waren öffentlich, so setzten sie sich auf eine der Bänke, hörten den anderen Verhandlungen zu und warteten darauf, dass ihre Namen aufgerufen wurden. Den Vorsitz für den Tag führte der Stadtrichter Peter van Busleyden, flankiert von zwei Schöffen, dem Juristen François van der Aa und Michel Walschaerts, dem Leiter der Kaufmannsgilde und Besitzer des Brauhauses Carolus in Mechelen. Der Stadtrichter und der Jurist waren kleine, schmächtige Männer, wiewohl prächtig und wohlhabend aufgeputzt – der Stadtrichter trug sogar eine weiße Perücke, während der Brauherr in Körperfülle wie auch im feisten Gesichtsausdruck seinem Stand und dem Ruf der Brauherren alle Ehre machte. Alle drei hörten genau zu, wenn Ankläger und Verteidiger sich ihre verbalen Duelle lieferten. Der Richter und die

Schöffen beratschlagten meist kurz und knapp, van Busleyden verlas die Urteile in der gleichen Kürze. Für pompöses Beiwerk war hier kein Platz, dafür war die Schlange der Antragsteller zu lang, bemerkte Knoll. Hoffentlich würde er genügend Zeit bekommen, seinen Fall zu erklären.

Schließlich fiel der Name Knoll. Cord Heinrich und Magdalena standen auf, gingen zum Richterpodest, verneigten sich, und die Anhörung begann. Die drei Leiter des Rats genossen es sichtlich, einmal nur zuhören zu müssen, ohne dass es zum Streit kam. Lothar von der Horst befand sich weit weg und wusste wahrscheinlich nicht einmal von Knolls Reise nach Mechelen.

Cord Heinrich erklärte seinen Streit mit Lothar von der Horst, dass dieser ihm seinen Erfolg und seiner Frau die Hopfengärten neide und diese selbst bearbeiten wolle. »Ich bin kein Zauberer und mein Weib ist keine Hexe. Wir sind anständige arbeitende, gottesfürchtige Leute, wollen keinen Streit und haben mit Hexenwerk nichts zu tun.«

Walschaerts nickte mehrmals zustimmend und zwinkerte Knoll, wie dieser glaubte, aufmunternd zu. Knolls Zuversicht wuchs, als er sich mit dem Mechelner Brauherr verbündet glaubte. Er wurde kühner und ging sogar in die Offensive. »Hinter dem Hexenwahn stehen meist nur die menschliche Dummheit und Gemeinheit. Beides Attribute, die der Mann, der uns beschuldigt, dieser falsche Giftmolch, in überreichem Maße besitzt!« Dann spielte Knoll seinen größten Trumpf aus: Er zitierte den einige Jahre zuvor verstorbenen Jesuiten und Hexentheoretiker Friedrich Spee von Langenfeld. »Sogar ein Trierer Jesuit wendete sich gegen die Hexenjagd. Ein Trierer!«, versuchte er den schlechten Ruf dieser Stadt zu seinen Gunsten einzusetzen. »Kennt Ihr die ›Cautio Criminalis oder Rechtliche Bedenken wegen der Hexenprozesse‹?«

Die in Hexenprozessen recht unerfahrenen Räte ließen ihn gewähren. Knoll hatte sich glücklicherweise vorher kundig gemacht und konnte nun einige Punkte aus der scharfsinnigen Argumentation und der geschickten Rhetorik Spees anbringen. »Bei der Folter ist alles voll von Unsicherheit und dunkelster Vermutung; ein Unschuldiger muss für ein unsicheres Verbrechen die sichersten Qualen erdulden. Auf die unter Folter erpressten Geständnisse haben alle Gelehrten fast ihre ganze Hexenlehre gegründet, und die Welt hat's ihnen, wie es scheint, geglaubt. Die Gewalt der Schmerzen erzwingt alles, auch das, was man für Sünde hält, wie lügen und andere in üblen Verruf bringen. Diejenigen, die dann einmal angefangen haben, auf der Folter gegen sich auszusagen, geben später nach der Folter alles zu, was man von ihnen verlangt, damit sie nicht der Unbeständigkeit bezichtigt werden. Und die Kriminalrichter glauben dann diese Possen und bestärken sich in ihrem Tun.« Knoll warf sich in die Brust und schloss mit einem weiteren Zitat von Spee ab: »Wenn vor dem Gericht der Ewigkeit Rechenschaft für jedes müßige Wort abgelegt werden muss, wie steht's dann mit der Verantwortung für das vergossene Menschenblut?«

Die drei Räte waren sichtlich beeindruckt, zeigten nun aber auch, dass sie nicht gänzlich unwissend waren.

Walschaerts wandte ein: »Wenn ich mich recht erinnere, wurde das Buch erstmals anonym verlegt, und dann noch von einem Protestanten. Das spricht nicht für dieses Machwerk.«

Van der Aa ergänzte: »Und wurde dem Herren Spee dann nicht nahe gelegt, die Jesuiten zu verlassen, bevor man ihm den Prozess macht?«

Knoll war überrascht, das wusste er nicht, und auch nicht, ob es der Wahrheit entsprach.

Was der Stadtrichter von Busleyden dann verkündete, konnte

Knoll kaum glauben: »Es ist ja nicht so, dass dieser Trierer Jesuit nicht an Hexenwerk glaubte. Er war lediglich mit den Verhörmethoden nicht einverstanden. Wenn ich richtig informiert bin, hat er einigen hundert Hexen als Beichtvater das letzte Geleit zum Scheiterhaufen gegeben.«

Knoll fühlte, wie seine so brillant scheinende Verteidigung zusammenbrach und befürchtete das Allerschlimmste.

Am Ende wurde ihnen jedoch lediglich beschieden: »Jetzt fahrt nach Hause und übt Euch in Geduld. Wir werden die Sache weiter verfolgen, müssen dazu aber noch einige Erkundigungen einholen.«

Gleich nach ihrer Rückkehr nach Bitburg erfuhr Lothar von der Anhörung beim Großen Rat. Er reagierte sofort mit mehrfachen Eingaben an den Provinzialrat. Darin schreckte er nicht davor zurück, Knoll und Magdalena des Todes seiner Kinder zu bezichtigen. Er lud beide Widersacher vor das Bitburger Propsteigericht, denn dort würde es ihm ein Leichtes sein, die beiden verurteilen zu lassen. Knoll erwiderte, für ihn sei der Rat in Mechelen zuständig und verweigerte sowohl dem Bitburger Gericht als auch der dort geplanten Gegenüberstellung seine Präsenz. Das wurde ihm von einigen, bislang neutralen Beobachtern als Schuldeingeständnis ausgelegt. Die Waage schien sich zu Knolls Ungunsten zu neigen.

Der Große Rat schickte inzwischen einen Kommissar nach Bitburg, der Cord und Magdalena einen Fragenkatalog zur Beantwortung vorlegte. Dieser war aber offensichtlich von seinem Gegner ausgearbeitet worden, so suggestiv waren die Fragen. Die Verwendung der Argumente Friedrich Spees hatte allem Anschein nach das Gegenteil des Erhofften bewirkt.

»Weiß der Brauherr Walschaerts von diesen Fragen?«, erkundigte Knoll sich beim Kommissar.

»Walschaerts ist letzte Woche gestorben«, war die lakonische Antwort. »Einfach so, tot vom Sessel gefallen. Und das im Saal, während einer Tagung des Großes Rates.«

Knolls Mut sank auf ein Minimum. Vor allem, nachdem er alle Fragen gelesen hatte. Es ging nicht mehr darum, ob er etwas Verbotenes getan hatte, sondern nur noch wann, wie und wo er die Straftaten ausgeübt hatte.

> *Wie viele Kinder habt Ihr durch Hexerei getötet?*‹
> *Wie habt Ihr die Ehefrau des Herren von Hamm getötet?*‹
> *Wem verkauft Ihr Euer verzaubertes Bier und welche Wirkung hat es?*‹
> *Wo habt Ihr die Zauberkunst mit der Wünschelrute erlernt?*‹
> *Wo und wann feiert Ihr euren Hexensabbat?*‹

Langsam zog sich die Schlinge zu, und Knoll spürte es. Er ließ sich aus freien Stücken inhaftieren, unter der Bedingung, dass Magdalenas Anklage fallen gelassen würde und sie nach Hause gehen dürfe. Der Rat ließ dann auch ihn wieder gehen, allerdings nur gegen eine Kaution, und er musste in Mechelen bleiben. Es dauerte jedoch nicht lange, dann hatte Lothar von der Horst mit zahlreichen Eingaben gegen den ›Bierzauberer‹ und die ›Hopfenhexe‹ verschärfte Haftbedingungen erwirkt. Der Rat beriet über die Anklage, in der Zwischenzeit wurde die Kaution eingezogen und Knoll erneut festgesetzt. Vorerst blieb er drei Wochen in Mechelen inhaftiert, ohne jedoch gefoltert zu werden. Tag für Tag rätselte er in seiner Zelle, was der Rat wohl mit ihm vorhabe. Trost fand er hauptsächlich in der Tatsache, dass Magdalena anscheinend aus dieser scheußlichen Geschichte unbeschadet herausgekommen war. Hätte er gewusst, wie falsch er mit dieser Einschätzung lag, wäre er wohl verzweifelt. Nach drei Wochen öffneten sich auf Anordnung des Großen Rates die Kerkertüren für ihn und er war wieder ein freier und unbescholtener Mann. Der Vertrag mit dem Herren von Hamm war jedoch für ungültig erklärt worden, und von der Horst musste nur einen geringen Ersatz für die Fechser bezahlen.

Sofort machte er sich auf den Weg nach Bitburg. Nach vier Tagen kam er dort an, ging zu seinem Haus und fand es verlassen vor. Enttäuscht machte er sich auf die Suche und fand die kleine Lisbeth im Oetz'schen Haus.

»Wo ist Magdalena?«, fragte er Oetz.

Dieser schaute weg, scheute den direkten Blickkontakt mit Knoll und erwiderte nur: »Ihr wisst es tatsächlich nicht?«

»Was weiß ich nicht?«

Also erzählte Oetz, zumindest das Wenige, was er wusste.

O

21.

Während Cord Heinrich Knoll in Mechelen in Haft gewesen war, hatte Lothar von der Horst seine Strategie geändert und beschlossen, den Brauer in Ruhe zu lassen. Es würde eigentlich genügen, Magdalena aus dem Weg zu räumen, die ja schließlich diejenige war, die sich um den Hopfen kümmerte. Also hatte er seine Verbindungen spielen lassen und die Jesuiten, allen voran Bruder Jakobus, waren hocherfreut gewesen, den heimtückischen Schlossherrn bei der Vernichtung seiner Widersacher zu unterstützen. So hatte Magdalena Besuch aus Trier erhalten. Unangemeldeten, äußerst unerwünschten Besuch.

Magdalena war zu Hause gewesen und hatte draußen das Knarren und Holpern einer Kutsche gehört, dazu das Klappern von Pferdehufen und Stimmen mehrerer Herren. Zwei Jesuiten in Begleitung zweier kräftiger junger Männer im einfachen Mönchshabit waren grußlos in ihr Haus getreten und hatten sie aufgefordert, sofort mit ihnen zu kommen. In einem der Mönche hatte sie den Mann wiedererkannt, der einst beim Jesuiten-Theater so fürchterlich Prügel bezogen hatte. Jakobus war sein Name, hatte sie sich erinnert. Eine fette, schillernde Narbe auf seiner Stirn zeugte noch viele Jahre danach von dem Geschehnis, das damals so viel Aufsehen erregt hatte. Der andere Jesuit war ihr nicht vorgestellt worden. Er war jünger und offensichtlich Jakobus bedingungslos ergeben.

Angst hatte sie keine verspürt, hatte ihr Mann doch, bevor er in Haft gegangen war, die Geschichte Friedrich Spees noch einmal nachgefragt und die Einschätzung des Mechelner Rats für sie korrigiert.

»Die erste Ausgabe der ›Cautio Criminalis‹ musste er noch anonym veröffentlichen, wie Walschaerts bei der Anhörung treffend angemerkt hatte. Die zweite Ausgabe, vor dreizehn

Jahren, erschien jedoch bereits mit Billigung der Provinzialleitung der Jesuiten.«

Magdalena hatte nur gestaunt, woher Cord Heinrich das alles wusste.

Cord hatte ergänzt: »Das kann nur bedeuten, dass sogar die Jesuiten, diese Kriegstreiber und Hexenjäger, langsam Vernunft annehmen.«

Es war, ihrer Meinung nach, entweder ein Missverständnis, oder man wollte lediglich eine Zeugenaussage von ihr. Wenngleich Trier im Kirchenrecht die Hoheit auch über Bitburg hatte, zivilrechtlich wäre Magdalenas Mitnahme gegen ihren Willen einer Entführung gleichgekommen. Sie war davon ausgegangen, dass sie nur befragt würde, also alles rechtmäßig ablief und ihr kein Leid zugefügt werden dürfte. Deshalb wehrte sie sich nicht.

In einem Karren mit nur einem kleinen, vergitterten Fenster drin, mit zwei ihr übel gesonnenen Männern als Gesellschaft, wurde sie nach Trier verfrachtet. Die mehrstündige Fahrt verlief, ohne dass ein Wort gewechselt wurde. Erst als sie an der Jesuitenkirche anhielten, einer ehemaligen Klosterkirche der Franziskaner aus dem 13. Jahrhundert, in der die Jesuiten seit 1570 residierten, bellte Jakobus kurz einige Befehle hinaus. Magdalena wurde in die Krypta geführt und an einen Stuhl gebunden. Jakobus begann zugleich mit mehreren Hexereivorwürfen. Magdalena war inzwischen bewusst geworden, dass ihre Lage doch sehr ernst war und ihr Wissen um Friedrich von Spee ihr unter Umständen nicht mehr weiterhelfen würde. Auch bei den Jesuiten gab es Gute und weniger Gute …

Sie zitterte am ganzen Körper, als der Folterknecht zu ihr trat. Zuerst schüttete er ihr mehrmals Weihwasser auf die Brust. »Das wird dir helfen, deine teuflischen Eingebungen zu erbrechen.«

Allen Vorhaltungen über ihr angebliches Hexenwerk widersprach sie auf das Heftigste. »Ich bin unschuldig der Laster und Verbrechen, deren Ihr mich anklagt!«, schrie sie mit bebender Stimme. »Ich fürchte den Tod nicht, wohl aber die Folter. Jesus Christus, mein Erlöser, sei bei mir!«

Jakobus schaute grimmig drein. »Es ist nicht christlich, Tod oder Marter zu fürchten! Sie werden dich letzten Endes von deinem Aberglauben erlösen.«

Drei Tage lang wurde sie verhört, von morgens bis abends; jedoch, genau wie Cord Heinrich in Mechelen, ohne peinlich befragt zu werden. Mit der Regelmäßigkeit eines Uhrwerks wurden ihr die Vorwürfe der Hexerei ins Gesicht geschrien. Mit der gleichen Unermüdlichkeit beteuerte Magdalena ihre Unschuld und bekannte sich zu Jesus als dem allein selig machenden Heilsbringer.

Am vierten Tag band man sie auf die Folterbank. Nun wurde Magdalenas Stärke auf das Äußerste gefordert. Die nächsten drei Tage wurden die längsten und schmerzhaftesten ihres nicht eben entbehrungsarmen Lebens. Trotzdem blieb sie standhaft und trieb Jakobus und seinen Adlatus zur Verzweiflung.

Am Ende dieser drei Tage konstatierten diese voller Enttäuschung: »Sie ist eine Hexe, die, obgleich mager und zart gebaut, die Folter bestanden hat, ohne sich schuldig zu bekennen oder zu sterben.«

Niemand hätte das für möglich gehalten. Tatsächlich hatte Magdalena die Qualen nur überstanden, weil ihre Gedanken sich fortwährend um ihre Familie gedreht hatten. Mit dem Schweiß der Todesangst im wächsernen Gesicht hatte sie an Cord Heinrich gedacht, an ihre Tochter Lisbeth, die sie beide liebte wie sonst nichts auf der Welt. Auch ihres Stiefsohns Ulrich, der jetzt irgendwo im zerstörten Land unterwegs war, hatte sie in ungewohnter Zärtlichkeit gedacht. Während ihr die spanischen Stiefel die Füße einquetschten und deformierten, während die Daumenschrauben erbarmungslos den Druck erhöhten, hatte sie auf die Zähne gebissen und sich einen schönen Sommertag vorgestellt, einen Tag, an dem sie draußen mit ihrer Familie im Hof saß. Während ihr vor Schmerz die Tränen die Wangen hinunterliefen, hatte sie sich an die guten Tage erinnert, an denen sie Nüsse, Äpfel und Pflaumen geerntet hatten oder den reifen Hopfen. Kein Wort eines Bekenntnisses, nicht das kleinste Schuldeingeständnis kam über ihre Lippen. Die Hoffnung, ihre Familie wiederzusehen, ließ sie über sich hinauswachsen.

Irgendwann ließen ihre Peiniger von ihr ab. Sie wurde von allen Vorwürfen freigesprochen und blieb noch eine weitere Woche in der Hospizstation der Jesuiten, um die schlimmsten Verletzungen zu kurieren. Man nahm ihr den Eid ›De non vindicando carcere‹ ab, auf dass sie sich wegen der im Kerker erlittenen Drangsal nicht rächen wolle, und entließ sie in die Freiheit.

Ein ähnlich unbequemer Karren, der sie schon nach Trier gebracht hatte, führte sie zurück nach Bitburg. Diesmal war nur der junge Mönch als Aufpasser dabei, der, wie sie mittlerweile wusste, Bruder Martin hieß. Magdalena hockte stumm auf der unbequemen Sitzbank, ihrem Elend überlassen, die Augen geschlossen.

Bruder Martin, ein kleiner, kräftiger Mann mit frischer Tonsur, unterstrich seine jugendliche Begeisterung für die Ideen seiner Oberen mit hämischen, provozierenden Spitzen gegen seine Begleiterin. Jakobus hatte angeordnet, die Frau, die er immer noch für eine Hexe hielt, vor dem Stadttor aussteigen zu lassen.

Zuerst hielten die Stadtwachen die ihnen eigentlich wohlbekannte Hopfengärtnerin für eine hungernde Bettlerin, genauso wie Knoll seine Frau auf den ersten Blick nicht wiedererkannte, nachdem er sie schließlich, zusammengekauert, in einer Ecke ihres Gartens gefunden hatte. Sie hatte in der Haft krumme, deformierte Glieder bekommen sowie die letzten Zähne verloren. Die Augen lagen tief in ihren Höhlen, die gelbe Haut spannte sich wie altes, rissiges Pergament über die Wangen und über ihrem Gesicht lag ein aschfarbener Schleier vorzeitigen Alterns. Nun, da sie unter Folter bewiesen hatte, dass sie keine Hexe war, glich sie dem typischen Bild einer Hexe. Aber, was am Schlimmsten war, neben ihrem guten Aussehen hatte sie ihren Lebensmut verloren. Ihre Gestalt erregte nicht nur Argwohn, sondern forderte nun Beschimpfungen geradezu heraus. Vergessen war die Achtung, die ihr die Bitburger für ihre Leistung entgegengebracht hatten, die Hopfengärten wieder aufzubauen. Vergessen das Mitleid und die Hilfe, die die Familie Knoll nach ihrer elenden Ankunft dort erhalten hatten. Jetzt war sie nichts als eine alte Vettel, die von den Kindern auf der Straße ausgelacht und als Vogelscheuche beschimpft wurde. So verbrachte sie die Tage im Haus, vernachlässigte ihren Garten wie auch den Haushalt. Stopfte sich ab und zu eine Pfeife und setzte sich dazu in einen stillen Winkel des Hofes, wo sie sich unbeobachtet glaubte. Knoll sah ihr Elend und versuchte immer aufs Neue, sie aufzuheitern oder wieder ins Leben zurückzuholen. Magdalena ließ diese Versuche stoisch über sich ergehen, änderte sich aber nicht. Mit der Folter war ihr Innerstes zerbrochen. Nicht nur ihr Glaube an Gott, sondern an das Gute im Menschen und das Leben im Allgemeinen war unter den Händen der jesuitischen Folterknechte dahingegangen.

Wenn Knoll versuchte, die angelaufenen Friedensbemühungen positiv zu sehen, fuhr sie ihn an: »Was preist du die Güte und Milde derjenigen, die dir das Brot aus der Hand und den Kopf vom Hals reißen? Treue und Glauben gelten nichts mehr heutzutage. Der Krieg wird erst dann zu Ende sein, wenn die

Taschen aller hohen Herren gefüllt sind, die Schokolade saufenden Jesuiten und andere Klosterschweine den letzten Protestanten verbrannt haben und der letzte Bauer nichts mehr zu beißen hat.« Immer wieder weinte sie Tränen der Wut und Ohnmacht und fraß ihre selbstzerstörerische Verzweiflung in sich hinein.

Mit ihren verkrüppelten Füßen humpelte sie eines Tages Ende Oktober 1645 – sie hatte gerade ihr einundvierzigstes Lebensjahr begonnen – zur Gulfartzpforte hinaus, ohne von den Wachen aufgehalten zu werden. Fast genau zehn Jahre, nachdem sie halb verhungert am gleichen Tor erfolgreich um Einlass gebettelt hatten.

Sie hatte sich nicht verabschiedet.

Sie hatte nichts hinterlassen.

Sie wurde einfach nie wieder gesehen.

Es gab Gerüchte, sie hätte sich in die Mosel gestürzt und wäre ertrunken. Angeblich war sie kurz vor Trier gesehen worden, langsam, wie trunken, über die Felder stolpernd. Knoll trauerte unendlich. Jeden Abend betete er für Magdalenas Seele, die Hände dabei wie im Krampf gefaltet. Er fühlte sich von allen verlassen, als wäre er allein auf der Welt mit Gott und der Ewigkeit. Sein Hass auf die Jesuiten aber, die für ihn nicht nur die Brandstifter des Krieges, sondern auch sonst Quelle aller Unmenschlichkeit waren, erreichte ein Ausmaß, vor dem er sich selbst fürchtete.

Der Tag der Rache würde kommen … ⊕

22.

LOTHAR VON DER HORST fühlte sich als Sieger und ließ dies die Bitburger auch spüren. Alle diejenigen, die als Freunde Knolls bekannt waren, wurden in der Folgezeit drangsaliert. Mit Gerüchten, gezielten Beleidigungen und falschen Anklagen. Nicht nur Flügel, sogar von Esch musste sich gegen Behauptungen wehren, auf goldenen Sesseln sitzend dem Hexenzauber beigewohnt zu haben, oder ähnlich Abstruses.

Gegen Oetz war die Verleumdung besonders perfide: Er war wohl einmal gesehen worden, wie er, aus dem Haus des Stadtrichters kommend, versucht hatte, seinen Daumen, der sich an der Tinte geschwärzt hatte, an einer Hauswand sauber zu wischen.

»Der hat den Leuten die Pest auf den Leib geschmiert«, murmelten die feigen Denunzianten hinter seinem Rücken, freilich ohne es ihm ins Gesicht zu sagen, und ohne, dass es zur Anklage gekommen wäre.

Irgendwann platzte dem Bitburger Stadtrichter dann der Kragen und er zitierte Knoll zu sich: »Ich weiß, dass Ihr an der ganzen Sache unschuldig seid, aber denkt einmal darüber nach, Euer Domizil, zumindest zeitweilig, aus Bitburg hinaus zu verlegen. Dann würdet Ihr Eurem Widersacher nicht mehr so häufig begegnen und unter Umständen lässt er dann ab von Euch.«

»Und von Euch. Darum geht es wohl«, ergänzte Knoll schärfer als beabsichtigt. »Wollt Ihr mir so die Freundschaft aufkündigen?«

Von Esch wiegelte gleich ab. »Nein, keinesfalls, aber es wäre ratsam, etwas Gras über die Sache wachsen zu lassen.«

So zog Knoll in eine Hütte in der Nähe seines Holsthumer Hopfengartens und verbrachte dort den Sommer. Flügel nahm die dreizehnjährige Lisbeth währenddessen bei sich auf und kümmerte sich allein um die Brauerei; in der braufreien Saison fiel Knolls Abwesenheit nicht so ins Gewicht.

Die Hopfengärten, die zum Schloss Hamm gehörten, betrat Knoll nie wieder. Mehr als einmal fragte er sich jedoch, wie und mit wessen Hilfe Lothar von der Horst sie bewirtschaften wollte. In seiner Einschätzung darüber schwankte er immer zwischen Gehässigkeit – sollte von der Horst dabei einen Fehlschlag erleiden – und Trauer über die vergebliche Arbeit, die in den Aufbau der Hopfengärten gesteckt worden war.

Die restlichen Gärten, bis auf den bei Holsthum – den einzigen, der ihm gehörte – wurden im August bei einem Durchmarsch der Staatischen gründlich verwüstet. Knoll war froh, dass Magdalena dies nicht mehr miterleben musste. Etwas Schadenfreude mischte sich in Knolls Gefühle, als er hörte, dass die Staatischen auch in den Gärten, die jetzt wieder von von der Horst genutzt wurden, gewütet hatten.

Kurz darauf, als hätte er Knolls Häme verspürt, nahm Lothar von der Horst die Fehde wieder auf. Er konnte tatsächlich durchsetzen, dass Knoll trotz seines Freispruchs in Mechelen alle Gerichtskosten übernehmen musste. Es wurde sogar erneute Haft angedroht, sollte Knoll sich weigern zu zahlen.

So reiste Knoll im Herbst häufig erneut zwischen Bitburg und Mechelen hin und her, um den Großen Rat für sich zu gewinnen. Er klagte gegen das Vorgehen des Propstes in Bitburg, über die Verleumdungen und warf diesem Amtsmissbrauch vor.

Er besuchte von der Horst in dessen Kanzlei in der Bitburger Propstei, schaute ihm in die Augen und brüllte ihn wutentbrannt an: »Ihr seid intriganter als ein Jesuit und grausamer als ein Türke!«

Höhnisches Gelächter war die Antwort sowie die überraschende Offenbarung: »Ihr seid allein im Kampf. Sogar der

Stadtrichter von Esch hat Euch verlassen und sich auf meine Seite geschlagen.«

»Schweigt, Ihr Lügenmaul von Hamm! Ihr seid nichts als eine bösartige Tarantel und führt Gift in jedem Wort, das Ihr hinausspuckt.«

Dennoch, das Misstrauen war gesät. Und wuchs mit jedem Tag. Knoll war rat- und fassungslos. Sollte einer der Männer, die er für seine Freunde hielt, tatsächlich ein verräterischer Judas sein? Wie auch immer, bald musste er sich eingestehen, dass man in Mechelen auf der Seite des Propstes stand. Woche um Woche zog sich in Ungewissheit hin. Dann wurde das endgültige, demütigende Urteil verkündet: Cord Heinrich Knoll musste in Unterwäsche, barfuß und ohne Kopfbedeckung, vor dem Gericht, dem Großen Rat, erscheinen, auf dessen Bank diesmal auch ein triumphierend grinsender Lothar von der Horst saß. Der Brauer musste sich niederknien, mit einer brennenden Kerze in der Hand, und lauthals erklären, er habe dem Propst zu Bitburg unrecht getan. Dazu vor Gott und den Erzherzögen um Gnade bitten. Danach wurde er vor ein Schafott beim Schöffenhaus geführt, wo er diese Erklärung noch einmal kundtun musste. Zum Schluss hatte er seine Klageschrift gegen Lothar von der Horst eigenhändig und öffentlich zu zerreißen.

Das Verfahren war beendet, Knolls Leben gerettet. Nach dieser öffentlichen Demütigung jedoch war auch Knoll ein gebrochener Mann. Zum Kummer und der Melancholie, die ihn seit Magdalenas Tod plagten, kam diese Niederlage hinzu und machte sein Elend vollkommen. ⊖

23.

Knoll fühlte sich allein. Aber nicht so wie in früheren Tagen, als er allein im Brauhaus getüftelt und gegrübelt und an neuen Rezepturen oder Verbesserungen der Technik gefeilt hatte. Nun beherrschte ihn eine kalte, wilde Einsamkeit, aus der er im Moment nicht herausfand – und herausfinden wollte. Er zog zurück nach Bitburg, verkaufte den Hopfengarten in Holsthum an Flügel und zog sich Stück für Stück aus dem öffentlichen Leben zurück. Am liebsten saß er im Brauhaus und wenn er überhaupt Gesellschaft suchte, dann diskutierte er mit Flügel, der neben Oetz der einzige ihm verbliebene Freund war. Immer wieder kamen sie ernüchtert auf die Feststellung zurück, dass sie keine Möglichkeiten hatten, das Übel in ihrem Leben wirklich zu bekämpfen. Nur Schimpfen und Fluchen konnten sie in ihrer Hilflosigkeit. Und das war wenig genug …

Mit dem ehemaligen Stadtrichter teilte er so auch die Mischung aus berechtigtem Misstrauen und bitterbösem Spott, den sie kübelweise über den amtierenden Bürgermeister ausgossen. Ein einziges Mal traf er von Esch auf der Straße, stellte ihn zur Rede und warf ihm seine Treulosigkeit vor.

Der Bürgermeister hob entschuldigend die Hände und sagte nur lakonisch: »Was soll's? Mir ist der Rock näher als die Hose und auf einen Krieg mit unserem Propst kann und will ich mich nicht einlassen.«

Knoll brüllte ihn an, beschimpfte ihn als meineidigen Judas und ballte die Hände vor Zorn, während er ihn verfluchte. Die Verachtung des Brauers auf Lebenszeit war von Esch sicher.

Dann begann er, als Maßnahme gegen die Einsamkeit, aber auch, um den Geist der toten Magdalena zu vertreiben, sich geradezu rührend um seine Tochter, die schüchterne, scheue Lisbeth Magdalena zu kümmern, die bis dahin fast mehr Zeit bei Flügels als in seinem Haus zugebracht hatte. Immer noch trauerte sie den beiden Brauergesellen auf Wanderschaft nach und hatte jeden der wenigen Briefe, die die beiden geschrieben hatten, sorgfältig aufbewahrt. Eines schönen Tages würden sie zurückkehren, dann würde sie Johann Flügel ihre Liebe gestehen und ihn hoffentlich heiraten dürfen. All dies und mehr erzählte sie in der Folgezeit ihrem bis dahin völlig ahnungslosen Vater, der erst jetzt, da Lisbeth dabei war, zu einer schönen Frau zu erblühen, seine Tochter so richtig wahrnahm und kennenlernte. Fast lebte er wieder ein wenig auf. Denn Lisbeth erwiderte die Zuneigung, die Knoll ihr plötzlich entgegenbrachte und kümmerte sich um die angeschlagene, verwundete Seele ihres Vaters.

Er lehrte sie, sich im Lesen und Schreiben, das sie gleichwohl bereits recht gut beherrschte, weiter zu vervollkommnen. Sie dagegen unterrichtete ihn in der im Bitburger und Trierer Umland weit verbreiteten französischen Sprache, die er trotz seiner langen Jahre in Bitburg nie anständig erlernt hatte. Neben dem Bitburger und dem Trier-Moselfränkischen Dialekt beherrschte er mittlerweile ein wenig Luxemburgisch sowie ein paar Brocken Spanisch. Halt so viel, wie die einfachen Leute in dieser Stadt – an der Grenze mehrerer Länder – können mussten, um sich ohne Probleme zu verständigen. Leider aber nicht mehr. Und Französisch war, obwohl die Sprache des Feindes, auch die Sprache der wohlhabenden Bürger der Stadt. Dazu hatte es jedoch nie gereicht bei ihm. Es hatte ihn auch niemals gekümmert. Bis Lisbeth, die hier aufgewachsen war, sein Interesse für diese Sprache weckte.

Dazu versorgte sie ihn mit dem Futter fürs Gemüt, wie sie es nannte. Mit Büchern, die neue Ideen durch Europa transportierten, wie die Lehre der neuen Vernunft des kürzlich verstorbenen René Descartes. Ebenso wie die Werke der Engländer Francis Bacon und Thomas Hobbes. All das war in französischer Sprache, die viele für die Sprache des Fortschritt hielten, in gedruckter Form und überall erhältlich. Je mehr sie voneinander lernten, desto besser konnten sie über Vernunft und Wahrheit, Logik und Glauben debattieren. Stundenlang widmeten sie sich nun einem Thema, wie dem berühmten Satz von Descartes ›Je pense, donc je suis‹ – ›Ich denke, also bin ich‹ –, und seiner Bedeutung.

Lisbeth war trotz ihrer Jugend eine ebenbürtige Diskussionspartnerin. Wenn sie erregt einwarf: »Descartes hat es geschafft, die Vernunft vom Glauben zu trennen!«, dann erwiderte ihr Vater, der bisweilen zu seinem eigentümlichen Humor zurückfand: »Descartes hat sicher noch niemals ein richtig gutes Bier getrunken!« Die Ratlosigkeit in Lisbeths Miene ermunterte ihn, weiter zu sinnieren. »Wenn Descartes behauptet, Farben, Gerüche und Geschmack seien nicht messbar und könnten deswegen keinen Anspruch auf Wahrheit erheben wie zum Beispiel ein Körper, dann irrt er ganz gewaltig.« Er hob einen Krug Bier: »Wenn auch dieses Bier, bedingt durch den Krieg, leider ein schlechtes Beispiel ist, so riecht dieses Bier doch angenehm, schmeckt köstlich und diese bernsteinerne Farbe bezeugt diese Eindrücke. Dieses Bier ist wahrhaftig und wirklich, ganz egal, was diese Philosophen sagen.« Dann nahm er einen tiefen Schluck und grinste seine Tochter schelmisch an. »So weit zu Descartes. Wen soll ich als Nächstes degradieren? Den Hobbes?«

Lisbeth konnte ihn jedoch meist wieder in ruhigeres Fahrwasser zurückführen, zumal Hobbes' Schriften aus Erfahrungen des Großen Krieges stammten und in prägnanten Sätzen wie ›Homo homini lupus‹ – ›Der Mensch ist dem Menschen ein Wolf‹ – gipfelten, denen beide Knolls vorbehaltlos zustimmten. Auch die Verhaftung Galileis und ihre Folgen waren Gründe heftiger Debatten. Knolls Gemüt klarte auf, während er gleichzeitig immer menschenscheuer wurde.

Zum weiteren Zeitvertreib begann er, gemeinsam mit Lisbeth, Geheimschriften zu studieren. Codierungen und Verschlüsselungen, mit denen man Briefe für Außenstehende unleserlich machen konnte. Lisbeth hatte ihm ein Buch über den berühmten Abt Trithemius aus Trittenheim bei Trier geschenkt. Dieser Mann, der eigentlich Johannes Zeller geheißen hatte, war ein vielseitiger Gelehrter, aber auch ein Hexentheoretiker gewesen. Knolls Sympathie besaß er deswegen, weil er sogar als Abt in den Ruf des Hexenwerks geraten war und seine Bücher deswegen auf den päpstlichen Index gelangt waren. Dieser Trithemius hatte sich zu Beginn des 16. Jahrhunderts die bis dahin kompliziertesten bekannten Buchstabenverschlüsselungen ausgedacht und niedergeschrieben. Der Trick bestand darin, einzelne Buchstaben durch fromme Anrufungen zu ersetzen, sodass der codierte Text wie ein frommes Gebet aussah. A hieß ›Clemens‹, B hieß ›Creator‹, C hieß ›Pius‹, E hieß ›Dominus‹ und so weiter. Stunden- ja tagelang spielte Knoll mit Chiffremöglichkeiten des Trithemius herum und schrieb verklausulierte Briefe, die er manchmal selbst nicht mehr entschlüsseln konnte. Daher verbrannte er sie sicherheitshalber, weil sogar Lisbeth, die bei diesem Zeitvertreib bei Weitem größeres Talent bewies als er, die Schrift nicht mehr übertragen konnte.

»Sicher ist sicher«, traute er niemandem mehr über den Weg. Und über die Kenntnis der Chiffren dachte er: Wer weiß, wozu es gut ist. Man kann ja nie wissen.

In und um die Stadt wurde es, trotz der angeblich fortgeschrittenen Friedensverhandlungen, nicht ruhiger. Ganz im Gegenteil. Als hätten die plündernden Heerhaufen verstanden, dass ihre Zeit ablief, stand nun alle paar Wochen irgendein räuberischer Trupp vor der Stadtmauer, forderte über Trompeter die Bürgerschaft zur Übergabe der Stadt auf und zog nach einigen Tagen unverrichteter Dinge wieder von dannen.

Langsam keimte in Knoll eine Idee auf. Nachdem er festgestellt hatte, dass niemand diese Ereignisse notierte, entschied er eines Tages, sich in Zukunft als Chronist der Stadt zu betätigen. »Ich werde ein Tagebuch führen und alles aufzeichnen, was wert ist, aufgezeichnet zu werden«, beschied er seiner Tochter, die dies begeistert zur Kenntnis nahm. »Ich will kein Philosoph des Krieges sein und auch keine Kassandra, sondern nur ein einfacher Chronist.« Er war der Meinung, es wäre doch gar zu schade, wenn die Untaten, die von den Lothringern, den Staatischen und anderen Kriegsparteien in und um Bitburg verübt wurden, später der Vergessenheit anheimfallen würden. »Generationen, die uns nachfolgen, sollen sich an die Namen der Schurken erinnern können: Baron de Fours, Conte de Luneville, Oberstleutnant Montaubant, Baron de Molle, Baron de Chatelet, Oberst Hacquefort. Sie sind um keinen Deut besser als die Schlächter von Magdeburg!«

Zu Beginn des Sommers 1646 begann Cord Heinrich Knoll mit seinen Niederschriften über Bitburg, aber auch über Ereignisse aus der Umgebung. Anfangs nüchtern, eher trocken, ließ er sich im Laufe der Zeit zu persönlichen Kommentaren hinreißen oder zu bissigen bis schadenfrohen Bemerkungen.

Auszüge aus den ersten Notizen aus dem Jahr 1646:

Soeben ist nun der Obrist Baron de Fours mit seiner Compagnie und siebzig Pferden und dem Regimentsstab ins Quartier gekommen. Wir müssen ihnen zu essen und zu trinken geben nach ihrem Belieben.

Die Bauwerke des Hospitals und der Kirche sind ruiniert und vernachlässigt. Der Gottesdienst wird nicht in gehöriger Weise versehen. Der Propst Lothar von der Horst ist zu rügen.

Ob die Rüge noch angebracht werden konnte, ist nicht bekannt, denn bereits im nächsten Bericht mischten sich Trauer mit unbändiger, jedoch berechtigter Schadenfreude:

Eine staatische Partei hat das Dorf Echtershausen heimge-
sucht. Dabei den Propst Lothar von der Horst niedergemacht.
Das Dorf wurde danach in Brand gesteckt und das Vieh weg-
getrieben. Schad ums Vieh, schad um die Leut. Über den Propst
freut sich der Teufel, Halleluja.

Somit war der große Feind und Widersacher ohne Knolls
Zutun tot.

So begann das Jahr 1647:

Um den 20. Februar sind etliche Lothringer Regimenter unter
dem Kommando des Grafen von Luneville in die Eifel in das
Trier'sche Land gekommen. Haben Prüm eingenommen. Alles
verderbt und versengt haben die Bauernschinder, so wie es ihre
Gewohnheit mit sich bringt.

Wiederum ist der Obrist Baron de Fours ins Quartier gezogen.
Haben ihm auf zwei Monate tausend Carolus-Gulden geben
müssen und hundert Reichstaler für Service, Essen und Trinken
für die Soldaten, Heu und Hafer für die Pferde. Daneben haben
wir noch zu unterhalten gehabt dreißig Musketiere samt Leut-
nant und zwanzig Weibern mit fünfundzwanzig Kindern vom
Regiment des Herrn General Becken. Der Henker segne ihnen
allesamt ihren Käs'!

Mein Kind, die Lisbeth, hat die Pocken gehabt und zu die-
ser Zeit sind viele Kinder daran gestorben. Meine Lisbeth aber
ist wieder gesund geworden.

Auch Sorgen um die Ernte – und somit ums Bier, wurden
eingetragen:

Dies Jahr wird man nicht viel Korn verkaufen, ist alles in
ganz üblem Stand!

Im April gerieten die beiden Heeresparteien, die beide in
Bitburg Quartier machten, aneinander, und Knoll befand sich
mittendrin:

Den 23. April auf Osterdienstag hat sich der Obrist Baron de Fours ganz rebellisch angestellt, den Leutnant vom Becken'schen Regiment gefangen genommen, die Wachen vertrieben und samt den Bürgern den Soldaten das Gewehr abgenommen. Darauf sind etliche von uns auf das Rathaus marschiert, fünfzehn oder sechzehn ungefähr, in der Meinung, die anderen Bürger würden schon kommen, wenn sie die Sturmglocke läuten tun. Derweil sind die Barbaren durch die Straßen gegangen und haben den Bürgern, welche aus den Häusern kamen, das Gewehr abgenommen und haben uns dann auf dem Rathaus mit Schüssen attackiert. Alles in allem haben wir uns so gut defendiert, dass keiner keck und kühn genug gewesen ist, zu uns hinaufzukommen. Nach über zwei Stunden Scharmützelei rief der Oberst endlich: ›Fried', Fried', Fried'!‹ Wir sollten herunterkommen, keinem werde ein Leid geschehen. Wort gehalten hat er wie ein Hund beim Fasten. Den Bürgern hat er das Gewehr abgenommen, meines habe ich versteckt und behalten. In diesem Scharmützel ist der Bürger Peter Pauli tot geblieben samt einem Knecht, beide wurden verräterisch und mörderisch erschossen, während sie zu ihren Pferden gingen. Auch etliche Musketiere wurden verletzt; ein Rittmeister mit einer Hellebarde gestochen. Mithilfe Gottes werden sie zu ihrer Zeit den Lohn und Preis erhalten, der den Mördern gebührt.

Die schlechten Nachrichten rissen nicht ab:

Am 10. Mai ist der Conte de Luneville mit zwölf Regimentern zu Pferd und zu Fuß allhier um Bitburg gewesen. Bis zum Ende des Monats ist alles verderbt, die Felder zertrampelt.

Als der Vikar der Bitburger Pfarrei St. Peter die Stadt verlässt, nennt Knoll Bitburg wörtlich ›dieses Tal des Elends‹.

Der Friede scheint nah, doch die Kampfhandlungen nehmen zu:

Am 22. Juli hat der Conte de Luneville durch seine Truppen Bettingen plündern lassen. Haben mehr als vierhundert Pferde, tausend Stück Rindvieh, dreitausend Schafe samt allem Hab und Gut den Leut geraubt, zehn Häuser verbrannt und dermaßen marodiert, dass man meinte, die Türken hätten es nicht ärger machen können. Waren aber die Lothringer!

Im selben Monat haben staatische Garnisonen den Ort Speicher des morgens um sieben Uhr attackiert. Die Bauern aber haben sich in der Kirch verschanzt, haben sich tapfer gewehrt und sich und ihr Vieh gerettet. Die Holländer aber haben das Dorf in Brand gesteckt. Fünf Soldaten sind tot geblieben samt einem Leutnant, und viele wurden verwundet.

Auch sind die Franzosen wieder durch die Orte gestreift. Die Pferde zu Mötsch und Maßholder vor den Toren Bitburgs samt dem Rindvieh weggetrieben.

Am 14. September sind die Franzosen mit sechzig Pferden des morgens in Oberweis eingefallen, haben das Vieh nach Bettingen getrieben. Auf sie haben aber vierzig unserer Schützen gewartet, nicht weit vom Welschbilliger Gericht. Sobald diese auf freiem Feld waren, haben wir geschossen wie auch die Franzosen auf unsere Leut, sodass etliche von unseren Bauern verwundet waren und einer tot geblieben ist. Bei denen aber waren vierzehn bis auf den Tod verwundet und fünf gleich tot geblieben, auch drei oder vier Pferde.

Das Jahr des Friedensvertrages kam. Wieder mit Quartiernahmen und Verpflegung für die Soldaten. Aber langsam leerten sich die Lager, scheinbar.

Am 23. März ist der Baron de Chatelet allhier aus dem Winterquartier aufgebrochen und nach den Niederlanden marschiert. Viel Glück auf der Reise, um ja nicht wiederzukommen!

Am 26. März ist der Obrist Hacquefort in das Quartier des Barons Chatelet gezogen, mit seiner Person samt Stab und fünfundzwanzig Reitern. Drei Tage sind wir frei gewesen! Es ist eine kurze Freud' gewesen. Pro dolor, dass Gott erbarm. Der den Teufel auf den Hals laden tut, wird seiner nicht so leicht quitt. Die Vorigen haben das Fett abgehoben und den Letzten nichts gelassen. †

24.

UND DANN WAR TATSÄCHLICH FRIEDE!

Kein kleiner, kleinlicher, provinzieller Friede! Nein, *der* Friede, der große, lang ersehnte, längst überfällige Friede war endlich da. Ein unfassbarer Krieg, der im Streit um den rechten Glauben begonnen hatte, aber zu einem Kampf wilder Räuberbanden ausartete, war vorbei. Gleichzeitig endete auch der achtzigjährige Unabhängigkeitskampf der Niederlande gegen Spanien.

Wenn auch noch nicht alle Verträge unterzeichnet waren, so war doch ab dem 15. Mai mit dem Siegeln und Unterschreiben der zahlreichen Dokumente begonnen worden. Alle Kirchenglocken läuteten, die Pfaffen stimmten ein ›Lobet Gott den Herrn‹ an, jeder auf seine Weise: In Münster die Katholiken, in Osnabrück die Protestanten.

Der Peter-und-Paul-Tag, Ende Juni, war schwül und heiß. Die Blätter hingen matt von den Bäumen, als ob die Luft sie erstickte, stechende Hitze kroch durch die Gassen der Stadt. Dennoch war es in Bitburg ein Tag der Freude. An diesem Tag verzeichnete Knoll in seinem Tagebuch, nachdem die gute Nachricht, schließlich, mit einiger Verspätung, auch in Bitburg angelangt war:

Dieses Jahr, 1648, am 5. Juni, ist der lang gewünschte, wirkliche, ratifizierte, öffentlich ausgelassene, publizierte und proklamierte, beständige, immerwährende allseits getroffene ewige Frieden zwischen dem König von Hispanien und den vereinigten Provinzen von Holland in der Stadt Luxemburg ganz königlich und pompös proklamiert und ausgefertigt worden, dessen wir billig Gott dem Allmächtigen samt seiner viel gebenedeiten Mutter Maria ewigen Dank sagen sollten. Amen.

Den 29. Juni ist der Frieden allhier publiziert worden mit Freudenfeuern auf St. Maximin, auch der ganzen Bürgerschaft

mit vollem Gewehr und fliegenden Fahnen. Gott gebe seinen
Segen, dass wir nun wohl leben und selig sterben.

Und endlich, zwischendurch, kam eine weitere gute und lang
ersehnte Nachricht:

Am 5. August ist Johann Flügel, der Brauerbursch, wieder
nach Bitburg zurückgekehrt. Wacker und gesund. Groß und
stark ist er geworden unterwegs. Wie hat die Lisbeth sich gefreut.
Von meinem Ulrich keine Spur, aber der Johann sagt, er hat im
Böhmischen Arbeit als Bierbrauer gefunden und möchte noch
eine Weile dort bleiben. Wir haben gleich mit Christoffel gespro-
chen und er hat zugestimmt, dass meine Lisbeth seinen Johann
heiraten darf. Gott segne sie allesamt.

Johann hatte viel zu erzählen. Mit etwas dichterischer Freiheit berichtete er von seinen und Ulrichs Abenteuern im vom
Krieg verheerten Land. Die Mädchen hingen an seinen Lippen, allen voran seine Schwester Sophia, deren Herz durch die
Berichte endgültig für Ulrich entflammte. Auch wenn es durch
Anekdoten über ihre Amouren, von Johann launig eingewor-
fen, gleich wieder zu brechen drohte.

Knoll fuhr indes fort mit seinen Aufzeichnungen, denn nicht
alle hatten den Frieden mitbekommen:

Am 16. Juni ist der Bandenführer Saint Martin mit sieben-
undvierzig Pferden, die er bei sich hatte und die er bei Dasburg
zwanzig Bauern gestohlen hatte, bei Schweich an der Mosel von
ungefähr einhundert Bauern angefallen worden. Unter anderem
ist auch er tot geblieben. Die anderen waren meistenteils ver-
wundet. Auch ein Führer der Franzosenräuber ist diesen Monat
zu Luxemburg gefangen gebracht und daselbst gerädert wor-
den. Das war der echt verdiente Lohn.

Der Krieg mag vorbei sein, Gewalt, Unruhe und ständige

Anwesenheit von Truppen sind jedoch noch lange nicht vorüber.

An Michaelis ist das Dorf Oberkail von einer französischen Partei abgebrannt worden. Der Graf im Schloss dort, Philip Diederich von Manderscheid, hat sich tapfer defendiert und etliche der einhundertfünfzig Franzosen zu Fuß und einhundert zu Pferd, niedergeschossen. Am 9. November ist der Baron de Chatelet wieder allhier ins Winterquartier gekommen, samt Regimentsstab und zwei Kompanien, welche die Stadt und die Propstei logieren müssen, die Stadt zu einem Dritteln, die Propstei zu zweien.

Das Jahr 1649 begann zwar ruhig, aber gewisse Ereignisse wiederholten sich wie zu Kriegszeiten. Nur, dass diesmal sein guter Freund Oetz, der mittlerweile in Bickendorf Postmeister geworden war, ebenfalls mit in die Bredouille geraten war.

Am 11. März ist der Baron de Chatelet aus dem Winterquartier gezogen. Hat Kühe und Pferde samt vielen Bauern wie auch den Postmeister von Bickendorf, Erasmus Oetz, mit sich gefangen geführt für eine unrechtmäßige Forderung. Der Teufel dankt ihnen ihre Arbeit. Gott gebe ihm den Lohn am rechten Ort und zur rechten Zeit.

Oetz wurde bald wieder in die Freiheit entlassen. Währenddessen kamen aus England beunruhigende Nachrichten, die auch Eingang in die Chronik fanden:

Dies Jahr ist der König von England, nachdem er lang mit dem Parlament gestritten hat, von diesem gefangen und enthauptet worden, weil er hat katholisch sein wollen.

Nach diesem Ereignis war die Welt eine andere. Selbst für den Braumeister, der von den Oberen ansonsten nicht viel hielt.

Wenn das Volk nun aber sogar seinem eigenen König den Kopf abschlägt, dann ist es nicht mehr weit bis zum Ende der Zivilisation.

Auch die Lothringer blieben nicht lange friedlich und so musste Knoll bald leider wieder vermerken:

Am 13. April ist der Obristleutnant Montaubant mit einer lothringischen Kompanie hierher zum Logieren gekommen. Von den Nachstellungen des Teufels und den Lothringern erlöse uns, O Herr.

Für die Bitburger, auch die Brauer, brachen – wieder einmal – harte Zeiten an:

Dies Jahr um die österliche Zeit hat sich eine große Teuerung an Feldfrüchten eingestellt, derart, dass kein Korn um Geld zu kaufen gewesen wäre, das Malter wurde um siebzehn Taler verkauft und noch mehr. Es sind auch etliche wegen Hungers tot abgegangen.

Die Hungersnot mag der Grund gewesen sein für den Abzug der Truppen:

Am 30. Juni ist Montaubant mit bei sich habender Kompanie marschiert. Gott gebe, dass sie nicht wiederkommen.

Ein Brief seines Sohnes Ulrich, den er Anfang Juli erhalten hatte, hatte ihn sehr aufgewühlt. Dieser wie auch weitere Briefe seines Sohnes, die in den kommenden Monaten folgen sollten, fanden aber keinen Eintrag in der Chronik.

Der geschlossene Friede schien nur Makulatur zu sein, Ruhe und Ordnung waren weit entfernt. So sehr, dass Knolls Verzweiflung stetig weiter wuchs, vor allem, als auch sein alter Freund Oetz Opfer der alltäglichen Gewalt wurde:

Am 8. August hat der Baron de Molle eine starke Partei von fünfhundert Mann zu Fuß und zu Pferd ins Land getan, welche alle unsere Kühe, wie auch die zu Mötsch, Hüttingen und Masholder, hinweggeführt hat. Die Bürger sind herausgelaufen mit dem Gewehr und bei Meilbrück in einen Hinterhalt gerannt. Der Mehrteil der Bauern und Bürger wurde niedergemacht.

Der Rest gefangen genommen. Vierzehn Bitburger Bürger sind tot geblieben. Darunter auch Erasmus Oetz. Von den Franzosen sind sechs oder sieben tot geblieben. Gott wende solches in Zukunft von uns ab. Gott sei der Seele meines guten Freundes Oetz gnädig und gebe den Mördern ihre gerechte Strafe.

An diesem Punkt beendete Knoll seine Aufzeichnungen. Drei Jahre lang hatte er den Lauf der Zeit aus seiner Sicht dokumentiert. Nichts hatte sich geändert. Er hatte die Nase ein für alle Mal voll. Im Sommer darauf war sein Entschluss gereift. Wieder einmal hatten Flügel und er eine Brausaison erlebt, von der sie sich mehr schlecht als recht hatten ernähren können. Zu knapp war immer noch das Getreide, zu teuer wurde dadurch das Bier, als dass sie noch Freude daran gehabt hätten. So war er erneut von dem Gedanken beseelt, noch einmal, wieder einmal, ganz von vorn anzufangen. Er ging zu Flügel und erzählte ihm von seiner Idee, alles hinter sich zu lassen, nach England zu gehen und von dort mit einem Schiff nach Amerika einzuschiffen.

Der sah ihn verständnislos an. »Was willst du bei den Indianern? Nach allem, was ich so höre, legen die es nur darauf an, die Einwanderer zu massakrieren.«

»Schließlich ist es egal, ob wir hier oder dort massakriert werden«, war Knolls Entgegnung. »Der berühmte Lord Baltimore sucht verfolgte Katholiken – als ein solcher betrachte ich mich mittlerweile«, fügte er nicht ohne Koketterie hinzu, »um mit ihnen in der neuen Welt eine neue Heimat in Frieden und Religionsfreiheit zu finden.« Diese Neuigkeiten hatten sich bis nach Mechelen und weiter herumgesprochen und waren bei Knoll auf fruchtbaren Boden gefallen.

Letzten Endes zeigte Flügel Verständnis. »Auch wenn du hier in Bitburg Freunde gefunden hast, so ist dir doch einiges an Unbill widerfahren.«

»Meine Tochter ist in deiner Familie gut verheiratet, mein Sohn arbeitet irgendwo im fernen Böhmen. Niemand braucht einen alten Mann wie mich noch. Ich möchte zumindest meinen Lebensabend friedlich verbringen.«

»Wie alt bist du jetzt?«

»Ich zähle siebenundvierzig Jahre«, erwiderte Knoll.

»Nun, das ist mehr, als viele Menschen überhaupt an Lebensspanne hatten, zumindest in diesem unseligen Krieg. Aber wenn du dich für jung und kräftig genug erachtest, in die Neue Welt zu segeln, so sollst du meinen Segen haben.«

Lisbeth Magdalena dachte ähnlich, fügte aber hinzu, dass sie ihren Vater sehr vermissen werde.

So machte er bis zum Ende des Jahres 1651 alles zu Geld, was er nicht mitnehmen wollte. Einen Teil davon gab er Flügel als Mitgift für Lisbeth Magdalena, der er auch die Kladden zur Verwahrung überließ, in die er seine Chronik der letzten Jahre eingetragen hatte. Für einen Teil ließ er sich Wechsel ausstellen, um vor Raubüberfallen sicher zu sein. Den Rest nahm er in bar mit auf die Reise.

Der Abschied von Flügel war lang und voller Wehmut. Der Bitburger Brauer wusste, wem er das Überleben der Brauerei in diesem endlosen Krieg zu verdanken hatte. »Ich werde dein Andenken ehren. Und wenn deine Tochter und mein Sohn uns die erwünschten Enkelkinder schenken, dann werde ich dich immer in unserem Haus haben.«

Vom Bürgermeister von Esch verabschiedete er sich mit einer Schimpfkanonade und einer passenden Verfluchung: »Verdammter Judas! Auch Euer Körper wird, zusammen mit dem von Tilly und dem unsäglichen Bruder Jakobus, eines Tages in Fäulnis übergehen. Aber dann wird Eure Seele schon längst in der Hölle schmoren, als

Lohn für Euren Verrat und Eure Treulosigkeit! Der Teufel selbst ist nicht so hässlich, wie Ihr es im Inneren Eures Wesens seid!«

Die Erwähnung des Jesuiten kam nicht von ungefähr. Den Tag seiner Abreise legte er nämlich so, dass er wie zufällig mit einem erneuten Besuch von Bruder Jakobus in St. Maximin zusammentraf. Denn da war noch eine Rechnung offen, gemäß dem Schwur, den er bei ihrer Ankunft damals geleistet hatte. Endgültig und für alle Zeiten wollte er Magdalenas Geist vertreiben, der ihm immer noch regelmäßig erschienen war. So ritt er in aller Frühe mit seinem Gepäck, das Herz voller Ungeduld, zur Gulfartzpforte. Vorbei am Hospital, wo die Bitburger Bürger ihm und seiner Familie bei ihrer Ankunft das Leben gerettet hatten. Dankbar dachte er an diese erste Zeit in Bitburg zurück. Je näher er St. Maximin kam, desto mehr wuchs sein Hass. Er hatte sich erkundigt, kannte die Räumlichkeiten der kleinen Abteifiliale und wusste, wo er Bruder Jakobus zu dieser Stunde antreffen würde.

»Religiöse Eiferer sucht man am besten in der Nähe des Altars«, hatte sich seine Vermutung durch vorsichtiges Fragen bestätigt.

Behutsam öffnete er die Flügeltür des schweren Eichenholz-Portals, war froh, dass die Scharniere nicht quietschten und schlich leise durch den Kreuzgang in Richtung Kirche. Die erheblich kleinere Tür zum Gotteshaus war nur angelehnt. Knoll drückte die Pforte etwas weiter auf und schlupfte geräuschlos hinein. Die Kirche St. Maximin schien leer zu sein. Gottesdienste für die Bürger fanden hier selten statt, da St. Maximin keine eigene Pfarrei besaß. Ein Mann kniete betend vor dem Altar. Spät, beinahe zu spät, bemerkte er die Gefahr, die ihm drohte. Der erste Schlag streckte ihn bereits zu Boden. Doch Knoll hatte ihn nicht richtig getroffen, im letzten Moment hatte der Jesuit seinen Kopf ein wenig wegdrehen können. Blitzschnell rollte er sich nun zur Seite und sprang auf die Füße. Knoll, überrascht von der Behändigkeit seines Gegners, stürzte auf ihn los. Jakobus sprang erneut zur Seite, ohne selbst einen Angriff zu starten. Knoll lief ins Leere.

Hämisch grinsend zischte der Mönch ihm zu: »Ihr kommt, um Euer verhurtes Hexenweib zu rächen? Dazu solltet Ihr aber wissen: Hier bin ich zu Hause! Dies ist ein Haus Gottes, kein Hexenschuppen.«

Knoll schwieg. Eine Weile schlichen beide in gebückter Haltung umeinander herum; der eine angriffslustig, der andere bereit zur Abwehr. Knoll bewegte sich vorwärts, während Jakobus, aufmerksam den Blick auf jede Bewegung Knolls gerichtet, rückwärts schlich.

Plötzlich stolperte der Jesuitenmönch. Eines der Bretter, auf denen die Gläubigen niederknieten, war ihm im Weg gewesen und er hatte es übersehen. Nur kurz schaute er nach hinten, ruderte mit den Armen und versuchte, sein Gleichgewicht wiederzufinden. Kurz, aber lange genug für seinen Widersacher. Knoll nutzte die Gelegenheit und warf sich mit aller Kraft, die er zur Verfügung hatte, auf seinen verhassten Feind, schlug ihm seine kräftige Faust mitten ins Gesicht, sodass Jakobus bewusstlos am Boden lag. Er wusste, viel Zeit blieb ihm nicht. Der Lärm, den ihr, wenngleich kurzes, Gefecht verursacht hatte, war sicher nicht ungehört geblieben. Also war Eile geboten.

Und so war das Letzte, was Cord Heinrich Knoll in Bitburg tat, den niedergeschlagenen Bruder Jakobus eigenhändig zu würgen, bis dessen Tod eintrat. Währenddessen murmelte er: »Nun, liebe Magdalena, magst du endlich deinen Frieden finden!«

Dann verließ er schnell Kirche, Stift und Stadt. Denn ein jeder wusste über seinen Weg Bescheid. Und beinahe jeder kannte die Geschichte von Lord Baltimore. Man würde ihn leicht verfolgen und finden können auf seiner Reise nach Amerika, sollte jemand auf die Idee kommen, er habe etwas mit dem Tod des

Jesuiten zu tun. Sogar, wenn er nicht in St. Maximin gesehen worden wäre. Die Leute wussten aber zum Glück nicht alles. Zum Beispiel nicht, dass der englische Lord erstaunlicherweise längst nicht so viele potenzielle Auswanderer gefunden hatte wie erwartet und dass lediglich zwei Schiffe, und selbst diese waren nicht einmal voll besetzt gewesen, bereits in die neue Heimat Maryland losgesegelt waren. Und dass vorläufig keine weiteren folgen würden. Bis dies in Bitburg bekannt werden sollte, wäre Knoll schon lange unterwegs.

Unterwegs in eine völlig andere Richtung.

Unterwegs mit einem weiteren Brief seinen Sohnes Ulrich in der Tasche, der ohne Zensur den Weg zu ihm gefunden hatte.

Unterwegs in eine neue Heimat, die allerdings nicht Maryland sein sollte.

Er ritt zügig bis Köln, ließ seinen Gedanken freien Lauf und genoss es dabei regelrecht, sich die Luft des erfreulich milden Winters um die Nase wehen zu lassen. Sein kräftiger, großer Körper war trotz seines Alters noch rüstig und ließ ihn nicht im Stich. Unterwegs, allein auf dem Pferd und seinen Gedanken überlassen, focht er einen heftigen Kampf aus mit seinem Gewissen; hatte er doch zum ersten Mal einen Menschen umgebracht. Und das mit einer Kaltschnäuzigkeit, die ihn selbst überraschte.

Bin ich jetzt einer von diesen Hunden des Krieges, eine der Bestien, die ich immer verachtet habe?, fragte er sein Innerstes. Nein, nein, nein, gab er selbst seinem Gewissen die Antwort. Dieser abgefeimte, zweizüngige, schlangenhäutige Jesuit, der hat den Tod verdient, ohne Zweifel! Er war nur eine von vielen Eiterbeulen, die das Geschwür des Krieges hat wachsen lassen, und ich habe sie lediglich zum Zerplatzen gebracht.

Derart sich selbst wieder beruhigend, machte er sich alsdann Vorwürfe, von denen sonst niemand ahnte: Hätte ich den Skorpion gleich damals zertreten, beim Jesuitentheater, ihm richtig den Schädel gespalten statt lediglich blau geschlagen, wäre meine liebe Magdalena wohl noch am Leben.

Als er nach drei Tagen in Köln angekommen war, hatte er sich mit allem abgefunden, der Wut, der Trauer, dem Schmerz; und der Schleier, der seit Längerem über seinen großen, treuen Augen gelegen hatte, war wie fortgezogen. Ein zufriedener Ausdruck hatte sich auf seinem Gesicht ausgebreitet. Jetzt wollte er nur noch sehen, dass sein Plan aufging: Er würde Ulrich treffen, und das möglichst bald. Er fragte sich zu den Schiffen durch, die nach England segelten, und stellte sicher, dass man sich an ihn erinnerte. Der Rhein war nicht zugefroren, die Schiffe fuhren, all das unterstützte seinen Plan. Dann machte er sich mit seinem Pferd auf den Weg in Richtung Osten.

Es dauerte nur ein paar Tage, dann hatten die Trierer Jesuiten durch heftige Befragungen unter den Bitburger Bürgern den Verdacht erhärten können, dass Knoll an dem Mord an Bruder Jakobus zumindest nicht unbeteiligt gewesen war. Von Esch stützte mit seinen Aussagen diese Vermutung. Bis der Büttel, der ihm nachgeschickt wurde, in Köln ankam, war er jedoch schon lange weg.

Der Büttel kehrte unverrichteter Dinge zurück nach Trier und berichtete: »Knoll ist unterwegs nach Amerika. Er ist in die neue Welt geflohen und möchte sich lieber, sofern Gerechtigkeit existiert, von den Indianern massakrieren lassen, als hier vor Gericht zu stehen.«

Ende Februar 1652 war Cord Heinrich Knoll am Ziel seiner Reise, der hoffentlich letzten seines Lebens, und schloss seinen Sohn Ulrich in die Arme.

Fast sieben Jahre lang hatten sie einander nicht gesehen. ☩

Zweiter Teil:
Ulrich und Johann auf Wanderschaft – 1645 bis 1651

1.

Der Vollmond hing fahl am Himmel, die runde Scheibe zerrissen von Wolken und Ästen. Regelrecht zerfetzt sah sie aus, so, als hätten sich die Landsknechte mittlerweile sogar über die Gestirne hergemacht. Ulrich und Johann lagerten in der Nähe eines größeren Waldes in Hessen, südlich von Gießen. Es war Anfang September 1645, bald würde die Brausaison beginnen, aber Arbeit hatten sie noch keine gefunden. Bislang hatte ihre Wanderung unter keinem guten Stern gestanden, zumindest was das edle Brauerhandwerk anging. Zwar waren sie nirgendwo mit Schimpf und Schande davongejagt worden, aber die meisten Brauherren hatten sie wieder unverrichteter Dinge weggeschickt.

»Ich habe kein Malz und keinen Hopfen. Wie kann ich dann einem Brauerburschen Arbeit geben? Oder gar zweien?« So oder ähnlich hatten sie es in der ersten Zeit ihrer Wanderung stets vernommen. Also verbrachten sie, anders als geplant, anfangs mehr Zeit auf den Straßen als in den Brauhäusern. Kreuz und quer waren sie durchs Land gezogen und überall den schrecklichen Zeichen dieses entsetzlichen Krieges begegnet. Immer wieder kamen sie an Orten vorbei, in denen ein General ein Strafgericht unter Plünderern abgehalten hatte. Wie auch hier, in der Nähe ihres Lagerplatzes. Die Körper der Erwürgten hingen noch an den Bäumen, übergroßen, monströsen Fledermäusen gleich. Große wie kleine, kräftige wie schmächtige Männer. Alte wie junge, sogar einige, die beinahe noch Buben gewesen waren. Die beiden Gesellen störten sich aber nicht mehr daran und achteten nur noch darauf, nicht im Wind zu lagern, um den Gestank der Verwesung nicht in die Nase zu bekommen.

Ihr Platz war gut gewählt. Tagsüber schattig, von hohen Bäumen umstanden, mit einem kleinen Teich in der Nähe. Sie hatten in den vergangenen Monaten das Beste aus der Lage gemacht und mittlerweile begonnen, das Leben auf der Straße zu genießen. Man traf viel fahrendes Volk, und zwei junge, fröhliche Burschen waren als Gesellschaft immer gern gesehen. Auch ein hübsches junges Mädchen zur Gesellschaft ließen sie sich gern gefallen. Wenn sie in einer Schenke saßen, fröhlich ihren Bierkrug stemmten und dazu volkstümliche Gedichte vortrugen, brachen die Herzen der Bauernmädchen oder Schankmaiden, deren Ohren ansonsten eher unflätige Soldatenzoten gewöhnt waren, reihenweise. Traurige Gedichte kamen dabei am besten an. Wie die von Martin Opitz, dessen Werke im Volk von Mund zu Mund gingen. Wenn Johann, der die tragendere Vortragsstimme der beiden besaß, aufstand und traurige Poesie deklamierte wie ›Die Bäume stehn nicht mehr, die Gärten sind verheert; Die Sichel und der Pflug, sind jetzt ein scharfes Schwert.‹, dann waren nicht nur die Mädchen beeindruckt. Bald hatten die Brauergesellen gelernt, sich diese Wirkung zunutze zu machen, die erregten Blicke der Mädchen erwidert und häufig private Rezitationsstunden im Heu gegeben. Alles in allem, trotz Krieg und fehlender Brauerarbeit, führten die beiden ein ereignisreiches, bedürfnisarmes und weitgehend sorgenfreies Leben auf der Straße.

Ulrich wie auch Johann hatten sich mittlerweile einen ansehnlichen Wortschatz in Rotwelsch zugelegt, und so konnten sie sich unterwegs mit Landsknechten wie auch mit Gaunern und Zigeunern bestens unterhalten. Anfangs hatten sie sich einen Spaß daraus gemacht, abends am Feuer ausdrücklich in dieser Gaunersprache zu reden. Mittlerweile war es zur Gewohnheit geworden. Das Rotwelsch war gewissermaßen schon in Fleisch und Blut übergegangen.

»Ho, wann gibt's denn endlich was zum acheln?«, rief Ulrich Johann feixend zu.

Der antwortete in aller Seelenruhe: »Das dauert noch, die

Strohbutz ist so fett, da ist so viel dran wie an drei Holderkautzen. Und wenn wir schon mal richtig Boßhard zum acheln haben, dann soll es auch gut gebraten sein.«

»Ich hab' aber schon einen potzverdammten Kohldampf! Wenn wir schon nicht schinageln, dann sollen wir wenigstens einen vollen Bauch haben.«

»Hör' auf zu juverbassen und nimm dir ein Stück vom Maro, alter Wolkenschieber.«

»Da geh' ich halt vorher noch seffeln.«

Beide schütteten sich aus vor Lachen.

Bald darauf zogen sie in südlicher Richtung weiter. Es war ein herrlicher, warmer Spätsommertag, der sie das Grauen des Krieges zumindest für kurze Zeit vergessen ließ. Sie ließen Frankfurt hinter sich, reisten weiter durch die Rheinpfalz – noch keine Gegend hatte so übel unter dem Krieg gelitten – und schließlich Richtung Heilbronn. Jetzt waren sie auf dem Weg nach Bayern, weil sie dort die Braukunst studieren wollten. Von Heilbronn nach Nürnberg reisten sie mit einer dieser neumodischen, aber trotzdem unbequemen Postkutschen des Fürsten von Taxis. Trotz des Krieges gab es Fahrpläne in fast alle großen Städte, die mit erstaunlicher Akkuratesse eingehalten wurden. Sogar nach Rom, Venedig, Amsterdam oder Paris fuhren die Kutschen, immer vorausgesetzt, man hatte Geld oder besaß einen gültigen Wechsel.

»Solange wir noch Geld haben, sollten wir das einmal ausprobieren«, war Johann eindeutig der Unternehmungslustigere von beiden.

Ulrich grummelte, fuhr aber mit. Er war, wie sein Vater, eher ein gebranntes Kind des Krieges und versuchte, das Geld, das sie dabeihatten, zusammenzuhalten. »Man weiß ja nie, was noch kommt!«

Das Lehrgeld zahlten sie schneller als erwartet. Bei Ansbach gerieten sie in einen Hinterhalt. Ihre Kutsche wurde angehalten und drei bewaffnete Männer, mit Schlapphüten und mächtigen Straußenfedern daran, befahlen ihnen auszusteigen.

Die beiden anderen Mitreisenden, offensichtlich Kaufleute und sehr viel wohlhabender als die beiden Brauergesellen, verschränkten ihre Arme vor dem Körper und hielten so ihre pelzverbrämten Jacken zu, als zögen die Schurken schon mit aller Gewalt an ihren Börsen. Zusätzlich begannen sie zu jammern: »Wir haben fast kein Geld dabei. Alles in Wechseln. Damit könnt ihr Räuber doch gar nichts anfangen.«

»Maul halten und umsteigen!«, rief einer der mutmaßlichen Wegelagerer. Und zeigte auf eine Kutsche, die etwa einhundert Meter entfernt am Wegesrand stand.

»Wohin werdet Ihr uns bringen?«, wimmerte der eine Kaufmann. »Ist dies eine Entführung? Seid ihr Schnapphähne?«

»Wohin wolltet Ihr denn reisen?«, kam die Rückfrage des Schlapphuts.

»Nach Nürnberg, bitte entführt uns nicht und tut uns kein Leid an.«

Der Schlapphut lachte und nickte billigend. »Natürlich werden wir Euch kein Leid antun. Und Euch wohlbehalten nach Nürnberg bringen.« Er rief lauthals und beinah lachend: »Alles einsteigen, die Postkutsche nach Nürnberg fährt in wenigen Minuten ab!«

Währenddessen ließen sich die beiden anderen vom Kutscher der Taxis Geld auszahlen, das dieser ihnen wutentbrannt vor die Füße warf. Dann lud er das ganze Gepäck ab und fuhr grußlos von dannen. Ratlos standen Ulrich und Johann vor der neuen Kutsche, die sie angeblich ans Ziel bringen sollte. Der erste Schlapphut änderte nun seinen Tonfall, verbeugte sich höflich und sagte, als würde er einen köstlichen Scherz zum Besten geben: »Willkommen beim Kutschendienst des Markgrafen von Ansbach und der Metzgerzunft Ansbach! Wir sind ab sofort für Ihre Beförderung zuständig. Die Preise für ein Billett sind die gleichen wie bei unserer Konkurrenz, den Taxis. Wenn ich also bitten dürfte.«

Protest erhob sich von Seiten der Kaufleute, die mittlerweile ihre Fassung wiedererlangt hatten. Sie hatten bereits davon gehört, dass das Monopol der Familie Taxis bröckelte und es inzwischen allerorten Konkurrenz gab. Nur von den rabiaten Methoden der Kundengewinnung hatten sie noch nichts gewusst.

»Ungeachtet der Tatsache, dass Ihr Halunken bereits den Taxis-Kutscher ausgenommen habt, wollt Ihr uns nun ein weiteres Mal abkassieren?«, rief der vorher noch jammernde Mann empört.

»Krieg ist eine unsichere Sache«, kam die prompte Erwiderung. »Die Taxis-Kutschen sind unzuverlässig geworden, daher sollte es Euch etwas wert sein, sicher und pünktlich ans Ziel zu gelangen.«

Murrend zahlten die beiden Herren. Johann und Ulrich standen verlegen herum, bis Ulrich den Mund aufmachte und patzig forderte: »Wir sind wandernde Gesellen und haben nicht viel. Entweder Ihr nehmt uns so mit oder wir gehen weiter.«

Der Schlapphut kam näher, schaute Ulrich an und sagte: »Du bist noch sehr jung, hast ja nicht mal einen Bart ums Maul. Das kannst du aber schon weit aufreißen. Also schleicht Euch von dannen.«

Enttäuscht, entmutigt und um einige Taler ärmer, setzten sie ihre Reise auf Schusters Rappen fort. Vor Nürnberg hörten sie, dass die Ruhr in der Stadt umging und machten deshalb einen großen Bogen darum. Ihr Ziel war die Oberpfalz. Ursprünglich hatten sie nach Norden wandern wollen, doch das norddeutsche, das hansische Bier, und ganz besonders das hamburgische, war derart im Niedergang begriffen, dass sich bereits das Volk auf der Straße darüber ereiferte. Der Ruf des bayerischen Biers indes hatte sich stetig verbessert und bis zu ihnen herumgesprochen und so auch die beiden Bitburger Brauer neugierig gemacht.

Die Zinken hatten sie mittlerweile auswendig gelernt.

Je nachdem, wie sie bei einem Haus oder einer Brauerei empfangen wurden – gastlich oder unfreundlich –, machten sie eine Markierung an der Außenmauer, falls noch keine von ihren Vorgängern vorhanden war. Diese wurden dann von anderen fahrenden Gesellen erkannt und sie waren entsprechend vorgewarnt. $\vee$

2.

DEM BAYERISCHEN HERZOG MAXIMILIAN I. sollte es bald gelingen, im Westfälischen Frieden die umstrittene Oberpfalz und sogar die Kurwürde nebst dem kaiserlichen Truchsess-Amt zu erhalten. Und das, obwohl er auf Seiten der Habsburger stand, die die eigentlichen Verlierer dieses Krieges zu werden drohten. Der ehrgeizige Wittelsbacher hatte schon vor dem Krieg eine neue Landrecht-, Polizei-, Gerichts- und Malefizordnung erlassen, die anderswo als vorbildlich galt. Das schlagkräftige Heer hatte sich im Krieg bewährt. Ebenso hatte er seit seiner Inthronisierung eine gezielte Förderung der einheimischen Wirtschaft durch Errichtung von Manufakturen unter herzoglicher Aufsicht betrieben: Wandteppiche, Samt und Seide. Diese Luxusgüter sollten nicht länger für teures Geld importiert werden müssen. Er hatte Fachleute aus dem Ausland kommen lassen, die seine bayerischen Arbeiter angelernt hatten.

Genauso wollte er mit dem Bier verfahren, denn Maximilian hatte beizeiten erkannt, dass nur ein reicher Fürst auch ein mächtiger Fürst war. Das finanzielle Problem dabei hatte bereits sein Großvater, Herzog Albrecht V., lösen müssen. Die bayerischen Landstände waren seit dem 14. Jahrhundert im Besitz des Steuerbewilligungsrechts gewesen, und nicht der Herzog. Der gewitzte Albrecht hatte sich aber 1566 einen sogenannten Getränkeaufschlag als Privileg vom Kaiser garantieren lassen und dadurch eine erste Loslösung von der Abhängigkeit der Landstände erreicht. Ein halbes Jahrhundert später hatte er damit, im wahrsten Sinne, fürstliche Steuereinnahmen für Maximilian gesichert. Das alles jedoch galt nur für das ordinäre, volkstümliche Braunbier. Als eine der beiden wichtigsten Einnahmequellen sollte sich indes das Weißbier entwickeln, neben dem Salz das einzige traditionelle, nie infrage gestellte Monopol des Herzogs.

Ein weiterer Grund für den Erfolg des Biers in Bayern war der Niedergang des Weines. Genaueres dazu erfuhren Ulrich und Johann von ihrer Reisebegleitung, einem jungen Weinkaufmann aus München namens Paul Gstöttner, der nur wenige Jahre älter war als sie selbst und der sie von Nürnberg nach Regensburg begleitete. Offensichtlich hatte er schon bessere Zeiten gesehen, sodass er mittlerweile für seine Reisen die günstigere, nicht mehr die schnellere Variante vorzog.

»Im Weinhandel ist's egal, wann ich ankomme. Der Wein ist morgen noch genauso da wie heute«, war sein leicht resignierter Kommentar. Er erzählte unterwegs von seinem Geschäft. »Meine Familie hatte bei München zweihundert Jahre lang Wein angebaut. Guten, vornehmen Wein, den wir bis nach Köln und London verkauft haben und mit dem wir reichlich Geld verdient hatten. Wein aus Bayern, das war etwas Besonderes.«

»Und dann?«, fragte Johann nach.

»Dann kam die Zeit von 1570 bis 1610. Wir alle können froh sein, dass wir zu jung sind, um das miterlebt zu haben. Vierzig Jahre Kälte. Jeder Winter war bitterkalt, das Frühjahr genauso. Am Schlimmsten war es 1590. Fast alle Weinreben sind erfroren, besonders in Bayern. Und ganz besonders bei meiner Familie. Unser einfachster Bayernwein kostete auf einmal viermal mehr als ein Krug Bier. Meine Familie musste den Weinbau aufgeben, nur noch im Donautal bei Regensburg haben Weinbauern weitergemacht, zu denen ich nun unterwegs bin. Und die konnten auch nur bestehen, weil sie neue Rebsorten von Rhein und Mosel und aus Österreich eingeführt haben.« Der verächtliche Ton war nicht zu überhören. »Der sogenannte Riesling, der erst sehr spät reif ist, oder der österreichische Pinot, den sie den Grauen Mönch nennen!« Fast spie er die Worte aus. »Die kann kein Mensch mehr bezahlen. Meine anständigen Kunden kann ich kaum noch bedienen, die Luxusweine werden am besten nur noch am Herzogshof weg gesoffen.« Nur langsam beruhigte er sich. »Ihr seid Brauer, das ist das rechte Handwerk heutzutage. Das hat Zukunft, besonders in Bayern.« Eine Spitze schob er aber dennoch nach. »Wenn ich auch zum Bier nicht zu bekehren bin. Man sagt nicht ohne Grund: ›Weintrinker duften nach Nektar, während Biertrinker nach Geißbock stinken.‹«

Ulrich und Johann lachten und erwiderten: »Dann ist Bier der rechte Trunk für uns. Wir sind nämlich Gässestrepper!«

Nun war es an Gstöttner, verdutzt dreinzuschauen.

In Regensburg fanden sie tatsächlich Arbeit. Auch hier war die Ordnung durch den Krieg völlig zusammengebrochen. In den Gaststuben wurde alles ausgeschenkt, womit sich Geld verdienen ließ. Bettler, Huren und Diebe drängten sich gleichermaßen darin wie durchziehendes Soldatenvolk und alteingesessene Regensburger. Ulrich hatte den Eindruck, noch nie eine Stadt gesehen zu haben, in der es für so wenige Einwohner so viele Schenken gab. Bei ihrer Ankunft waren Arbeiter soeben dabei, am Arnulfsplatz, mitten in der Altstadt, das Gerüst von einer erst vor Kurzem vollzogenen Hinrichtung abzubauen. Die Gehenkten, oder besser das, was von ihnen noch übrig war, lagen am Rand des Platzes. Hunde und Vögel hatten sich bereits eifrig an den halb verwesten Überresten zu schaffen gemacht.

Am Arnulfsplatz stand auch das Brauhaus ›Nackender Bauch‹. Es war nach der Spitalsbrauerei eines der ältesten Brauhäuser Regensburgs und hatte früher ›Zur gestochenen Sau‹ geheißen. Niklas von Hahnfurt hatte das Brauhaus zur ersten Blüte geführt, dort hatte auch das legendäre Saufgelage zwischen dem Brauherrn Albrecht von dem Marchte und Albertus Magnus stattgefunden, bei dem der große Gelehrte den Brauer Niklas einen Biermagus geheißen und für ihn die Empfehlung ausgesprochen hatte, nach Köln zu gehen.

Der ›Nackende Bauch‹ gehörte angeblich einem Söldnerführer, der im Krieg reich geworden war und sich mit dem Kauf der Brauerei seinen Lebensabend sichern wollte. Noch war der Krieg nicht vorbei und der neue Besitzer unterwegs auf weiteren Raubzügen. All dies und mehr erzählte ihnen der Braumeister Emmeran Schuch, der seit vier Jahren versuchte, halbwegs Ordnung in dem Tohuwabohu der Schenke zu halten.

»Ich verstehe das hier alles nicht!«, brüllte er bei ihrer ersten Begegnung gegen den Kneipenlärm an. Während in einer Ecke des Schankraums ein paar Handwerker im Schurzfell standen, heftig miteinander debattierten und ihr Bier tranken, lärmten und fummelten anderweitig Landsknechte an üppig angemalten und tief dekolletierten Dirnen herum.

»Die Menschen hier in der Oberpfalz sind fleißig, bodenständig und zuverlässig. Welcher Teufel sie wohl reitet, sich auf einmal wie die Berserker aufzuführen? Das ist dieser verfluchte Krieg!«

Schon wieder der leidige Krieg. Niemand wollte mehr davon hören, auch Johann und Ulrich nicht.

Emmeran nahm beide gern in Lohn und Brot, auch in Regensburg mangelte es an guten Fachkräften. Hier gab es jedoch sogar Gerste und Hopfen. Allerdings kam zur täglichen Brauerarbeit noch die abendliche Arbeit als Bedienung und Ausschenker hinzu. Sowie einige weitere neue Erfahrungen.

»Wir schenken auch Wein aus. Das Bier war im Krieg jahrelang so schlecht, wenn es überhaupt eines gab, dass die Leute lieber ihren angestammten Bayernwein gesoffen haben. Die Oberpfälzer sind nämlich enorm stur. Und trinken den Wein halt weiter. Unser Bier ist zwar mittlerweile auch teurer geworden, aber immer noch billiger als der Wein. Ein Bier kostet so viel wie eine komplette Fuhrmannsmahlzeit, nämlich fünfundvierzig Kreuzer. Eine Übernachtung kostet hingegen nur zwei Kreuzer.«

Weiterhin teilte Emmeran Johann und Ulrich ihr Deputat zu. Bislang hatten sie getrunken, wenn sie Durst hatten. Auch diese Zuteilung war etwas Neues. »Das hat sich unser Herzog ausgedacht, damit ihm nur ja kein Steuergroschen entgeht. Denn nur dieses Deputat ist steuerfrei. Alles, was Ihr sonst sauft, muss versteuert werden.« Erstaunlicherweise gab es kein Bier, sondern Wein. Emmeran selbst als Meister erhielt drei Liter täglich, die Brauer deren zwei.

Preisverordnung für Gastwirte aus dem 17. Jahrhundert

Wirth vnd Gastgeben.

Für ein Malzeit/ da man Wein vnd Bier speisset/ soll man bezahlen	1 Gulden.
Für ein Malzeit auff Zahl Hochzeiten	1 Gulden.
Für ein gemeine Bier oder Fuhrmans Malzeit	45 kreutzer.
Für ein Druckene Malzeit	20 kreutzer.
Für Stallmied auffs Pferdt	8 Kreutzer.
Vom Beth vnd Ligerstat eine Nacht	2 kreutzer.

Auch sollen die Wirth ihren Gesten den Habern vmb ein billiges rechnen/ damit kein klag vorkomme.

Vnd sollen die bezahlungen obigen Satzs an gutem Neugemüntzten Silbern Gelt geschehen/ Was aber fünff kreutzer nicht erraicht/ daß soll mit halben Patzen/ oder anderer hiesiger Statt Küpffern Handtmüntz/ bezalet vnd genoñen werden.

Decretum in Senatu.

Den ganzen Winter über lernten sie, wie das bayerische Braunbier hergestellt wird. Anfang März rief Emmeran sie zum Gespräch. »Ich gehe davon aus, dass ihr wisst, wann in Bayern Bier gebraut werden darf.«

Beide nickten bestätigend.

»Am 23. April wird hier unsere Saison beendet. Wie unser Herzog Albrecht IV. bereits 1553 verfügt hat, dürfen wir Braunbier nur von Michaeli bis Georgi brauen.«

Die Brauer hatten damit gerechnet und sahen sich bereits ihre Siebensachen packen.

Emmeran bemerkte ihre traurigen Mienen und schob nach: »Wenn ihr auch im Sommer Bier brauen wollt, dann müsst ihr auf Weißbier umsatteln. Dann sucht euch, wenn ihr hier fortgeht, ein Brauhaus des Herzogs, es gibt ja genügend davon. Da wird Weißbier gebraut unter dem herzoglichen Privileg. Und das auch im Sommer.« Er spuckte aus. »Ich halte das Ganze ja für Verschwendung des kostbaren Weizens. Aber sag' das mal einer unserem Herzog.«

Ulrich fragte erstaunt nach: »Wo überall wird denn dieses Weißbier gebraut?«

»Am meisten nördlich der Donau, in Richtung böhmischer Wald. Man sagt hier, dass in Böhmen und der Oberpfalz die Leute schier am meisten Weißbier trinken, aber deshalb keiner am Durst stirbt! Wir haben zwar auch Weißbrauhäuser hier in Regensburg, die gehören aber zu den drei Stiften hier: St. Emmeram, Obermünster und Niedermünster. Offiziell dürfen die nur für ihren eigenen Hausgebrauch Bier herstellen, verkaufen es aber heimlich überall in der Stadt, um die Klosterkassen aufzubessern. Habt ihr nie davon gehört?«

Die beiden schüttelten leicht betreten die Köpfe. Sie waren den ganzen Winter über so beschäftigt gewesen, dass sie vom Regensburger Alltag bemerkenswert wenig mitbekommen hatten.

Emmeran fuhr fort: »Ich frage mich, wie lange unser Magistrat sich das noch gefallen lässt? Sicher wird er bald Klage führen vor dem Reichshofrat. Unser Herr Bischof lässt sein Weißbier derzeit in Wörth brauen. Und er ist der Einzige, der ohne Herzogsprivileg Weißbier brauen darf. Ich habe jedoch läuten hören, dass er bald hier in der Stadt ein neues Weißbrauhaus errichten wird. Also, wenn ihr als bürgerliche Brauer Weißbier herstellen wollt, dann solltet ihr wandern! Und zwar nach Osten.«

Ulrich und Johann beschlossen sofort, ab Ende April nach einem herzoglichen Weißbier-Brauhaus Ausschau zu halten. Die Wintersaison hatte aber noch eine große Überraschung und ein dickes Ende parat. Denn Ulrich kannte natürlich den Schwur seines Vaters und bekam plötzlich, aus heiterem Himmel, Gelegenheit, ihm bei der Umsetzung seines Gelübdes tatkräftig zu helfen. ᶠᴹ

3.

»UNSER HERR wird zu uns auf Besuch kommen. Sein Feldzug scheint vorbei zu sein und er möchte sich nun hier niederlassen.« Emmerans Worte waren an die beiden Brauer gerichtet, die gerade auf der Tenne das Malz für die finalen Sude der Saison aufsammelten.

»Ich finde, wir sollten ihn nicht enttäuschen und unser Bestes geben für die letzten Märzenbiere, damit sie möglichst lange vorhalten.« Emmeran senkte die Stimme, als ob ein ungebetener Zuhörer anwesend wäre und fuhr im Flüsterton fort: »Wer weiß, vielleicht fällt für uns noch eine schöne Belohnung ab für ein gutes Bier. Man kennt doch diese Soldaten; die sind in guter Laune genauso freigiebig, wie sie in schlechter Stimmung grausam sind.«

»Dann lasst uns seine Laune heben«, stimmte Ulrich zu. »Wann dürfen wir den hohen Herrn erwarten?«

»Für nächsten Freitag hat er sich mit einem Brief angekündigt.« Emmeran schüttelte verwundert den Kopf. »Mir fällt erst jetzt auf: Sollte er etwa lesen und schreiben können? Das wäre fürwahr ein seltsamer Landsknecht. Na ja, mir soll's recht sein, dann ist er wenigstens kein Barbar.«

»Du kennst ihn gar nicht?«, fragte Johann verwundert.

»Oh nein«, erwiderte Emmeran, »er hat den Kauf des Brauhauses über einen Treuhänder abgewickelt, den Regensburger Kaufmann Andreas Kaltenhauser. Der zahlt mir und euch auch den Lohn und gibt mir Geld für den Kauf von Gerste und Malz.«

Am Freitag zu Mittag ritt der von seinen Angestellten mit großer Neugierde erwartete Besitzer des Brauhauses zwar allein, aber in vollem Putz, in Regensburg ein. Er stellte sein Pferd vor dem

›Nackenden Bauch‹ ab, ging hinein und schwenkte seinen südländischen Trinkbeutel aus Leder, der innen mit Pech beschichtet war. Dazu rief er laut, mit herablassender, befehlsgewohnter Stimme: »Füllt mir meine Bota mit Wein. Ich bin durstig wie ein trockener Schwamm! Gebt mir zu essen, ich bin hungrig wie ein Wolf!« Den Wein trank er schnell, das Brot warf er wutentbrannt zurück in die Küche. »Was ist das? Gehärtete Kuhscheiße? Gebt mir Schinken und Speck.«

Ulrich und Johann standen hinter der Theke und trauten ihren Augen kaum. War das zu glauben? Eigentlich nicht. Aber, kein Zweifel, er war es. Beide hatten den Mann, der sich früher, zumindest damals in Bitburg, Hauptmann Hernandez genannt hatte, sofort wiedererkannt. Sie schauten einander an, und beide wussten im gleichen Moment: Das war eine günstige Gelegenheit sich zu rächen.

Sie brauchten keine Sorge zu haben, erkannt zu werden. Die Belagerung und die Gässestrepper-Geschichte waren zum einen über acht Jahre her, zum anderen waren sie noch Jungen gewesen, die auf den Gassen gespielt hatten. Aber niemals würden sie die herrische, arrogante Stimme des spanischen Soldaten vergessen, niemals die Szene, in der Ulrichs Vater auf Hernandez' splitternacktem Adjutanten geritten war, ihm die Peitsche auf den Arsch gegeben und die Sporen in die nackte Haut getrieben hatte. Ulrich würde auch niemals die Tränen seiner Stiefmutter vergessen, da er damals zum ersten Mal in seinem Leben aus nächster Nähe die Brutalität des Krieges erfahren hatte. Erinnerungen an die Kakushöhle und die anschließende Odyssee hatte er zum Glück kaum noch, da war er einfach zu jung gewesen. Aber Hernandez' demütigender Ausritt aus Bitburg und die anschließende schmachvolle Niederlage durch die Gässestrepper hatten sich als die ersten Ereignisse seines Lebens fest in sein Gedächtnis gebrannt.

Nur, wie sollten sie vorgehen? Beide beschlossen, erst einmal

Zeit zu gewinnen. Wo hatte Hernandez seine Schwachpunkte? Da sie nicht vorhatten, ihn, den erfahrenen Kämpfer, zum Duell zu fordern, mussten sie trickreich vorgehen. Das Saufen war die Schwäche der meisten Soldaten und also einen Versuch wert.

»Hier Herr, trinkt! Es ist das beste Bier aus Eurem eigenen Brauhaus.«

Den ersten großen Humpen mit Braunbier schaute er misstrauisch an und äußerte großspurig, wobei er seinen spanischen Akzent noch betonte: »Gibt es hier keinen Porrón? Wie sonst soll ich Wein saufen?«

Emmeran überredete ihn, das Bier zu probieren.

Ein zweiter Humpen folgte. Ein dritter ebenso. Nach dem fünften Krug wurde er übermütig und rief: »Ich bin der Ritter vom Gewaltigen Humpen! Schenkt ein, schenkt ein!« Der Abend endete in einem prächtigen Zechgelage.

Dann hatte Ulrich eine Idee. »Nun weiß ich, wie wir ihm heimzahlen, was er uns in Bitburg angetan hat.«

Er sprach mit Emmeran und konnte diesen für seinen Vorschlag gewinnen, obwohl der nichts von Ulrichs Racheplänen ahnte. Sogleich bestellte er in dessen Auftrag – und mit dessen Geld oder, besser gesagt, mit dem Geld aus der Kasse des Brauhauses – bei einem Glasbläser einen riesengroßen Porrón, mit etwa fünf Litern Inhalt. Während sie auf dessen Fertigstellung warteten, hörten sie sich tagelang, Tag für Tag, von morgens bis abends, in der Schankstube Hernandez' prahlerische Geschichten vom Krieg an. Geschichten über die Herkunft seiner zahlreichen Narben, der mitgebrachten Beute sowie weiteren unglaublichen, aber bereits versoffenen und verhurten Schätzen und reichlich Erzählungen, voll von aufgeblasenem Kriegsruhm. Wenn man ihm Glauben schenken sollte, dann müsste der Krieg längst vorbei sein und er, Hernandez, hätte ihn ganz allein gewonnen. Und ganz nebenbei auch noch jede Frau im Reich glücklich gemacht, ob sie nun willig war oder nicht. Auch von Bitburg erzählte er, ohne sich jedoch an den Namen der Stadt zu erinnern. Und nach seiner Version hatten sie die Geißen von der Stadtmauer geschossen, die Stadt erobert und geplündert und alle Frauen geschändet. »Ganz besonders die Eine, die hatte es meinem Leutnant angetan, dem Claus, einem guten Schweden, dem sie dann Monate später in der Rheinpfalz die Gedärme weggeschossen haben. Das war ein scharfes Weib, wie sie dastand, mit der Pfeife im Maul.«

Ulrich musste sich sehr zurückhalten, um seinem Brauherren nicht gleich einen Bierkrug über den Schädel zu ziehen. »Und was ist dann geschehen?«, fragte er, so harmlos er konnte und versuchte sogar, einen bewundernden Ton in seine Stimme zu legen.

»Na, nichts war, weg war sie. Hat sich wohl ein anderer bedient. Wir sind dann weitergezogen.«

Einige Tage später war der Porrón fertig. Ulrich und Johann bewunderten zuerst das gläserne Kunstwerk mit dem gewölbten Bauch und der spitz zulaufenden seitlichen Tülle, bevor sie in ihrer Kammer ein wenig mit dieser spanischen Art zu trinken übten. »Sonst blamieren wir uns ja und es klappt nicht recht.«

Hernandez war begeistert, als Ulrich ihm einige Tage später mit feierlicher Miene den Porrón auf den Tisch stellte, prallvoll mit dem besten Braunbier gefüllt. »Potzteufel, wo habt ihr den denn her? Das glaubt mir niemand, der's nicht gesehen hat.« Bewundernd nickte er den Jungen zu. Und enttäuschte ihre Erwartungen nicht. »Na, dann mal los! Zeigt mir, dass ihr auch spanisch einschenken könnt.« Dann legte er seinen Kopf in den Nacken.

Ulrich stand neben dem Spanier, hob den Porrón über Hernandez' Kopf und neigte ihn leicht. Das Braunbier schoss nun in einem dünnen Strahl aus der seitlichen Öffnung und, mit Übung und ein wenig Glück, traf er exakt in Hernandez' weit geöffneten, durstigen Mund. Ulrich hielt den schweren Glasballon tapfer hoch. Zu den Regeln beim spanischen Trinken gehörte, zu schlucken, ohne den Mund zu schließen. Hernandez ließ sich bedienen und genoss die ihm vertraute Art des Trinkens. Minutenlang herrschte Schweigen in der Stube, alle Gäste sahen erstaunt, wie sich der Porrón langsam, aber stetig leerte. Als er halb leer war, gab der Spanier das Zeichen zum Abbruch.

Er lachte ein berauschtes und begeistertes Lachen und klopfte Ulrich auf die Schulter. »So, jetzt machen wir es richtig! Die hohe Kunst des Porróntrinkens ist: Je größer die Entfernung, desto besser. Steig auf den Tisch!«

Ulrich kletterte umständlich auf den stabilen Holztisch, stellte sich breitbeinig vor Hernandez, der nun mehr auf der Bank lag als saß, und nahm erneut den Porrón in seine Hände. Aus größtmöglicher Höhe traf er bereits im zweiten Anlauf – der erste war auf das Wams seines Brauherren gegangen – genau in den gierigen Schlund des Spaniers. Und diesmal ließ Hernandez Ulrich so lange über sich stehen, bis der Behälter leer war. Tosender Applaus begleitete das Ende der Vorstellung. Ulrich sprang vom Tisch herunter. Dann fiel Hernandez bewusstlos von der Bank.

Sein Bewusstsein sollte er nicht wiedererlangen. Denn eine Stunde später war er tot.

4.

ZWEI TAGE DANACH waren sie unterwegs, am Donauufer fluss-abwärts, während ein rauer, eisiger Aprilwind ihnen die Kälte des Morgennebels in die Gesichter trieb.

»Das war eine feine Rache, Herr Bierzauberer«, spielte Johann spottend auf den Spitznamen von Ulrichs Vater an.

»Ja, das finde ich auch«, erwiderte Ulrich. »Es war ja abzu-sehen, dass niemand eine Leiche untersucht, wenn so ein Hund des Krieges sich einfach in seiner eigenen Schenke totsäuft. Und die Stadt ist froh, kann sie doch ein gutes Haus ohne recht-mäßigen Erben nach Recht und Gesetz konfiszieren. Vielleicht kommt der ›Nackende Bauch‹ jetzt wieder in gute Hände. In Hände, die ein gutes Bier zu schätzen wissen.«

»Eigentlich ist es nicht zu fassen, wie dieses Großmaul sich durch den Krieg gerettet hat.«

»Ja, erstaunlich. Ich glaube, jeder ungewaschene Fähnrich wäre mit ihm fertig geworden. Er hat sich jedoch anscheinend aufs Maulheldentum beschränkt und ist, wenn es ernst wurde, immer in zweiter Reihe geblieben.«

»Was hast du ihm eigentlich ins Bier gemischt?«, wollte Johann wissen. »Raus mit der Sprache. Der ist ja von der Bank gefallen wie vom Blitz getroffen. Das muss ja ein ganz beson-deres Gift gewesen sein.«

»Mit Speck fängt man Mäuse«, lautete die etwas kryptische Antwort Ulrichs. »Deswegen haben wir ihn doch beim Saufen studiert. Und als ich gesehen haben wie der säuft, da habe ich mir gedacht: Gerade beim spanischen Trinken schmeckst du nichts mehr, da lässt du's nur noch reinlaufen. Also musste ich nur die Dosis erhöhen.«

»Wie meinst du das? Lass dir doch nicht alles aus der Nase ziehen!«

»Wie machst du ein Bier stärker, so stark, dass es dich umbringt, wenn du zu viel und zu schnell davon trinkst? Mit Schnaps natürlich.«

»Wie, du hast …«

»Ja«, schnitt Ulrich seinem Freund gleich das Wort ab. »Ich habe zwei Liter starken Branntwein mit drei Litern Braunbier vermischt. Und dann kam es genau so, wie ich es erhofft hatte. Da konnte er nämlich überhaupt nichts mehr schmecken. Und so auf die Schnelle zwei Liter Branntwein und dazu das Bier im Bauch, das überlebt niemand.«

»Unsere Väter werden sich wohl freuen.«

»Das hoffe ich. Ebenso, dass wir es ihnen eines Tages erzählen können.«

Zwischen Regensburg und Deggendorf stellten sie fest, dass der Weinhändler Gstöttner nicht übertrieben hatte. Dauernd liefen sie durch alte, nun abgestorbene Weingärten. Die einst abgefrorenen Reben standen noch immer da, unkrautüberwuchert und sahen aus wie versteinert.

»Da sollte man vielleicht Hopfen anpflanzen«, schlug Johann vor. »Es ist eine Schande, wie die Gärten verwildern.«

»Falls du es noch nicht gemerkt hast, das ganze Land verdirbt und verkommt«, ergänzte Ulrich.

Nächster Halt auf ihrer Reise war der Ort Winzer, ein kleiner, ruhiger Ort, schön am Nordufer der Donau, nur einige Kilometer unterhalb von Deggendorf und der Isarmündung gelegen. Dort gab es eines der ersehnten herzoglichen Weißbrauhäuser und, was noch besser war, hier wartete sogar Arbeit auf sie. Das kleine Schloss lag auf einem kleinen, aber dennoch eindrucksvollen Hügel, und war nur über einen steilen Weg zu erreichen. Zwei Türme, ein Wohnturm in der Mitte und ein Wachturm mit einem schönen Uhrwerk, verliehen dem Schloss sein wehrhaftes

Aussehen. Ein einziger Wachsoldat in der Uniform der Armee des Bayernherzogs war zu sehen. Ulrich und Johann rechneten bereits mit der bekannt ruppigen Behandlung, für die das Militär hier bekannt war. Dieser jedoch reagierte beinahe freundlich und ließ sie zum Tor hinein. Vom Hof aus, dessen Mitte ein prächtiger Springbrunnen zierte, sahen sie eine Kapelle, ein Badehaus, Stallungen und auch das Brauhaus. Sie grinsten sich zu. Der Soldat führte sie in einen prächtigen, vollkommen quadratischen Rittersaal, dessen Wände mit bunten Wandfresken bemalt waren, die das Kriegshandwerk thematisierten. Dicke, türkische, aber bereits angestaubte und von Mäusen angenagte Teppiche lagen auf den steinernen Fußböden, von den Decken hingen glänzende Lüster. Die Wappen der Vorbesitzer, der Puchbergs und der Schwarzenbergs, waren als Stuckatur in die Wände eingearbeitet. Ansonsten war von Schmuck, Gold und Silber nichts mehr zu sehen. An einigen Stellen blätterte der Putz bereits von der Decke. Und auch sonst wirkte alles etwas vernachlässigt. Das Schloss war vom letzten Besitzer, Wolf Jakob von Schwarzenberg, so lange heruntergewirtschaftet worden, bis er sich Anfang des Jahrhunderts gezwungen gesehen hatte, die gesamte Herrschaft Winzer an den bayerischen Herzog zu verkaufen. Nun wohnte der landesfürstliche Pfleger hier, der sich wenig um Prunk und Glanz scherte. Sein Name war Baron von Schönhub und er war ein missmutiger, mürrischer Mann, dessen Erscheinung genauso angestaubt wirkte wie der Rest des Schlosses.

Zuerst schickte er den Soldaten zurück zum Tor. »Was schert mich das Brauhaus?«, murrte er anschließend die beiden Brauer an. »Ich kümmere mich um die Gärten des Schlosses, für den Weißbräu und Volk wie euch sind andere zuständig.«

»Aber Herr Baron, dort im Brauhaus ist aber niemand«, zeigte Ulrich dem Pfleger, und machte ihm klar, dass sie dort bereits nach dem Braumeister gesucht hatten.

»Ihr Dummköpfe, seht ihr nicht, dass dieses Brauhaus längst außer Betrieb ist. Und zwar seit über vierzig Jahren!«

Die Brauergesellen tauschten verwunderte Blicke aus.

»Schaut, da unten, am Fuß des Schlossbergs, da ist alles zu finden, was ihr benötigt. Fragt entweder im Amtmannhaus nach dem Thomas Wasmair, der ist Bräugegenschreiber, oder im Brauhaus selbst und sucht den Bräuverwalter Edelweckh.« Fast spie er die Namen aus, und Johann wie Ulrich sollten schnell erfahren, dass alle drei einander in herzlichster Abneigung zugetan waren. »Und jetzt lasst mir meine Ruhe! Oder geht am besten ganz fort. Wir brauchen hier keine Bierbrauer von auswärts.«

Der Baron drehte sich um und ließ sie grußlos stehen. Sie gingen wieder den Schlossberg hinunter. Am Fuß des Hügels waren vier Gebäude, die so neu aussahen, als wären sie eben erst der Anlage hinzugefügt worden. Dass dies zutraf, bestätigte ihnen der Bräuverwalter, der bei ihrer Ankunft inmitten des kleinen, neuen Sudhauses stand, in dem noch der köstliche Duft soeben gekochter Bierwürze hing. Im derbsten bayerischen Dialekt gab er Kommandos. Nur sahen die beiden niemanden, dem diese Zurufe galten, bis ein hochroter, verschwitzter Kopf aus dem Sudkessel auftauchte.

»Ist's sauber, Georg?«, rief der Braumeister dem Kopf zu. Der nickte ergeben. »Dann gehst Brotzeit machen.«

Der kleine, stämmige Mann in den Mittvierzigern, der dunkelbraune Lederhosen trug und sich eine viel zu große Lederschürze um seinen Bierbauch gebunden hatte, stellte sich als Georg Adam Edelweckh zu Schönau vor. Er wirkte resolut, aber durchaus nicht ungemütlich. »Sagts halt Edi zu mir, oder Schorsch.« Die tägliche Ration guten Weizenbiers hatte seine Backen gerötet und seine dicke Nase tiefrot geädert. »Was führt euch hierher nach Winzer?«

Ulrich erzählte von ihrer Wanderschaft und dass sie als Brauergesellen das Weißbier brauen lernen wollten.

»Zuerst einmal heißt das bei uns nicht Geselle, sondern Brauknecht. Und zweitens könnte ich ein paar tüchtige Brauknechte gut gebrauchen. Der Tölpel Georg Scharrer, den ihr hier gerade kurz gesehen habt, der ist zum Studium hier aus dem Brauhaus Mattighofen. Und der ist so blöd, der kann noch nicht mal den bemessenen Hopfen allein in den Kessel werfen.«

Ulrich und Johann nickten verständnisvoll.

Edi, oder Schorsch, packte die Gelegenheit beim Schopf, einmal Dampf abzulassen und fuhr fort: »Weil wir, was die Größe und Güte der herzoglichen Weißbräuhäuser angeht, im oberen Drittel liegen, schicken sie uns oft Brauknechte aus anderen Häusern. Von den schlechteren wie Vilshofen, Cham, Furth, Zwiesel oder«, er wies unbestimmt in Richtung Scharrer, »Mattighofen, schicken sie uns die Deppen zum Studium. Von den besten Studenten, aus München, Kelheim und Schwarzach, bekommen wir die Rebellen, die, die irgendwie Unfug getrieben haben und entweder degradiert wurden oder in Winzer wieder zur Räson gebracht werden sollen. Auf jeden Fall habe ich selten Konstanz beim Braugesinde.« Er piekste beide mit dem Finger in die Brust. »Also, ich will es mit euch versuchen. Geht rüber ins Amtmannhaus zum Wasmair«, er zeigte auf ein gegenüber dem Brauhaus stehendes Haus, »und macht den Papierkram. Und damit ihr's gleich wisst: Ihr seid ab sofort Brauknechte des Herzogs und somit der herzoglichen Hofkammer unterstellt. Solange wir gutes Bier brauen und uns nichts zuschulden kommen lassen, ist alles bestens. Aber wehe, ihr baut Mist, dann werden weder ich noch der hohe Herr Bräugegenschreiber«, Hohn schlich sich in seine Stimme, »oder die Hofkammer Spaß verstehen. Und dem komischen Baron da oben im Schloss geht ihr am besten gleich aus dem Weg. Der mag mich nicht leiden, dann wird er euch auch nicht mögen.«

Sie fingen an zu arbeiten und bemerkten schnell, dass Schorsch zwar jeglicher körperlichen Arbeit abgeneigt, aber nichtsdestotrotz ein exzellenter Braumeister war, der sein Handwerk, besonders aber die Organisation des Brauhauses perfekt beherrschte. Zum ersten Mal erlebten sie einen richtig professionell geführten Braubetrieb. Hatten sie bislang in allen Brauhäusern fast alles, auch die Reparaturen, selbst machen müssen, gab es hier für beinah jeden Handgriff einen Spezialisten. Nicht nur das Malz wurde von einem eigens dafür angestellten, verbeamteten Malzbrechmüller geschrotet, nein, auch alles andere, außer dem Brauen selbst, war in fremden, aber fähigen Händen. War beschädigtes Geschirr auszubessern, rief man den Schäffler; war der Schubkarren fürs Malz defekt, den Wagner; Hanf und neue Seile kamen vom Seiler; es gab im Ort einen eigenen Kistenmacher, den Kistler; der Hafner kümmerte sich um die Öfen; der Brunnenmeister sah nach dem Brauwasser und der Wannenmacher baute schöne, große Treberwannen aus Holz. Dazu konnte man, je nach Bedarf, Zimmermann, Schlosser, Kupferschmied, Maurer, Pflasterer oder Steinmetzen rufen lassen.

Hier lag auch die Abneigung begründet, die den Bräuverwalter mit dem Bräugegenschreiber Wasmair verband. Der musste alle Anforderungen gegenzeichnen und war natürlich auf Kostenersparnis aus, während Schorsch in erster Linie einen reibungslosen Braubetrieb forcierte.

So spottete Edelweckh gern über seinen ihm zur Seite gestellten Beamten: »Nur weil der gnädige Herr vorher Mautgegenschreiber in Deggendorf war, hält er sich für von Gott berufen, alles und jedes auszuschreiben, zu überprüfen und zurückzustutzen.«

Das Einzige, was die beiden, Edelweckh und Wasmair, einigte, war die Liebe zum Bier und die Abneigung gegen den Baron.

Das Brauhaus bestand aus zwei Abteilungen. Im vorderen Teil, der durch sechs Säulen in zwei Flügel unterteilt war, stand an der Stirnseite der Ofen samt seinem Kamin, darauf die Braupfanne, daneben ein rechteckiger Maischekasten und davor das Kühlschiff. Der rückwärtige Teil war der Bierkeller, den ein großes Kreuzgratgewölbe beschirmte, und in dem sich die Gärbottiche und das Fasslager befanden. Mit dem Brauhaus konnte man im Jahr so um die zehntausend Hektoliter, also eine Million Liter Bier produzieren, die auch meist verkauft und aufgetrunken wurde.

Über dem Brauhaus lagen Tenne und Darre. Auch hier, bei der Malzherstellung, wurde anders gearbeitet als üblich. Nachdem Johann bei seiner ersten Schicht in Schuhen auf die Darre gegangen war, um das Malz zu wenden, fing er sich gleich mal den ersten Rüffel des Braumeisters ein.

»Kannst du nicht lesen? Ich denke, ihr seid gestandene Brauer?« Er deutete auf ein handgeschriebenes, bereits leicht verblasstes Schild, das an der Wand neben der Zugangstür zur Darre hing. Darauf stand: ›Damit das Korn auf der Darre nicht verbrennt, so soll derjenige, der das Korn beim Trocknen umwendet, barfuß oder auf Strümpfen gehen, damit er mit den Füßen empfindet, wie stark die Hitze ist.‹

Die neuen Brauknechte halfen ihrem Braumeister bei der Erstellung der Brauextrakte – dem Nachweis, wie viel Malz, Weizen, Hopfen, Geld und anderes verbraucht worden und noch vorrätig war. Sie verrichteten die harte Arbeit im Sudhaus und wuchteten die schweren Holzfässer zu entweder sechzig, einhundertzwanzig oder zweihundertvierzig Litern. Das schöne Sudhaus erleichterte die harte Arbeit, während Herr

Edelweckh in seinem Kontor saß, Tabellen füllte und sein reichlich zugeteiltes Deputat vernichtete. Als Bräuverwalter hatte er Anspruch auf täglich acht Köpfln Bier sowie zusätzlich zwei Liter Wein am Tag, während das Braugesinde die Hälfte davon für sich beanspruchen durfte. Beim Lohn war der Unterschied noch krasser. Während Edelweckh ein stolzes Gehalt von jährlich vierhundertachtzehn Gulden bezog, erhielten Ulrich und Johann mit hundert Gulden weniger als ein knappes Viertel davon. Aber auch das reichte gut zum Leben und sogar noch für einen Spargroschen. An die weiteren Privilegien des Braumeisters, zu denen Naturalien wie freies Feuerholz und ein zinsfreies Gemüsebeet im Schlossgarten gehörten, wagten sie gar nicht zu denken.

Nun, die große Menge an Deputat brauchte Zeit und Anstrengung, um weggetrunken zu werden. Und je mehr der Arbeitstag fortschritt und je mehr er dabei trank, desto gesprächiger zeigte sich der Bräuverwalter. So erfuhren sie alles, was es zu wissen gab, über die Geschichte des Brauhauses. Schorsch, der seit 1634 in Winzer arbeitete, erzählte von der großen Getreidekrise in den Jahren 1622 und 1623, als aufgrund der Inflation, welche die Wipper und Kipper verursacht hatten, der Getreidehandel zusammengebrochen war und der Herzog das Weißbierbrauen verboten hatte.

»War der Krieg denn auch sonst in Winzer gewesen?«, fragte Ulrich.

»Wir sind relativ glimpflich davon gekommen«, erklärte Edelweckh, »und seit dem letzten schwedischen Vorstoß im Winter 1640 ist für alle Brauhäuser nördlich der Donau die Kriegsgefahr gebannt.«

»Wie kam es eigentlich, dass der Herzog ein Monopol auf das Weißbier hat?«, fragte Johann.

»Das ist eine lange Geschichte«, begann Edelweckh, der sich dafür mit einem großen Krug Bier wappnete. »Es hatte immer zwei Familien gegeben, die ein herzogliches Privileg für das Weißbierbrauen besaßen: die Degenberger und die Schwarzenbergs. Unser Brauhaus hier gehörte früher den Schwarzenbergs. Die hatten um 1558 die am nördlichen Donauufer gelegene Herrschaft Winzer von den Puchbergs erworben. Ottheinrich von Schwarzenberg war Oberhofmeister am Münchener Hof und erhielt 1586 für sich und seine männlichen Nachkommen die Befugnis, hier in Winzer Weißbier zu brauen. Das war äußerst profitabel, die Brauerei brachte beinahe so viel Gewinn für die Schwarzenbergs wie die Zehntabgaben. Weißbier aus Winzer war sehr gefragt, auch wenn es nur zwischen Böhmerwald und der Donau verkauft werden durfte. Oft mussten die Fuhrwerke lange Zeit warten, bis sie ihr Bier bekamen, so begehrt war es.« Er nahm einen kräftigen Schluck aus dem Krug, dann fuhr er fort. »In der alten Braugenehmigung war nun erstaunlicherweise ein Passus über die Degenberger drin. Der besagte, dass, sollten die Degenberger aussterben, die Wittelsbacher selbst das Weißbierbrauen übernehmen würden. Und das stand auch schon so in einem über hundert Jahre alten Erbschaftsvertrag, den der alte Albrecht IV., ein schlauer Fuchs«, nickte er anerkennend, »ausgehandelt hatte. 1602 trat der Fall ein: Die Degenberger starben aus. Und der Herzog wollte plötzlich nicht nur die Degenberger, sondern auch die Schwarzenbergs beerben. Der Graf von Schwarzenberg konnte die alte Braugenehmigung nicht mehr vorweisen, da sie irgendwie in Vergessenheit geraten war, also zwang ihn Maximilian zum Verkauf. Aber das Geld brauchte der eh«, zwinkerte er mit den Augen, »so wie der die Herrschaft Winzer runtergewirtschaftet hatte. Und nahm es auch gern. Sogleich wurde die Brauerei auf Empfehlung des neuen Pflegers erweitert und umgezogen und vom Schloss hinausverlegt, hinunter vom Schlossberg in unser neues Gebäude hier.« Er machte eine weitgreifende Geste mit der Hand. »Da hatte die Plackerei endlich ein Ende, ständig das Wasser und die Gerste auf den Schlossberg hinaufzuschaffen. Wir haben dann noch ein neues Dach und eine neue Wasserführung bekommen. Und sobald die Wittelsbacher selbst Bier brauten, wurde halt die Konkurrenz erst mal ausgeschaltet. 1611 hat der Herzog ein Importverbot für ausländisches Bier verhängt. Demzufolge hat er mittlerweile fürs Weißbier das Monopol, das ihm kräftig Geld in seine Kassen spült.«

Die Qualität des Winzer Weißbiers konnten die neuen Brauer nur bestätigen. Sie entstand dadurch, dass in Winzer das Weißbier nach der Schwarzacher Rezeptur gebraut wurde, mit zwei Dritteln Weizenmalz zu einem Drittel Gerstenmalz. Das sonst übliche Verhältnis war fünfzig-fünfzig. Weizen dafür gab es derzeit reichlich, sowohl aus eigenem Anbau von hier ansässigen Bauern als auch aus Böhmen, wo der Weizen gegen bayerisches Salz getauscht wurde. Aber nicht nur die Fuhrwerke waren begierig auf das Winzer Weißbier, auch in der hiesigen Hoftaverne ›Zum Hacken‹, ging es zeitweise hoch her.

Der ›Hacken‹ war ein großer Steinbau, mit zwei geräumigen Stuben. In einer befand sich der größte Kachelofen, den die beiden je gesehen hatten, dazu Kammern, auch die eine, in der die Brauer nächtigten, einen Keller und sogar einen Tanzboden. Ausgeschenkt wurde ausschließlich Weißbier. Getreu dem Spruch des alten Aristoteles, dass nämlich Biertrinker im Rausch nach vorn fallen, Weintrinker aber zur Seite, hatte man die Türen so angebracht, dass sie sich nach außen öffneten und somit die Zecher gleich auf die Straße fielen. Beinahe jeden Abend gab es dieses Schauspiel, immer dann, wenn die Sperrstunde nahte. Sogar Ulrich und Johann verloren einmal das rechte Maß. Dies aber nur, weil sie zum Bier noch Branntwein tranken. Der wurde aus dem kümmerlichen Rest des Winzer Weins in der herzoglichen Brennerei hergestellt, nachdem die letzten verbliebenen Weinbauern im Ort sich beim Herzog über die Konkurrenz und das Schankmonopol des Weißbiers beklagt hatten. Daraufhin hatte der Herzog allen Wein einfach aufgekauft, das meiste davon destillieren lassen und den Rest als Deputat an seine Beamten ausgegeben. Die beiden Brauer zahlten dafür, dass sie sich in Versuchung führen ließen, mit einem heftigen Katzenjammer am folgenden Tag, der so schwer wog, dass beide beschlossen, jetzt und auf immer und ewig die Finger vom Branntwein zu lassen.

Ab und zu lud der Bräuverwalter die beiden auch zu sich nach Hause ein. Er wohnte in einem neuen Holzhaus, gleich neben der Brauerei. Da saßen sie Abende lang zusammen und diskutierten über alle möglichen Themen, über Gott und die Welt, den Krieg und das geliebte Bier.

Anfang Juni rief Schorsch seine beiden Brauknechte zu sich. »Ihr müsst euch verstecken. Geht am besten auf die Tenne, da geht der Soyer niemals hin.«

Die Gesellen blickten begriffsstutzig. »Wer ist der Soyer?«

»Der Herr Hofkammerrat Jakob Soyer«, korrigierte ihr Vorgesetzter, »ist der Inspektor von der Hofkammer. Der kommt einmal in der Saison vorbei, um nach dem Rechten zu sehen.«

Ulrich und Johann verstanden immer noch nicht.

»Die Hofkammer hat sechzehn Räte zur Beaufsichtigung der wichtigsten herzoglichen Betriebe. Die drei wichtigsten Bereiche sind das Salz, das Bier und die Münze. Unser Herr Rat hört sich unsere Gesuche und Beschwerden an, auch vom Braugesinde, entscheidet meist aber anders.« Jetzt war der Spott nicht zu überhören. »Er entscheidet über Urlaubsgesuche, schlichtet Streitigkeiten und regelt den Ausschank. Und von alledem erstellt er ein ordentliches Protokoll, das ihm die nächste Beförderung sichert.«

»Du magst ihn nicht, oder?«, stellte Ulrich fest.

»Nur der Rentmeister ist mir noch verhasster«, erwiderte Schorsch. »Der ist für unsere Finanzen zuständig. Wenn ich Geld brauche, um etwas anzuschaffen, bekomme ich weniger als beantragt. Wenn ich Geld verdiene, nimmt er's mir weg und gibt es dem Herzog. Sagt selbst, ist das gerecht?«

Johann und Ulrich schüttelten die Köpfe. »Aber warum sollten wir uns nun verstecken?«, brachte Johann das Gespräch zurück zum Anfang.

»Weil er nicht weiß, dass es euch gibt. Ich bin mir nicht sicher, ob es der Hofkammer recht wäre, zwei Brauknechte zur Ausbildung hier zu haben, die aus der Rheinprovinz kommen. Unser Herzog hat bisweilen merkwürdige Ansichten, was Spionage betrifft. Unser Herr Baron, der mit dem Hofkammerinspektor befreundet ist, übrigens auch. Der hat mich vor ein paar Jahren angeschwärzt. Dabei habe ich nur die dringend benötigte Braupfanne direkt bestellt. Sonst wäre uns die alte vorher unterm Hintern zusammengekracht und wir wären ohne Bier dagestanden. Na, das hätte einen Ärger gegeben, so gänzlich ohne Bier! Aber einen ordentlichen Tadel habe ich damals von der Hofkammer erhalten. Seither können der Baron und ich uns nicht leiden und ich warte nur auf die Gelegenheit, es ihm heimzuzahlen. Aber, bei aller Freundschaft, euretwegen möchte ich mir nicht noch einen Rüffel einfangen!«

Ulrich und Johann folgten seinem Rat und verbrachten einen ruhigen Tag auf der Tenne.

Soyer nahm sich bei seinem Besuch viel Zeit, obwohl er ständig betonte, wie anstrengend seine Arbeit sei. »Sechzehn Brauhäuser in zweiundzwanzig Tagen muss ich visitieren und inspizieren!« Er besprach mit Edelweckh die Beschaffung der Rohstoffe, wobei er ausdrücklich ermahnte, preiswert einzukaufen, regelte die Lieferung der Kohle und kam schließlich aufs Personal zu sprechen. »Wo sind Eure Brauknechte?«

»Ich habe nur einen, den Georg Scharrer. Den habt Ihr doch vorhin gesehen.«

»Es scheint mir unwahrscheinlich, dass Ihr den Betrieb hier mit nur einem Brauknecht hinbekommt.« Er blickte den Braumeister streng an und zeigte auf dessen Schürze. »Zumal Eure Arbeitskluft nicht danach ausschaut, dass Ihr die schwere Arbeit verrichtet.«

Der Brauführer schluckte die Beleidigung. »Wen ich noch einstelle, ist unsere Sache hier in Winzer. Der Wasmair und ich regeln das schon, das geht die Hofkammer rein gar nichts an.«

»Das mögt Ihr glauben, damit liegt Ihr jedoch falsch. Ihr solltet wissen, dass die Hofkammer größeren Wert auf die korrekte Dienstvorrichtung eines Beamten, und ein solcher seid Ihr, legt als auf dessen Person. Wenn ich Euch für untauglich befinde, werde ich Euch aus dem Dienst entfernen und ersetzen. Das Gleiche gilt für Euer Braugesinde.« Soyer zupfte sich am Kragen und fuhr fort. »Einmal seid Ihr bereits getadelt worden wegen des eigenmächtigen Kaufes einer Braupfanne. Nun muss ich zusätzlich dem neuen Vorwurf nachgehen – dem Baron von Schönhub sei Dank! –, dass Ihr von dem gebrochenen Malz, das die Mühle der Brauerei liefert, etwas abzweigt für Euer Geflügel daheim. Zudem berichtet der Baron des Öfteren über Licht auf der Darre. Kehrt Ihr abends auch noch heimlich den Rest zusammen und nehmt ihn mit nach Hause?«

Entsetzt sah sich Georg Edelweckh zu Schönau den Vorwürfen ausgesetzt. Sie klangen nicht außergewöhnlich, wurden aber wie Diebstahl am Eigentum des Herzogs bestraft: drakonisch!

Für den Fall, dass sie bewiesen werden konnten. Das jedoch würde schwer sein. Deshalb verneinte er zunächst vehement.

Soyer ergriff erneut das Wort: »Ich muss Euch hoffentlich nicht auf Eure Dienstpflicht hinweisen. Für dieses Mal werde ich es bei einer mündlichen Verwarnung belassen. Dies aber nur, wenn Ihr mir nun konkret auf meine Frage antwortet, wo Eure Brauknechte sind. Denn wenn ich glaube, dass Ihr hier etwas zu verbergen habt und lichtscheues Gesindel oder gar Vagabunden beschäftigt, werde ich das melden. Und es wird nicht bei einer Belehrung bleiben. Der Baron von Schönhub hat mich bereits informiert, dass hier Brauknechte aus dem Ausland arbeiten.«

»Es ist weder lichtscheues noch vagabundierendes Volk«, rückte Schorsch schließlich notgedrungen mit der Wahrheit heraus. »Es sind zwei deutsche Brauer auf der Walz.«

»Von woher?«

»Aus der Eifel, der Rheinprovinz.«

»Kennt Ihr nicht die Anweisung des Herzogs, Spionage für unsere Manufakturen zu melden, zu unterbinden und strengstens zu bestrafen?«

Der Bräuverwalter war wie vor den Kopf geschlagen. »Nein, was soll das für eine Anweisung sein?«

»Na, sei's drum«, beendete Jakob Soyer die Diskussion. »Holt sie her, die beiden Rheinländer.«

Verschüchtert standen Ulrich und Johannes kurz darauf vor dem vornehmen Hofkammerinspektor und mussten sich belehren lassen. »Unser umsichtiger Pfleger, der Baron von Schönhub, hat mich vorab informiert. Unser Herzog duldet das, was ihr treibt, nicht mehr in seinem Land. Zuerst lernt ihr unsere Künste und Fertigkeiten, dann stehlt ihr sie und verkauft sie anderswo als euer eigenes Werk.«

Ulrich und Johann schüttelten vehement die Köpfe. »Nein,

das ist nicht richtig. Wir wollen lernen, natürlich. Aber nur, um dann das bestmögliche Bier zu machen. Und nicht, um irgendjemanden um irgendetwas zu betrügen.«

»Ob ich euch glaube oder nicht«, kam das Schlusswort, »ist egal, wenn ich das nächste Mal nach Winzer komme, seid ihr verschwunden, oder der Büttel lässt euch verschwinden. Und zwar für lange Zeit. Bayerische Kerker kann ich nicht empfehlen für einen längeren Aufenthalt. Das Wasser ist brackig und das Brot ist trocken.« Sprach's und ließ die niedergeschlagenen Brauer sprachlos zurück.

»Das war dann das Ende unseres Weißbierbrauens«, brachte es ein sichtlich erzürnter Johann auf den Punkt. »Schade, dass der Herzog so stur ist.«

Ulrich sah nicht den Herzog als Schuldigen. »Der Baron, der Mistkerl, der hat uns denunziert. Der Herzog weiß doch gar nichts von uns. Dem da oben sollten wir es heimzahlen!«

»Das ist nicht das Ende der Welt«, wiegelte Edelweckh sogleich ab. »Ist zwar schade, weil ich euch ansonsten demnächst als Oberknechte empfohlen hätte. Dann wäre nämlich euer Weg zum Braumeister geebnet gewesen.« Er war ebenso schlecht auf den Baron zu sprechen, fühlte sich dennoch als Beamter seinem Dienst und dem Herzog verpflichtet. »Es gibt noch viele andere Biere zu erkunden und zu lernen. Die Welt ist groß und ihr habt noch längst nicht alles gesehen.«

»Wohin sollten wir gehen?« Ulrich war der Verzweiflung nahe. »Der Krieg ist ja immer noch nicht vorbei.«

»Nichts gegen unser köstliches Weißbier. Aber wenn ihr richtiges Bier, das beste Braunbier, brauen wollt«, fuhr Edelweckh fort, »und wirklich noch etwas dazulernen möchtet, dann solltet ihr nach Böhmen reisen. Die haben den besten Hopfen, erstklassiges Wasser und gute Gerste. Da braucht es

kein Weißbier und keinen Bierzwang, um die Leute zum Biertrinken zu bringen. Da bleibt der Branntwein von selbst außen
vor.«

Sowohl Johann als auch Ulrich fanden den Vorschlag annehm-
bar und fragten: »Kannst du uns denn ein Brauhaus empfehlen,
oder besser noch: uns für ein Brauhaus empfehlen?«

»Das kann ich, in der Tat: Ich kenne den Faktor der Steinbrauerei in Böhmisch-Steinisch. Die gehört mittlerweile den
Silbersteins, das ist alter böhmischer Adel. Ich werde euch ein
Empfehlungsschreiben mitgeben, schließlich seid ihr zwei tüchtige, wackere Jungs.«

Zwei Monate noch arbeiteten sie nach Kräften, um bei ihrem
Vorgesetzten einen guten Eindruck zu hinterlassen. Besonders Anfang August war ihre Mithilfe auch dringend notwendig. Die Hundstage erzeugten eine ungewöhnliche Hitze und
großen Durst, die nur mit enormen Biermengen bekämpft werden konnten. Dann packten sie ihre Sachen.

Aber vorher wollten sie es noch dem verräterischen Baron
heimzahlen. Darauf hoffend, dass Schorsch nichts gegen eine
Abreibung einzuwenden hätte, zogen sie ihn ins Vertrauen. Der
war grundsätzlich angetan von der Idee, stellte jedoch zwei
Bedingungen: »Es darf nichts darauf hinweisen, dass ich irgendetwas damit zu tun habe, und außerdem muss der Wasmair auch
was abbekommen!« Die Brauknechte nickten verständnisvoll
und grinsten. »Ihr wisst schon, wenn bei eurem Streich, was
immer ihr ausheckt, zwei Beamte des Herzogs zu Schaden kommen, braucht ihr euch hier nicht mehr blicken zu lassen. Eins
muss euch klar sein: Werdet ihr erwischt, wandert ihr gerade-
wegs ins Gefängnis.«

Vor ihrem Abschied, Mitte August 1647, händigte der Braumeister einen Brief aus, schlug ihnen auf die Schultern und

wünschte ihnen viel Glück. Dann drehte Edelweckh sich um, grinste maliziös und murmelte: »Ich hoffe, dass die beiden das nicht bereuen werden. Schließlich werden sie für jemand Besonderen arbeiten.«

Ulrich und Johann hingegen freuten sich auf die neue Herausforderung und hatten nicht einmal die leiseste Vorahnung auf das Ungeheuerliche, das dort ihren Weg kreuzen würde.

Während Wasmair und der Baron die beiden Brauknechte wieder auf Reisen wähnten, erhielten beide am nächsten Tag eine Nachricht, die ihnen der Simpel aus Mattighofen, Georg Scharrer, übermittelte. Sie sollten sofort und ›statt des Pferdes‹ – wie Scharrer die Formulierung ›stante pede‹ eigenwillig auslegte, ins Brauhaus kommen. Auf hektisches Nachfragen über den Grund für diese Eile zuckte Scharrer nur mit den Schultern. Der Baron von Schönhub legte trotz der Hitze seinen Rock an – schließlich wollte er nicht mit dem Braumeister fraternisieren –, und ging gemächlich den Schlossberg hinunter. Im Brauhaus traf er auf Wasmair, der ebenso ratlos dreinschaute wie er selbst. Von Edelweckh keine Spur. »Was soll der Unfug?«, pfiff der Baron den Mattighofer an.

»Ich weiß doch nichts«, wehrte der sich seiner Haut. »Ich habe lediglich den Auftrag, dafür zu sorgen, dass die Herrschaften hier an dieser Stelle warten«, wobei er auf eine Stelle neben dem Maischekasten zeigte.

Die beiden Herren rückten unwillkürlich zu dieser Stelle hin, obwohl ihnen nichts ferner lag, als diesem Brauertrottel zu gehorchen. Im gleichen Moment gab Ulrich, der auf dem Malzboden lag und durch ein Astloch nach unten sah, ein Zeichen, und Johann zog an einem Schieber. Sie hatten die Führungsrinnen für das Malz verschoben und so prasselte ohne Vorwarnung auf einmal über eine Tonne Malz auf die Köpfe der beiden verdutzten Opfer. Wasmair ging vor Schreck gleich in die Knie, der Baron folgte Sekunden später. Während sich Johann und Ulrich in den nahen Wald davonmachten, versuchten der Baron und der Bräugegenschreiber fluchend und schimpfend, der Malzkaskade Herr zu werden, die nach einigen Minuten, mangels Malznachschub, sowieso endete. Voller Staub und Körner spuckend stiegen beide mühselig aus dem großen Getreidehaufen auf dem Boden des Brauhauses, in dem sie bis zur Hüfte steckten, klopften sich ihre Kleidung ab und prüften, ob sie verletzt waren.

In dem Moment fuhr draußen eine Kutsche vor, der der Bräuverwalter entstieg. Er betrat das Sudhaus mit Unschuldsmiene, und bevor die beiden Gedemütigten ihre Schimpfkanonaden loswerden konnten, drehte Edelweckh den Spieß um und verfluchte die beiden sowie diese Sauerei, die sie in seinem Sudhaus angestellt haben. »Das werdet Ihr Korn für Korn wegputzen!«, fügte er mit glänzend gespielter Entrüstung hinzu. Langsam, um den Urhebern des Streichs mehr Zeit zur Flucht zu geben, beruhigte er sich wieder und ließ sich die Geschichte aus Sicht der Opfer schildern. Dann wanderte er durch das Brauhaus, inspizierte mit Kennermiene Malzführung und Schieber und zog die fachmännische Schlussfolgerung: »Der Schieber ist defekt. Ja, Herr Wasmair, da müssen's mir wohl einen neuen genehmigen!«

Empörte Blicke des Angesprochenen. »Na, zum Glück gab es keine Verletzungen. Ich werde also davon absehen, der Hofkammer Meldung zu machen. Und Sie, meine Herren, hüllen am besten den Mantel des Schweigens über diesen erstaunlichen Vorfall.«

Scharrer hielt dicht, trotz gelegentlicher Fragen und Sticheleien von Wasmair und dem Baron, auch dank des großzügigen Taschengeldes, hauptsächlich jedoch aufgrund einer weiteren

Ermahnung seines Braumeisters, verbunden mit dem Versprechen, ihn wieder für die Brauerarbeit in Mattighofen zu empfehlen. So hatte er zuerst ausreichend zu tun, das Brauhaus vom Malz zu befreien. Dann durfte er nach Mattighofen zurück, und Edelweckh konnte selbst dafür sorgen, dass im Hacken ausreichend über den angeblichen Unfall gelacht wurde. ⌣

5.

NACH GELUNGENER FLUCHT, und als sie sicher waren, nicht verfolgt zu werden, ließen sie sich Zeit, schließlich dauerte der –
für Braunbier – braufreie Sommer noch eine Weile. Gemächlich zogen sie durchs Land, über Wiesen und Felder. Sie rissen
sich das Wams auf und atmeten aus vollen Lungen die köstlich
kühle Luft, die nach Freiheit schmeckte und einmal nicht nach
Krieg und Blut. Es gab ausreichend zu essen und die Zeit wurde
ihnen unterwegs nicht lang. Ohne eine sichtbare Grenze passiert zu haben, befanden sie sich auf einmal wieder im Habsburgerland, in Böhmen, und hatten Bayern hinter sich gelassen. Der Krieg, der mittlerweile wie ein außer Kontrolle gera-
tener Brummkreisel durch das Reich taumelte, mal hier, mal
dort wütete und zerstörte Landschaften hinterließ, aber dennoch langsam an Kraft zu verlieren schien, ging derzeit mit
diesem Teil des Reiches einigermaßen gnädig um. Hier, wo vor
beinahe dreißig Jahren die ganze unselige Schlachterei begonnen hatte, herrschte im Moment Ruhe. Eine Ruhe, von der niemand wirklich wusste, ob sie nicht doch trügerisch war. Sogar
die berühmten Hopfenfelder von Saaz, die jahrelang brach gelegen hatten, wurden bewirtschaftet und lieferten wieder das allseits begehrte grüne Gold. Auch die Brauereien erfreuten sich
reger Nachfrage, und so standen die Chancen nicht schlecht
für Johann und Ulrich, zu Ende des Sommers 1647 im Süden
von Böhmen Brauerarbeit zu finden. Tagelang wanderten sie
durch die prachtvollen Wälder der Region um die Stadt Steinisch, in denen sich finstere Nadelwälder mit freundlicheren
Buchen- und Eichenwäldern abwechselten. Stets waren sie auf
der Hut vor Wölfen und Räubern. Der Herbstwald erstrahlte
goldgelb wie Stroh und in einem Rot, das einer Feuersbrunst
glich. Getragen wurde das imposante Landschaftsgemälde von

mächtigen Baumstämmen, die im diffusen Licht des Waldes wie kupferne Säulen aus dem moosig duftenden Waldboden ragten. Sie schöpften Wasser aus einigen der zahlreichen Quellen, die überall aus den Granitfelsen sprudelten, welche immer wieder unter dem Moos hervor schauten. Nie hatten sie köstlicheres Wasser getrunken.

»Wenn das Wasser in der Stadt genauso gut ist, muss es ein Vergnügen sein, Bier damit zu brauen«, meinte Johann.

»Genau wie Schorsch es gesagt hat«, ergänzte Ulrich voller Selbstbewusstsein. »Bestes Wasser, bester Hopfen, beste Gerste! Da kommen wir gerade recht, um bestes Bier zu brauen.«

Sie betraten die Stadt von Norden kommend durch das Budweiser Tor. Das Stadttor war nach der nächstgelegenen, größeren Stadt benannt, in der ebenfalls fleißig Bier gebraut wurde. Die beiden hatten sich bis zur Steinbrauerei durchgefragt, waren jedoch immer wieder zum Schloss verwiesen worden. Dieses thronte inmitten der kleinen Stadt imposant auf einem riesigen Felsen. Über eine Brücke, unter der sich im Burggraben einige freilaufende Bären tummelten, die, wie Ulrich nicht recht wusste, vielleicht zur Mahnung, bloß zum Zeitvertreib oder etwa für den Vollzug verhängter Todesstrafen gehalten wurden, gelangten sie in den großen Schlosshof. Dort wurden sie durch mehrere Innenhöfe geschickt – in einem davon befand sich ein großer Hundezwinger mit bedrohlich anmutenden, geifernden Tieren. Schließlich standen sie in einer pompösen, barocken Halle und wurden nach längerer Wartezeit, die sie selbstverständlich stehend verbringen mussten und ihnen wie Tage vorkam, zu einer Dame vorgelassen, die in einem vornehmen Kleid hinter dem beeindruckendsten Schreibtisch saß, den die beiden Jungen jemals gesehen hatten.

Ein kleiner, dicker Mann in einer Uniformjacke ohne dazu passende Hosen, der sie durch die große Halle hinführte, war anscheinend eine Art Feldwebel in der Steinischen Residenz – zumindest führte er sich dementsprechend auf. Er blaffte sie mehr an als dass er sie ansprach: »Erweist der edlen Gräfin Theodora Hyazintha von Silberstein Eure Referenz, Ihr Bauernburschen!«

Eingeschüchtert, ohne die Beleidigung zu entgegnen – schließlich waren sie beide Bürgersöhne und keine Bauernburschen –, standen Ulrich und Johann vor dem massiven Tisch, die Hüte in der Hand, die Köpfe leicht gesenkt und blickten fasziniert die Frau von Ende Vierzig an. Beide fühlten sich sogleich an Ulrichs Schwester Lisbeth erinnert, obschon ein enormer Altersunterschied die beiden Frauen trennte. Totenbleich, beinahe wächsern war ihr Gesicht, das jedoch nicht hager oder ausgezehrt wirkte. Sie besaß wache und sehr energische Augen. Wie um diesen verstörenden Effekt zu verstärken, trug sie eine weißlich-hellblonde Perücke, unter der ein dunkelbrauner Haaransatz durchschimmerte.

Was für eine wunderschöne Frau, war Ulrichs nächster Gedanke.

Gräfin Theodora öffnete den Mund und fragte mit sanfter, beinahe nur gehauchter Stimme: »Was führt Euch beide in mein Schloss? Sucht Ihr Arbeit?«

Johann nickte und ergriff das Wort, nachdem der Faktor ihm mit einer Geste die Erlaubnis dazu erteilt hatte: »Wir sind zwei Brauergesellen auf Wanderschaft und haben gehört, dass es hier in Steinisch Arbeit für uns gäbe.« Er reichte ihr Edelweckhs Referenzbrief.

»Da könntet Ihr recht haben.« Sie las den Brief und reichte ihn weiter an Dettenwanger.

Der lachte auf. »So, so, beim Winzer Brauhaus wart Ihr. Habt für den Herzog Maximilian gearbeitet.«

Die Gräfin wies ihn mit einer herrischen Geste an, zu schweigen. »Wisst Ihr, wer ich bin?« Die beiden schüttelten betreten

die Köpfe. »Ihr wisst nicht, was die Leute über mich reden?«
Wieder Kopfschütteln. Das, was sie unterwegs gehört hatten,
wollten sie keinesfalls zum Besten geben. »Das macht nichts«,
fuhr die Gräfin in jovialerem Ton fort. »Gute Brauer kann ich
immer brauchen. Ihr könnt gleich mit der Arbeit beginnen. Ich
zahle den üblichen Brauerlohn. Über alles Weitere wird Euch
mein Faktor Michel Dettenwanger«, ein kurzer Wink zu dem
kleinen Dicken, der neben dem Tisch stand, »einweisen. Ihr
wohnt im Brauhaus, dort gibt es eine Gesellenstube.« Ein weiterer Wink und sie waren entlassen und hatten Arbeit.

Ihre Dienstherrin, Gräfin Theodora von Silberstein – ihr Mäd-
chenname war Prinzessin von Hassenstein, diese rätselhafte
Frau war verheiratet gewesen mit Fürst Franz Friedrich von
Silberstein, einem vorindustriellen, steinreichen Magnaten.
Sie war für ihre Zeit ungewöhnlich tatkräftig, sowohl was das
öffentliche Leben in der Stadt anging als auch den Umbau
ihrer Residenz. Ihr verdankte Steinisch ein barockes Theater
mit aufwändigen Kulissen und Kostümen. Sie förderte Künste
und liebte Okkultes, überall im Schloss waren kleine Zettel
mit aufgemalten ›Zauberkreisen‹ versteckt – unter Kissen, in
Schubladen und in Bilderrahmen eingesteckt –, die die Gräfin vor übersinnlichen Mächten beschützen sollten. Aber auch
für die Wissenschaft, sogar für moderne Technik zeigte sie
Interesse.
   Auf der anderen Seite war sie beseelt vom Wunsch nach Kindern und umrankt von Gerüchten, weil sie erst mit zweiund-
vierzig Jahren den längst erwarteten Sohn gebar. Derart spät
Gebärenden wurde nachgesagt, das ginge nicht mit rechten Din-
gen zu.
   »Sie trinkt Wolfsmilch, um fruchtbar zu bleiben«, raunten
sich die Bauern zu. »Sie hält die Bestien in einem Zwinger, in

dem sie auch gemolken werden. Man kann sie dabei heulen hören.«

»Wie bei Romulus und Remus«, sagten die, die in der Geschichte Roms bewandert waren.

Theodora liebte die Jagd und veranstaltete regelmäßig riesige Treibjagden. Ihre Liebe zu den Wölfen ging dabei so weit, dass diese bei der Jagd als einzige verschont wurden. Da Wölfe aber als Gehilfen von Vampiren galten oder zumindest als Ausbünde Satans, gab es nicht wenige Untertanen, die sich vor ihrer Herrin fürchteten. Die ihr nachgesagte Schlaflosigkeit verstärkte die Bildung der Legende der untoten Fürstin.

Diese Gerüchte über die Vampirprinzessin waren Ulrich und Johann unterwegs mehrfach zu Ohren gekommen. Sie hatten sie jedoch nicht für bare Münze genommen. Die Leute redeten halt viel, vor allem wenn die Tage kurz waren und die Nächte lang und finster. Denn, allem Gerede zum Trotz, die meisten ihrer Untertanen verehrten sie, ungeachtet des Elends, in das der lange, böse Krieg sehr viele der Bauern gestürzt hatte.

Theodora war glamourös, gerecht und erfolgreich. Sie hatte ein glanzvolles Leben geführt, das sich in dem Moment dramatisch geändert hatte, als das Schicksal unbarmherzig zugeschlagen hatte: Während eines Jagdausflugs ihres Gatten mit dem Kaiser war ein Unfall geschehen. Der Fürst von Silberstein war erschossen worden. Versehentlich. Und zwar von niemand Geringerem als dem Kaiser persönlich. Die Gräfin war mit einem Male Witwe und Herrscherin über ein Wirtschaftsimperium, das aus Bergbau, Glashütten, Holzindustrie, Teichwirtschaft und anderen Bereichen bestand. Vor allem aber aus Brauereien. Und Theodora war nicht gewillt, die Leitung ihrer Firmen in fremde Hände zu geben. Ihr Sohn und Thronfolger wurde nach Wien in die Obhut des Kaisers übergeben. Sie selbst widmete sich der Arbeit.

Einige Jahre hatte sie erfolgreich ihr Imperium durch alle Wirren der Zeit manövriert. Es war sogar größer geworden. Neue Betriebe waren hinzugekommen, andere gewachsen. Gute Fachkräfte indes waren durch den langen Krieg eine begehrte Mangelware geworden. So war die Gräfin hocherfreut gewesen, als ihr eines schönen Augusttages gemeldet wurde, zwei Brauerburschen auf Wanderschaft ersuchten um Arbeit.

Von da an waren Johann und Ulrich für den Rest der Saison nicht mehr wegzudenken aus dem Brauhaus in der Vorburg. Sie arbeiteten, aßen und schliefen dort. Nachts hörten sie die Wölfe in den Wäldern der Umgebung von Böhmisch-Steinisch heulen und freuten sich, dass sie hier sicher, warm und trocken saßen. Der Faktor Dettenwanger ließ sich selten blicken. Schnell hatten die Brauer herausgefunden, dass der lieber den jungen Mägden nachstieg, als die Manufakturen zu inspizieren, zu denen auch die Brauereien gehörten. Aber vor einer Inspektion wäre ihnen auch nicht bange gewesen, denn das Putzen hatten sie bei ihren Vätern gelernt, und so blitzte und funkelte das Brauhaus immer, dass es eine wahre Freude war. Auch das Bier genügte höchsten Ansprüchen. Mit schöner Regelmäßigkeit kam die energische Gräfin und Brauereibesitzerin vorbei und sprach Lob oder Tadel aus. Das Lob überwog bei Weitem, je länger die beiden in Steinisch arbeiteten.

Johann und Ulrich mochten die Menschen in diesem Teil Böhmens, die so ganz anders waren als die Oberpfälzer. Leichter und lockerer nahmen sie die Härten des Lebens. Wenn auch nicht faul, so doch nicht ganz so fleißig wie die Regensburger, ließen sie sich eine Gelegenheit auf einen Schwatz oder eine kleine Pause nie entgehen. Ein schlitzohriger Humor nahm allem die Schärfe, solange man nicht über Politik oder Kirche debattierte und ein drittes Thema – die Befindlichkeit der Gräfin – am besten auch nicht anschnitt, das wie eine bereits angezündete Lunte nur darauf wartete, eine Explosion auszulösen.

Eifrig lernten sie die böhmische Art des Bierbrauens, die so ganz anders war als die, die ihnen ihre Väter in Bitburg beigebracht hatten: Nachdem das Malz auf hölzernen Horden getrocknet worden war – dazu wurde bestes Buchen- oder Birkenholz verbrannt –, wurde es geschrotet und in einen großen Holzbottich eingemaischt, in dem sich bereits heißes Wasser befand. Die Maische wurde kräftig gerührt, dann die Würze mit Stroh von den Trebern getrennt und in ein untergestelltes Fass abgezogen. Dieses Fass wurde in den Würzekessel ausgeleert – das einzige größere metallene Gefäß im Brauhaus, unter dem schon ein kräftiges Feuer brannte. Anschließend wurde ein Teil der Treber aus dem Maischbottich hinzugefügt, das Ganze im Kessel aufgekocht, zurück in den Maischbottich gegeben, wieder durch Stroh gefiltert und der Vorgang bis zu dreimal wiederholt. Dann wurde eine Weile gewartet, bis alles verzuckert war. Der ganze, mühsame Vorgang dauerte sechs Stunden.

»Nach dreimaligem Maischen könnt Ihr sicher sein, dass alles Gute, der Extrakt des Malzes, in der Bierwürze drin ist«, erklärte ihnen der Brauer Matthes, der bei ihrer Ankunft im Brauhaus gearbeitet hatte und kurz darauf ebenfalls auf Wanderschaft ging. Auch der Hopfen wurde anders gegeben. Matthes, der das Brauen auf böhmische Art von seinem Vorgänger gelernt hatte, nahm dazu eine kleine Menge Bierwürze und verkochte den Hopfen damit. Dann wurde dieser Absud mit der gesamten Würzmenge verrührt. Ulrich fühlte sich dabei an die Art erinnert, wie sein Vater den Extrakt aus Quassiaholz angesetzt hatte. Nach dem Kühlen auf dem Kühlschiff wurde die

Hefe dazugegeben und die Würze vergoren. Nach spätestens fünf Tagen war das Bier fertig zum Ausschank.

Matthes konnte nach einigen Wochen getrost davonziehen. »Bei Euch ist das Steinische Brauhaus in guten Händen«, salutierte er zum Abschied.

Bereits im November beratschlagten Ulrich und Johann, ob sie nicht vielleicht für immer in Südböhmen bleiben wollten. »Es ist ein herrliches Fleckchen Erde«, sagte Ulrich. »Freundliche Leute. Friedlich und die Wälder voller Tiere. Hier müssen wir weder hungern noch frieren.«

Johann stimmte zwar zu, dennoch wünschte er sich in seine Heimat Bitburg zurück. Und eine unbestimmte Sehnsucht befiel ihn.

Dann erkrankte die Gräfin. Urplötzlich und schwer. Ein großes Rätsel, denn kein Arzt konnte Abhilfe schaffen. Sie litt an starken Schmerzen und Angstzuständen, war voll innerer Unruhe, wurde zunehmend schwächer und blutarm, und nicht nur aufgrund der verordneten Aderlässe. Nachdem die Ärzte keine Heilmethode fanden, setzte Theodora ihre Hoffnung auf die berühmtesten Alchimisten und Okkultisten, die, gefragt oder ungefragt, ihren Rat anboten. Sie versuchte, sich mit Tabak zu kurieren. Eine spiritistische Sitzung folgte der nächsten. Allesamt fruchtlose Versuche, die bösen Kräfte fortzujagen, die in ihr wohnten. Am häufigsten verlangte sie nach Dr. Paul von Hintroff, dem Leibarzt des Kaisers und Leiter zahlreicher Untersuchungskommissionen für Vampir-Erscheinungen. Nicht nur sie, auch die meisten Ärzte glaubten fest an die Ansteckungsgefahr durch Vampire. Und ausgezehrt, blutleer und verwirrt, wie die Gräfin war, schien sie ein Präzedenzfall zu sein. Die Gerüchte über die Vampirprinzessin wurden bösartiger. Das Volk begann, sich zu fürchten. Theodora bestellte zahlreiche wundersame Medikamente, wie Krebsaugen, Walrat und sogar geriebenes Einhorn. Die Sage von der schlaflosen Fürstin, die nur in der Nacht lebt, verließ Steinisch und ging auf die Reise durch Böhmen und darüber hinaus.

Schließlich fühlte Theodora sich dem Tod so nah, dass sie nach Wien reiste. Kurz nach der Ankunft in ihrer Wiener Residenz Anfang Mai 1648 verstarb sie. Was nun geschah, war so ungewöhnlich und bei einer adligen Person noch nie dagewesen, weshalb es ausführlich dokumentiert wurde. Bereits neun Stunden nach Theodoras Tod wurde sie obduziert. Die besten Ärzte des Reichs öffneten ihren Leib und verfassten einen ausführlichen Bericht über den Zustand der Toten. Das Herz wurde entfernt und im Darm ein Tumor von der Größe eines Kindskopfes gefunden. Dennoch wurde keine Todesursache erwähnt. Die ungewöhnliche Obduktion kostete dreitausend Gulden, was ein gutes ärztliches Jahressalär darstellte. Nur zwei Gründe hätten ein solch exorbitantes Honorar gerechtfertigt: zum einen könnte die Summen als Schweigegeld gedient haben, zum anderen könnte es eine Extraprämie darstellen, da der großen Gefahr, sich von einem Vampir anstecken zu lassen, getrotzt wurde.

Unmittelbar nach dieser Untersuchung wurde ihr Leichnam zurück nach Böhmisch-Steinisch gebracht und dort, ohne große Umstände, in der St. Peters-Kirche beigesetzt. Zu allem Überfluss geschah dies mitten in der Nacht. Ihre Ruhestätte wurde nur mit einem einfachen Grabstein versehen: ein Totenkopf mit dem Sterbedatum, kein Name, kein Titel, kein Wappen. Das wiederum führte dazu, dass das Gemurmel im Volk erneut losbrach. Die Gerüchteküche brodelte.

»Wo bleibt der Pomp, wenn eine Gräfin, eine Prinzessin gar, gestorben ist?«

»Warum ist kein hoher Klerus dabei?«

»Und auch kein Adel?«

»Sogar der Sohn ist in Wien geblieben!«

»Warum wurde der Leichnam unter einer Marmorplatte eingemauert? Hat jemand Angst, dass sie wiederkommt?«

Die Trauer über den Tod der Herrin verdeckte in den kommenden Wochen sogar die Freude über den Westfälischen Frieden. Beide Ereignisse zusammen waren es, die Johann bewogen, nach langen Jahren wieder den Weg nach Hause einzuschlagen. »Ich verstehe, wenn du hier bleiben möchtest«, sagte er schweren Herzens zu Ulrich. »Auch wenn niemand weiß, wer der neue Herr sein wird. Ich aber möchte zurück nach Bitburg. Mein Vater ist nicht mehr der Jüngste, und ich soll das Brauhaus eines Tages von ihm übernehmen. So er noch lebt und gesund ist.«

Der Abschied von Ulrich war lang, schwer und von vielen Krügen des letzten guten böhmischen Bieres begleitet, die der tiefe, kalte Keller von Steinisch noch hergab. Dann machte sich Johann Ende Juni auf den langen Weg zurück nach Bitburg.

Ulrich blieb allein zurück. ▰

6.

Fünf Monate später.

Unheilverkündende, tief stehende, schwarze Regenwolken bedeckten den Himmel und reichten fast bis zur Erde hinunter. Windstille wechselte mit heftigen Böen, die das späte Herbstlaub vor sich hertrieben. Für einen frühen Nachmittag war es viel zu dunkel, beinahe schon dämmrig. An den stumpfen, schwarzen Mauern hingen erste Fetzen des nächtlichen Nebels.

Ulrich Knoll, nach der Heimkehr Johann Flügels alleiniger Biersieder und Herr über vier einfache Hilfsknechte im Sudhaus der Böhmisch-Silberstein'schen Brauerei zu Steinisch, zündete ein paar Kerzen an, um seinen Arbeitsplatz besser auszuleuchten. Währenddessen grummelte er vor sich hin: »Ein Wetter da draußen, da möchte man meinen, die Welt gehe unter. Und der Herr wird wieder schimpfen, wenn so viele Kerzen verbraucht sind. Aber er wird auch schimpfen, wenn das Bier nicht recht wird.« Er schlurfte vom Sudhaus zum Hopfenlager, um dort den Hopfen für die nächste Gabe zu bemessen. »Aber wenn schon ausgeschimpft, dann wenigstens mit gutem Bier«, ergänzte er schlüssig.

Zurück im Sudhaus, blickte er aus dem Fenster des burgähnlichen Gebäudes. Die Steinbrauerei, früher einmal im Besitz der Eggenberger, war im 16. Jahrhundert in die Vorburg in der Altstadt zu Füßen des Schlosses, die allgemein ›Latran‹ genannt wurde, umgezogen, weil der ursprüngliche Platz nicht mehr ausgereicht hatte. Dann war sie mit deren Aussterben in den Besitz des Hauses Silberstein gelangt. Mittlerweile hatte man sich von den katastrophalen Einbrüchen des großes Krieges erholt, der vor allem auf dem Mangel an Getreide beruht hatte, und braute im Jahr wieder rund achttausend Hektoliter Bier. Es gab ein dunkles Gerstenbier – vom Brauer selbst hoch geschätzt –, ein helles Weizenbier, dazu ein Dünnbier für die einfachen Leute sowie zu Beginn der Brausaison ein noch dünneres Bier für die Erntearbeiter.

Draußen sah Ulrich Licht einer Fackel aus der Richtung des Budweiser Tores. »Wer treibt sich bei diesem Unwetter dort herum?«, murmelte er verdrießlich.

Froh darüber, an solch einem Tag einen warmen Arbeitsplatz zu haben, ging er sogar näher ans Feuer, um nachzusehen, ob die Hitze zum Kochen der Bierwürze noch ausreichte. Sobald die Würze kochte, wollte er wieder einmal den Brief durchlesen. Den, der ihn vor einigen Tagen erreicht hatte. Völlig überraschend, der erste Brief seines Lebens. Er war aus Bitburg gekommen, von der Schwester seines besten Freundes. Lang und ausführlich hatte sie ihm darin geschildert, wie Johann glücklich wieder nach Hause gekommen war und von ihren großen Reisen und Abenteuern erzählt hatte. Aber auch, wie es ihnen nach der Abreise der beiden Brauer in Bitburg ergangen war. Das Schicksal seiner Stiefmutter und die Demütigung seines Vaters verschwieg sie ebenfalls nicht. Beides trieb ihm beim Lesen Tränen in die Augen. Diese verdammten Hunde, der Jesuitenteufel, von der Horst, von Esch! In der Hölle sollten sie braten.

Aber zwischen den Zeilen hatte er auch etwas anderes zu lesen geglaubt. Zuneigung, ja sogar Liebe zu ihm, vermeinte er in Sophias Brief zu erkennen. Sollte er darauf eingehen? Natürlich, er mochte sie, waren sie doch Freunde von klein auf gewesen. Sie war ein hübsches, junges Ding von dreizehn Jahren gewesen, als sie von Bitburg aus auf Wanderschaft ausgezogen waren. Wie sie nun wohl aussah? Sicher war sie schon eine schöne junge Dame. Er dachte daran, bei nächstbester Gelegenheit zurückzuschreiben. Den Brief trug er stolz wie einen Schatz in seiner Brusttasche, an seinem Herzen.

Die Fackeln kamen näher. Ulrich wurde mulmig zumute. Die langsame Art und Weise, wie die Fackeln, Ulrich zählte mittlerweile über zwanzig, die Gasse hinabwanderten, hatte etwas Bedrohliches an sich. Sicher war es nur das Wetter, das alles dramatisch erscheinen ließ, redete er sich ein. Vielleicht aber auch nicht. Spürten die Wachen draußen die gleiche Unsicherheit? Falls ja, so ließen sie es sich zumindest nicht anmerken. Mit stoischer Ruhe verharrten sie auf dem Wachgang und schauten hinaus in die Dunkelheit.

Je näher der Zug kam, desto mehr Einzelheiten konnte Ulrich erkennen. Es waren einfache Bauern, keine Frage. Aber sie waren bewaffnet. Neben ihren Fackeln trugen sie Spieße, Äxte und hölzerne Gabeln, einige sogar langläufige Flinten. Was ging hier vor? Laut pochte es am Hoftor. Nicht höflich oder zögernd, sondern fordernd. Das Klopfen wurde immer lauter, die Bauern begehrten sofortigen Einlass. Was tun? Der Herr, Theodoras Sohn, war nicht im Schloss, sondern weilte in Wien. War das vielleicht sogar der Grund, warum die Bauern hierher gekommen waren und nicht zum Schloss? Ulrich trat aus dem Sudhaus hinaus, auf den Arkadengang, der in den Hof mündete, sah und lauschte gespannt dem Streit der Wachen mit den Bauern. Nun erfuhr er endgültig, warum die Steinischen Bauern Einlass forderten und wo bei ihnen, neben Kirche und Politik, der Spaß aufhörte.

»Was ist mit unserer verstorbenen Herrin?«, kamen sogleich die Rufe, nachdem das Tor geöffnet worden war. Die einfachen, zerlumpten Menschen drängten lautstark und gewaltsam in den Hof; die vier Wachen hatten sichtlich Mühe, Einhalt zu gebieten.

Schließlich wurde der Faktor Dettenwanger gerufen. Der kam, war offensichtlich schon nicht mehr ganz nüchtern – wie so oft seit dem Tod seiner Herrin, und stellte sich in Positur. »Warum fragt ihr nach eurer Herrin, der Gräfin Theodora?«, bellte er.

Einer der Bauern aus der vorderen Reihe, bewaffnet mit einer hölzernen Mistgabel, trat hervor: »Wir wollen die Wahrheit wissen. Zu viele von uns, auch einige Kinder, sind in letzter Zeit im Wald verschwunden. Ist unsere Gräfin ein Vampir?«

Auch Ulrich hatte von den zahlreichen vermissten Menschen in letzter Zeit gehört, jedoch immer geglaubt, dass diese gewissenlosen Räuberbanden zum Opfer gefallen seien. Die Bauern sahen dies anscheinend anders.

»Ja, wenn es ein Geheimnis gibt, dann wollen wir es auch wissen«, rief ein Zweiter.

»Ihr dummen Bauernlümmel, ihr taugt zum Bewahren eines Geheimnisses so gut wie ein löchriges Sieb zum Wassertragen«, lautete die weniger diplomatische, dafür überhebliche Antwort des betrunkenen Faktors. »Glaubst du ernsthaft …«

Bevor er fortfahren konnte, wurde er bereits beiseite geschoben. Er machte eine klägliche Gebärde, die von allen ignoriert wurde. Der Mob stürmte in den Burghof. Dettenwanger stolperte hinterdrein, während Ulrich das Schauspiel vom Arkadengang aus unbemerkt beobachtete.

»Was genau gedenkt ihr denn zu erfahren?«, versuchte der Faktor wieder Herr des Geschehens zu werden. Er hatte mittlerweile trotz seiner benebelten Sinne gemerkt, dass er mit Arroganz hier nicht weiterkam. Er überlegte kurz und sagte: »Kommt mit, ich werde euch etwas zeigen.«

Die Bauern hörten wieder auf ihn. Der Trupp, Michel Dettenwanger vorneweg, verließ die Vorburg und machte sich auf den Weg zum Fluss. Ulrich schloss sich unauffällig an, seine Neugierde hatte über seine Furcht gesiegt.

»Folgt mir nur, dann werde ich euch alles zeigen, was ihr wissen wollt«, versuchte Dettenwanger leutselig unterwegs immer wieder, für Ruhe unter den Bauern zu sorgen. Sie kamen zum Ufer der Moldau und gingen über die Baderbrücke hinüber. Dort, auf einer Landzunge am Rand der Neustadt, die die scharfe Schleife des Flusses mittlerweile komplett gefüllt hatte, stand die gotische Kirche zum Heiligen Peter. Ulrich kannte sie gut, befand sich dort schließlich, in einem Seitenflügel, neben den andern Zunftaltären auch der Altar der Bierbrauer. Auch das ungewöhnliche Netzgewölbe des Hauptschiffs, ein starker Kontrast zum klassischen, einfachen Kreuzgewölbe, mit dem die meisten Kirchen, aber auch die Brauerei in Winzer, und hier die Seitenschiffe, errichtet worden waren, hatte ihn beeindruckt. Ebenso die Fenster an der Stirnwand, die aus spektakulären Motiven in Flammen- und Flamboyantformen bestanden. Regelmäßig kam er zum Beten hierher, das waren nahezu die einzigen Gelegenheiten, zu denen er das Brauhaus verließ.

Dettenwanger winkte die Meute mit heftigen Gesten in die Kirche. »Bedenkt, dass ihr in einem Haus Gottes seid«, sparte er dennoch nicht mit Ermahnungen. Das Rudel hinter ihm grummelte. Er führte sie unter dem Netzgewölbe des Hauptschiffs hindurch zu einer Nische links in einer Seitenkapelle, die dem Heiligen Nepomuk geweiht war, und zeigte auf eine Marmorplatte im Boden: »Dort, liebe Leute, liegt unsere Herrin begraben.«

Ein schmuckloser Stein mit einem Datum darauf war alles, was zu sehen war.

Das Gemurmel wurde wieder lauter. »Warum sollen wir das glauben?«

»Wenn die Gräfin ein Vampir ist, dann wird sie nicht verwest sein.«

»Öffnet das Grab!«

Zum Entsetzen des Faktors kamen drei Bauern mit schweren Eisenstangen, die sie scheinbar zu diesem Zweck mitgebracht hatten, setzten am Rand der Platte an und hebelten sie ohne größere Anstrengung aus ihrer Verankerung. Ein Raunen ging durch die Menge.

Dettenwanger versuchte vergeblich, einen letzten Rest von Autorität zu wahren. »Ihr stört die Totenruhe!«, schrie er entsetzt. »Dafür werdet ihr in der Hölle schmoren.« Er wurde einfach beiseite geschoben.

Ein Priester, der bislang still dabeigestanden hatte, meldete sich zu Wort: »Es ist keine Grabschändung, wenn es sich um einen Vampir handelt. Nach der ›Magia Posthuma‹, der Vorschrift für die Bestattung der Untoten, müssen wir den Sarg in diesem Fall umbetten.«

Der Sarg wurde geöffnet. Ulrich hörte, wie die Menschen tief Luft holten und den Atem anhielten. Langsam schob er sich durch den Pulk nach vorn, um einen Blick auf die Leiche zu erhaschen. Auch er war etwas erschrocken, als er Theodoras weißes, wächsernes Gesicht sah mit den nur leicht rosafarbenen, blutleeren Lippen. Sie sah so friedlich und teilnahmslos aus, als schliefe sie lediglich.

»Sie ist nicht verwest. Sie ist ein Vampir!«, überschlugen sich die erregten Rufe.

Dettenwangers mit schriller Stimme vorgetragener Einwand, dass der Bleisarg am guten Zustand der Leiche schuld sei, wurde überhört.

»Sie war es, die nachts aus dem Grab aufgestanden ist und das Blut der Lebenden gesaugt hat!«

Plötzlich Lärm an der Tür. Pferdewiehern. Ein Reiter auf einem großen Rappen ritt durch den Eingang des Mittelschiffs, hielt nach links und dann durch das Kirchenschiff. Das Geklapper der Hufe auf dem Steinboden wurde durch die plötzlich eingetretene Stille und den Hall im Kirchenbau um ein Vielfaches verstärkt. Fast hörte es sich an, als galoppiere eine ganze Herde mongolischer Reiter durch die Kathedrale.

Wiederum bog der mysteriöse Reiter links ab. Er hielt vor dem offenen Grab. Der Rappe wieherte, tänzelt und stieg dann nach oben. Mühsam beruhigte der Reiter ihn. Er stieg ein zweites Mal. Und ein drittes Mal.

»Das ist der endgültige Beweis.« Fast frohlockend stieß der Führer der Bauernmeute es aus. »Wenn ein Rappe dreimal scheut vor einem Grab, dann liegt dort ein Vampir.«

Jetzt gab es kein Halten mehr. Kräftige Männerhände packten den schweren Sarg und trugen ihn aus der Kirche auf den kleinen Friedhof daneben. In weiser Voraussicht hatten andere Männer schon ein Grab ausgehoben. Ulrich traute seinen Augen kaum, als er sah, wie einer der Männer einen angespitzten Holzpflock nahm, ihn der toten Theodora Hyazintha von Silberstein auf die Brust setzte – Dettenwanger schrie auf vor Entsetzen – und mit dem kräftigen Schlag eines großes Holzhammers den Pflock durch ihre Brust trieb. Da, wo ihr Herz gewesen war, wäre es nicht bei der Obduktion entnommen worden, was aber keinem der Bauern auffiel.

»Jetzt hat die Seele Ruhe!«

Der Anführer der Vampirjäger nahm Eleonoras weiße Hände und fesselte sie mit einem Rosenkranz. Der Priester versprengte Weihwasser über die Leiche. Um ganz sicherzugehen, wurden Arme und Beine zusätzlich mit Steinen beschwert. Dann wurde der Sarg nicht in Ost-West-Richtung, sondern andersherum, in den Boden eingelassen. Und Erde darauf gehäuft.

»Nun müssen wir uns nicht mehr vor dem Schmatzen der Toten fürchten.«

Ruhe kehrte ein in der Menge, die sich bald darauf verstreute. Der Wind flaute ab, durch den mittlerweile aufgezogenen Nebel schimmerte ein feuchtes, trübes Mondlicht. Es war inzwischen kurz vor Mitternacht. Ulrich kehrte zurück in die Vorburg, fand aber keinen Schlaf. Er war beileibe kein Hasenfuß, aber eine unbändige Furcht hielt sein Gemüt umklammert.

Furcht vor Vampiren.

Furcht vor den Menschen, die Angst vor Vampiren hatten.

Furcht vor dem, was hier noch alles geschehen könnte in Böhmisch-Steinisch.

In den Briefen, die er in den nächsten Wochen an Sophia, aber auch an seinen Vater schrieb, konnte er seine Ängste ein wenig abladen. Dennoch, am Ende der Brausaison, im April 1649, bat er seinen neuen Herrn, den Sohn Theodoras, Johann Nepomuk Thaddäus Fürst zu Silberstein, um seine Entlassung aus dessen Diensten.

Er wollte den Teil des Reiches sehen, aus dem sein Vater einst im Krieg geflüchtet war. ▓

7.

ZWEI GANZE MONATE nahm Ulrich sich Zeit für die rund fünfhundert Kilometer von Böhmen nach Magdeburg. Den ganzen
Weg über freute er sich, obwohl er nicht genau wusste, was ihn
dort erwarten würde. Seit der Zerstörung hatte er nichts mehr
von seiner Heimatstadt gehört, und die lag mittlerweile achtzehn Jahre zurück. Sicher war alles wieder aufgebaut, repariert
und erneut besiedelt worden. Schließlich war Magdeburg eine
bedeutende Stadt gewesen. Vielleicht gab es sogar wieder ein
Brauhaus, vielleicht sogar in ihrem ehemaligen Haus? Er selbst
hatte keinerlei Erinnerung mehr an das Brauhaus in der Krockentorgasse, nur mehr ein diffuses Gefühl des Elends stellte
sich ein, wenn er an die Jahre ihrer Flucht dachte. In Bitburg
hatte ihr Vater Magdeburg so gut wie nie angesprochen, aber
wenn er seine Heimatstadt doch einmal erwähnte, leuchteten
seine großen, gütigen Augen.

An den zunehmenden Schwierigkeiten, sich etwas zu essen
zu beschaffen, merkte er, dass er sich aus dem wohlhabenderen
Böhmen entfernt hatte und sich wieder in einer Region befand,
die weit mehr unter den Folgen des Krieges zu leiden hatte.
Dennoch, er war genügsam, hatte seine Spargroschen gut versteckt dabei und musste keinen Hunger leiden, notfalls stibitzte
er bisweilen ein Huhn oder ein Karnickel. Er schloss sich, wann
immer möglich, anderen Reisenden an und erreichte so Thürin-
gen. Im kleinen Ort Lichtenhain, in der Nähe von Jena, trank er
zum ersten Mal, seit er Steinisch verlassen hatte, wieder ein Bier,
das diesen Namen auch verdiente. Die kleine Brauerei gehörte
aber leider der Kirche, hatte einen guten, erfahrenen Braumeister und deshalb gab es hier keine Arbeit für ihn.

Lichtenhain war jedoch anderweitig weithin berühmt: Es gab
eine eigene Zunft, die ›Kännchenmacher, die, zumindest nach

Ulrichs Meinung, die schönsten Bierkrüge herstellten, die er je gesehen hatte. Und das aus Holz. Er ließ sich, während er sich drei Tage in Lichtenhain ausruhte, einen wundervollen, zwei Köpfln fassenden Krug aus Zwetschgenbaum- und Ahornholz mit seinem eingravierten Namen und seiner Berufsbezeichnung anfertigen. Stolz ließ er sich ab da in jeder Schenke, die er betrat, seinen eigenen Krug füllen.

Als er in Zerbst eintraf, wusste er, dass es nur noch etwa vierzig Kilometer bis Magdeburg waren. Die Lektionen seines Vaters über die berühmten Biere, darunter auch das Zerbster, hatte er nicht vergessen, und so war er gespannt, ob er unter Umständen bereits hier Arbeit finden könnte. Die Enttäuschung war indes groß. Es gab nicht nur kein Bitterbier, nein, die ganze Bierbrauerei in der alten Braustadt lag brach. Und wie sehr die Stadt unter dem langen Krieg gelitten hatte, konnte man nach wie vor überall erkennen. Im Jahr 1626 hatte Ernst von Mansfeld mit seinen Truppen die bereits durch eine Pestwelle dezimierte Stadt erstürmt, im gleichen Jahr jedoch war er von Wallenstein wieder zum Tor hinausgeprügelt worden. Zwei weitere Pestepidemien während des Krieges hatten dann noch über zweitausendfünfhundert Todesopfer gefordert.

In der beinahe menschenleeren Stadt begegnete man seinen Fragen nach Bier oder einem Brauhaus mit Hohn. »Es gibt keine Gerste und keinen Hopfen, also brauchen wir auch keine Brauerei mehr«, sagten die Zerbster.

Traurig verließ er die einstige Hochburg eines berühmten Bieres.

Je näher er Magdeburg kam, desto mehr erwartete er Zeichen der Betriebsamkeit einer großen Stadt. Diese blieben jedoch aus. Brachliegende und verwilderte Felder zogen sich bis kurz vor die Stadt. Einige kleinere bäuerliche Karren rumpelten über die schlecht gepflegten Pflasterstraßen zu den Stadttoren hinein und hinaus. Ein gelangweilter, schlaftrunken aussehender Soldat stand am Stadttor. Er winkte Ulrich durch, ohne Fragen zu stellen.

Die hingegen stellte Ulrich: »Wieso darf hier jeder hinein? Ist Magdeburg jetzt eine offene Stadt? Gibt es keine Zölle mehr?«

Der Soldat nahm seine Pfeife aus dem Mund – in einer regulären Armee wäre Rauchen im Dienst eine strafbare Insubordination gewesen – und sagte: »Wer in die Stadt möchte, soll hineingehen. Wer hinauswill, soll hinausgehen. Ist halt eine Trümmerstadt. Da gibt es nichts zu holen. Und wer was bringt, ist willkommen. Ich bin nur hier, weil es Sold dafür gibt.«

Ulrich ließ den Wachposten hinter sich und ging durch das Südertor in die ehemalige Burg der Mägde. Von außen hatte er kaum Spuren des Krieges erkannt. Die Stadtmauer war notdürftig geflickt worden, wohl auch aus der Notwendigkeit heraus, damit keine verwilderten Hunde in die Stadt hineingelangten. Die Hunde waren mit dem Ende des Krieges, der damit einhergehenden besseren Versorgungslage der Menschen und der wegfallenden Notwendigkeit, alle Tiere zu essen, zu einer regelrechten Landplage und Gefahr geworden. Kinder und Säuglinge waren nicht mehr sicher vor den hungrigen Bestien, die keinerlei Furcht dem Menschen gegenüber zeigten. Ulrich konnte eigentlich von Glück reden, dass er bis hierher völlig ungeschoren durchgekommen war. Und dass er eine Pistole besaß, um sich im Notfall zu wehren. Was er dann in der ersten Schenke erfuhr, in der er sich niederließ, war jedoch äußerst niederschmetternd.

Das stolze Magdeburg, das einstmals fünfunddreißigtausend Einwohner hatte, wurde derzeit nur noch von etwa fünfhundert Menschen bewohnt. Die Stadt war mittlerweile dem Kurfürstentum Brandenburg zugesprochen, aber auch das hatte keinen Zustrom neuer Bürger bewirkt. Und Otto von Gericke, ehemaliger Kunde des Knoll'schen Brauhauses, stellte seit 1646 einen der vier Bürgermeister dar.

»Warum müssen fünfhundert Bürger vier Bürgermeister haben?«, fragte sich Ulrich und verließ das Gasthaus.

Wie von den Fäden eines unsichtbaren, übergroßen Puppenspielers gezogen, ohne eigenen Antrieb und ohne Ziel, lief er durch die Stadt, maßlos traurig und berührt von dem, was er sah. Vier von fünf Häusern waren verwaist, verwahrlost und standen leer. Viele Trümmer säumten die Straßen. Die meisten Schäden der Magdeburger Hochzeit waren immer noch nicht beseitigt worden. An beinahe jeder Straßenecke standen verkrüppelte Invaliden und bettelten. Einige wenige unter ihnen hatten eine Drehleier oder etwas ähnliches, mit dem sie einige Kupfermünzen in den aufgehaltenen Hut hineinspielen konnten. Die meisten jedoch hatten nicht einmal dies. Ihnen fehlten Gliedmaßen, wodurch sie Johanns Mitleid erregen wollten. Mitleid, das sich bei der übrigen geschundenen Bevölkerung in engen Grenzen hielt.

Mittlerweile dämmerte auch ihm, einem Kind des Krieges, einem Menschen, der niemals etwas anderes gekannt hatte als den Krieg, welches Leid dem Land in dieser entsetzlichen Katastrophe wirklich widerfahren war. Die eine Hälfte der Bevölkerung war erschlagen worden, verhungert oder an der Pest und anderen Seuchen krepiert. Wer überlebt hatte, war bitterarm. Den Bauern mangelte es an Vieh und Saatgut, und sie waren teilweise so verzweifelt, dass sie ihr Land und sich selbst an den Landadel verhökerten und in eine noch fatalere Abhängigkeit gerieten. Die Städter waren ohne Geld und die Städte wurden erdrückt von hohen Abgaben an die schnell wechselnden Eroberer und Besitzer. Die Händler und Handwerker arbeiteten ohne Kundschaft. Einzig die Beamten erhielten Lohn. Wie sollte sich das Land so von der Katastrophe erholen?

Zu dem moralischen und sittlichen Verfall, den Ulrich und

Johann während ihrer Wanderschaft so sattsam erfahren hatten, drohte nun auch der komplette wirtschaftliche und kulturelle Kollaps. Die Verluste an Kulturgut waren ebenso ungeheuerlich wie der ganze Krieg. Was nicht zerstört worden war, hatte als Kriegsbeute den Weg ins Ausland gefunden.

Schließlich verharrte er erschüttert vor dem Haus in der Krockentorgasse, das genau zwischen dem Stadttor und der Kirche St. Jakob stand. Auf dem verblassten Schild mit Rußspuren stand ›Knoll'sches Brauhaus‹. Blinde, glaslose Fenster, eingetretene Türen, zerschlagenes Mobiliar im Inneren. Entgegen der Vermutung seines Vaters war das Haus damals, bei der Zerstörung der Stadt, nicht komplett abgebrannt. Er ging hinein. Sah sich um. Keine noch so kleine Erinnerung regte sich. Innen war es dreckig, und eine dicke Staubschicht bedeckte alles. Ein zerbrochener Krug lag auf dem Boden. Sein Inhalt, offensichtlich Bier, hatte einen dunklen, eingetrockneten Fleck auf den Steinplatten hinterlassen, der sich sogar jetzt, so viele Jahre später, noch konturenhaft abzeichnete. Das Feuer hatte zum Glück nicht in allen Räumen des Hauses gewütet. Dann erblickte er die verdreckten Bilder an der Wand. Würdige, ernst dreinblickende Männer mit wallenden Bärten: seine Vorfahren. Die Brauer der Knoll-Dynastie. Er nahm die Bilder von der Wand, zückte sein scharfes Messer, schnitt die Leinwände aus den Rahmen und wickelte die Bilder ineinander. Er fand einen alten Lederlappen, groß genug, um als Hülle für die Bilder zu dienen. Jetzt hatte er einen Teil seiner Erinnerungen wieder, und trug sie von nun an immer bei sich. Er fand den alten Gang zum Eiskeller. Verschlossen, unbeschädigt und unentdeckt. Er verließ die Stadt seiner Vorfahren auf dem gleichen Weg wie viele Jahre zuvor mit seinem Vater. Nur dass die Stadt diesmal nicht brannte. ◾

8.

WO SOLLTE ER ARBEIT FINDEN in diesem zerstörten, am Boden liegenden Teil des Landes? Er wollte sein Glück in einer der legendären Bierstädte, die alle im Umkreis weniger Tagereisen von Magdeburg lagen, versuchen. Oder sollten alle so zerstört sein wie Zerbst und Magdeburg, mit einem derart desolaten Brauerhandwerk? Drei bis vier Tagesmärsche nordwestlich von Magdeburg lag Königslutter, die Heimat des Ducksteins. Dieses leicht säuerliche Weizenbier hatte erstaunlicherweise mitten im Krieg seine Berühmtheit erlangt. Vermutlich hatten auch Söldner daran Geschmack gefunden, die ansonsten lieber Wein soffen. So war es, trotz der zerstörten Landschaften darum, bis in die Niederlande und an den preußischen Fürstenhof exportiert worden. Die kleine Stadt lag nicht allzu weit vor den Toren Braunschweigs, wo er auch noch hinwandern könnte, sollte seine Suche in Königslutter ohne Erfolg bleiben.

Die Fachwerkhäuser duckten sich geradezu im Schatten des mächtigen Doms, den Kaiser Lothar im 12. Jahrhundert mitten in Königslutter erbaut hatte, und der den gesamten Ort überragte. Brauhäuser gab es einige, deshalb versuchte Ulrich gleich beim erstbesten sein Glück und erkundigte sich nach dem Braumeister.

Ein bulliger Kerl mit einer dicken, roten Knollennase und Händen wie Schraubstöcke kam herbei und stellte sich vor als Peter Schäfer. »Ich bin hier der Braumeister.« Er hörte sich Ulrichs Anliegen an, dann bat er ihn, sich zu setzen. »Ich braue zwar Bier, aber leider gibt es nicht genug zu tun für einen zweiten Brauer.« Bedauernd schüttelte er den Kopf. »Die Zeiten sind fürchterlich für unseren Stand. Alle Tage kommt ein Brauer vorbei, der Arbeit sucht. Ich würde am liebsten allen zu tun geben, aber was kann ich machen? Und Knechtarbeit wirst du nicht verrichten wollen, oder? Außerdem habe ich schon zwei.«

»Ich möchte ja nur mehr lernen«, kam bescheiden der Einwand von Ulrich. »Und das auch ohne Lohn, bis ihr seht, was ich kann.«

»Jeder würde hier arbeiten, ohne Lohn, nur für Kost und Logis«, erwiderte Schäfer. »Und bei den anderen Brauhäusern in unserer Stadt gibt es auch nichts.« Jetzt schien sich sein Mitleid zu regen für den niedergeschlagenen Jungen. »Ich sag' dir was«, munterte er ihn auf. »Auch wenn du hier nicht arbeiten kannst, so lasse ich dich doch ein paar Tage lang über meine Schultern und in meine Töpfe hineinschauen. Da lernst du vielleicht was dazu, und du kannst mit Fug und Recht hinterher behaupten, dass du den Duckstein kennst. Und eine Brotzeit werden wir für dich auch noch übrig haben.« Ulrich erkannte, dass dies das beste Angebot war, das er seit Langem bekommen hatte und nahm es an. Vier Tage lang – viel zu kurze Tage – war er von frühmorgens bis spät in die Nacht auf den Beinen. Er lernte, dass der Duckstein, ähnlich wie der Broyhan, bei höheren Temperaturen als das Braunbier hergestellt wurde. Schäfer erklärte auch warum: »Nur bei diesen Temperaturen erhält unser Bier seinen weinsäuerlichen Geschmack. Und außerdem«, fügte er lachend hinzu, könnten wir das normale, ordinäre Braunbier jetzt im Sommer gar nicht vergären und lagern.«

Das erklärte zumindest zum Teil den Erfolg dieser Weizenbiere. Ähnlich wie in Bayern. Ulrich lernte, dass Schäfer die verschiedenen Würzegüsse, aus denen meist auch unterschiedliche Biere hergestellt wurden, alle zusammenführte und ein Bier daraus machte. Dennoch hatte er verschiedene Namen für die Güsse: »Der erste heißt Wert, der zweite und dritte sind die Nachgüsse, der vierte ist der Kofent.«

»Kofent hat mein Lehrherr das dünnste Bier genannt«, erzählte Ulrich.

»Das ist auch richtig, schon früher in den Klöstern hieß das einfache Bier für die armen Leute so. Wir machen nur etwas anderes daraus, bei uns ist es ein Teil vom Duckstein.« Schäfer war eine Fundgrube des Wissens, aber auch der Anekdoten für Ulrich. »Der Duckstein muss immer frisch getrunken werden, am besten sollte er nur zwei oder drei Tage alt sein. Und er ist besonders gut für Gelehrte und Studenten geeignet. Denn er hilft gegen die Verstopfungen, die beim langen Sitzen entstehen.«

In Königslutter sah er auch zum ersten Mal, wie Bier wirklich verfeinert wurde, nicht nur als Zutat zur Biersuppe oder zum Brei: Die feinen Damen der Gesellschaft nahmen das Duckstein-Bier gern als Kaltschale mit Zitronenschale und Brot.

Vier Tage waren schnell vorbei und Schäfer drängte Ulrich zu gehen. »Der Nächste steht schon vor der Tür und wartet.«

Ulrich dankte von Herzen und ließ, trotz der freundlichen Aufnahme, Königslutter enttäuscht und desillusioniert hinter sich.

Warum es nicht auch in Braunschweig versuchen? Ein Fußmarsch von nur wenigen Stunden und er stand vor dem Stadttor. Er fragte die Stadtwache nach einem Brauhaus und wurde zum ›Haus zur Hanse‹ in der Güldenstraße verwiesen. Dort braute der Bürgermeister und Kriegshauptmann der Stadt Braunschweig, Zacharias Boiling, seit 1627 Bier. Zur Legende wurde er, als er im Großen Krieg mit einigen Fässern seines Biers den Abzug der Schweden und das Ende ihrer Belagerung erwirkt hatte. Dadurch war Braunschweig weitgehend unbehelligt geblieben.

Indes, Boiling war auf Reisen und wurde nicht innerhalb der nächsten drei Wochen zurückerwartet. Seine Frau, die ehemalige Witwe Haberland, die sowohl das Haus zur Hanse wie auch die Braugerechtsame, das Braurecht, in die Ehe eingebracht hatte, schickte Ulrich höflich, aber bestimmt fort. »Wir brauchen niemanden, es gibt mehr Brauerburschen als Malz. Hier und in den anderen Brauhäusern der Stadt. Da wir nicht mehr für die Hanse brauen, genügen wir uns selbst.«

Eine kräftige Mahlzeit gab es für ihn, dann war er wieder unterwegs.

Einen Ort wollte er aber noch aufsuchen: Gardelegen, zwei bis drei Tagereisen östlich. Sollte es auch in dieser alten Braustadt keine Arbeit für ihn geben, würde er wieder Richtung Westen ziehen. Es war bereits August, in wenigen Wochen würde die Brausaison beginnen. Bis dahin wollte er unbedingt in Lohn und Brot sein. Vielleicht nach Münster, der Stadt, die durch den Westfälischen Frieden so berühmt geworden war? Unterwegs waren ihm immer wieder Geschichten erzählt worden, darunter auch die, dass die Brauhäuser Münsters während der langen Verhandlungen gar nicht genügend Bier hatten herstellen können. Die Diplomaten hatten mehr gesoffen, als Getreide zur Verfügung gestanden hatte. Ja, vielleicht wäre Münster wirklich interessant. Und der Keut, das berühmte Bier aus Münster, hatte einen guten Ruf. Als preiswertestes unter den guten Bieren, obwohl es Anteile des teuren Weizens enthielt. Als Brauer den Keut brauen zu können, wäre sicher so schlecht nicht.

Am zweiten Abend nach Braunschweig machte er Rast in Weferlingen, einem kleinen Flecken inmitten der Magdeburger Börde, idyllisch an der Aller gelegen. Zahlreiche Wassermühlen, die am Fluss entlang vor sich hin klapperten, zeugten davon, dass es hier zumindest Getreide gab. Weferlingen bestand aus einem kleinen Dorf mit einigen Dutzend Häusern sowie einem Schloss in einer Flussschleife der Aller, das wahrhaftig schon bessere Zeiten gesehen hatte. Eigentlich gehörte Weferlingen dem Bischof von Halberstadt, war aber, als Lohn für treue Kriegsdienste, nach Kriegsende dem märkischen General in schwedischen Diensten, Hans Christoffer von Königsmarck, als Pfand verliehen worden. Der General war im Krieg berühmt geworden durch seine Brutalität und seine Politik der verbrannten Erde. Blicken lassen hatte er sich in Weferlingen noch nie, und die Bewohner des Dorfes hatten auch kein Verlangen danach. Ein Büttel und ein Verwalter, beide noch vom Halberstädter Bischof eingesetzt, regelten das Alltägliche. Es herrschte zwar Armut, jedoch keine Verzweiflung. Man glaubte, das Schlimmste hinter sich zu haben. Der Gasthof mit der kleinen Schankstube sah ärmlich, aber halbwegs sauber aus.

Ulrich saß und verzehrte schon wieder eine richtige Wirtshausmahlzeit – Gerstenbrei, ein Stück Speck, etwas Käse. So selten es vorkam, diesmal war es bereits die zweite der Woche. Nach der Braunschweiger. Dazu gab es einen Krug sauren Apfelwein, für Bier war ja gerade keine Saison. Etwa zehn Männer saßen in der Stube und ließen sich den Apfelwein schmecken. Offensichtlich war er der einzige Durchreisende, denn alle anderen schienen sich zu kennen. Plötzlich hörte er, dass zwei Tische weiter drei Männer über Bier redeten. Er spitzte die Ohren.

»Hat der Anton schon einen Nachfolger gefunden für den Michel?«

»Soweit ich weiß, nicht.«

»Na, dann soll er sich aber sputen. Das wäre schlimm, wenn wir bis Michaeli keinen Brauer hätten, der uns ein gutes Bier macht.«

»Jaja, die Pest, die wird uns auch noch holen, wenn nicht jetzt, so doch später.«

Schnell fügte sich das Bild zusammen: Es gab ein Brauhaus

hier in Weferlingen, der Brauer war vor Kurzem an der Pest gestorben und noch kein Nachfolger in Sicht. Sofort stand Ulrich auf, ging zu dem Tisch und stellte sich den drei Männern als Brauer auf Wanderschaft vor. Gejohle und Schulterklopfen waren die angemessene Begrüßung.

»Wo willst du denn hin?«

»Eigentlich nach Gardelegen, Arbeit bei einer Hansebrauerei suchen.«

»Das kannst du dir sparen, Junge. Die Hanse gibt es nicht mehr. Die Hopfengärten der Altmark sind verwüstet. Gardelegen ist ruiniert.«

Ob das den Tatsachen entsprach oder Neid auf das berühmte Bier war, konnte Ulrich nicht sagen. Die Männer fuhren fort.

»Pappenheim hat ganze Arbeit geleistet in Gardelegen«, behauptete einer, allerdings ohne Häme, schließlich war der General des Kaisers auch ihnen ein Teufel gewesen.

»Da stehen nur noch einige wenige Häuser, und noch weniger brauen Bier.«

»Das Garley war mal ein wirklich gutes Bier, aber jetzt erkennst du ein gutes Bier daran, dass man es hier in der Gegend Doppelte Garley nennt.«

»Unser Michel – Gott hab' ihn selig – hat im letzten Winter sogar eine Dreifache Garley gemacht.« Wie auf Kommando leckten die Männer ihre Lippen in Erinnerung an das köstliche Gebräu.

»Die ganze geweihte Hefe hat ihnen nichts geholfen in Gardelegen«, sinnierte einer weiter. »Früher war es ein gutes Magenbier, aber jetzt musst du davon nur noch reichlich pissen gehen.«

Auch von anderen Bierstädten, wie Bernau, wussten sie Ähnliches zu berichten. Inzwischen war die Gesellschaft auf acht Männer angewachsen, die alle durcheinanderredeten. Ulrich hatte zwar nicht vorgehabt, nach Bernau zu reisen, hatte von dem Bier aber nur Gutes vernommen.

»Früher kam ab und zu mal ein Fass Bernauer zu uns«, erinnerte sich der älteste der Männer.

»Da warst sogar du noch ein Kind«, lachte ein zweiter. »Das muss ja ewig her sein!«

»Und der Kaufmann, der letzten Monat hier Station gemacht hat. Der hat doch erzählt, wie verarmt und verödet die Stadt jetzt ist.«

»Ja, früher lebten sie von Bier und Tuch. Das Tuchmachergewerbe ist komplett ausgelöscht, und die meisten Brauhäuser sind immer noch verwüstet.«

Die Männer kamen wieder auf den Anfang ihres Gesprächs zu sprechen. »Jungchen, bleib' bei uns und brau dein Bier hier in Weferlingen.«

Ulrich hatte genug gehört und verabschiedete sich. Am nächsten Morgen ging er gleich zu Anton, dem Verwalter, der in einer Schreibstube des verwahrlosten Schlosses hauste. Anton war ein gelangweilt aussehender Buchhalter mit weißen, blitzsauberen Manschetten, der seine Freude über Ulrichs Vorstellung jedoch kaum zurückhalten konnte. »Was für ein glücklicher Zufall!« rief er erregt. Er sprang von seinem Katheder, über das gebeugt er eifrig Zahlenkolonnen addiert hatte und lief aufgeregt in der Stube hin und her, während er sich mit beiden Händen durch die spärliche Haarpracht fuhr.

Zwei Stunden später wusste Ulrich, dass er weder nach Gardelegen noch weiter nach Münster reisen musste. Dass es reichlich Brauergesellen auf der Walz gab, schien Anton nicht zu stören oder nicht zu wissen. Auf jeden Fall nutzten beide die Gunst der Stunde, die sie hier in Weferlingen zusammengeführt hatte. Anton hatte ihm sogar gleich auf der Stelle den Brauereid abgenommen, den ersten seit seiner Lossprechung als frischgebackener Brauer in Bitburg: »Ich, Ulrich Knoll aus Bitburg, gerede und gelobe an Eides statt, meinen Fleiß zu rechter Zeit zu geben, mein Malz recht sacken und mein Fass recht ahmen, auch ganz kein Malz sonderlich schroten zu lassen, wie auch ohne Vorwissen unseres Herrn außer der Stadt zu verkaufen, noch weniger Kuhnpost – Gewürzkräuter – ins Bier zu mischen oder durch andere solches verrichten zu lassen bei der Brauer Willkür und der hohen Herrn ernster Strafe.«

Er war am Ziel seiner Reise.

9.

SECHS WOCHEN LANG arbeitete er wie ein Besessener, um das Brauhaus auf Vordermann zu bringen. Er putzte, reparierte und improvisierte. Er kümmerte sich um den Einkauf von Gerste und Hopfen, Feuerholz und Werkzeug, verhandelte mit Handwerkern, schimpfte über die hohen Preise. Nun merkte er erst, welche Kenntnisse er sich in Winzer, in Böhmisch-Steinisch und anderswo eigentlich erworben hatte. Er lernte die Menschen kennen, erfuhr von deren täglichen Nöten, aber auch den kleinen Freuden des Lebens, und vom Hohenzollernfürsten, der über allem hier stand.

Schließlich war alles hergerichtet, um die Saison zu eröffnen. Der Michaelitag stand vor der Tür. Ulrich war bereit. Dann dachte er nach längerer Zeit wieder an seinen Vater. Und schließlich schrieb er den einen Brief, der seinen Vater bewog, sich noch ein letztes Mal, wie er dachte, auf eine große Reise zu machen, um noch einmal ein neues Leben zu beginnen:

Geliebter Vater,

so bin ich mittlerweile, nach einer langen Reise, im Reich des Kurfürsten Friedrich Wilhelm, des Herrschers von Brandenburg-Preußen, angelangt. Und, was soll ich Euch schreiben, es weht ein frischer Wind durch diesen Teil des Heiligen Reiches Deutscher Nation. Alles wächst und ändert sich hier zum Guten. Der Kurfürst will Handel, Industrie und Landwirtschaft fördern. Er lässt Kanäle bauen, hat eine Post eingerichtet – die hoffentlich funktioniert, sodass dieser Brief Euch erreicht. Ja, er möchte sogar die Schweden aus dem Land vertreiben. Und er will sein Land, das unter dem scheußlichen Krieg beinahe entvölkert wurde, mit fleißigen Siedlern wieder neu beleben. Dabei ist er sehr kulant, die Couleur spielt keine Rolle. Ob Lutheraner, ob Katholik, ob Calvinist oder Jude. Hauptsache, man ist ein treuer, tüchtiger Untertan. Der Hohenzoller braucht allerlei Menschen zum Aufbau des Landes, jedweder Stand oder Beruf ist willkommen. Und so bin ich nun im Brauhaus in Weferlingen untergekommen, nicht weit weg von unserer alten Heimat Magdeburg. Das Bierbrauen ist hier gut angesehen. Wenn nächste Woche das Brauen losgeht, so wird in der Kirche eine besondere Lobrede dafür gehalten, wobei erst die Litanei und zuletzt das Te Deum gesungen werden. Es gibt Arbeit auch für Euch, dazu Friede und die Hoffnung auf Wohlstand. Ich erwarte Euch sehnsüchtig.

Grüßt bitte auch meine geliebte Schwester Lisbeth Magdalena, meine liebe Freundin Sophia Flügel sowie meinen guten Freund Johann.

Euer getreuer Sohn Ulrich,

zu Weferlingen,

am 23. September im Jahre des Herrn 1651.‹

Dritter Teil:
Der Bierprinz von Homburg –
1633 bis 1662

1.

IM MÄRZ 1633, während die Familie Knoll zur gleichen Zeit in der Kakushöhle dahinvegetierte, erblickte in Homburg vor der Höhe der kleine Friedrich II. von Hessen-Homburg das Licht der Welt. Das beschauliche Städtchen war während der ersten vierzehn Kriegsjahre eine Insel der Seligen gewesen, inmitten der Hölle darum – abgesehen vom chronischen Geldmangel des Fürsten. Erst um die Zeit der Geburt des Prinzen wurde die Gefahr des Krieges in Homburg direkt greifbar. Friedrich war das siebte Kind des Landgrafen Friedrich, und er sollte auch das letzte gewesen sein. Insofern hatte er eigentlich keine Chance, jemals die Herrschaft in der Nachfolge seines Vaters anzutreten, soweit man angesichts der Größe der Landgrafschaft Hessen-Homburg überhaupt von Herrschaft sprechen konnte. Immerhin durfte er sich Fürst oder Prinz nennen, denn er entstammte einer fürstlichen Familie. Diese Familie, das Haus Hessen, war durch Teilungen und Erbschaften in ihrer Bedeutung zu Friedrichs Geburt dramatisch gesunken, weil die Landgrafschaft innerhalb von nur zwei Generationen achtmal geteilt worden war. Und auch hierin spiegelte sich mittlerweile der Krieg wieder. Der Landgraf Wilhelm von Hessen-Kassel war der treueste Bundesgenosse des Schwedenkönigs und galt als Feind des Reiches. Friedrichs Onkel hingegen, Landgraf Georg von Hessen-Darmstadt, war Katholik und Papist.

Ein Jahr nach Friedrichs Geburt wurden die kriegerischen Auseinandersetzungen in und um Homburg so heftig, dass die Familie nach Gießen flüchtete. Aus der Ferne mussten sie ohnmächtig miterleben, wie ihr kleines Fürstentum mit Schutzgeldern ausgepresst wurde, den Bauern die Rinderherden fortgetrieben und Homburger Bürger als Geiseln – offiziell Bürgen genannt – genommen wurden. In der von Flüchtlingen völlig überfüllten Gießener Festung herrschten derweil verheerende Zustände. Hunger und Pest machten keinen Unterschied zwischen Kindern, Soldaten oder Flüchtlingen. Kein Hund, keine Katze war sicher. Die gefangenen Tiere wurden meist an Ort und Stelle getötet, gehäutet, gebraten und gegessen. Überall lagen alte, ausgetrocknete Tierfelle an den Wegesrändern oder hingen an den Zäunen.

Der Landgraf Friedrich samt Frau und Kindern schloss sich hinter dicken Mauern ein, wie auch der Rest der Bevölkerung sich nach Einbruch der Dämmerung nicht mehr vor die Tür wagte, aus Angst, vom, mit Seilen und Säcken bewaffneten, herumstreunenden Bettlergesindel erschlagen zu werden. Böse Gerüchte machten die Runde, von geschlachteten und gebratenen Menschen. Nur, niemand traute sich, diesen Gerüchten auf den Grund zu gehen.

Die gräfliche Familie blieb, geschützt durch ihre leichten Privilegien, die es auch im Elend noch gab, von der Pest und vom Hungertod verschont, und kehrte nach einem Jahr aus dem Gießener Exil zurück in die Homburger Brendelburg. Die war in schlechtem Zustand; von zwei baufälligen Türmen überblickte man einen ausgetrockneten Burggraben und alte, verfallene Mauern. Innerhalb dieser Mauern befand sich ein altes, dreistöckiges Wohnhaus sowie ein kleines Gesindehaus über einem uralten Vorratskeller. In verschiedenen einfachen Ställen waren Pferde, Kühe und Ziegen untergebracht. Im Vorhof, wegen der Brandgefahr, stand die Scheune. Da die Burg schlecht zu heizen war, spielte sich das Leben zumeist im Rittersaal im zweiten Stock ab, dem Raum mit dem größten Kamin. Den Räumen im dritten Stock – die der Damen besaßen immerhin noch gusseiserne Öfen – und allen anderen Räumen fehlte gänzlich jegliche fürstliche Ausstattung. Der sparsame Vater des Prinzen verzichtete aus Kostengründen deshalb auch auf eine weitere Renovierung der brüchigen Festungsmauern und ließ sogar im Haus nur das Nötigste reparieren. Er hielt sich, so weit es möglich war, aus dem Krieg heraus und verstarb, als Friedrich beinahe fünf Jahre alt war. Die Kinder wurden von der Mutter, Margaretha Elisabeth von Leiningen-Westerburg, und dem überschaubaren Hofstaat von zwanzig Personen großgezogen, bis der Vetter Georg II. von Darmstadt ihn 1645 zur Erziehung mit seinen eigenen Söhnen nach Marburg holen ließ. Diese Erziehung verhinderte nicht, dass der kleine Prinz wohl etwas vom Pech verfolgt war. Wenn es einen Unfall gab, war Friedrich darin verwickelt. Überliefert ist als schwerstes Unglück ein Stolpern im Gelände, welches für den Fünfzehnjährigen einen Schenkelbruch zur Folge hatte, der ihm noch Jahre später Probleme bereiten sollte.

Mit siebzehn Jahren durfte er dann die, in seinen Kreisen übliche, Kavaliersreise antreten. Dort sollte der junge Prinz den Duft der großen, weiten Welt schnuppern, an Lebenserfahrung gewinnen und sich die Hörner abstoßen. Für Menschen, die mit dem Ende des Krieges der Not und der Sorge weitgehend enthoben waren, bot die Zeit des Barocks neue, bislang ungeahnte Möglichkeiten. Alles war Theater, im echten Leben wie auf der Bühne, in der Kirche wie auf den Straßen. Angesichts von Hungersnöten, Pest und Krieg dachte niemand an morgen. Heute leben, heute alles auskosten, am nächsten Tag konnte schon der Tod vor der Tür stehen.

Diese Devise galt auch im Hause der Homburgs. Bereits der Vater und auch die älteren Brüder hatten ausgedehnte Auslandsreisen unternommen. Nach England, Schottland, Spanien, zur Bildung wie zur Unterhaltung. Friedrichs Reise führte in den Süden, zuerst nach Genf, wo er Französisch lernte sowie Reit- und Fechtunterricht nahm. Dann, derart und hinreichend gerüstet, reiste er weiter nach Frankreich und Italien. Drei Jahre dauerte das Abenteuer, bis der Prinz reifer und gesetzter 1653 nach Homburg zurückkehrte. Kurz darauf trat er dem Palmenorden bei, einer Akademie zur Pflege der Sprache, mit dem schönen Namen ›Fruchtbringende Gesellschaft‹. Mitglied der Akademie war unter anderem auch der General Hans Christoffer von Königsmarck, dessen Weg er später im Fall Weferlingen erneut kreuzen sollte. Trotz des geheimnisvollen und heute lächerlich anmutenden Brimboriums, den die sehr einflussreichen und größtenteils adligen Mitglieder veranstalteten, sollte die Arbeit dieser Akademie nicht unterschätzt werden. Friedrichs Spitzname – alle Namen in diesem Verein hörten sich etwas seltsam an, war ›Der Klebrichte‹, sein Wahlspruch war ›Hält an sich‹. Erwähnenswert ist diese Mitgliedschaft insofern, als es die einzige Überlieferung von Friedrichs Interesse für die Muse ist. Den Rest seines Lebens widmete er dem Militär, seinen Ehefrauen und – dem Bier.

Zuerst kam das Militär. Mit fünfzehn Jahren hatte er, oder besser gesagt seine Mutter, ein großzügiges Angebot abgelehnt. Da war der französische Feldherr Turenne bei der Quartiersuche auf dem Weg nach Homburg gewesen. Die Mutter des Prinzen hatte ihren verwegenen Jungen mit einem Brief an Turenne und der Petition losgeschickt, nicht in Homburg zu nächtigen. Normalerweise hätte einen Mann wie Turenne ein solches Ersuchen einen Dreck geschert. Der forsche, junge Mann jedoch und die Art, wie er das Gesuch seiner Mutter so furchtlos überbrachte, hatten ihm imponiert. So hatte er nicht nur dessen Bitte nachgegeben, sondern ihm auch gleich angeboten, in seine Dienste zu treten, er werde für die weitere Ausbildung des jungen Hessenprinzen aufkommen.

Nun, die Mutter wollte nicht.

Noch nicht.

Sechs Jahre später war es dann so weit: Mit einundzwanzig

Jahren trat er in schwedische Dienste ein. 1654 hatte die schwedische Königin Christine zu Gunsten ihres Cousins Karl X. Gustav abgedankt. Die Tochter des ›Löwen aus Mitternacht‹ hatte Schweden durch die zweite Hälfte des großen Krieges wie auch in den Westfälischen Frieden geführt, das Land aber durch ihren prunkvollen Hof an den Rand des Ruins getrieben. Ihr Nachfolger, der bereits einen Tag nach ihrer Abdankung den schwedischen Thron bestiegen hatte, wurde in barocker Manier bald der ›Nordische Alexander‹ genannt und Schweden sollte unter ihm seine größte Ausdehnung erfahren. Karl X. Gustav fackelte nicht lange und zettelte den Zweiten Nordischen Krieg an, in dem es um die Vorherrschaft über das Baltikum ging, Schweden aber auch Lehnsherr über Preußen werden sollte. Vorrangig sollten durch den Krieg jedoch die Staatsfinanzen saniert werden.

So reiste Prinz Friedrich von Homburg bereits im Jahr der Thronbesteigung nach Stockholm und erhielt als Erster neuer Offizier des frischgebackenen Königs sein Patent als Oberst zu Ross. Dann ritt der junge, forsche Oberst zurück nach Hause und verbrachte ein Jahr lang damit, Männer für sein zukünftiges Regiment anzuwerben. Dies war alles andere als einfach. Der große Krieg hatte den meisten jungen Männern die Lust auf das Soldatenleben gründlich vergällt. Hierbei trat er dann zum ersten, aber beileibe nicht zum letzten Mal seinem späteren Landesherrn, dem preußischen Kurfürsten Friedrich Wilhelm, auf die Füße, der es gar nicht gern sah, dass in seinem Reich Truppen für ausländische Mächte angeworben wurden.

Und wie der Zufall wollte, war der Gegner seines ersten Gefechts eine polnische Einheit, die jedoch zu allem Überfluss zu den preußischen Truppen gehörte. Im weiteren Kriegsverlauf war den Schweden – und somit auch Friedrich von Homburg –

das Glück hold, und so fand er sich im nächsten Jahr zurück in der Heimat, um neue Truppen auszuheben.

Mittlerweile war er zu einem selbstbewussten, um nicht zu sagen frechen, jungen Offizier herangewachsen, der nach dem Motto lebte: ›Was kostet die Welt?‹ Unter seiner markanten Nase, die sich aus den ansonsten feinen Gesichtszügen wie ein Turm hervorhob, zierte ein feiner, dünner Schnurrbart die Oberlippe. Der Haarschopf war meist versteckt unter einer Allonge-Perücke, während die großen, hellen Augen energischen Willen verrieten. Seine volltönende Stimme beherrschte sowohl den Kommandoton wie auch das ausgelassene Jubilieren beim Feiern und Trinken.

Um ein Haar wäre ihm seine Lust zu feiern in jungen Jahren zum Verhängnis geworden. Bei einer Einladung zum Grafen Königsmarck wurde auf diesen ein heimtückischer Mordanschlag verübt. Der hatte sich in dem langen Krieg ungeheuer bereichert und schuldete der schwedischen Krone dennoch große Geldsummen. Da er zudem selbstherrlich, arrogant und brutal war, mangelte es ihm nicht an Neidern und Feinden. Ein vergifteter Becher Wein machte also die Runde, offensichtlich war das Gift aber schwerer als der Wein und befand sich hauptsächlich im Bodensatz des großen Pokals. Der Graf und der Prinz, die zuerst davon gekostet hatten, kamen mit Magenkrämpfen davon, die ärztlich behandelt werden konnten, während zwei Offiziere, die nach ihnen aus dem Pokal getrunken hatten, am nächsten Tag starben. Vielleicht war hier auch der Grund dafür zu suchen, dass man den Prinzen von Homburg ab dieser Zeit eher mit Bier denn mit Wein in Verbindung brachte. ◯

2.

NUN, DA DER LANGE KRIEG endlich beendet war, wenn auch auf Kosten eines neuen Absolutismus – es war offensichtlich geworden, dass es den Menschen lieber war, wenn ein Einziger über ihr Leben verfügte –, nutzten die Herrscher in den meisten Ländern diese Entwicklung zum rigorosen Ausbau ihrer Macht. Das einzige Land, in dem es eine andere Entwicklung gab, war gerade jenes, dem man es am allerwenigsten zugetraut hätte: einem sich eben erst entwickelnden, zarten Staatspflänzchen namens Brandenburg-Preußen.

Dort hatte der schon früher erwähnte Kurfürst Friedrich Wilhelm das Sagen, der Mann, der Jahrzehnte später den Beinamen ›Großer Kurfürst‹ erhalten sollte. Er war einige Jahre älter als der Hessenprinz und hatte bereits 1640, im jungen Alter von nur zwanzig Jahren, die Regentschaft übernommen, die er bis zu seinem Tod 1688 nicht mehr abgab. Auch seine Kindheit und Jugend war geprägt gewesen vom Krieg, er hatte mehr Zeit hinter sicheren Festungsmauern verbracht als ihm lieb war, dazu war er getrennt von seinen Eltern gewesen, nur mit einem Erzieher an seiner Seite. Mit vierzehn Jahren hatte er seine Kavaliersreise angetreten, die ihn für vier Jahre in die sicheren Niederlande geführt hatte, während seine Heimat im Krieg von schwedischen und kaiserlichen Truppen komplett verwüstet worden war. Das moderne Staatswesen wie auch der Wohlstand in den Niederlanden, hatten ihn jedoch derart und nachhaltig beeindruckt, dass er sich diese neue, junge Nation zum Vorbild genommen hatte, um das verarmte Fürstentum wieder aufzubauen. Nur ungern war er 1638 ins provinzielle, langweilige Berlin zurückgekehrt. Dann starb sein Vater, der Kurfürst Georg Wilhelm, und der knapp Zwanzigjährige sah sich nicht nur mit der Kurfürstenwürde konfrontiert, sondern auch mit einem entsetzlichen Krieg und einem katastrophal zerstörten Land, das teilweise sogar von Schweden besetzt war. Sein Vater, der in die Geschichte Brandenburg-Preußens als einer der unglücklichsten Herrscher einging, hatte dem Krieg hilf- und ratlos gegenüber gestanden, voller Hass auf die Söldner, der sich in Aussprüchen manifestierte wie: ›Zu sagen, die Soldaten gingen bestialisch vor, ist viel zu wenig. Man zeige mir so ein Tier, also eine Bestie, die sich so benimmt wie die Spanier, die Franzosen, die Kaiserlichen, die Schweden oder die Weimarer.‹

Mit aller Gewalt versuchte er, den Krieg so schnell wie möglich zu beenden. Im Jahr 1644 hielt er eine mächtige, dramatische Rede, in der er mit drastischen Worten klarstellte: ›Dieses Land erlebt den Zusammenbruch all dessen, was menschlich genannt werden kann. Meine Untertanen fressen Gras, sie kochen und braten ihre Verstorbenen. Ich habe eine Mutter hängen müssen, weil sie ihr neugeborenes Kind schlachtete und aß. Es muss endlich Frieden sein, meine Herren!‹

Noch bevor der Westfälische Frieden unterzeichnet war, noch während die Verhandlungen liefen, startete er ein ehrgeiziges Aufbauprogramm für sein Land. Er heiratete eine Prinzessin aus dem Hause Oranien, die nicht nur eine üppige Mitgift mitbrachte, sondern auch Künstler, Handwerker, Baumeister, Landwirte und Kaufleute aus Holland. Diese wiederum kannten moderne Techniken und Produktionsmethoden. Bald war die ›Verholländerung‹ ein geflügeltes Wort in der Mark Brandenburg.

Ein Jahr vor Kriegsende erhielt er im Tausch mit Vorpommern von Schweden die Stifte Halberstadt und Minden sowie die Anwartschaft auf das Erzbistum Magdeburg zugesprochen. Nichtsdestotrotz, Preußen war 1648 – noch – ein kleiner Spieler am Tisch der europäischen Mächte.

Die noch recht junge Macht des preußischen Kurfürsten hatte es unmöglich gemacht, den alten Adel, dem der meiste Grundbesitz gehörte, zu entmachten. Und um den Zerfall des jungen, weit im Reich verstreuten Nationengebildes nicht zu fördern, musste der Kurfürst Zugeständnisse machen. Die Souveränität wurde geteilt, eine Einheit gab es lediglich in der Person des Kurfürsten; so war Preußen organisiert wie das Heilige Römische Reich, nur in kleinerem Rahmen. Der Kurfürst war zuständig für die Armee – ein stehendes Heer wurde jetzt als unumgänglich erachtet –, das Münzwesen und Grenzangelegenheiten. Geld dazu bekam er von der Ständeversammlung bewilligt, die sich dieses Entgegenkommen teuer bezahlen ließ. Denn auf lokaler Ebene war die Macht des Kurfürsten endgültig dahin. Innerhalb der Grenzen seines Gutsbezirks war der Adel unumschränkter Herrscher; in wirtschaftlicher, politischer, aber auch rechtlicher Hinsicht. Polizeigewalt, Kirchen und Schulen lagen in seinen Händen. Und diese Privilegien waren vor allem und wiederum zu Lasten der Bauern gegangen, die erneut unerträgliche Frondienste und verschärfte Leibeigenschaft erdulden mussten. Viele waren durch diese Ausplünderung gezwungen, ihre Höfe zu verkaufen.

Die einzigen Mittel des Kurfürsten, seinen Adel zur Räson zu zwingen, waren Marschbefehle zur Armee sowie der Erlass von Steuern. Beide waren jedoch sehr probate Methoden. Und Mittel, die sowohl auf das Leben der Familie Knoll wie auf das des Prinzen von Homburg noch einen verhängnisvollen Einfluss nehmen sollten. ⊕

3.

Im Frühjahr 1656 war Friedrich von Homburg mit seinem Regiment auf dem Weg von Bremen nach Danzig. In Bremen hatten sie sich mit den Truppen des ebenfalls vom Mordanschlag genesenen Königsmarck vereinigt. So nutzte der Prinz die Möglichkeit für einen kleinen Urlaub vom Heer und ließ sein Regiment ohne Führung zurück.

Der Königsmarck wird das schon machen, ist ja ein alter Hase, dachte er.

Als er nach drei Wochen zurückkehrte, war er entsetzt. Verdreckt, versoffen und in Auflösung begriffen, erkannte er seine Truppe nicht mehr wieder. Unverschämte Antworten bestätigten ihn in der Annahme, dass eine Revolte in der Luft lag.

»Wo sind die Rädelsführer?«, tönte seine Stimme durch das Lager.

Keine Antwort.

Na wartet, dachte er. Euch werd' ich schon heimleuchten.

Zuerst ließ er etliche Tonnen Bier auffahren, zur großen Freude seiner Soldaten, die sich dadurch in Sicherheit wiegten und dachten, die Insurrektion wäre vergeben und vergessen. Spielleute machten das Fest komplett. Es wurde gesungen und gesoffen, bis in den frühen Morgen. Von den Resten des Bieres gab es zum Frühstück für alle eine fröhliche und lustige Biersuppe. Die war dann auch für so manchen Sturz vom Pferd verantwortlich. In guter Stimmung marschierte das Regiment weiter. In der Nähe von Stettin schlugen sie wieder ihr Lager auf. Die Gelegenheit war günstig. Friedrich ließ sein eigenes, nichts ahnendes Regiment von zwei Regimentern Königsmarcks umstellen und forderte die Herausgabe der Rädelsführer der Revolte. Dem großen Entsetzen folgte die sofortige Weigerung der Soldaten, jemanden aus ihren Reihen zu verraten.

»Dann wird jeder zehnte von euch gehenkt werden.« Friedrichs Stimme klang ebenso unerbittlich wie sein Urteil.

Den Soldaten blieb keine Wahl als vier Landsknechte auszuwählen, die dem Prinzen präsentiert wurden. »Hier habt Ihr die Bösesten des ganzen Regiments.«

Friedrich ließ einen Galgen errichten und führte die vier Verurteilten dorthin. Als sie die Stricke bereits um die Hälse gelegt bekamen, geschah etwas Außergewöhnliches: Das ganze Regiment ging auf die Knie vor dem Hessenprinzen und bat um Vergebung. Friedrich reagierte zunächst überrascht, dann versöhnlich, und ließ die Rädelsführer begnadigen. Von diesem Tag an ging seine Truppe für ihn durchs Feuer. Das war auch dringend notwendig, denn das Kriegsglück der Schweden begann zu schwanken.

Zuerst jedoch sollte Danzig erobert werden. Friedrich machte mit, obwohl die Schweden ihre Kriegskasse unter Verschluss hielten und zugesagte Gelder nicht flossen. Da musste die hessische Apanage herhalten.

Die Belagerung Danzigs war erfolgreich und bei einem Ausfall der Polen wurden nicht nur viele Gefangene gemacht, sondern der Hessenprinz erbeutete ein schönes Pferd, einen feurigen Rappen.

Am selbigen Abend sprach der Feldwebel bei Friedrich vor und meldete: »Die Polen haben alle Brunnen vergiftet vor ihrer Flucht.«

Friedrich war ratlos. Ohne Trinkwasser waren Männer wie Pferde aufgeschmissen. Kurzerhand schickte er einen Trupp in die Stadt, um Bier zu requirieren. Danzig hatte in dieser Zeit etwa dreihundertfünfzig Brauereien. In der Brauerei Witt in der Ritterstraße wurden sie fündig. Großes Gejohle begrüßte die Männer, als sie einige Stunden später mit zwei großen Fuhrwerken voller Bierfässer ins Lager rumpelten. Wieder wurde fleißig gezecht, um den gigantischen Durst nach dem Kampf zu stillen. Das wahre Unglück begann dann am nächsten Morgen: In Ermangelung von Trinkwasser mussten die Soldaten und auch ihre Pferde Bier trinken. Nicht mehr ganz nüchtern stieg Friedrich von Homburg auf sein ebenfalls nicht mehr nüchternes Pferd, und das Unheil nahm seinen Lauf. Ohne erkennbaren Grund – außer der Trunkenheit am Morgen, fiel Friedrich vom Pferd, mit Kopf und Oberkörper traf er genau auf einen Baumstumpf. Blut spritzte aus Nase und Ohren. Mehrere gebrochene Rippen sowie ein angebrochenes Schulterblatt ließen das Schlimmste befürchten. Ohnmächtig wurde er in einem Wagen zurück ins Lager gebracht. Eine Nacht und einen Tag lang regte er sich nicht. Es wurde bereits ein Sarg angefertigt. Trauer breitete sich im Lager aus. Zwei weitere Tage wartete man ab, dann wurde das Begräbnis angesetzt. Plötzlich, als hätte er lediglich keine Lust, in den Sarg gesteckt zu werden, kam wieder Leben in den Prinzen. Er zappelte mit den Beinen, das Begräbnis wurde verschoben. Es dauerte allerdings noch eine Weile, bis er Kopf und Arme wieder bewegen konnte. Noch Monate danach war er außer Gefecht gesetzt.

Neue Bündnispartner taten not, und so schlossen sich nach der Eroberung Danzigs die Schweden mit Preußen zusammen, um kurz darauf gemeinsam in der Schlacht von Warschau die polnische Armee zu besiegen. Damit begann Preußens Marsch in die Souveränität, die innerhalb von nur vier Jahren abgeschlossen sein sollte. All das als schwedischer Dank für die preußische Hilfe im Nordischen Krieg. ⊖

4.

IM FOLGENDEN JAHR griff Dänemark in den Krieg ein. Der Schwerpunkt verlagerte sich nach Norden, dadurch, dass die Schweden Kopenhagen angriffen, während Friedrich mit seinem Regiment in Polen blieb.

Die erste Belagerung Kopenhagens war eines der kühnsten Wagnisse der jüngeren Geschichte und wurde von vielen mit Hannibals Überquerung der Alpen verglichen. In dem extrem kalten Winter 1657/58 gefror die Ostsee. Und der Nordische Alexander wagte etwas Beispielloses: Er setzte mit seinem kompletten Heer, mit Wagen, Geschützen und Pferden, über den Belt, die zugefrorene, dänische Meerenge. Das Unglaubliche trat ein: Das Eis hielt. Eine Insel nach der anderen wurde den völlig überraschten, konsternierten Dänen entrissen: Fünen, Langeland, Laaland, Falster, Möen. Dann standen die Schweden vor Seeland, vor Kopenhagen. Bei den Dänen brach Panik aus. In aller Eile, um ihre Hauptstadt nicht zu verlieren, schlossen sie einen schmachvollen Friedensvertrag mit Schweden ab. Mit einer großen Versöhnungsfeier im Schloss Frederiksborg wurde der ›Ewige Friede von Roskilde‹ begossen.

Der ewige Friede hielt ziemlich genau ein halbes Jahr. Dann beschuldigte Dänemark den schwedischen König, den Panikfrieden durch einen Bluff erzielt zu haben. Diplomatischer Streit folgte, bis schließlich die Schweden erneut in Richtung Kopenhagen marschierten. Diesmal, bei der zweiten Belagerung, war der Hessenprinz dabei. Die Dänen hatten indes aus ihren Fehlern gelernt, ließen sich nicht vom ersten Angriff in Panik versetzen und schlugen die Angreifer zurück. Im Herbst 1658 begann so eine fünfmonatige Belagerung der dänischen Hauptstadt, die das Ende von Friedrichs militärischer Karriere bedeuten sollte.

Dieses Ende kam allerdings nicht mit dem Sturm auf Kopenhagen Anfang Februar, sondern drei Wochen früher. Bei dem Versuch, eine Insel auf der weniger stark befestigten Seite Kopenhagens einzunehmen, geriet Friedrich mit seinem Regiment unter starken Artilleriebeschuss. Drei Stunden lang attackierten sie zurück und schossen aus ihren modernen, schnellen Steinschlossgewehren – die mit Flintsteinen ausgerüstet waren und daher nach kurzer Zeit Flinten genannt wurden – was das Zeug hielt. Während dem Prinzen von Homburg lediglich zwei Pferde unter dem Hintern tot geschossen wurden, fielen zwei Offiziere sowie zwanzig seiner Reiter der Attacke zum Opfer.

Eben hatte er das dritte Pferd bestiegen und ritt erneut nach vorn. Zu spät sah er die Kugel kommen. Ein Aufschrei! Der Sechspfünder schlug ein und beraubte ihn erneut eines guten Pferdes. Wo aber war sein rechtes Bein? Abgerissen, abgeschossen, zerfetzt und nur an einer letzten Sehne baumelnd, hatte es sich unter dem Bauch des Pferdes verklemmt. Der Hessenprinz brüllte anfangs vor Schmerzen wie ein Ochse auf der Schlachtbank, wurde jedoch schnell schwächer, während das Blut pulsierend aus der riesigen, offenen Wunde unterhalb des Knies hervorspritzte. Seine Soldaten holten sogleich Hilfe herbei, derweil handelte Friedrich wie in Trance. Er nahm sein Messer und schnitt die Sehne, das letzte, das sein Bein noch mit dem Rest seines Körpers verband, kurzerhand durch. Dann fiel er in Ohnmacht. Unmittelbar danach eilte ein Adjutant herbei und flößte ihm einen Becher Schlagwasser ein.

Schlagwasser, auch ›Aqua apoplectica‹ genannt, war eine Mischung aus Wein und dem Tau von der Blüte des giftigen Maiglöckchens. Es war vor allem ein beliebtes Hausmittel gegen Kreislaufschwäche und Herzleiden. Das Wundermittel wirkte, der Blutfluss seiner Wunde wurde gestillt und der Ohnmächtige so rasch wie möglich ins Lager gebracht, wo er so behandelt wurde, wie es einem Offizier seiner Zeit gebührte: Die Ärzte standen geradezu Schlange, um sein Leben zu retten, während einfache Soldaten an den gleichen Wunden elend krepierten.

Nachdem die Lebensgefahr überstanden war, erschien der Schwedenkönig höchstpersönlich im Lager und lobte den Heldenmut des Prinzen. »Was immer er sich wünscht, ich werde es ihm gewähren!«, so lautete seine vollmundige Ankündigung. Ein neues Bein konnte indes auch der Nordische Alexander nicht herzaubern, so blieb es bei der Beförderung zum Generalmajor und einer jährlichen Pension von zweitausend Reichstalern, deren Bestätigung er in Stockholm in Empfang nahm.

Nun, mit knapp sechsundzwanzig Jahren, war für den Prinzen der Kriegsdienst zu Ende. Friedrich musterte sein Regiment ab und wollte seinen Ruhestand planen, da fiel er wieder einem dieser unglücklichen Zufälle zum Opfer. In die halb offene Kutsche, mit der er unterwegs nach Homburg war, drang bei voller Fahrt ein Ast hinein und blieb in seinem Beinstumpf stecken. Diese entzündete sich daraufhin so bösartig, dass der Prinz fürchtete, sein ganzes Bein zu verlieren. Ein gut beleumdeter Barbier stellte fest, das sich der kalte Brand bereits ausgebreitet hatte. Der Barbier behandelte die Gangrän, indem er einen mit Salben bestrichenen Verband um den Stumpf legte. Trotz großer Schmerzen ritt Friedrich von Homburg nach Hause.

Als er Tage später den Verband öffnete, fiel das tote Fleisch ab und die Wunde verheilte. Beim Homburger Hofhandwerker Berthold ließ er sich nun eine Prothese aus Holz drechseln. Damit war er wieder mobiler. Er reiste erneut nach Stockholm, von dort aus durch Dänemark nach Holland – sogar der Kriegsgegner Dänemark stellte ihm ohne Probleme einen Passierschein aus, da er ja nun Privatier war – und wieder zurück. Aus sicherer Distanz verfolgte er, wie zuerst der Schwedenkönig starb und kurz darauf der Nordische Krieg mit dem Friedensvertrag von

Danzig beendet wurde. Dänemark war der Verlierer, Preußen ging als Gewinner aus dieser langjährigen Auseinandersetzung hervor. Mit dem Militär hatte der einbeinige Landgraf nichts mehr zu tun. Nun war es Zeit, sich um die holde Weiblichkeit zu kümmern. ⊘

5.

MARGARETHE BRAHE WAR nicht nur reich, sie war steinreich. Vielfache Millionärin, verwitwet, dazu verwandt nicht nur mit vielen Adelsfamilien – wie den Wrangels und den Königsmarcks –, sondern sogar mit der schwedischen Krone, pflegte die Siebenundfünfzigjährige ein üppiges, müßiges Leben. Wie geschaffen für einen fast achtundzwanzig Jahre jüngeren, verkrüppelten Generalmajor.

Bei diversen Gesellschaften war sie aufmerksam geworden auf den jungen nassforschen Kriegsveteranen, der nun anscheinend seinen Kriegsruhm als Salonlöwe auszuschlachten pflegte. Einbeinig, aber ansonsten voller Elan und Charme, fiel es ihm leicht, die Stockholmer Gesellschaft für sich einzunehmen. So auch die reiche Witwe Brahe. Seine kokette Galanterie amüsierte sie; seine Eleganz und Weltläufigkeit imponierten ihr; sein Handicap, seine Versehrtheit weckte in ihr den Samariter. Aus diesen unterschiedlichen, widersprüchlichen Empfindungen entstand im Laufe der Zeit, während sich der Sommer des Jahres 1660 in Stockholm dahinzog, ein Gefühl, das sie Liebe nannte.

Ob der Prinz von Homburg ähnliche Empfindungen hegte, ist nicht überliefert. Zwei Dinge zogen ihn mit Sicherheit zu der älteren, wiewohl noch äußerst ansehnlichen Witwe hin: zum einen das Geld, denn ihm drohte, bedingt durch die katastrophale Lage der schwedischen Finanzen, die Streichung seiner Offizierspension, zum anderen der gesellschaftliche Rang von Margarethe Brahe wie auch ihre Nähe zur Weltpolitik. Ihr zweiter Gatte war schließlich Reichsmarschall Johann Axel Oxenstierna gewesen, Sohn jenes, bereits zu Lebzeiten legendären Reichskanzlers, der nach dem Tod des ›Löwen aus Mitternacht‹ dafür gesorgt hatte, dass Schweden den großen Krieg nicht als Verlierer beendet hatte. Auch Brahes erster Gatte Bengt war bereits ein Oxenstierna gewesen und beide Gatten hatten der Witwe bei ihrem Tod jeweils ein immenses Vermögen hinterlassen. Kurz gesagt: Margarethe Brahe war reich, gutaussehend und kinderlos. Und wirkte auf den Hessenprinzen unwiderstehlich.

Während sie in den Jahren zuvor andere, durchaus nicht schlechter situierte Bewerber brüsk abgelehnt hatte, fiel die Entscheidung für Prinz Friedrich von Homburg schnell. Bereits im Mai 1661 wurde im königlichen Schloss in Stockholm die Vermählung gefeiert. Ebenso schnell machten böse, verleumderische Gerüchte die Runde: »Der abgetakelte Krüppel nimmt die reiche Alte aus.« Und dergleichen mehr. Friedrich begegnete diesen Gerüchten, indem er seine frisch Angetraute mit nach Deutschland nahm. Einer der vorher von der reichen Schwedin Abgewiesenen, Fürst Ludwig Heinrich von Nassau-Dillenburg, setzte die verbale Fehde jedoch fort. Er ließ Schmähschriften drucken über die ›untreue Gräfin Margaretha und ihren ehebrecherischen Prinzen‹. Der Hessenprinz konterte in bester barocker Manier mit einem eigenen Pamphlet über den ›unverschämten und schandlosen, fuchsschwänzigen dillenburgischen Pasquillanten‹ und dessen ›Schmähschrift, die nur von einem Sauhirten zu vermuten gewesen wäre.‹ Nur der Tod seines Kontrahenten verhinderte wohl, dass sich die beiden im Duell gegenüberstanden.

Prinz Friedrich von Homburg nutzte die Mittel seiner Frau sofort, um nun, als Privatier, wohlhabend und sesshaft zu werden. Gleich nach der Hochzeit trat er in Verhandlungen mit dem Feldmarschall in schwedischen Diensten, Hans Christoffer von Königsmarck. Der hatte sich im Krieg ungeheuren Landbesitz in Deutschland unter den Nagel gerissen. Für gutes Geld verkaufte er dem Prinzen zuerst drei mehr oder weniger ansehnliche Güter in Norddeutschland: das Amt Hötensleben, das Amt Winningen sowie das Amt Neustadt an der Dosse. Mit dem Wissen, dass von Königsmarck alles verkaufen würde, was sich zu Geld machen ließ, da dieser keinerlei Interesse daran hatte, seinen Grundbesitz zu behalten oder zu vermehren, reiste Friedrich gezielt alle Königsmarck-Güter der Region ab, während Margarethe in Neustadt saß und seine Rückkehr abwartete. Ein Amt fand er dann noch, das sein Interesse weckte und über das er in Verhandlungen mit von Königsmarck trat. Die stellten sich als zäher heraus, als erwartet. Das Resultat war aber hoffentlich all die Mühen wert.

Obwohl das Schloss arg vernachlässigt war.

Obwohl die Äcker der Umgebung verwüstet waren.

Obwohl er viel Geld würde investieren müssen, um alles wieder instand zu setzen.

Denn das Bier dort war einfach unwiderstehlich gut. Er würde jedoch den Teufel tun und Königsmarck davon erzählen, der selbst Bier soff wie ein Schlauch. Das würde den Preis nur unnötig in die Höhe treiben.

Und so genehmigte der brandenburgische Kurfürst Friedrich Wilhelm I. am 11. Januar 1662, gegen Rückzahlung eines Darlehens in Höhe von einunddreißigtausenddreihundertundfünfzig Talern, mit dem der Pfandbesitz Königsmarcks ausgelöst wurde, den Übergang des Amtes Weferlingen in den Privatbesitz des hessischen Prinzen Friedrich von Homburg.

»Wollen wir hoffen, dass der hessische Prinz uns eines Tages diesen Gefallen mit treuen Diensten vergelten wird«, machte der Kurfürst kein Hehl daraus, was er in Zukunft vom Prinzen von Homburg erwartete.

Alle vier Güter hatten ihn nun stattliche zweihundertvierzigtausend Reichstaler gekostet, das Achtfache seiner jährlichen Apanage aus dem Fürstentum Hessen-Homburg. Aber was scherte ihn das? Genauso wenig wie die hochgesteckten Erwartungen des Kurfürsten.

Der einbeinige Prinz war neunundzwanzig Jahre alt und nun Besitzer einer Brauerei. Einer Brauerei, mit der er in die Geschichte eingehen sollte. ✝

Vierter Teil:
Der Fluch des Bierzauberers –
1651 bis 1676

1.

Es war ein düsterer Tag Mitte November, dick wie Watte umhüllte der herbstliche Nebel die Häuser. Ulrich war allein im Weferlinger Brauhaus. Seit beinahe zwei Monaten braute er nun das Bier für Einheimische und Durchreisende. Überwiegend mit Erfolg, wenn er das Lob zugrunde legte sowie die Mengen, die getrunken wurden. Sogar der Verwalter Anton war mehr als zufrieden. Auch, weil Ulrich sich brav an die althergebrachte Brauordnung hielt. Morgen würde er wieder sein Malz zur Mühle schicken. Dazu müsste er dies gleich heute Nachmittag dem Ziesemeister, dem obersten Beamten der Verbrauchssteuer, anzeigen. In einem kleinen Ort wie Weferlingen war der Verwalter gleichzeitig auch der Ziesemeister. Der würde ihm dann einen entsprechenden Zettel ausfüllen, der den hohen Herren zur Berechnung der Ziese vorgelegt werden musste. Er erhielt im Gegenzug dafür ein aus Blei gegossenes Ziesezeichen für ein halbes oder ganzes Gebräu. Das wären dann fünfzehn oder dreißig Scheffel Malz, je nachdem. Das Ziesezeichen bekam der Torwächter. Der stellte wiederum den Mahlschein für den Müller aus, das Ziesezeichen ging zurück zum Herrn. So einfach war das.

Torwächter und Müller waren vereidigte Amtspersonen, das hatte Ulrich auch anderswo schon kennengelernt. Konnte ihnen Unterschleif nachgewiesen werden, drohte ihnen eine heftige Leibstrafe. Zudem konnte der Rat Pferde, Wagen und Malz konfiszieren. Diese lückenlose Kontrolle hatte jedoch durchaus ihre Vorteile. Der Bierpreis zum Beispiel war genau vorgeschrieben und Wucher somit ausgeschlossen.

Trotz der perfekt eingespielten Mahlprozedur schimpfte Ulrich an diesem Novembertag vor sich hin, denn es zeichnete sich wieder einmal ab, dass er zwar ein Ziesezeichen vorweisen konnte, der entsprechende Gegenwert an gemahlenem Malz aber ausblieb. Er bezweifelte sogar, dass es noch für ein halbes Gebräu ausreichte, was er oben auf seiner Darre liegen hatte und morgen zur Mühle bringen wollte. Neue, frische Gerste war zwar bereits zugesagt, aber Anton äußerte sich lediglich sehr vage und legte sich nicht fest, wann diese denn eintreffen würde.

Mit dem Westfälischen Frieden hatte sich der Staat Brandenburg auch das Fürstentum Halberstadt mitsamt Bischof, zu dem auch das Amt Weferlingen gehörte, einverleibt. Der neue Landesherr, Kurfürst Friedrich Wilhelm, war am 3. April 1650 durch die Huldigung der Landesstände in Halberstadt ganz hochoffiziell genehmigt worden. Der private Besitzer des Amtes Weferlingen, General Königsmarck, zeigte sich nie, und so lag die bürokratische Leitung von Weferlingen in den Händen des Verwalters Anton. Darüber standen, beziehungsweise saßen dann gleich die Beamten Brandenburgs, die jedoch ganz andere Sorgen hatten, als sich mit den Besitztümern eines schwedischen Generals herumzuärgern.

Das größte Problem des Kurfürsten war, wie auch anderswo, das leidige Geld. Ein zerstörtes, bettelarmes Land war nicht so einfach in Besitz zu nehmen. Der tatkräftige, weitblickende Friedrich Wilhelm war sich des Dilemmas wohl bewusst, dass man in ein Land zuerst investieren musste, bevor man seinen Nutzen daraus ziehen konnte.

Soweit Beschlüsse und Maßnahmen des Kurfürsten Weferlingen erreichten, war Ulrich nicht so unglücklich mit der Politik seines obersten Landesherrn. Viele Beschlüsse zielten darauf ab, die Folgen des entsetzlichen Kriegs zu mildern und, neben der Linderung der größten wirtschaftlichen Not, auch die sittliche Moral wieder zu heben. Ulrich hatte, noch zusammen mit Johann Flügel in Winzer, das Elend eines Branntweinrauschs am eigenen Leib erfahren. Der Branntwein war es auch, den viele Menschen für die unglaubliche, unmenschliche Verrohung der Söldner im Krieg mit verantwortlich gemacht hatten. Also hatte der Kurfürst schnell gehandelt und ein ›Branntwein-Edikt‹ erlassen. Während bislang Trunkenheit stets als Entschuldigung und Entlastung selbst bei schwersten Vergehen hergehalten hatte, drehte das neue Edikt dies kurzerhand um. Nicht milder, sondern härter, teilweise sogar extrem rigoros, bis hin zum Todesurteil, wurde ab sofort derjenige bestraft, der betrunken mit dem Gesetz in Konflikt geraten war: ›Wir wollen und befehlen auch, dass die Trunkenheit zu keiner Entschuldigung verdienter Strafen, sonderlich bei Totschlägen oder anderer schwerer Verbrechen, angenommen wird, sondern vielmehr, wenn aus Trunkenheit ein Delikt begangen, soll die Strafe dadurch schwerer gemacht werden, damit jedermann sehen möge, dass die Trunkenheit nicht die geringste Ursache der Strafen gewesen, zu welchem Ende dann in solchen Fällen, wenn es auf Geld-, Gefängnis- und dergleichen geringe Strafen ankommt, selbige verdoppelt, und wenn das Leben verwirkt, die Art des Todes verschärft und nach Befinden anstatt des Schwertes der Strang, anstatt des Stranges das Rad oder andere Steigerung verfüget werden soll.‹

Den Gegnern des Branntweins und Befürwortern des viel gesünderen Biers waren solche Edikte selbstverständlich hochwillkommen.

Auch wenn es immer mal wieder Engpässe bei der Versorgung mit Gerste gab, so erarbeitete Ulrich sich die Anerkennung der Weferlinger durch harte und redliche Arbeit. Inständig hoffte er für die Zukunft auf zwei Dinge, die ihm den Erfolg und damit gutes Bier garantierten:

Das eine war, endlich wieder bei Gerste und Malz aus dem Vollen schöpfen zu können. Der andere Wunsch ging bereits vor

Ende der ersten Saison in Erfüllung. Der 27. Februar 1652 war ein Dienstag. Am Vortag hatte Ulrich wieder einmal die Prozedur des Mahlens erledigt, das Ziesezeichen gegen den Mahlschein getauscht und den Mahlschein gegen die Müllersarbeit. Lange vor Sonnenaufgang, um vier Uhr früh, hatte Ulrich dann mit der Brauerarbeit begonnen. Den ganzen Tag über hatte es wie aus Kübeln geschüttet; ein geradezu bösartiger Regen, in den sich Schnee und Eis gemischt hatten und der die Pflastersteine draußen in eine gefährliche Rutschpartie verwandelt hatte. Das war das beste Wetter, um drinnen, im warmen Brauhaus, seiner Arbeit nachzugehen. Nun, am Nachmittag, war der Sud erfolgreich im Gärkeller gelandet. Der Regen hatte etwas nachgelassen. Die Hauptarbeit war getan, das Putzen konnte beginnen. Dazu würde er gleich seine Knechte rufen. Während er sich kurz ausruhte und sich seine Pfeife ansteckte – sein jüngster Zeitvertreib, den er, da er jetzt ein eigenes Brauhaus leitete, seinem neuen Status geschuldet sah –, hörte er draußen, auf dem Pflaster des Brauereihofes, Hufe klappern. Der Ärmste, war Ulrichs erster Gedanke. Bei diesem Wetter jagt man doch keinen Hund vor die Tür. Ein einzelner, groß gewachsener Reiter, mit triefend nassem Umhang und einem Schlapphut, der vollgesogen an allen Seiten tief herunterhing, ritt heran; ein langer, grauer Bart verdeckte den Rest des Gesichtes. Gleich darauf klopfte es an der Tür zum Brauhaus. Ulrich öffnete die Tür, um dem Bemitleidenswerten ein Dach über dem Kopf anzubieten, ganz gleich, wer er war und was er wollte. Er erstarrte vor Überraschung, als er seinen Gast erkannte.

»Mein Vater, Ihr seid grau geworden.«

»Mein Sohn, du bist groß geworden.«

Schon lagen sie einander in den Armen.

2.

AM NÄCHSTEN MORGEN waren beide wie gerädert. Ulrich hatte, wie selten zuvor in seinem Brauerleben, das Putzen sein lassen – das war sowieso der Teil, den er am Wenigsten mochte, auch wenn er mehr beaufsichtigte als selbst Hand mit anzulegen – und sich mit seinem Vater in die Braumeisterstube zurückgezogen. Es wurde viel geredet und noch mehr getrunken. Acht Stunden lang hatten sie aus ungeheuren Humpen um die Wette getrunken. Solange, bis keiner von beiden mehr in der Lage gewesen war, einen sichtbaren Sieg davonzutragen. Jeder hatte viel zu erzählen gehabt.

Ulrich hatte um seine Stiefmutter getrauert und um das Leid, das seinem Vater in Bitburg widerfahren war, sich aber über die Nachricht gefreut, dass sein bester Freund seine Halbschwester geheiratet hatte. ›Wir müssen ihnen bald einmal einen Brief schreiben‹, hatten sie lautstark beschlossen. Cord Heinrich Knoll hatte, ebenfalls mit einer Mischung aus Bewunderung und Trauer, die letzten Erlebnisse auf der Wanderschaft seines Sohns vernommen. Der erste Teil war ihm bereits aus Johann Flügels Erzählungen bekannt gewesen. Besonders der Besuch Magdeburgs hatte ihn jedoch mit Wehmut erfüllt und ihm Tränen in die Augen getrieben.

›Wartet, ich muss Euch etwas zeigen‹, hatte Ulrich plötzlich eifrig gerufen, war in seine Schlafstube im ersten Stockwerk gelaufen und mit einem kleinen Paket wiedergekommen.

Als er die schmutzigen, Staub bedeckten Ölbilder seiner Ahnen ausgerollt hatte, hatte ein verklärtes Lächeln Cords Gesicht erhellt. Er war aufgestanden, hatte seinen Sohn gedrückt, so fest er konnte und gemurmelt: ›Danke. Ich wusste, dass du ein guter Junge bist.‹

Danach hatte es kein Halten mehr gegeben, was das Trinken

anging. Die Tatsache, dass jeder von ihnen einen Mord auf dem Gewissen hatte, war von beiden unerwähnt geblieben.

Sichtlich angeschlagen, ein kühlendes, feuchtes Tuch auf dem Kopf, aber voller Stolz, führte Ulrich nun am Morgen seinen Vater, der das Gelage des Vorabends besser überstanden hatte als der Sohn, durch die am Vortag nicht fertig gereinigte Brauerei. Diese bestand aus Malzhaus und Brauhaus. Das Malzhaus war einfach gehalten und besaß zwei große Malzböden nebst einem Darr-Rost und einer Darre. Im Brauhaus stand, wie fast überall, eine kupferne Sudpfanne auf einem eisernen Gestell, in dem sich der Ofen befand. Darum zog sich eine halbhohe, gemauerte Ziegelwand, damit der Brauer so nah wie nötig am Ofen und an der Pfanne stehen konnte, ohne sich zu verbrennen. Die Pfanne wie auch der Ofen hatten sogar schon rohrförmige Schlote, sodass der Rauch des Feuers und der Dampf der kochenden Würze nicht mehr durch das Brauhaus waberten. In der Pfanne wurde gemaischt und gekocht. Zwei weitere Gefäße standen etwas abseits: ein älterer, hölzerner Maischbottich, der nur mehr selten verwendet wurde, sowie ein Weichbottich, in dem die Gerste zum Mälzen eingeweicht wurde, bevor sie zum Keimen auf dem Malzboden ausgebreitet wurde. Die Maische lief in den tiefer liegenden Läuterbottich, dort wurde die flüssige Würze von den Trebern getrennt und zurück in die Pfanne gepumpt. Neben der Pfanne befand sich das Kühlschiff, eine Erfindung des dreizehnten Jahrhunderts, von da an ging die Würze zur Gärung in die drei großen, offenen Gärbottiche aus Eichenholz. Zur weiteren Ausstattung der Brauerei gehörten ein Hopfenkorb, mehrere Biertröge und Bierzuber, Abschöpfer, Rührstäbe, transportable Laufrinnen, Bierkannen sowie ein Stapel Holzfässer.

Sehr bald, um nicht zu sagen sofort, hatte Cord Heinrich Knoll sich in den Tagesablauf eingefügt. Die Einstellung seines Vaters war für Ulrich nur eine Formsache. In einem kurzen Gespräch mit dem darüber hocherfreuten Anton war bereits alles geklärt. Es war auch von Anfang an keine Frage, wer das Sagen hatte. Ulrich ordnete sich ohne Murren seinem Vater unter, der aber schnell das enorme, auf der Walz erlernte Können seinen Sohnes erkannte und gar nicht erst versuchte, ihm herablassend oder belehrend zu begegnen. Lediglich über die Qualität der zukünftigen Biere aus Weferlingen gab es lange Diskussionen zwischen dem jungen Brauer und seinem Vater, obwohl beide das Beste wollten.

»Nicht, dass das Bier hier grundsätzlich schlecht ist. Das hast du gut hinbekommen mit den bescheidenen Mitteln, die dir zur Verfügung stehen. Dir fehlen jedoch anscheinend helfende Hände, die sich wirklich auskennen, besonders beim Saubermachen«, mäkelte sein Vater nun doch herum. Ulrich war anderer Meinung, schließlich setzte Cord Heinrich jedoch durch, dass sie das ganze Brauhaus erst einmal kräftig durchputzten. »Siehst du nicht, wie dreckig hier alles ist?« Der Vater zeigte seinem Sohn wieder einmal, dass man für gutes Bier um Reinlichkeit nicht herumkam.

»Glaubt Ihr, mein lieber Vater, wir hätten auf unseren Reisen nur Dreckbier gebraut? Natürlich wird unsere erste gemeinsame Arbeit das Durchputzen des Brauhauses sein.« Dazu ließen sie zuberweise heißes Wasser aufkochen und Wacholderbrühe heranschaffen. Mit einem blitzblanken Brauhaus ließ sich auch wieder besser über die Bierqualität debattieren.

Ulrich wollte dabei mit einfachen Bieren Geld verdienen. »Schaut einfach mal, wie viel Salz und Gewürze die Leute sich mittlerweile ins Essen tun, da steigt der Durst und sie trinken alles, was diesen löscht. Egal, wie stark das Bier ist. Hauptsache es ist billig und flüssig. Und je mehr die Leut saufen, desto mehr Geld kommt herein!«

»Den Durst zu löschen ist sekundär«, war Cord Heinrich gegensätzlicher Meinung. »Kräftig soll es schmecken, gehaltvoll sein und so gut, dass ich noch eines trinken möchte. Dann kommt auch genug Geld zusammen. Denn viele leben mehr vom Bier als vom Essen. Die wollen wir doch nicht verhungern lassen?«

Einig waren sich beide wieder darin, ausschließlich Bier aus Gerstenmalz herstellen zu wollen. Der Vorschlag kam zwar von Ulrich, sein Vater unterließ es jedoch wohlweislich, mit ihm darüber zu streiten.

»Weizen ist für Kuchen da, der Hafer für die Pferde, aber die Gerste bleibt uns fürs Bier. Das hat unser Herrgott gut eingerichtet.« Nichts war mehr übrig von Cord Heinrichs Begeisterung für den Broyhan und andere Biere mit Weizen. Das lange Elend des Kriegs hatte ihn in jeder Hinsicht einsichtiger gemacht.

»Wenn ich etwas gelernt habe auf meiner langen Wanderschaft«, erklärte Ulrich daraufhin, »dann, wie es mit dem Bier und der Bierkultur bergab gegangen ist in diesem Krieg. Überall haben sich die Leute gar fürchterliche Schimpfnamen ausgedacht für das Bier, je nachdem, welche Wirkung es sofort hat auf die Trinker, oder auch, wie man sich am nächsten Tag fühlt.«

»Welche Namen denn zum Beispiel?«, hakte sein Vater nach.

»In Eisleben nennt man das Bier ›Krabbel-an-die-Wand‹, in Küritz heißt es ›Mord-und-Totschlag‹, in Torgau gibt es den ›Kopfbrecher‹, in Tangermünde den ›Kuhschwanz‹ und in Wernigerode das ›Lumpenbier‹.«

Knoll Senior wusste nicht, ob er lachen oder weinen sollte. Zu sehr bestürzte ihn der offensichtliche Niedergang seines Getränks, zu kurios waren aber wiederum die Namen.

»Wartet, ich bin noch nicht fertig!« Ulrich geriet jetzt richtig in Fahrt. »In Stade heißt das Bier schlicht und ergreifend

›Kater‹ – warum wohl? –, in Wollin ist es der ›Rachenputzer‹, in Wittenberg der ›Kuckuck‹. Und in Bautzen ist das Wort ›Klotzmilch‹ eine schwere Ehrenbeleidigung. So schwer, dass man nur das Bier dort so nennen darf. In Osnabrück ist mittlerweile sehr wenig Hopfen im Bier – stattdessen nehmen sie Waldmyrthe, und zwar derart viel, dass die dortigen Studenten das Bier ›Brusepuse‹ nennen. In Jena heißen die Biere ›Dorfteufel‹ oder auch ›Maulesel‹, weil man sich hinterher fühlt, als wäre man von einem getreten worden. Vom Eckernförder Bier kannst du so gut seffern«, er lachte und korrigierte sein Rotwelsch, »ich meine scheißen, dass es ›Cacabulle‹ genannt wird. Und die Leute aus Schweidnitz, Grimma und Mewe sind am direktesten, deren Biere heißen ›Bauchweh‹, ›Auweh‹ und ›O Jammer‹.«

Cord Heinrich fasste sich an den Kopf. »Bist du bald am Ende?«

»Gleich, ein paar Namen habe ich noch. Wie wäre es mit der ›Sauren Maid‹ aus Königsberg, oder einem ›Wehre Dich‹ aus Danzig. Ich habe auch noch von einer ›Krebsjauche‹ gehört, einem ›Kranken Heinrich‹ und einer ›Spülekanne‹, weiß jedoch nicht mehr, wo die herkommen. Belassen wir es zum Schluss mit dem Biernamen aus Lauenburg: ›Es-wird-nicht-besser!‹«

»Und in all diesen Bierstädten bist du gewesen?«

»Nein, nein, nein«, wiegelte Ulrich gleich ab. »Die Namen finden von selbst ihren Weg auf die Straße. Wir haben Volk von überall getroffen. Und da wir Brauer sind, haben wir viel übers Bier geredet. Es sieht verheerend aus, allerorts, mit unserem Bier. Und wie Ihr von der Herkunft der Namen erkennen könnt, ganz besonders im Norden und Osten Deutschlands. Da, wo der Krieg am schlimmsten gewütet hat.«

Knoll gab sich resigniert. »Nun verstehe ich, wie sich der Branntweinkrebs in unser Fleisch gesetzt hat. Wie kann aus einem Medikament nur ein Volksgetränk werden? Und wir Brauer tragen Mitschuld!«

»Womit habt Ihr denn in Bitburg gebraut im Krieg?« Ulrich erinnerte sich zwar aus seiner Ausbildung an einige Zutaten außer Malz und Hopfen, war aber doch noch sehr jung gewesen. Und alles hatten die Väter ihren Söhnen eben nicht gezeigt. Das wollte Knoll nun nachholen.

»Wir haben einiges versucht, als großer Mangel herrschte. Aber selbst das Quassiaholz haben wir aufgegeben, sobald es wieder Hopfen gab. Am meisten haben wir mit Biberklee gewürzt.«

»Wir haben unterwegs Biere mit vielerlei Zutaten getrunken.« Jetzt wollte Ulrich seinem Vater auch ein wenig mit seiner gewonnenen Erfahrung imponieren. »Bier mit Gurkensamen, Ingwerbier, Wermutbier, Fichtensprossenbier.«

Knoll schüttelte sich vor Grausen. »Vielleicht müssen unsere Regierungen hart durchgreifen, damit die Brauer wieder anständiges Bier brauen. Und bei den Leuten braucht es vielleicht einen Bierzwang, damit das Branntweinsaufen aufhört.«

»In Bayern gibt es das alles schon!« Knoll staunte. »Zumindest ist es Vorschrift«, relativierte Ulrich sofort. »Wir haben trotzdem einige wenige Male Branntwein getrunken. – War uns elend hinterher!« Er erzählte seinem Vater vom neuen Branntweinedikt des Preußenfürsten. »Das halte ich für besser als einen Bierzwang. Die Leute sollen trinken, was besser und billiger für sie ist. Und«, fuhr er fort, »der Bierzwang birgt auch ein böses Dilemma für den Bayernfürsten. Einerseits herrscht Bierzwang, andererseits hat der Herzog eigene Brennereien.« Mit einem Scherz schloss er ab. »Und um dem Herzog bei seinem Problem zu helfen, da trinken halt alle Bayern ab und zu heimlich einen Schluck Branntwein.« V

3.

Den ersten braufreien Sommer in Weferlingen nutzte Knoll, wie auch schon in Bitburg, für Verbesserungen an der Brauerei. Er näherte sich dem fünfzigsten Lebensjahr, da wurden nicht nur die Haare grau, sondern sein Körper wollte nicht mehr so wie in früheren Tagen, besonders am Morgen nach dem Aufstehen. Manchmal fühlte er Stiche am Herzen, der Schweiß brach ihm aus ganz ohne Grund und er musste sich, da ihm auch die Luft zum Atmen fehlte, gleich wieder hinsetzen. Nach einer Weile ging es dann meist wieder. So überließ er die körperlich anstrengenden Arbeiten seinem Sohn, während er in der Stube saß und vor sich hintüftelte.

Als Erstes nahm er sich den Läuterbottich und den Pumpenmechanismus vor, der bald schneller und sauberer pumpte als alles, was beide Brauer jemals zuvor gesehen hatten. Auf diese Vorrichtung war Knoll besonders stolz. Zum einen, weil er sie sich für die Praxis ausgedacht hatte. Zum anderen, weil sie auf der Erfindung eines berühmten Magdeburger Landsmannes beruhte: Sein ehemaliger Kunde, der Ratsherr und derzeitige Magdeburger Bürgermeister Otto von Gericke hatte sich in den vergangenen Jahren nicht nur in der Politik versucht, sondern sich auch als genialer Naturwissenschaftler entpuppt und erst wenige Jahre zuvor die Kolbenpumpe erfunden. Bei seinem weltberühmten Versuch mit den Vakuumkugeln hatte er dann gezeigt, dass man damit sogar Luft pumpen konnte. Nachrichten davon waren bis nach Bitburg gelangt und Knoll hatte reichlich Zeit gehabt, über die Umsetzung von Gerickes Erfindung in die Praxis nachzugrübeln.

Wenn man Luft pumpen kann, warum nicht auch Bierwürze oder Bier?, hatte sich Knoll gefragt, nachdem er davon gehört hatte und zwei dieser Pumpen bestellt, von denen eine nun Würze beförderte und die andere fertig vergorenes Bier zum Füllen der Fässer. Ulrich verbrachte viel Zeit am Pumpenschwengel, diese Arbeit stellte, so mühsam sie war, dennoch eine große Erleichterung zur althergebrachten Methode dar. Beide Knolls überlegten, ob und wie sie Gerickes Erfindung noch verbessern konnten.

»Wir müssten die Kolben größer machen«, schlug Ulrich vor.

»Und vielleicht sogar zwei Kolben mit einem Schwengel verbinden«, stand Cord Heinrich seinem Sohn in nichts nach.

»Damit müsste man ja Unmengen von Bier pumpen können!« Ulrich war hellauf begeistert, obwohl diese Pumpe erst in ihren Gedanken existierte.

»Eine richtige Bierhebemaschine wäre das.« Auch Knoll Senior ließ sich von der Euphorie seines Sohnes anstecken. Wenn auch noch einige Zeit bis zur Realisierung der Bierhebemaschine vergehen sollte, die Idee dazu war geboren.

Weiterhin experimentierte er mit der Temperaturmessung. In Zeitungen, die auch nach Weferlingen regelmäßig ihren Weg fanden, las er von einer Erfindung von Galileo Galilei – Knoll erinnerte sich dunkel, den Namen in einem anderen Zusammenhang vor langer Zeit einmal gehört zu haben –: ein sogenanntes Thermometer, mit dem man die Wärme messen konnte. Knoll erstand einige holländische Wettergläser, die auf Galileis Erfindung basierten und sich in der christlichen Seefahrt bereits durchgesetzt hatten. Ob das auch beim Bierbrauen hilfreich sein könnte? Das Wetterglas funktionierte zwar in der Luft und leistete ihnen im Brauhaus gute Dienste, für Flüssigkeiten war es indes nicht geeignet.

»Da muss noch einer ein Glas erfinden, das in der kochenden Würze nicht zerspringt«, war Knolls zerknirschtes Resümee nach mehreren zersprungenen, teuren Wettergläsern. »Und ein Material einfüllen, dessen Volumenänderung sich besser nachmessen lässt.«

»Und eine Skalierung, die die Messungen vergleichbar macht«, brachte Ulrich auch das letzte Problem auf den Punkt. Es sollten weitere sechzig Jahre vergehen, bis ein in Danzig geborener Physiker namens Daniel Gabriel Fahrenheit genau diese Probleme löste, an denen das Genie Galilei seinerzeit noch gescheitert war.

Ulrich setzte das Wetterglas kurz nach Saisonbeginn jedoch mit großem Erfolg im Gärkeller ein, wie er seinem Vater erklärte: »Hier ist die Lufttemperatur ja wichtiger als im Brauhaus, weil die so ähnlich ist wie die Temperatur vom gärenden Bier.«

Sein Vater zitierte sofort den Spruch, den jeder Brauer im Schlaf aufsagen konnte: »›Zu kaltes Bier schiebt die Hefe nicht gerne! (Bedeutet: Gärt nicht gut!) Und bei zu warmem Bier, da geht das Beste mit der Hefe fort.‹« Und klopfte wieder einmal voller Stolz seinem Sohn auf die Schultern.

Für all diese Neuheiten nahte die Stunde der Bewährung in der Praxis, als der September 1652 sich dem Ende zuneigte. Cord Heinrich war, trotz seiner angegriffenen Gesundheit, guten Mutes und voller Vorfreude aufs Bierbrauen. Die letzten Tage bis zum Michaelitag konnte er kaum erwarten. Er lief herum, pfiff kleine, schräge Melodien und murmelte in einem Singsang bier-philosophische Sprüche vor sich hin, wie: »Malz ist der Leib des Bieres, das Wasser die Schuhe, in denen es läuft, der Hopfen aber ist das Gewand des Bieres.‹«

Die Saison lief hervorragend. Die Biere waren die besten – dank ausreichender und guter Hopfen- und Gerstenlieferungen – die Knoll seit über zwanzig Jahren getrunken zu haben glaubte. Sogar ein Ruhranfall Ulrichs, der ihn zum Jahresende für längere Zeit niederstreckte und dem Alten alle Arbeit aufbürdete, konnte ihnen nichts anhaben. Eine Weile machte Knoll sich mehr Sorgen um seinen Sohn als um seine eigene Gesundheit, letzten Endes stand dieser geschwächt, aber genesen, wieder im Brauhaus und rührte den Maischescheit. ⋎

4.

IM SOMMER DES FOLGENDEN JAHRES beschloss Cord, seiner Tochter einen Brief zu schreiben. »Zu lange hat sie nichts von mir gehört. Sicher sorgt sie sich um mein Wohlhergehen«, murmelte er. Nur, wie konnte er an Lisbeth Magdalena schreiben, ohne dass die Zensur herausfand, wo er sich jetzt aufhielt? Die Trierer Jesuiten waren sicher immer noch sehr daran interessiert, seiner habhaft zu werden. Es half alles nichts, sein Sohn musste eingeweiht werden. So nahm er zwei Krüge, setzte sich mit Ulrich in die Stube und machte ihm ein Geständnis; er erzählte vom Mord an dem Jesuiten, und dass dies der eigentliche Grund gewesen war, zu ihm nach Weferlingen zu kommen.

»Das verfluchte Jesuitenpack vermutet mich in Amerika, in Maryland«, prostete Cord seinem Sohn verschmitzt lächelnd zu.

Ulrich grinste zurück. »Die Gelegenheit ist günstig, auch ich habe zu beichten«, und gab die Regensburger Episode vom Hauptmann Hernandez zum Besten.

Knoll fiel fast vom Stuhl, erst vor Überraschung, dann vor Lachen. »Habt ihr zwei Prachtburschen diesen hundsföttischen Saufkopf tatsächlich vom Leben zum Tod befördert«, prustete er in seinen Krug hinein. »Nun, auch diese gute Nachricht müssen wir unseren lieben Bitburgern leider vorenthalten.«

Der Brief wurde dann von Cord entworfen, nach der Methode des Trithemius verschlüsselt und so, da Knoll Senior nicht selbst den Federkiel führen wollte, von Ulrich abgeschrieben. Er enthielt keinerlei pikante Details. Lediglich, dass es ihm, Ulrich, hier gut ginge, er sich freuen würde, von seiner Schwester zu hören und er hiermit auch herzliche Grüße an seinen besten Freund und dessen Schwester ausrichte. Nur mit einer kurzen Zeile erwähnte er, in Gebetsform, ›der Vater ist mit mir und wohlauf‹, voller Zuversicht, dass seine kluge Schwester dies richtig verstehen würde. Dann versiegelten sie den Brief, gaben ihn auf und hofften, eine baldige Antwort zu erhalten.

Der Herbst brachte böse Orkane, die über die Magdeburger Börde fegten; Hagel zerfetzte die Hopfengärten und ließ die Brauer, wie zu Kriegszeiten, wieder das Schlimmste befürchten. Und so wurde das grüne Gold erneut zur begehrten Mangelware. So begehrt, dass Herrscher wie der Kurfürst von Sachsen den Wucher beim Hopfenkauf per Gesetz verbieten lassen musste. Von Königsmarck war keine Hilfe zu erwarten, das Amt Weferlingen musste mit der Krise allein klar kommen. Der Rückfall in alte, kriegsähnliche Zeiten ließ die beiden Weferlinger Brauer nicht verzweifeln. Beide fühlten sich erfahren genug, den Widrigkeiten des Hopfenmangels zu trotzen. Solange es wenigstens gute Gerste gab. Also versuchten sie, wieder einmal, auch ohne Hopfen wohlschmeckende, bekömmliche Biere zu brauen. Mit Würzmitteln, die zwar aus der Not heraus geboren worden waren, jedoch dem Geschmack des Bieres dennoch weiterhalfen: Nelken, Muskat, Ingwer, Zitronenschalen, Lorbeerblätter, Melisse, Salbei, sogar Enzianwurzel. Sie verfolgten damit nicht nur die Absicht, das ohne Hopfen eher fade Bier zu aromatisieren, sondern zusätzlich Arzneibiere herzustellen.

Die Idee dazu kam von Anton, der eine weitere Einnahmequelle für die chronisch leere Verwaltungskasse witterte. »Jeder Brauer, der mittlerweile was auf sich hält, macht ein Arzneibier. Damit ist viel Geld zu verdienen.«

Zum Aromatisieren genügte es meist, einen leinenen Beutel in die gärende Biertonne zu hängen, während beim Arzneibier die flüchtigen Bestandteile der Kräuter, die als Arznei wirksam sein sollten, richtig im Brauhaus mitgekocht wurden. Beim Arzneibier ging es ebenso weniger um den Ersatz des Hopfens als um den charakteristischen Geschmack einer Medizin. Wermut war seit jeher als anerkannter Hopfensparer bekannt gewesen wie auch das Kardobenediktenkraut und das Tausendgüldenkraut. Solange es Hopfen in ausreichender Menge gegeben hatte, waren diese Kräuter für das Bierbrauen in Vergessenheit geraten. Jetzt, mit dem Erfolg der Arzneibiere, lebten die alten Rezepturen wieder auf. Auch an Nesselbier und Löwenzahnbier versuchten sich die Weferlinger Brauer mit Erfolg. Einige traditionelle Bierklärer, wie gekochte Kalbsfüße oder Leim, verwarfen beide für ihr Bier. Jedoch beileibe nicht über alle Zutaten herrschte Einigkeit. Ulrich entdeckte, durch Zufall und nach einigen Fehlschlägen mit anderen Hopfensparern, eine Substanz namens Süßholzsaft. Die wurde auch ›Lakritze‹ genannt. Ein Sud damit ließ die Biere beinahe klebrig und so nährstoffreich erscheinen, dass der Mangel an Hopfen gar nicht auffiel. Das Süßholzbier war für Ulrich befriedigend sowohl als normales wie auch als Arzneibier.

»Es schmeckt und nährt, und hilft zudem bei Husten, Katarrh, Magengeschwüren, Erkältungen und Hautgeschwüren«, frohlockte er seinem Vater gegenüber. »Was willst du mehr?«

»Ich werde kein Bier trinken, das nach Kaffee schmeckt! Niemals!«, kam die pampige, entrüstete Antwort. Die Lakritze roch und schmeckte ihm zu sehr nach dem ›Türkentrank‹, der im Krieg nach Deutschland gelangt und dessen Verbreitung nicht aufzuhalten war. Cord Heinrich Knoll hasste den Kaffee mit Inbrunst. Nicht nur als Konkurrenz zu seinem geliebten Bier. Er war beileibe nicht der Einzige, der sich von dem schwarzen Getränk mit seinem bitteren Geschmack an flüssiges, heißes Pech und damit an Krieg und Folter erinnert fühlte. Kaffee war auch der einzige Grund gewesen, weswegen er bislang einmal Streit mit Anton gehabt hatte. Dieser trank gern am Nachmittag einen pechschwarzen Aufguss dieses Teufelszeugs, und diese Angewohnheit hatte Knolls Zorn erregt. Tagelang hatten beide nach ihrem Streit kein

Wort mehr miteinander gewechselt, bis sie sich schließlich doch – natürlich beim Bier – wieder versöhnten.

Mit dem Hopfen ging es in den folgenden Jahren wieder besser. Dennoch behielten sie die beliebtesten Rezepturen mit anderen Gewürzen bei.

Das nächste Frühjahr brachte die ersehnte Antwort von Lisbeth Magdalena. Die Postkutsche hielt eines Morgens in Weferlingen und ihr entstieg, mit allem nötigen Gepäck, die knapp zweiundzwanzigjährige Sophia Flügel. Wie ein Fabelwesen stand sie auf der Stufe der Kutsche auf der anderen Straßenseite. Schöner, als Ulrich sie je in Erinnerung gehabt hatte. Er errötete, während sie, die Taunässe ignorierend, übers Gras lief und zu ihm kam. Gekleidet wie ein junger Mann, lediglich ihre Brüste und die langen, hochgesteckten Haare verrieten das Gegenteil, wurden ihre Schritte schneller und immer schneller, bis sie schließlich Ulrich entgegen und in seine Arme flog. Neben der Überraschung, dass die junge Dame die gefährliche Reise allein und unbeschadet überstanden hatte, überwog die Freude des Wiedersehens, vor allem bei Ulrich.

»Tagelang, wochenlang habe ich meinen Vater bekniet, mir diese Reise zu erlauben«, erzählte Sophia. »Seitdem der Brief meine Schwägerin im letzten Jahr erreichte, wollte ich zu euch kommen. Lisbeth hat mittlerweile ihr drittes Kind geboren. Alle sind wohlauf und mein Vater ist so vollauf mit der Brauerei und seinen Enkelkindern beschäftigt, dass er mir schließlich die Erlaubnis zur Reise gab.« Einen chiffrierten Brief von Lisbeth für Ulrich hatte sie auch dabei.

Geliebter Bruder,

danke für Deinen Brief. Wenn ich Dich richtig verstanden habe, dann ist unser Vater bei Dir und nicht nach Amerika gese-

gelt. Das freut und beruhigt mich von ganzem Herzen. Mein Mann hat mir viel erzählt von Euren Reisen; dass Du ein tapferer, aufrechter Mann geworden bist. Fleißig und anständig. Daher habe ich auch meinem Schwiegervater gut zugeredet, Sophia Dich besuchen zu lassen. Sie liebt Dich seit Jahren und würde Dich gern heiraten. Die Zustimmung ihres Vaters dazu kannst Du allein daran erkennen, dass er Sophia schließlich die Erlaubnis zu dieser Reise gegeben hat. Das wäre wunderbar! Dann wären wir alle zusammen eine große Familie: wir hier in Bitburg, ihr dort in Weferlingen! Richte Vater aus, man sucht ihn immer noch. Wann immer Menschen von hier nach Amerika gehen, befehlen die Jesuiten ihnen, nach ihm Ausschau zu halten. Ich wünsche mir so sehr, dass wir alle in Frieden leben können. Ungeduldig erwarte ich eure Antwort.

Deine geliebte Schwester Lisbeth Magdalena.

Ulrich heiratete Sophia Flügel noch im selben Monat. Nach dem Sommer war Knolls nächstes Enkelkind bereits unterwegs. Das Familienglück war perfekt.

Der Besitzer des Amtes Weferlingen, der General von Königsmarck, hatte inzwischen die erbliche Grafenwürde erhalten. Beim Ausbruch des Kriegs zwischen Schweden und Polen ging er 1656 nach Preußen und kämpfte dort zusammen mit dem Prinzen von Homburg auf schwedischer Seite, wurde aber kurz nach der Eroberung Danzigs gefangen genommen und sollte bis zum Jahr 1660 einsitzen.

Ganz allgemein ging es langsam, aber sicher aufwärts in Brandenburg. Kürfürst Friedrich Wilhelm hatte sich endgültig durchgesetzt, teils gegen heftigen Widerstand, die Landwirtschaft zu fördern, unter anderem auch durch verstärkte Zuwanderung aus dem Ausland. Verfolgte Hugenotten und andere religiöse Minderheiten kamen seinem Aufruf nur zu gern nach. Er riss Handelsbarrieren nieder, förderte den Binnen- und den Seehandel, ließ Kanäle bauen und verbesserte den Postdienst.

Der Zweite Nordische Krieg war in Weferlingen kaum zu spüren, sah man von der haftbedingten Abwesenheit seines Besitzers einmal ab.

Das Ende des Jahres 1653 brachte noch einmal große Unruhe, nicht nur in Weferlingen, sondern im gesamten Fürstentum. Der Kurfürst hatte dringend viel Geld für sein stehendes Heer benötigt und daher mit den Ständen nach langen Verhandlungen Einigung erzielt. Fünfhundertdreißigtausend Taler auf sechs Jahre wurden ihm genehmigt. Im Gegenzug erhielten die Stände, und somit der Landadel, die Erlaubnis, die arme Landbevölkerung noch weiter schinden zu dürfen. Ab sofort war jeder, der seine persönliche Freiheit nicht mit Dokumenten belegen konnte, automatisch unfrei. Mit dieser Regelung wurde jahrhundertealtes Gewohnheitsrecht urplötzlich ausgehebelt. Fieberhaft suchten alle Bauern nach den begehrten Nachweisen der Freiheit. Die, die nicht fündig wurden – und das waren nicht wenige –, mussten ihre Höfe verkaufen oder sich, um sie behalten zu dürfen, in weitere, fatalere Abhängigkeit vom Landadel begeben.

Cord Heinrich Knoll konnte zum Glück seinen Bitburger Bürgerbrief vorweisen, Ulrich seinen Gesellenbrief als Brauer, sonst hätte auch Anton ihnen nicht helfen können. Und wieder einmal konnte Knoll über die Obrigkeit fluchen, »die nichts anderes im Sinn hat, als uns zu schikanieren, anstatt an das Wohl des gemeinen Volkes zu denken.«

5.

WIEDER EINMAL war viel Zeit ins Land gegangen. Sophia und Ulrich hatten bereits zwei kleine Kinder – zwei weitere waren kurz nach der Geburt gestorben –, die Weferlingen und Umgebung unsicher machten. Ein schmuckes und gar nicht mal kleines Haus hatte Ulrich sich gebaut, in der Nähe der Brauerei, nah am Fluss gelegen. Mit richtigen Fenstern aus Glas. Jetzt, wo er sich als bestallter Amtsbraumeister fühlen konnte, noch dazu mit Frau und Kindern, stand ihm mehr zu als die Schlafstube neben dem Brauhaus. Sophia hatte das Haus mittlerweile in ein kleines Paradies verwandelt, in dem die Kinder sowie die Eltern sich gleichermaßen wohl fühlten. Cord Heinrich, Opa Knoll, wie ihn seine Enkel riefen, lebte ruhig und zurückgezogen in der alten Gesellenstube, die er früher mit seinem Sohn geteilt hatte.

Man schrieb das Jahr 1661. Es war ein äußerst kalter Oktobertag, Eisregen hatte die meisten Wege bereits unpassierbar gemacht. Kleine, schwarze Wolken trieben, wie von einer Peitsche des eisigen Windes getrieben, über die Hügel jenseits der Aller hinweg. Die Weferlinger Brausaison war mit erstklassigen Bieren eröffnet worden. Die Keller waren voll und das Bier wartete auf durstige Kehlen. Cord Heinrich, der bereits auf die Sechzig zuging, saß im Brauhaus und schrieb Tabellen. Sein Rücken erlaubte es ihm immer weniger, sich zu seiner vollen, imposanten Größe aufzurichten, daher saß er lieber. Ulrich war auf der Darre und schaufelte Malz, während beide sich freuten, bei diesem Wetter, wo man keinen Hund vor die Tür jagen würde, einen behaglich warmen Arbeitsplatz zu haben. Währenddessen hörte der alte Mann Geklapper von Kutschenrädern auf dem Pflaster des Hofes, Türen wurden zugeschlagen, Gesprächsfetzen und Flüche drangen bis ins Brauhaus. Unverkennbar Anton, der sich mit einer herrischen, befehlsgewohnten Stimme herumstritt. Dann trat Ruhe ein, anscheinend war Einigung erzielt worden. Kurze Zeit darauf erschien Anton und ersuchte Knoll, er oder Ulrich mögen dem hohen Gast doch einen großen Krug frisches Bier kredenzen.

Knoll erwiderte erstaunt. »Soll der hohe Herr doch in den Ratskeller gehen!«

»Das habe ich ihm auch gesagt, aber er insistiert, das Bier direkt aus der Brauerei zu kosten«, erwiderte Anton.

Also machte Knoll sich auf in den Keller und füllte den Besucherkrug, den sie sich für genau diese Fälle hatten anfertigen lassen. Es war ein Trinkgefäß in Form einer Muskete und fasste etwa vier Liter. Das wurde den hohen Besuchern gereicht. Die, die es in einem Zug austrinken konnten, wurden ins Stammbuch der Brauerei Weferlingen eingetragen. Die Liste war noch recht kurz. Vorsichtig, als trüge er kostbares Glas, manövrierte er das schwere Gefäß in Antons Kontor, wo der seltsame Gast auf das Bier wartete. Ein mittelgroßer, leicht dicklicher, vornehmer Herr in schicker Reiseuniform, der sich dazu, der Kälte wegen, noch einen grellroten, wollenen Tuchmantel über die Schultern geworfen hatte, erhob sich, als Knoll die Stube betrat. Jedoch nicht aus Höflichkeit Knoll gegenüber, sondern um das Bier angemessen zu begrüßen. Erst jetzt, da er zwei Schritte auf Knoll zukam, bemerkte dieser die Prothese am rechten Bein des Mannes.

»Unser hoher Gast, der hochgeborene Prinz Friedrich von Homburg«, stellte Anton den Besucher vor, der dies selbst nicht für nötig erachtete.

»Ah, ein frisches Bier«, war alles, was seinem Mund entfuhr. Beinahe gierig stürzte er den Trunk in sich hinein.

Das letzte Mal hatte Knoll im Krieg einem Söldner derart beim Saufen zusehen können. Der Prinz gab jedoch bei der

Hälfte des Musketenkruges auf, seufzte laut vor Wohlbehagen, und dann entlockte ihm das Bier schließlich doch ein Wort des Lobes: »Köstlich, köstlich, Euer Bier. Schon lange habe ich nicht mehr so etwas Gutes getrunken.«

Knoll nahm das Lob mit einer Grimasse und einem Achselzucken hin. Seine schlechte Meinung über die oberen Zehntausend hatte sich seit dem Krieg nicht geändert.

Der Hessenprinz bemerkte die Geringschätzung und fuhr Knoll an. »Was glaubt Ihr, wen Ihr vor Euch habt. Ja, für Euch Männer vom Land sind wir Edelmänner immer noch epikureische Weltkinder, die alle Tage mit Saufen und vollem Magen verbringen, oder? Ede, bibe, lude, post mortem nulla voluptas, nicht wahr?«

Knoll, der des Lateinischen mächtig war, verstand den letzten Satz des Prinzen problemlos: ›Iß, trinke, spiele! Nach dem Tode gibt es keine Begierden mehr‹.

Das Letzte, was er wollte, war Streit mit einem Unbekannten, einem Prinzen dazu, der zudem noch sein Bier gelobt hatte. Er schüttelte den Kopf und bat zerknirscht um Vergebung.

Das Getränk zeigte schnell seine Wirkung und machte auch den Prinzen versöhnlich. Er setzte erneut an, trank den Krug leer und gab ihn mit den Worten zurück: »Merkt Euch mein Antlitz, mein lieber Bierbraumeister, wir werden uns sicher wiedersehen und hoffentlich gute Freunde werden.« Dann humpelte er zurück zu seiner Kutsche, während Knoll aus dem warmen Haus der Karosse des Prinzen zusah, wie diese bei der Abfahrt über das blanke Eis schlitterte.

Die Gerüchteküche Weferlingens rumorte schneller als erwartet: »Unser Herr von Königsmarck wird uns mitsamt dem ganzen Amt verkaufen.«

»Ein neuer Junker wird seinen Platz einnehmen.«

»Er soll ein vornehmer, reicher Kriegsheld sein.«

»Und er bringt eine wunderschöne Prinzessin mit.«

Die Hoffnungen, die von den Einheimischen in den neuen Besitzer gesetzt wurden, wuchsen in gleichem Maße wie die brodelnden Gerüchte.

»Er wird sicher hier wohnen, mit seiner Prinzessin, und ihr das Schloss erneuern!«

»Wir alle werden Arbeit und ein besseres Wohlergehen haben.«

»Vielleicht wird es hier zugehen wie an einem Fürstenhof.«

Und das waren in der Tat die Pläne, die der Prinz von Homburg mit Weferlingen hatte. Denn nicht nur das Bier hatte es ihm angetan, sondern auch die Landschaft. Die Umgebung des Ortes war zwar nicht mit hohen Bergen und schönen Tälern gesegnet, die dunkelgrünen Wälder aber und das idyllische Tal der Aller mit seinen saftig grünen Wiesenteppichen, da war er sicher, die würden seiner schwedischen Prinzessin gefallen. Oftmals sah er sich schon, mit Margarethe Brahe zusammen, im Geiste lustwandeln im neu angelegten Schlossgarten. Oder an den Fenstern des frisch renovierten Schlosses stehen und die schöne Aussicht genießen.

Auch die langwierigsten Verhandlungen gehen irgendwann einmal zu Ende und Prinz Friedrich von Homburg durfte sich so bald, Anfang 1662, als neuer Besitzer des Amtes Weferlingen fühlen. Mit dem Kauf der Königsmarck'schen Besitzungen gehörte er nun einer neuen Gesellschaftsklasse an:

Er war ein Landjunker geworden.

Wenn er dies auch als Privatmann ausübte, so erhielt er unter der Oberhoheit des Kurfürsten doch einige landesherrliche Befugnisse für seinen Besitz. Anton wurde in seiner Position bestätigt, sogar ganz offiziell zum Amtmann befördert. Der Prinz stellte ihm einige Unterbeamte zur Seite, wenngleich Anton die Brauerei, sein liebstes Kind, unter seiner Obhut behielt. Alle Bewohner erwarteten gespannt die Ankunft ihres neuen Herren.

Cord Heinrich Knoll hatte die Episode mit dem einbeinigen Prinzen schon beinah wieder vergessen, bis er den Namen Prinz von Homburg erneut hörte. »Na, sei's drum. Wenigstens weiß er ein gutes Bier zu schätzen«, war sein lakonischer Kommentar.

Das war alles, was man ihm entlocken konnte. Was die anderen sich erhofften, von wirtschaftlichen Vorteilen über eine geordnete Verwaltung bis zur Hilfe bei der Landwirtschaft, interessierte ihn nicht.

6.

»MACHT EUCH MAL NICHT zu große Hoffnungen. Nachdem ich das Amt Weferlingen lediglich als Pfand besitze, investiere ich nur, wenn mir der Gewinn davon auch sicher ist.« Mit diesen Worten kanzelte der Hessenprinz die erste Abordnung der Weferlinger ab, die sich zur Begrüßungsaudienz ins immer noch arg renovierungsbedürftige Schloss begeben hatte.

Knoll hatte ihnen diese Brüskierung schon prophezeit, während die Weferlinger Tage vorher lange in der Bierstube gehockt und beratschlagt hatten. »Ihr glaubt doch nicht im Ernst, dass so ein feiner Pinkel viel Geld ausgibt, um euch aus der Malaise zu helfen?« Also war er dieser ersten Delegation ferngeblieben. Noch stand er allein mit seiner Meinung da, die aber spätestens nach der Ankunft des Prinzen im Schloss bestätigt wurde.

»Der Königsmarck, der Sauhund, hat seinen Vertrag nie gehalten und das Pfand nie eingelöst. Dann ist es so lange verlängert und wieder verlängert worden, bis ich mich jetzt damit herumplagen muss.«

Entsetzen bei den Weferlingern. Als Pfand? Das hatte niemand wissen können.

Friedrich sah die Fassungslosigkeit seiner Untertanen und lenkte ein. »Gebt mir etwas Zeit, liebe Leute. Ich muss mir alles ansehen und es bewerten. Dann werde ich entscheiden, wie es weitergeht.«

Die enttäuschten Weferlinger waren entlassen.

Sie sollten ihren neuen Besitzer jedoch nicht unterschätzen. Der setzte sich zunächst zum Ziel, das Schloss wohnlich zu machen und mit der Brauerei möglichst viel Geld zu verdienen. Dabei sollte sein kaufmännischer Instinkt erwachen, der Weferlingen zu einer einmaligen Blüte führen sollte.

Das Schloss bestand aus einer etwa einhundert Jahre alten,

dreiflügeligen Renaissanceanlage, die auf eine mittelalterliche Burg gebaut worden war. Alles war dank Königmarcks Vernachlässigung in sehr schlechtem Zustand. Die Arbeiten am Schloss schritten jedoch rasch voran, sodass der Prinz von Homburg bereits im Frühjahr mitsamt seiner Gattin Einzug halten konnte. Die Weferlinger waren beeindruckt von Margarethe Brahe, so schön und stolz, wie sie daherkam. Sie kümmerte sich um die Einrichtung des Schlosses und verlieh diesem innerhalb kürzester Zeit das Aussehen eines wirklichen Fürstenhofes.

Im Juni, in der braufreien Zeit – der Prinz hatte sich mittlerweile wahrhaft feudal eingerichtet –, erhielten die beiden Brauer eine Einladung ins Schloss.

»Ich würde eher Vorladung sagen«, grummelte Cord Heinrich. »Einladungen erhalten lediglich Gleichgestellte. Der will sicher nur wissen, wie er noch mehr Geld aus der Brauerei herauspressen kann.«

So gingen beide, mit leicht bangen Herzen, zur ersten Audienz bei ihrem Prinzen, das Schlimmste befürchtend. Der aber gab sich jovial und bat seine beiden Brauer, sich zu setzen. Offensichtlich wollte er ihnen imponieren, denn er bot nicht nur süßes Gebäck an, sondern nahm eine schwer aussehende, wundervoll verzierte Glaskaraffe in die Hand. »Den solltet Ihr kosten«, sagte er dazu. »Das ist ein Rosolio aus Italien.« Er leckte sich die Lippen. »Der ist noch süßer als das Gebäck.« Dann, als müsste er überlegen, betrachtete er nachdenklich das kostbare Gefäß und sinnierte: »Wobei ich nicht weiß, was ich mehr schätze. Dieses neuartige Glas aus Florenz, welches sie dort Bleikristall nennen, oder diesen herrlichen Likör.«

Knoll schüttelte höflich, aber bestimmt den Kopf, während bei Ulrich die Neugierde siegte und er um einen Likör bat.

Der Prinz nahm eine weitere Karaffe aus durchsichtigem

Kristallglas, in der eine noch dunklere, sirupartige Flüssigkeit hin und her schwappte und wandte sich erneut an den Älteren. »Oder möchtet Ihr einen Ratafia aus Katalanien probieren? Köstlich ist das, ein Anislikör, der mit vierzig Kräutern und grünen Walnüssen mazeriert wurde.«

Knoll winkte ab, Ulrich ließ sich schließlich einen Ratafia einschenken, verzog beim Trinken aber angewidert das Gesicht.

»So gern ich Bier trinke«, sagte der Prinz von Homburg mit einer Mischung aus Freundlichkeit und Standesdünkel, »diese neuartigen Getränke, wie Likör, aber auch Kaffee und Schokolade, sind nicht zu verachten.«

Knoll empfand dies sogleich als Provokation und wollte bereits aufbrausen, hielt sich dann aber zurück. »Euer süßes Gebäck mag ja zu diesen neuen Getränken passen. Ihr wisst aber sicher auch, dass nur gesalzene Speisen einen rechten Bierdurst erzeugen«, entgegnete er höflich. »Und zum Kaffee bleibt mir nur zu sagen: Wie kann man nur ein Getränk mögen, das nach Ruß schmeckt? Das uns Männer austrocknet und unfruchtbar macht.«

»Freilich«, lachte der Prinz, dem Knolls respektlose, grummelnde Art zu gefallen schien. »Was ich in meinen Gemächern esse und trinke, ist meins und soll meins bleiben.« Er senkte seine Stimme verschwörerisch: »Wenn ich auch meinen seltenen Kaffee nach Schwedenart gesalzen trinke.« Wieder lauter: »Mein Volk soll ruhig salzig essen und fleißig Bier trinken. Wir leben vom Salz zum Pökeln ebenso wie von dem ozeanischen Bierdurst, der damit erzeugt wird. Und Kaffee ist sowieso ein Luxusgut und eher für Pfaffen im Zölibat geeignet.« Er zwinkerte den beiden Brauern schalkhaft zu. »Das wäre ja noch schöner, wenn unsere Bauern und Landarbeiter Kaffee und Schokolade schlürften – womöglich noch gezuckert, anstatt Bier.«

»Interessiert Ihr Euch für Alchemie?«, wechselte der Prinz urplötzlich das Thema.

Knoll schüttelte den Kopf.

»Ich habe vor, hier im Schloss ein Laboratorium einzurichten. Demnächst werde ich meinen Homburger Baumeister Paul Andrich herkommen lassen. Der ist auch mein Hofalchimist und kann auch euch Braumeister noch Geheimnisse lehren.« Der Prinz erhob sich von seinem Stuhl und ging zu dem alten Schreibtisch voller Schnitzereien und Intarsien. »Wenn ich Euch mit Alchemie nicht locken kann, wie wäre es hiermit?« Auf dem Schreibtisch befand sich ein kleines Holzkästchen mit einer englischsprachigen Aufschrift. Nachdem Friedrich das Kistlein geöffnet hatte, schauten zur Verblüffung der beiden Brauer dort zehn kurze, eckige Stäbchen heraus. »Wenn man heutzutage anständig wirtschaften will, muss man fortschrittlich denken«, begann der Prinz seine Erläuterungen. »Diese Stäbchen sind eine Art Rechenmaschine, die es mir erleichtern werden, mit großen Zahlen zu rechnen, wie wir sie bei unseren Manufakturen und Mengen gewohnt sind.«

Knolls Neugier war sofort geweckt. »Wie funktioniert das?«

Geschmeichelt über das Interesse, zog der Prinz zwei Stäbchen heraus, zeigte Knoll die Kerben mit der logarithmischen Einteilung und fuhr fort. »Ein Schotte namens Napier hat das entwickelt.« Sein Ton wurde spöttelnd. »Dabei dachte ich immer, die Schotten können nur Saufen oder Schafe züchten. Und das möglichst gleichzeitig!« Während Knoll auf weitere Erklärungen wartete, fügte sein Herr aber bedauernd hinzu: »Wie es exakt funktioniert, kann ich noch nicht erklären. Da mangelt es mir an Übung. Aber bald werde ich damit umgehen können.«

»Wenn Ihr diese neuen Rechnereien in der Brauerei einführen wollt, dann könnt Ihr auf uns zählen.« Damit hatte Knoll den Prinzen von Homburg endgültig für sich eingenommen.

Viel Zeit verbrachten sie bis zum Saisonbeginn damit, die Brauerei auf eine vernünftige wirtschaftliche Grundlage zu stellen.

»Fortschrittlich wollen wir sein, mehr als alle anderen Brauhäuser im Land!«, prahlte der Prinz des Öfteren. Eines seiner liebsten Themen war ›Wallenstein und das Bier‹. Stundenlang konnte er darüber referieren, debattieren und diskutieren. Am liebsten mit Knoll, der für die Thesen des Hessenprinzen den Advocatus diaboli spielen musste. Und dies mit großer Begeisterung tat, obwohl er eigentlich der gleichen Meinung war.

»Wenn der böhmische Großkotz am Ende nicht all seinen Wagemut in Bier ersoffen hätte, so er denn je welchen gehabt hat, wenn ihn schließlich auch seine eigene Intriganz gefällt hat, als Wirtschafter war er großartig«, versuchte Friedrich seinen wichtigsten Mitarbeitern regelrecht einzubläuen, dass er den ehemaligen Kriegsgegner nur als Ökonomen, nicht jedoch als Feldherr schätzte. »Wenn wir es ähnlich anstellen, werden wir erfolgreich sein, ohne Zweifel!« Er wusste, dass Wallenstein das Bier geliebt hatte. »Sein Bier erst befeuerte ihn und gab ihm den Mut, nach der Krone zu greifen. Und sein diplomatisches Geschick ließ erst nach, als seine Tage mit der Sehnsucht nach seinem guten Bier angefüllt waren.«

Knoll wusste beizusteuern: »Ich habe gehört, dass Wallenstein im Krieg die Stadt Zerbst plündern und niederbrennen wollte. Die Fürstin Agnes von Anhalt hat dies jedoch durch eine Fürbitte, auch für das berühmte Zerbster Bier, verhindern können.«

Friedrich hatte sich Abschriften von Wallensteins Unterlagen besorgt, aus denen er gern vorlas. »Wallenstein hatte seine eigene Wirtschaftsordnung entworfen. Sogar seine Kühe wussten, wie viel Butter und Käse sie herzugeben hatten. Keiner seiner Äcker sollte brachliegen, seine Bauern durften nur das beste Saatkorn nehmen. Wenn Landstreicher auf seinen Ländereien aufgegriffen wurden, so ließ er sie einkleiden und schickte sie zur Arbeit.« Die Grundidee des toten Feldherrn war genau das, was Friedrich sich auch auf die Fahnen schreiben wollte. »Das Wichtigste für ihn war, von niemandem abhängig zu sein. Seine eigenen Manufakturen sollten alles Notwendige herstellen, was man brauchte.«

Unabhängigkeit: Das war Musik in Knolls Ohren. Obwohl er wusste, dass er zu alt war, um jemals wieder Verhältnisse wie in Magdeburg vor dem Krieg erleben zu können. Sein Sohn vielleicht? Dafür wollte er zumindest sein Scherflein beitragen.

So schweiften seine Gedanken ab, während der Hessenprinz weiter Wallenstein studierte und zitierte. »Er stellte sogar französische Schneider und Käseexperten aus Parma ein. Alles was man benötigte, ließ Wallenstein in seinen Manufakturen selbst herstellen: Flachs und Spinnereien für die Uniformen; Fleisch, Bier, Zwieback für die Soldaten; dazu Waffen, Stiefel, Pulver, Blei. Und was er selbst nicht brauchte, wurde mit gutem Gewinn verkauft.« Dann stutzte er, schmunzelte und fuhr fort: »Aber das hier wird Euch gar nicht behagen, mein lieber Knoll.« Er hob das Blatt, von dem er gerade vorlas. »Denn Wallenstein war hart bis zur Grausamkeit, wenn seine Leute schlecht arbeiteten oder gar betrogen. Der Braumeister musste es mit hundert Stockhieben büßen, wenn das Bier einmal nicht nach dem Geschmack des großen Kriegshelden geraten war.« Knolls Gesicht gefror zur Maske, die sich erst löste, als der Prinz laut loslachte. »Knoll, Ihr seht aus, als hättet Ihr ein Gespenst gesehen. Glaubt Ihr im Ernst, ich würde Euch durchprügeln lassen?«

Für die Brauerei sollte ab sofort höchste Effizienz gelten. »Ich werde Euch die beste Gerste beschaffen, die ein Bauer nur anbauen kann. Und den prachtvollsten Hopfen dazu.« Friedrich von Homburg hatte einige Hopfengärten gekauft, die er nun von erfahrenen Hopfengärtnern aus Böhmen pflegen ließ. »Wollen wir doch mal sehen, ob wir den Bierabsatz vervielfachen können, so wie der böhmische Generalissimo es geschafft hatte.« Derart tatkräftige Sprüche waren an der Tagesordnung. Die Biertreber wurden ab sofort ans Vieh verfüttert, kein vorher noch so unnützer Abfall durfte verderben. Bald wurden die neuen Bier- und Schankgesetze des Prinzen von Homburg verabschiedet. Er erhob die Bierbrauerei, mangels herzoglicher Würde, ganz einfach zum Junkerprivileg und verbot allen Menschen auf seinen Ländereien, fortan anderes Bier zu trinken als das Weferlinger. Die Strafen fürs Trinken oder den Verkauf von fremdem Bier waren drakonisch. Durch den Bierzwang ging es kräftig aufwärts. Das Geld sprudelte nur so herein.

Obwohl viele Menschen, darunter nicht nur Anton, der Amtmann, sondern auch die Knoll-Brauer selbst, der Meinung waren, dass es den Bierzwang gar nicht brauchte.

»Wenn das Bier gut ist, trinkt es sich doch von allein«, gab Cord Heinrich gern zum Besten. »Niemand sollte gezwungen sein, Bier zu trinken.«

Den besten Beweis jedoch, dass alle am Segen des Weferlinger Bier teilhaben sollten, lieferte, seiner eigenen Ansicht nach, der Prinz selbst.

»Schaut her«, pflegte er sich in der Öffentlichkeit mit einem großen Bierkrug in Pose zu stellen. »Das ist mein liebster Trunk! Glaubt irgendjemand, ich wollte meinen Untertanen etwas Schlechtes antun, nur weil ich sie zwingen möchte, dieses köstliche Gebräu zu trinken?«

Der Erfolg gab ihm recht. Als nach der ersten Saison unter der Ägide des Prinzen von Homburg der Kassensturz gemacht wurde, staunten sowohl Anton wie auch Cord und Ulrich Knoll nicht schlecht. Zum ersten Mal konnten sie, exakt mit Zahlen belegt, nachlesen, was sie im Winter in der Brauerei getrieben hatten.

»Drei Wispel und zwanzig Himten Weizenmalz haben wir

verbraucht?« Ungläubiges Staunen bei Ulrich. »Dazu zweiundsiebzig Wispel und neun Himten Gerstenmalz!«

Ein Wispel entspricht eintausenddreihundertneunzehn Litern, ein Himten entspricht einunddreißig Litern, es wurden also viertausendfünfhundertsiebenundsiebzig Liter Weizenmalz und fünfundneunzigtausendzweihundertsiebenundvierzig Liter Gerstenmalz verbraucht.

»Dazu fünfzehn Wispel und sechzehn Himten Hopfen.«

Cord achtete auf die Zahlen und staunte, wie viel Bier die vier Gastwirte Weferlingens, von denen der Ratskellerwirt der größte war, sowie einige Schänken in den umliegenden Dörfern abgenommen und ausgeschenkt hatten. »Einhundertsechsundsechzig Fässer Broyhan, einhundertsiebenundneunzig Fässer Braunbier, neunzehn Fässer Märzenbier und einundsiebzig Fässer Gesindebier.« Das war eine ganze Menge.

Den Prinzen interessierten naturgemäß die Einahmen und Ausgaben am meisten. »Den Broyhan und das Braunbier verkaufen wir um sechs Taler das Fass, das Märzenbier um sieben Taler, das Gesindebier um fünf Taler.« Er nahm seine Napier-Rechenmaschine und kam zu folgendem Ergebnis: »Wir haben genau zweitausendsechshundertsechsundsechzig Taler eingenommen.« Wieder rechnete er. »Und bei Ausgaben von eintausendsiebenhundertsechs – Euren Lohn inbegriffen – haben wir, voilà, einen Reingewinn von neunhundertsechzig Talern.« Der Prinz von Homburg klopfte seinem Amtsbraumeister und dessen Sohn auf die Schultern und lobte: »Gut gemacht, und nächste Saison werden wir das Ganze noch besser machen.«

Ein derart gutes Ergebnis musste gefeiert werden und so verbrachte der Prinz eine ganze Nacht im Brauhaus, wo er mit Anton und den beiden Knolls einen Krug nach dem anderen leerte.

Die übrigen Unternehmungen des Prinzen, auch in anderen Besitzungen, entwickelten sich ebenso prächtig. In Neustadt entstanden eine Eisenhütte, eine Schmiede, dann eine Ziegelei, ein Sägewerk und eine Papiermühle. Sogar die Glashütte und die Spiegelmanufaktur warfen nach kurzer Zeit bereits Gewinne ab.

Er ließ Sümpfe trockenlegen, den Verlauf der Dosse regulieren und ein Gestüt und eine Meierei errichten. Denn trotz des Reichtums seiner Frau, benötigte der Hessenprinz ständig Geld. Geld, das ihm von der schwedischen Regierung versprochen worden war, die sich jedoch nicht um die Einhaltung ihrer früheren Zusagen scherten. Trotz zahlreicher Eingaben und Briefe Friedrichs.

»Wenn mir die Schweden schon meine Pension schuldig bleiben, dann müssen unsere Manufakturen hier wenigstens Gewinn abwerfen. Und dafür habe ich mir ein Bein abschießen lassen, dass ich mich jetzt mit den Nordmenschen um meinen verdienten Lohn streiten muss.«

Sogar die Summen, die er den Schweden zur Anwerbung und Verpflegung seines Regiments vorgeschossen hatte, wurden nicht kompensiert. Und dabei ging es um viel Geld: zweiunddreißigtausend Taler wollte Friedrich insgesamt erstattet bekommen, sogar ohne die versprochenen lebenslangen Pensionsansprüche. Über mehrere Jahre zog sich der mühsame Kleinkrieg dahin, der mit Federkiel und Tinte ausgefochten wurde. Dennoch blieb die schwedische Regierung eisern. Offensichtlich war man in Stockholm der Meinung, der Prinz von Homburg hätte in Gestalt seiner Gattin genug Geld aus Schweden hinausgetragen. Dessen Verstimmung seinem ehemaligen Dienstherren gegenüber wuchs weiter. Und hätten die Schweden geahnt, wann und wie der Hessenprinz und Brauereibesitzer Friedrich von Homburg in späteren Jahren wieder militärisch aktiv werden würde, nur zu gern hätten sie wohl gezahlt, um gerade dies zu vermeiden ... ᨒ

7.

IM WEIT ENTFERNTEN TRIER waren die seit Längerem kursierenden Gerüchte mittlerweile zur Gewissheit geworden, dass Cord Heinrich Knoll nicht nach Amerika gelangt, sondern in Brandenburg zu finden war. Bruder Martin, der in jeder Hinsicht erfolgreich die Nachfolge des ermordeten Jakobus angetreten hatte, war über die Jahre ein ähnlich erfolgreicher Theaterregisseur beim Jesuiten-Theater geworden. Ihm fehlte zwar der innerlich brodelnde Hass auf alle Andersdenkenden, dies machte er jedoch durch eine besonders perfide Intriganz mehr als wett. Er entsprach in jeder Hinsicht dem Bild, das sich viele Menschen in dieser Zeit von den Jesuiten machten: dem Bild finsterer, romhöriger Kleriker, denen alles Moderne, Aufklärerische oder Protestantische ein Dorn im Auge war. Und zudem die Möglichkeit, bei vielen hochgestellten Persönlichkeiten Beichtvater zu sein, für Geheimniskrämerei und Intrigen missbrauchten. Auch Bruder Martin war als Beichtvater mehr als einmal an Informationen gelangt, die ihm von Nutzen waren. Die Folge waren mehr Macht und Geld, vor allem jedoch Schaden für die Gegner der Jesuiten. Viele Menschen, die seine Meinung oder seinen Glauben nicht teilten, hatte er so in den vergangenen zehn Jahren ins Unglück gestürzt. Das geschah jedoch so unauffällig, dass die Jesuiten als Drahtzieher dieser persönlichen Tragödien unbemerkt geblieben waren. Öffentliche Verhaftungen, Folter und Vollstreckungen waren seit einigen Jahren nicht mehr die Waffen der Trierer Jesuiten. Heimliche Denunziation, gesellschaftliche Ächtung und Nutzung des gesamten Netzwerks der Jesuiten, um den Gefallenen eine neue Chance zu verwehren, hatten sich als weitaus effektiver erwiesen.

»Wer gefallen ist aus der Gnade Gottes, und sich dann ehrlich bei uns um Hilfe für einen Neuanfang mit Gott bemüht, dem wird auch geholfen werden«, so lautete die öffentliche, heuchlerische Maxime Martins. Dass er bei Ersterem kräftig nachhalf und auch nur äußerst selten einen der derartig Gefallenen bei Zweitem später unterstützte, wie es Jahrzehnte zuvor sein berühmter Ordensbruder Friedrich von Spee noch so mustergültig vorexerziert hatte, verschwieg er nämlich geflissentlich. Auch vor seinem eigenen Gewissen.

Trotz der ausgezeichneten Verbindungen der Jesuiten untereinander, die viel und überall im Reich umherreisten, – Martin selbst hatte 1658 einige Monate im Jesuitenkolleg in Wien verbringen dürfen und dort wertvolle Kontakte geknüpft, die er Jahre später gegen Knoll nutzen konnte –, hatte es dennoch einige Zeit gedauert, bis ihm zu Ohren gekommen war, dass im Bistum Halberstadt, das seit Kriegsende zu Brandenburg gehörte und damit für die Jesuiten tiefstes Ketzerland darstellte, der verhasste Braumeister und gesuchte Mörder mit seinem Sohn Asyl gefunden hatte. Dabei hatte ihnen der älteste Bruder des Prinzen von Homburg, Wilhelm Christoph, gute Dienste erwiesen. Dieser Bruder, der den Titel Landgraf zu Homburg führte, hatte einige Eskapaden hinter sich, größtenteils amouröser Art. Im daraus folgenden Zwangsexil war er unlängst zum Katholizismus konvertiert und pflegte seitdem gute Beziehungen zu den Jesuiten. Halberstadt war indes nicht gerade die beste Region für einen Rachefeldzug nach Jesuitenart, zumal der Kurfürst von Brandenburg sich ja gerade Toleranz und Freidenken auf die Fahnen geschrieben hatte, um sein entvölkertes Fürstentum wieder zu füllen.

Nun, Martin war geduldig. Er konnte warten, die passende Gelegenheit würde sich eines Tages bieten. Auch Wilhelm Christoph würde sie auf dem Laufenden halten über das, was sich bei seinem Bruder tat. Bis dahin wollte er Knoll in Sicherheit wiegen. Man bat nach wie vor Emigranten, die nach Amerika reisten, nach dem Mörder Ausschau zu halten. Ab und zu wurde in Bitburg bei seiner Tochter nachgefragt, ob er sich gemeldet hätte. Man wollte nur nicht den Verdacht erwecken, dass man Bescheid wusste. Sonst würde der schlaue, wenngleich alte Fuchs schnell wieder verschwinden. Und diesmal sicher alle Spuren verwischen. ▦

8.

Der Gesuchte erlebte in Weferlingen einige ruhige, weitgehend ereignislose Jahre. Wohltuend ereignislos. Gelegentliche Familienfeste im Weferlinger Schloss waren die Höhepunkte des Geschehens. Der Kurfürst von Brandenburg hatte dem Prinzen von Homburg mittlerweile für Weferlingen die Stadtrechte zugesichert. Das förderte den Zuzug von Kolonialisten. Das Amt Weferlingen florierte, ebenso die Brauerei.

Der große Erfolg der Brauerei führte Knoll zu immer neuen Überlegungen. Wenngleich Ulrich die Verantwortung für die Bierproduktion zufiel, war sein Vater immer die treibende Kraft hinter allen Neuerungen im Braubetrieb gewesen. Ulrich fehlte sowohl die Neugier als auch das Talent, sich artfremde Erfindungen in der Praxis der Brauerei vorzustellen. Nach der Zeit des Krieges schien nun für Knoll eine Zeit der Wunder anzubrechen. In den mittlerweile überall publizierten Flugschriften las man von Neuerungen, die zu fantastisch waren, um sie zu glauben. Ein Niederländer namens Baker hatte angeblich eine Schiffshebemaschine erfunden. Der dänische Mathematiker Walgenstein eine Vorrichtung namens ›Laterna Magica‹, mit der man die unglaublichsten Dinge an die Wand projizieren konnte, und die sofort von den Jesuiten für ihre Theaterinszenierungen eingesetzt worden, mittlerweile aber auch für Normalsterbliche erschwinglich war. Aber all das brachte keinen Fortschritt ins Brauhaus, und so grübelte Knoll weiter.

Seit Ulrich ihm vom bayerischen Bier, dem Sommerbier, erzählt hatte, nagte dieser Gedanke an ihm. Hätte er nur in Weferlingen so einen Stollen wie einst in Magdeburg. Jetzt besaß er die Rohstoffe dazu, ebenso das passende Rezept, um ein prächtiges Sommerbier zu brauen. Er sprach beim Prinzen vor, erklärte seine Ideen und rannte damit offene Türen ein.

»Ein wunderbarer Gedanke, mein lieber Knoll!«, konnte Friedrich seine Begeisterung nicht verhehlen. »Ich lasse mir einen Geometer kommen. Der soll Vorschläge machen, wie wir hier einen Eiskeller oder einen Stollen errichten können.«

Knoll, zufrieden mit der Zustimmung, wartete ab.

Aber auch der hessische Landgraf war immer wieder für eine Überraschung gut, obwohl sich die Experimente mit der Alchemie nicht als Erfolg erwiesen hatten. Auf Jahrmärkten wurde neuerdings eine eigenartige Substanz vorgeführt, die im Dunkeln leuchtete. Prinz Friedrich kaufte dem Vorführer Daniel Kraft, der behauptete, das Patent dafür zu besitzen, einige Unzen ab und führte den Effekt zuerst Knoll, dann seinen anderen Gästen vor. Dazu erzählte er die Geschichte des Hamburger Kaufmanns Hennig Brand, der dieses Zeug, welches Phosphor genannt wurde, auf ungewöhnliche Art und Weise entdeckt, seine scheinbar nutzlose Entdeckung aber frustriert an Kraft verkauft hatte.

»Das kommt davon, wenn man versucht, aus Pisse Gold zu machen«, rief der Prinz launig seinen Gästen zu, wobei er die Lacher auf seiner Seite hatte. »In meinem Urin steckt jedenfalls keine Urmaterie.«

Urplötzlich jedoch wurden alle Pläne des Prinzen – und auch Knolls – über den Haufen geworfen: Margarethe Brahe starb. Acht Jahre lang hatten sie eine überraschend glückliche, wenngleich kinderlose Ehe geführt; die Weferlinger Prinzessin war beliebt gewesen und stets mit Respekt behandelt worden. Der mittlerweile sechsunddreißigjährige Witwer war nun Universalerbe eines riesigen Vermögens. Margarethe wurde mit allem

Prunk in Homburg beigesetzt, das war der Prinz seiner geliebten Gattin schuldig.

Und als wäre mit dem Tod der reichen Schwedin ein Lebensab-
schnitt zu Ende gegangen, wurde nun alles anders. Im Oktober
1670 heiratete Friedrich erneut. Diesmal eine preußische Prinzessin. Luise Elisabeth war die Tochter des Herzogs von Kur-
land und mit dem Kurfürsten Friedrich Wilhelm verwandt. Mitgift und Aussteuer waren wieder recht üppig und entsprachen
dem hohen Stand der Braut. Nur zu einem Wechsel der Konfession konnte ihr Bräutigam sie nicht bewegen. Also wechselte
er kurzerhand vom lutherischen zum reformierten Bekenntnis.
Zudem überschrieb er seiner frisch Vermählten das Amt Weferlingen für die Zeit nach seinem Tod als Witwensitz.

Der neuen Prinzessin gelang in Weferlingen, was Margarethe
Brahe nicht geschafft hatte: Es kam Leben ins Schloss. Insgesamt zwölf Kinder entsprossen Friedrichs zweiter Ehe, jeweils
sechs Jungen und Mädchen kamen in den nächsten Jahren, quasi
im jährlichen Rhythmus, zur Welt. Fünf davon in Weferlingen.
Das Schloss erlebte Feste und Besuche hochgestellter Persönlichkeiten, mit einem Mal hatten die Weferlinger das Gefühl,
die Welt zu Gast zu haben.

Ebenfalls nur noch ein Gast wurde – zum Leidwesen auch
der Brauer – der Prinz von Homburg. Durch die frisch geknüpf-
ten Familienbande mit dem Kurfürsten wurde dieser wieder auf
ihn aufmerksam und entsann sich der Erwartungen, die er Jahre
zuvor, beim Kauf von Weferlingen und der anderen Güter, in
den Prinzen von Homburg gesetzt hatte. Er selbst erinnerte den
Prinzen daran, indem er ihm anbot, in seine Dienste zu treten.
Eine Ablehnung wäre einer Brüskierung des Kurfürsten gleichgekommen. So wurde Prinz Friedrich, der trotz seines fehlen-
den Beines ein exzellenter Reiter war, bereits Anfang Dezem-

ber 1670, nur zwei Monate nach seiner erneuten Hochzeit, zum General der preußischen Kavallerie ernannt. Der Preis dafür war freilich hoch: die ständige Abwesenheit von seiner Familie und, als Folge davon, große Einsamkeit. ▣

9.

KURFÜRST FRIEDRICH WILHELM VON BRANDENBURG hatte es in den ersten Jahrzehnten seiner Regentschaft immerhin erreicht, dass die großen Monarchen Europas ihm und seinem Fürstentum nicht mehr mit einer derart herablassenden Verachtung begegneten wie noch seinem Vater. Die Jahre des Ringens um Anerkennung hatten aber seinen Charakter verändert. Eigentlich von heiterem Gemüt mit einem Faible für eher derbe Späße, war er dafür bekannt gewesen, stets für jedermann ein offenes Ohr zu haben, besonders für die einfachen Leute. Er hatte sich immer als Mann des Volkes gefühlt und die Gewohnheiten des Adels, sich durch französische Lebensart vom Pöbel zu unterscheiden, nie goutiert, geschweige denn mitgemacht. Mit fortschreitendem Alter brach dann leider mehr und mehr das klassische Laster aller Hohenzollern durch: der Jähzorn. Wenn er auch seine Zornausbrüche zumeist am Adel ausließ, so war doch niemand davor sicher, was auch mit der Gicht zu tun haben konnte, die ihm seit Ende seiner dreißiger Jahre äußerst schmerzhaft in den Gelenken steckte. Die mangelnde Bewegung aufgrund der Krankheit verstärkte seine Korpulenz und seine schlechte Laune. Aus diesem Teufelskreis sollte er nie wieder herausfinden.

Der Kurfürst war, nach Maßstäben des Adels, geradezu ein Asket. Er beteiligte sich am deutschen Nationalsport, dem Trinken, nur, wenn gesellschaftliche Anlässe dies zwingend erforderten. Zwar schätzte er ein gutes Bier, am liebsten jedoch in Form einer Biersuppe, die er täglich zum Frühstück einnahm. Das Biertrinken überließ er seiner Gattin Luise Henriette von Oranien. Luise, eine sanftmütige Frau von großer Frömmigkeit und scharfem Verstand, war dem Kurfürsten lange Zeit eine unentbehrliche Beraterin gewesen.

Der Winter war lang, hart und ungewöhnlich reich an Schnee gewesen. Doch in wenigen Wochen würden die Soldaten wieder aus den Winterlagern ziehen, um bereit für das nächste Gefecht zu sein. Durch ein preußisches Bündnis mit den Vereinigten Niederlanden stand erneut ein Krieg mit Frankreich vor der Tür. Die Franzosen hatten 1672 die Niederlande angegriffen, sich aber nach Intervention des preußischen Kurfürsten einstweilen zurückgezogen. Da die Franzosen jedoch bei ihrem Rückzug auch das niederrheinische Herzogtum Kleve besetzt hatten, welches zu Brandenburg gehörte, hatte Preußen mobil gemacht. Anfang Mai hatte der Prinz von Homburg den Befehl erhalten, ein Kavallerie-Regiment anzuwerben. Am 18. August war dieses in Halberstadt eingetroffen. Allerdings ohne den Prinzen, der auch den Abmarsch nach Westen, Richtung Frankreich, verpasst hatte, weil er vom Kurfürsten in anderen diplomatischen Diensten unterwegs gewesen war. Dabei hatte er sich des Öfteren am Hof in Cölln aufgehalten.

Freunde hatte er sich vor allem dadurch nicht gemacht, dass er über das am Hof ausgeschenkte, importierte Duckstein-Bier verächtlich geredet und sein eigenes Bier aus Weferlingen über den grünen Klee gelobt hatte. »Meine Amtsbraumeister dort, Vater und Sohn, die verstehen wahrlich ihr Handwerk. Die machen ein Märzenbier, da schleckst du dir alle zehn Finger danach. Und leerst Krug um Krug.«

Die Höflinge und Beamten am Hof des Kurfürsten lästerten bald hinter seinem Rücken. »Wenn er wirklich so ein großartiges Bier hat, das besser ist als das Duckstein-Bier, dann soll er es uns und unserem Herrn doch einmal vorführen.«

Prinz Friedrich von Homburg dachte jedoch nicht daran.

Was nun im Krieg mit Frankreich folgen sollte, gilt bis heute als eines der finstersten Kapitel preußischer Bündnispolitik.

Der Kurfürst hatte, wie meist, nicht genug Geld für einen längeren Krieg zur Verfügung. Obwohl die Niederlande für den Schutz bezahlt hatten. Und so hatte Brandenburg seine Truppen, an der französischen Grenze angekommen, erst einmal dort postiert, ohne zu kämpfen, und mit Frankreich verhandelt. Im Sommer darauf war Frieden geschlossen worden, ohne dass es einen echten Krieg gegeben hatte. Frankreich hatte einfach mehr bezahlt als die Niederlande, also war das preußische Heer wieder heimwärts marschiert und hatte die Niederlande schutzlos im Stich gelassen. Die einzigen Verluste im Homburgischen Regiment waren wenig heldenhaft, da sich lediglich zwei betrunkene Offiziere im Streit gegenseitig erschossen hatten. Der dritte Tote war ein Reitknecht, der von einem Offizier, ebenfalls aus den eigenen Reihen, erstochen worden war, weil er beim Kartenspielen und Biertrinken nicht aufgestanden war und gegrüßt hatte.

Der Prinz von Homburg hatte sich eigens für diesen Feldzug vom Homburger Hofbaumeister und Alchimisten Paul Andrich, der auch ein begnadeter Handwerker war, eine prächtige, silberne Prothese für seinen rechten Unterschenkel anfertigen lassen. Mit der konnte er nicht nur reiten, die Prothese enthielt zudem einen Federmechanismus, durch den der Hessenprinz beim Gehen den Fuß abrollen lassen konnte. Damit ließ es sich beim Militär sicherlich prächtig reüssieren. Nun war dieses Wunder der Technik, zumindest vorläufig, umsonst angefertigt worden und als der Prinz, der nicht mitmarschiert war, von dem Kuhhandel des Kurfürsten und von der Auflösung seines Regiments gehört hatte, tobte er vor Zorn. Das Verhalten des Kurfürsten entsprach nicht seiner Vorstellung von Ritterlichkeit, die er immer noch für eine soldatische Tugend hielt. Da der Prinz von Homburg mit seiner Meinung nicht hinter dem Berg hielt, war er, zurück in Berlin, mit dem Frei-

herrn und Generalmajor Gerhard Bernhard von Pöllnitz, der
dem hessischen Prinzen Untreue zum Landesherrn unter-
stellte, in Streit geraten. Pöllnitz war ein älterer, ungeheuer
ehrgeiziger Mann aus vogtländischem Uradel. Steil nach oben
war seine Karriere bislang verlaufen. Vom Kammerherrn des
Kurfürsten war er als junger Mann zum Obristen der Leibgarde befördert worden, später zum Stallmeister am Hof des
Kurfürsten geworden. Mittlerweile, mit siebenundfünfzig Jahren, war er Generalmajor, Freiherr sowie amtierender Gouverneur der Doppelstadt Berlin-Cölln, die unter Europas Haupt-
städten immer noch als äußerst provinzielle Residenz galt. Der
Gouverneur war seinem Kurfürsten treu ergeben bis in den
Tod. Fast wäre es zum Duell gekommen zwischen dem Gouverneur und dem Landgraf mit dem silbernen Bein, wie Friedrichs neuer Spitzname bereits lautete. Lediglich die erneute
Mobilmachung hinderte die beiden Streithähne daran, sich
gegenseitig zu erschießen.

Der Frieden hielt nicht lange an. Die Franzosen wüteten
weiter und so wurde bald erneut mobil gemacht. Friedrich von
Homburg musste wieder einmal ein Regiment zusammenstel-
len. Diesmal sollte er mit der Truppe reisen. Den Kurfürsten
Friedrich Wilhelm hingegen plagten im Frühjahr 1674 die üblichen Sorgen finanzieller Art. Nie waren genügend Taler da,
um das Heer zu unterhalten. Vom Adel und den Junkern war
nichts zu erwarten, die nahmen nur die Städte und die Bauern
aus. Bislang war es Usus gewesen, dass die Städte neunund-
fünfzig Anteile, die Bauern dagegen einundvierzig Anteile zu
zahlen hatten von dem, was für das Heer benötigt wurde. Dieser sogenannte Quotisationsrezess ließ sich nicht länger halten. Die Städte bluteten langsam aber sicher aus, wie der ver-
ärgerte Kurfürst an diesem Tag, der die erste Sonne seit langer Zeit gebracht hatte, vor seinem Hofstaat anmerkte: »Die

Städte mit ihren jämmerlichen Klagen, die winselnden Zünfte, die drohen nun sogar, meinem Steuereintreiber den Hals zu brechen. Damit muss Schluss sein. Ich bitte um Anregungen, meine Herren.« Mit dem letzten Satz hatte er sich an seine Berater gewandt. »Ich will jedoch nur Vorschläge hören, die keine Tumulte im Volk auslösen.«

Bald gingen die Empfehlungen der Berater ein. Der Kurfürst lauschte, während der in der Sonne schmelzende Schnee leise, kaum hörbar vom Dach tropfte. Nur ab und zu fiel ein Eiszapfen herunter und zerbrach klirrend im Hof.

»Wir brauchen eine eigene Heeressteuer.«

»Wie wäre es mit einer Heeresakzise nach holländischem Vorbild?«

»Man könnte doch alles besteuern, was vom Volk verbraucht wird: Lebensmittel, Kaufmannswaren, Gewürze, Getränke.«

Der Kurfürst lächelte und wedelte sich mit seiner gichtknotigen Hand etwas frische Luft zu. Die Idee dieser Verbrauchssteuer war brillant. Aus mehrerlei Gründen. Nicht nur, dass es eine demokratische Steuer wäre, die alle träfe. »Das würde bedeuten, dass auch der Adel die Steuer zahlt, sobald er Bier säuft oder sein Essen würzt«, schlussfolgerte er sogleich. Seine Berater nickten ergeben.

»Bier, das ist es. Wenn man die Brauereien besonders besteuert? Gesoffen wird immer.« Dieser spontan aussehende Vorschlag kam vom Freiherrn Gerhard Bernhard von Pöllnitz, der dem Kurfürsten nicht nur treu ergeben, sondern auch einer seiner wichtigsten Berater war. Auf dessen Empfehlungen er gern hörte. Wie auch in diesem Fall.

»Nun, eine zusätzliche Akzise aufs Bier will mir zusagen. Damit trifft es alle«, beendete der Kurfürst die Debatte. Die Kriegssteuer war somit beschlossene Sache.

Von Pöllnitz jubilierte innerlich. Nun konnte er zwei Fliegen mit einer Klappe schlagen. Zum einen, dem großmäuligen, einbeinigen Hessenprinzen aufs Haupt schlagen. Nie würde er vergessen, wie sich dieser mit seinem Bier aus Weferlingen in Cölln am Hof gebrüstet und den Kurfürsten zudem einen treulosen Gesellen gescholten hatte. Zum anderen konnte er nun endlich einem Freund einen Dienst vergelten. Zurück in seiner Wohnung in Berlin setzte er einen Brief auf an einen Jesuiten in Trier. Einen Jesuiten, den er im Sommer 1658, als Pöllnitz kurbrandenburgischer Gesandter am Kaiserhof in Wien war, kennengelernt hatte, und mit dem ihn seither, trotz ihres unterschiedlichen Glaubens, eine Art Freundschaft verband. Der Freiherr schätzte die Eigenschaften, die den Jesuiten nachgesagt wurden und die er mit diesem Freund in überreichem Maße teilte: übermäßiges Streben nach Macht, Skrupellosigkeit und Habgier.

Nächtelang hatten sie in ihrer Wiener Zeit diskutiert. Über die ›Monita Secreta‹, die ›Geheimen Ermahnungen‹, die als Grundlage jesuitischer Politik galten und in denen jedes Mittel für den Erfolg, sprich Macht und Reichtum der Jesuiten, gerechtfertigt wurde. Von dem Jesuiten hatte er erfahren, wie man das Vertrauen der Mächtigen gewinnt, sei es als Beichtvater oder als Berater. Er hatte schnell gelernt, wie man bestach, manipulierte und intrigierte. In den folgenden Jahren hatten sie regelmäßig vertrauliche, verschlüsselte Botschaften ausgetauscht und brisante Informationen geteilt. So wusste von Pöllnitz seit geraumer Zeit von der Suche der Trierer Jesuiten nach dem Braumeister Knoll. Mangels Beweisen waren ihm, innerhalb Brandenburgs Gesetzgebung, die Hände gebunden gewesen. Er hatte sich auch nicht weiter darum geschert – Knoll war ihm persönlich ja unbekannt –, bis er dann persönlich mit dem Prinzen von Homburg aneinandergeraten war. Umso mehr freute er sich jetzt über sein Meisterstück mit der neuen Akzise.

Der Brief an Bruder Martin enthielt kurz und präzise eine Schilderung dessen, was beschlossen worden war und endete mit der Prognose: ›Mit dieser neuen Biersteuer werden wir beide unsere Gegner niederzwingen. Habe Vertrauen in die Kraft des Geldes.‹

10.

Aus der Mobilmachung war mittlerweile ein erklärter Reichskrieg gegen Frankreich geworden, an dem sich alle deutschen Fürsten zu beteiligen hatten. Grund dafür war der Einfall der Franzosen in Lothringen, der Pfalz und im Kurfürstentum Trier. Dort hatten die Truppen von Turenne, der Knoll noch aus seiner Bitburger Zeit in äußerst unguter Erinnerung war, gehaust wie einst im Großen Krieg. Die Bevölkerung war unterschiedslos abgeschlachtet, alles Wertvolle mitgenommen, der Rest verbrannt worden. Frankreich versuchte nun vergeblich, den Kurfürsten Brandenburgs auf die alte Abmachung hinzuweisen, und betonte, dass ein Eingreifen hier einen erneuten Verrat und Frontwechsel bedeuten würde. Friedrich Wilhelm, den wohl auch das schlechte Gewissen plagte, ignorierte alle diplomatischen Versuche der Franzosen. Schließlich standen die preußischen Truppen bereit, unter dem Kommando des Bauernsohns Georg Derfflinger. Derfflinger ging stramm auf die Siebzig zu und hatte eindrucksvoll das Vorurteil widerlegt, dass es beim Militär auf die Herkunft ankam. Wie ein Pfeil war er durch die militärischen Dienstgrade gesaust und 1670 zum Generalfeldmarschall befördert worden. Er führte die zwanzigtausend Mann, zu denen auch die viertausend Soldaten des Regiments Homburg gehörten, von Magdeburg aus in Richtung Frankreich.

Französische Diplomaten gifteten über den Sauhaufen der brandenburgischen Armee, bei der nicht einmal die Garde links und rechts unterscheiden könne, und, dass der Feldmarschall ein ehemaliger Schneider und Bauernsohn sei und man dem General von Homburg bestenfalls das Kommando über eine Kompanie zutrauen könne. Sowohl der ehemalige Schneider als auch der General von Homburg wurden von den Franzosen somit grob unterschätzt. Turenne selbst hatte anscheinend vergessen, dass er dem Geschmähten vor Jahren selbst ein Kommando angeboten, dieser es aber ausgeschlagen hatte.

Der Feldzug selbst war mäßig erfolgreich. Viele Verluste auf beiden Seiten ergaben, dass beide, die Preußen wie Turenne, den Sieg für sich reklamierten. Mehrmals verpassten die Deutschen den richtigen Zeitpunkt für einen erfolgreichen Angriff. Der Krieg schien beendet, ohne dass es Sieger und Besiegte gegeben hätte. Als die Brandenburger sich endlich zurückgezogen hatten, überraschte Turenne sie mit einem Angriff auf das ungesicherte Winterlager, was völlig gegen alle Regeln des Kriegs verstieß. Die komplett überrumpelten Preußen durften sich beim Prinzen von Homburg bedanken, der als Nachhut angetreten, Turenne derart schwer zusetzte, dass dieser die weitere Verfolgung aufgab.

Das Krebsgeschwür der Hofintrigen hatte sich indes bereits bis zum Militär hindurchgefressen und so wollte niemand die Verantwortung für den teuren, aber erfolglosen Feldzug übernehmen. Ein dankbares Opfer war also wieder einmal der Prinz von Homburg. Das Heer sah in ihm denjenigen, der die Zögerlichkeit der Angriffe zu verantworten hatte. »Zwei Siege hat er uns gekostet mit seiner mangelnden Entschlusskraft!« Die Tatsache, dass er das Heer letzten Endes vor der Vernichtung gerettet hatte, wurde schlichtweg ignoriert. Bis nach Berlin-Cölln machte es die Runde, wo Pöllnitz die Verbreitung dieser bösartigen Denunziationen kräftig anheizte.

Frustriert und gedemütigt reiste das Heer Anfang Januar 1675 zurück, um in der Nähe von Schweinfurt endgültig Winterquartier zu nehmen. Träge rumpelten die Heereswagen über die fränkischen Schlaglochpisten. Die Stimmung war schlecht und sank noch weiter, als sich herumsprach, dass der schwedische General Wrangel mit seiner Armee in brandenburgisches Gebiet eingefallen war und mehrere Orte besetzt hielt. Zudem war plötzlich und unerwartet Karl Emil, der älteste Sohn des Kurfürsten von Brandenburg, gestorben.

Prinz Friedrich von Homburg erfuhr auf dem Rückweg nach Schweinfurt neben den bösen Gerüchten über ihn auch, ganz nebenbei, von der neuen Bierakzise, die er sofort kategorisch ablehnte. Sogleich begann er eine Debatte mit dem Kurfürsten. Die wurde mittels berittener Boten und Heeresdepeschen geführt, da die Heeresteile weit voneinander entfernt durch das Land reisten. Der Kurfürst, voller Trauer über den Tod seines Sohnes, dazu von Gicht und Lähmungen geplagt, gebot dem hessischen Prinzen erbost, still zu schweigen. Der kümmerte sich nicht um das, was sein Kurfürst ihm sagte und forderte eine persönliche Audienz. Diese wurde ihm in Schweinfurt gewährt.

Von Beginn an hatte die sich dabei entspinnende Diskussion kriegerischen Charakter. Beide Kontrahenten hatten sichtlich schlechte Laune. Der Kurfürst haderte mit fast allem in seinem Leben – dem Tod seines Sohnes, seiner missglückten zweiten Ehe, dem miserablen Feldzug, seiner Einsamkeit, während den Hessenprinzen lediglich die Biersteuer störte. Die Debatte im Kommandozelt des brandenburgischen Heeres wurde sehr intensiv geführt. Prinz Friedrich versteifte sich schließlich mit selbstbewusster Stimme, in die sich schon eine gewisse Schärfe eingeschlichen hatte, auf die Feststellung: »Wir müssen diese neue Bierakzise nicht zahlen. Die Brauerei befindet sich auf meinem Gut und, da ich Kraft meiner Herkunft Reichsfürst bin, ist die Brauerei fürstliches Territorium und daher nicht zu besteuern.«

Der Kurfürst erwiderte sichtlich angesäuert, dass er die Brauerei nicht als Reichsfürst, sondern als Privatmann besitze und dass das Geld der Nerv des Staates wäre. »Ohne Geld sind wir nichts, also muss ich Steuern erheben. Und wer das nicht versteht, der ist gegen den Staat. Also zahl er seine Steuern!«

Plötzlich überkam den Landgrafen von Homburg eine erdrückende Müdigkeit, die er der feuchten Kälte dieses allzu milden Winters zuschrieb. Sein fehlendes Bein jagte Phantomschmerzen durch seinen Leib und er mochte nicht derart fruchtlos weiterdiskutieren. Und obwohl er in der Einsamkeit des Kurfürsten seine eigene wiedererkannte, hinkte er grußlos von dannen.

Zurück am Hof lästerte der Kurfürst lautstark und öffentlich über den Hessenprinzen: »Als ob mir der Franzose nicht schon genug auf die Füße tritt, der Schwede mir Ärger bereitet und mich dazu die Gicht plagt, kommt jetzt auch noch dieser Hessenprinz und beschwert sich über unsere Bierakzise.«

Friedrich von Homburg fuhr aus dem Winterlager, trotz Kälte, Schnee und Glatteis, sofort nach Weferlingen, rief seine beiden Brauer aus der Familie Knoll sowie Anton zu sich und teilte ihnen mit: »Der Kurfürst will die Steuern erhöhen.« Die Brauer nickten, derlei waren sie gewohnt. Es kam nicht überraschend. Dieses Mal jedoch blickte ihr Herr irgendwie ernster und zorniger drein, während er fortfuhr: »Wir alle wissen, dass unser Kurfürst hohe Mahl-, Schlacht- und Brausteuern in allen Provinzen erhebt, um sein Heer zu unterhalten. Das ist ärgerlich, aber leider nicht zu ändern. Nur, jetzt braucht er viele Soldaten«, seine Stimme hob sich, »um die Schweden endgültig aus dem Land zu jagen.«

Die Brauer wunderten sich, denn eigentlich waren das gute Nachrichten, jeder wollte die Schweden aus dem Land haben.

»Nur diesmal will er den Bogen überspannen, unser guter Kurfürst. Er möchte nämlich ganz offensichtlich an unserem prosperierenden Weferlingen verdienen. Die neuen Steuern sind so hoch, dass, wenn ich sie zahle, die Brauerei nicht mehr wirtschaftlich zu betreiben wäre. Daher werden wir mit dem Ende der Saison, also Ende April, die Brauerei schließen und den Braubetrieb einstellen, falls sich unser Kurfürst nicht eines Besseren besinnt.«

Als Knoll das hörte, wurde er blass. Da war sie wieder: die Angst um seine Existenz. Die tiefsitzende, atavistische Urangst, alles zu verlieren, was man besaß. Seit über zwanzig Jahren hatten sie treu und ergeben in Weferlingen Bier gebraut. Gutes, redliches Bier, das von den Leuten gern getrunken wurde. Ohne dass sie sich etwas zuschulden hatten kommen lassen. Er war hier zum alten Mann geworden, der sich vom Leben eigentlich nichts mehr erhoffte als seinen Sohn und seine Enkelkinder noch eine Weile auf ihrem Lebensweg begleiten zu dürfen, die Arbeit Ulrichs in der Brauerei mitzuverfolgen, selbst noch ab und zu Hand mit anzulegen, ansonsten aber langsam mit allem abschließen zu dürfen. Und nun diese Hiobsbotschaft! Auch Ulrich musste sich setzen – ohne Erlaubnis des Prinzen –, so sehr traf ihn die Wucht dieser Mitteilung.

»Was sollen wir tun?« Diese Frage war die einzige Reaktion, zu der Knoll fähig war.

»Abwarten«, kam die knappe, lapidare Antwort.

Abwarten war indes das, was die beiden Brauer am allerwenigsten wollten.

Landgraf Friedrich blieb ebenfalls nicht untätig. Bei seinem Besuch in Weferlingen, wie auch einer kurzen Visite im heimatlichen Homburg, hatte seine Familie – Ehefrau genauso wie Verwandte und Berater – eindringlich an seine Verantwortung gegenüber seinen Ländereien und den darauf lebenden Menschen appelliert. Seine Berater hatten ihn unverblümt aufgefordert, sich ›diesem geldfressenden und verdrießlichen Kriege zu entziehen.‹ Zudem war er selbst durch den Tod seines Neffen –

alle anderen Söhne seiner älteren Brüder waren bereits gestorben – in die Nachfolge des Landgrafen von Hessen-Homburg gerückt. Der Streit um die Biersteuer war der berühmte Tropfen, der das Fass zum Überlaufen gebracht hatte: Der Prinz von Homburg ersuchte um seine Entlassung aus dem preußischen Militärdienst.

Nur Preußens Oberhofmarschall Melchior Friedrich Freiherr von Canitz schrieb mit Engelszungen an den Prinzen, um ihn umzustimmen. Schließlich ließ Friedrich, der seine Antwort mit ›des Herrn Obermarschalls dienstwilliger Friedrich, Landgraf zu Hessen‹ unterzeichnet hatte, um nur keinen Zweifel an seinem Pflichtbewusstsein aufkommen zu lassen, sich erweichen. Alle Diskussionspunkte wurden auf den Herbst verschoben, wenn der Feldzug hoffentlich vorbei war. ◯

11.

Die Auseinandersetzung mit Schweden eskalierte schnell. Die schwedischen Söldner hatten sich der Methoden aus dem Dreißigjährigen Krieg erinnert und begonnen, die Bevölkerung zu drangsalieren. Deren Heerführer Waldemar Wrangel war der Halbbruder des eigentlichen Heerführers der Schweden, Carl Gustav Wrangel, und sichtlich überfordert, den Anstand seiner Soldaten auf menschlichem Niveau zu halten. Die Tatsache, dass die Landsknechte anstatt Bier oder Wein nun Unmengen scharfen Branntweins in sich hineinschütteten, tat ein Übriges, enthemmter Brutalität den Boden zu bereiten. Männern wurden die Fußsohlen verbrannt, Frauen die Brüste abgeschnitten, die Tiere geschlachtet. Den armen Menschen, die die Hände bittend erhoben und um Gnade flehten, wurden diese von den entmenschten Soldaten nicht selten abgehackt. Gräber wurden geöffnet, um den Verwesenden den mitgegebenen Schmuck zu entreißen, aber auch, um noch Lebende gleich mit zu begraben. Kirchen wurden geplündert, bis nichts mehr von Wert in ihnen zu finden war. Und just, als der Kurfürst von Brandenburg dringend auf Unterstützung von allen Seiten hoffte, saß in Weferlingen, einigermaßen weit entfernt von den Schweden, ein alter Braumeister und schimpfte öffentlich auf den Kurfürsten, dessen Berater und dessen Politik. Lange dauerte es nicht, dann hatte dies die Runde gemacht. Erst eine kleine, bis zum Prinzen von Homburg, dann zog es größere Kreise bis nach Berlin-Cölln, wo die Berater des Kurfürsten sicherstellten, dass die Eskapaden des Weferlinger Braumeisters ihren Adressaten erreichten, aber auch, dass bekannt wurde, wer der Herr dieses närrisch gewordenen Brauers war.

Der glaubte zuerst, nicht recht zu hören, als ihm berichtet wurde, was der alte Knoll da verbreitete. Schnell reiste er von

Neustadt nach Weferlingen, um ihn zur Rede zu stellen. Heftig griff der Prinz seinen alten Braumeister an. Ob er denn völlig närrisch geworden sei, den Kurfürsten in aller Öffentlichkeit zu beleidigen und dessen Politik zu kritisieren. Ob er nicht wüsste, dass die Kerker voll wären von Gestalten wie ihm, die den Preußenstaat nicht schätzten.

»Und besonders Ihr, Knoll, als Katholik, als ehemaliger Katholik, als ehemaliger Protestant«, rief Friedrich laut, »ach, was auch immer, Ihr könnt Euch nicht mal auf Euren Glauben berufen, weil Ihr so offensichtlich keinen besitzt!«

Knoll verteidigte sich vehement gegen den Vorwurf seines Brotgebers, in seinem Glauben schwankend gewesen und dadurch angreifbar geworden zu sein. »Ja, ich habe mir in der Bitburger Zeit das katholische, das papistische Hütchen aufgesetzt. Aber nicht aus böser Absicht, die verfluchte Maskerade habe ich mir allein angetan, um meine Familie zu schützen und in Frieden leben zu können.«

Der Prinz zuckte mit den Schultern. »Hoffen wir, dass der Große Kurfürst das ebenso sieht.«

Damit war die Debatte einstweilen beendet. In Knolls Gedanken jedoch ging sie weiter. Aufzubegehren gegen den großen Kurfürsten, das war ein Wagnis und ein Frevel, aber auch eine Qual für sein Gewissen. Sollte er, der Braumeister, diesen großen Mann wirklich herausfordern? Den Mann, der ihm und Ulrich eigentlich erst ein neues Leben ermöglicht, eine letzte Chance gegeben hatte?

So machte er sich auf, den Kurfürsten zu sprechen. Er wollte, nein, er musste sein Anliegen vorbringen. Wie er zu Ulrich sagte: »Wenn ich dies hier willenlos geschehen lasse, dann bin ich nicht nur meinem alten Schwur untreu geworden, dann bin ich nicht mehr als ein stinkendes Stück Fleisch ohne Seele, das bestenfalls noch für den Schindanger taugt.«

Die brandenburgischen Truppen waren auf die Nachricht hin, dass die Schweden wieder einmal das Land verwüsteten, in Eilmärschen aus ihrem Schweinfurter Winterquartier geeilt und bereits am 21. Juni in Magdeburg gewesen. Von dort aus hatten sie sich sogleich auf den Weg Richtung Rathenow gemacht, unterstützt von Berliner Truppenkontingenten. Die Schweden wurden durch das Tempo der gegnerischen Truppen völlig überrascht, da der Kurfürst allergrößte Geheimhaltung befohlen hatte. Die Preußen lagerten nun mitsamt Friedrich Wilhelm bei Genthin, nur zwei Tagereisen von Weferlingen entfernt.

Am 23. Juni 1675 traf Knoll dort seinen Dienstherrn, der, für viele überraschend, wieder mit seinen Truppen vor Ort war. Prinz Friedrich ersuchte um baldige Audienz beim Kurfürsten, die auch gewährt wurde. So humpelten beide, der einbeinige Prinz und der knapp dreißig Jahre ältere, gramgebeugte Braumeister, in das Zelt des preußischen Machthabers. Ein seltsames Bild gaben sie ab. Der Kurfürst Friedrich Wilhelm trug einen einfachen, hellbraunen Soldatenrock, über den er eine große, rote Schärpe gebunden hatte. Schwarze Stiefel und ein ausladender, schwarzer Hut, unter dem bis auf die mächtige Nase und ein paar Locken der Allonge-Perücke beinahe das gesamte Gesicht verborgen war, ergänzten das militärische Auftreten des Kurfürsten.

Der schaute überrascht drein, hatte er doch ein Gespräch mit dem Prinzen von Homburg über dessen Rückkehr, oder zumindest über militärische Belange erwartet. Am allerwenigsten einen alten Braumeister. Sichtlich irritiert, auch etwas verärgert erhob er das Wort: »Schon wieder diese leidige Weferlinger Brauereigeschichte? Wer ist der alte Mann?«

Friedrich von Homburg erklärte kurz dessen Anliegen. Friedrich Wilhelm winkte ihn huldvoll heran. So stand Knoll vor dem Großen Kurfürsten. Seine grau gewordenen, dünnen Haare fielen in sein, durch die Sorgen der letzten Zeit noch ausgezehrter wirkendes Gesicht, in dem auch immer mehr Zähne fehlten. Mit einem Mal kam ihm die Erkenntnis, dass dieser Mensch ihn vernichten, dass er alle ihre Träume und Pläne in den Staub niederdrücken konnte. Sein Herz schlug laut, die Knie zitterten, und unwillkürlich lauschte er in die plötzlich eingetretene Stille.

Die wurde durchbrochen, als sich der Kurfürst räusperte. »Ich habe von ihm schon gehört. Aber es war nicht erfreulich, was ich vernommen habe. Er will mir also eine Lehre erteilen, wie ich meine Steuern festzusetzen habe? Und er ist der, der in der Öffentlichkeit mich und meine Politik desavouiert?«

Knoll blickte zuerst schuldbewusst zu Boden, hob dann aber den Kopf, als er mit lauter Stimme – einer Folge seiner zunehmenden Schwerhörigkeit – antwortete: »Nein, mein Fürst, ich bin nur des Prinzen Friedrich von Homburgs Bierbrauer und habe Angst um meine Existenz. Auch ich habe meine Ehre und, bei meiner Seele, damals in Magdeburg geschworen, dass ich nie wieder zulasse, dass meine Familie und meine Existenz bedroht werden. Dafür kämpfe ich bis zum letzten Blutstropfen.« Sein demütiger Ton nahm dem überlaut vorgetragenen Vorwurf die Schärfe. Während er sprach, blickte er in die Ferne, es schien, als peilte er einen sehr weit entfernten Punkt an, weit jenseits des Geschehens, so als fürchte er sich davor, sein Gegenüber direkt anzuschauen.

Der Preußenherrscher blickte auf, überlegte kurz und sagte: »Das sind große Worte, die er da spricht. Wenn es sich so verhält, dann soll ihm kein Haar gekrümmt und er in Freiheit alt werden. Der Brauerstand ist ein königlicher. Ich selbst wurde mit Biersuppe genährt, seit ich ein Kind war. Wäre er ein Weinbauer oder gar Kaffeehändler, seine Rede hätte ihm nichts genützt. Geh er nach Hause und braue weiter Bier für seinen Hessenprinz.«

Knoll war entlassen und der Kurfürst konnte sich wieder der anstehenden Schlacht gegen die Schweden widmen.

Der greise Braumeister dachte nun, die Steuer wäre der Brauerei erlassen und das Thema vom Tisch. Aber weit gefehlt. Der Kurfürst dachte gar nicht daran. Der Hessenprinz suchte, gleich nach Knolls Abreise nach Weferlingen, noch einmal das Gespräch mit dem Hohenzoller, aber der gichtgeplagte Kurfürst hatte andere Sorgen und verweigerte sich jedem Gespräch über die Biersteuer. Die Gedanken des Prinzen Friedrich von Homburg kreisten nur noch darum, wie er es seinem Landesherrn, dem Kurfürsten, heimzahlen konnte, während die Aussicht auf die kommenden Tage wie düstere Schatten sein Gemüt verdunkelten. Bitterlich bereute er bereits, dass er sich vom alten Oberhofmarschall hatte breitschlagen lassen, den Militärdienst nicht zu quittieren. ⊕

12.

DIE SCHWEDISCHEN TRUPPEN befanden sich, nachdem sie die Armee der Brandenburger gesichtet hatten, auf dem Rückzug und hatten sich mittlerweile in Havelberg, Rathenow und Brandenburg an der Havel festgesetzt.

Der Preußenfürst hatte noch am selben Tag, an dem das Treffen mit Knoll stattgefunden hatte, beschlossen, den genau in der Mitte liegenden Ort Rathenow anzugreifen, um die Schweden in zwei Teile zu zerschlagen. In der übernächsten Nacht überquerten sie nördlich von Rathenow die Havel. Die schwedischen Dragoner – sechs Kompanien – wurden von dem gleichzeitigen Angriff aus dem Süden und über die Brücken hinweg erneut völlig überrascht. Nur zehn Schweden konnten entkommen, der Rest wurde getötet oder gefangen genommen. Zur Beute zählten auch über fünfhundert Pferde.

Es gab nur einen Übergang durch die moorigen, morastigen Niederungen, die von den Einheimischen ›Luch‹ genannt wurden, den die Brandenburger nicht besetzt hatten. Den bei Fehrbellin. Immerhin hatte ein Kommando dort aber die Brücke zerstört sowie den Damm durchstochen, sodass ein Entkommen durch dieses Mauseloch äußerst schwierig gewesen wäre.

Als der schwedische General Wrangel, unterwegs nach Rathenow, vom dortigen Sieg der Preußen erfuhr, änderte er sogleich seine Route und erreichte Nauen, etwas südlich von Fehrbellin gelegen, vor den preußischen Truppen. Aber auch hier eroberten die Brandenburger noch am 27. Juni Ort und Damm und verjagten die Schweden nach Norden.

Der 28. Juni 1675 brach an. Ein Tag, der gleichwohl in die Militärgeschichte wie in die Weltliteratur eingehen sollte. Jedoch ebenfalls ein Tag, der dem Prinzen von Homburg eine Vorahnung des

Todes vermitteln sollte. So strahlend der Tag für die Sieger werden sollte, so wenig strahlend präsentierte sich das Wetter: Es regnete in Strömen, die dicken Wolken schütteten ihre Ladung auf Brandenburg aus. Nebel zog auf. Wrangel hatte mittlerweile festgestellt, dass er in einer Falle saß und seinen Truppen Befehl gegeben, die Brücke von Fehrbellin schnell instand zu setzen und zu überqueren. Dass sie dabei von den Brandenburgern verfolgt wurden, machte die Sache nicht einfacher.

Der Kurfürst hatte dem Prinzen von Homburg für diesen Tag eine besondere Aufgabe zugeteilt. Da er hier zu Hause war – sein Amt Neustadt lag gewissermaßen gleich um die Ecke –, kannte er das Terrain besser als jeder andere. Daher sollte er den Schweden mit seinen eintausendfünfhundert Mann hinterherreiten. Aber, und dies war ein klarer Befehl: Der Prinz sollte um Himmels willen keine Schlacht beginnen, bis die Hauptmacht da wäre. Sehr früh am Morgen ritten sie los und jagten durch Regen und Nebel von Nauen aus in Richtung Fehrbellin. Um sechs Uhr morgens, kurz vor dem Ort Linum hatte das Homburgsche Korps das erheblich langsamere schwedische Heer bereits eingeholt und gestellt. Als er die Reiter des Hessenprinzen sah, verschanzte Wrangel sich hinter einem Graben, Landwehr genannt, der beiderseits mit Wällen versehen war. Der tückische Nebel täuschte den schwedischen General, so überschätzte er die Zahl der Reiter um ein Vielfaches. Über zehntausend Schweden erwarteten die Homburger, eine fast zehnfache Übermacht. Dennoch, der Hessenprinz, beileibe kein junger Mann mehr, handelte derart mutig, dass es fast an Tollkühnheit grenzte. Er zögerte nicht und griff sofort an, sandte jedoch gleichzeitig Nachricht an den Kurfürsten, man benötige Hilfe.

Im Lager des Kurfürsten hielt man eilig Kriegsrat, überrascht von der Entwicklung. Schnell schickte man fünfhundert Dragoner, die den Prinzen davon überzeugten, dass ein Frontalangriff nunmehr genehmigt wäre. Sie erstürmten die Landwehr, während die Schweden immer noch glaubten, gegen das gesamte preußische Heer zu kämpfen.

Der General der Schweden beging aufgrund dieser Fehleinschätzung einen schweren Fehler und räumte die für ihn äußerst günstige Landwehrstellung, anstatt zurückzuschlagen. Er zog sich mit seinen Truppen, immer noch geordnet, hinter das Dorf Linum zurück. Auch dort griff Friedrich von Homburg so heftig an, dass die Schweden ein drittes Mal die Stellung räumen und sich erneut neu formieren mussten. Nun beging Wrangel noch einen Fehler, den verhängnisvollsten: Er vergaß, seine rechte Flanke – die Kavallerie – zu decken, während die linke durch einen morastigen Luch einigermaßen gesichert war.

Nun schlug die große Stunde des Hessenprinzen. Er erkannte sofort die Möglichkeit, die sich auf den Hügeln bei der offenen rechten Flanke, den sogenannten ›Dechtower Fichten‹ bot. Die Dechtower Fichten gehörten schließlich jahrelang zu seinem Jagdrevier. Von den Schweden unbemerkt, teilte er seine Truppe auf, ließ eine Hälfte weiterhin Scheinangriffe gegen die Schweden durchführen, während die andere Hälfte die Dechtower Fichten besetzte. Bis die Schweden die Falle bemerkten, in der sie nun saßen, war die Hauptarmee unter Derfflinger herbeigeeilt und konnte, da die Schweden keine Rückzugsmöglichkeit besaßen, mit ihrer Artillerie quer durch die Linien des Feindes schießen.

Nun hörte auch der Regen auf, die Sonne kam hervor und beschien das Elend der schwedischen Armee. In ihrer Verzweiflung stürmte diese nun auf die Dechtower Fichten zu und brach um ein Haar durch die Reihen der Homburger Reiter. Der Prinz selbst eilte zur Unterstützung herbei, andere Brandenburger und wiederum Schweden folgten, und so verlagerte sich der eigentliche Brennpunkt der Schlacht auf die Dechtower Fichten. Auch die hohen

Herren – der Kurfürst, Derfflinger, der Prinz von Homburg – wurden in direkte und lebensbedrohliche Handgemenge verwickelt. Der Prinz rettete Derfflinger in einer Situation das Leben.

Nach zwei Stunden war der Kampf entschieden. Der rechte Flügel der Schweden war vernichtet, Wrangel gab die Schlacht verloren und ließ, ziemlich genau um zehn Uhr, zum Rückzug blasen. Eine eher halbherzige Attacke Homburgs konnten die Schweden zuvor noch abwehren. Die völlig erschöpften Brandenburger waren zu keiner Verfolgung mehr in der Lage, und ruhten sich erst einmal aus. Inmitten von über zweitausenddreihundert toten Soldaten – auf einen toten Brandenburger kamen zehn tote Schweden – saßen die Sieger auf dem Schlachtfeld und haben, wie das Tagebuch des Hessenprinzen berichtet, ›auf der Walstatt gesessen‹ und sich ›brav lustig gemacht!‹ Die Schweden reparierten schnell die zerstörte Brücke von Fehrbellin und entkamen in Richtung Neu-Ruppin. Auf Veranlassung des Prinzen von Homburg wurden alle Offiziere begraben, die einfachen Soldaten der natürlichen Verwesung überlassen.

Acht Fähnlein und zwei Standarten der Schweden wurden dem Kurfürsten präsentiert. Viel wichtiger aber waren fünf große Kanonen, jede Menge Munition, über fünfhundert Waggons und tausende Tiere, die die Schweden zurückgelassen hatten. Dennoch war der Kurfürst erbost, da die Schweden einfach entkommen und die Brücke von Fehrbellin wieder hinter sich zerstören konnten. Er schimpfte auf Homburgs Kavallerie und drohte sogar mit dem Kriegsgericht, obwohl Homburgs Korps zwei Tage später als einziges die Verfolgung, wenngleich erfolglos, aufgenommen hatte.

Als schöne Anekdote, wie in dieser Zeit des Barock der Krieg auch als Unterhaltung angesehen wurde, kann die Tatsache dienen, dass die Schweden einen ihrer Obristen als Parlamentär zum Prinzen von Homburg schickten, mit der Bitte, ›Pässe für ihre Weiber nach Pommern‹ auszustellen. Die Ehefrauen der schwedischen Offiziere hatten selbstverständlich dem Spektakel, der Niederlage ihrer Männer, als unbeteiligte Zuschauerinnen beigewohnt. Souverän unterzeichnete der Prinz von Homburg die begehrten Dokumente.

Am 30. Juni war der Krieg für den Homburgischen Prinzen einstweilen beendet. Da verkaufte er für fünftausend Reichstaler sein Regiment an Herzog Heinrich von Sachsen-Gotha und wollte erst einmal einen Urlaub antreten. Zur Kur sollte es gehen, nach Langenschwalbach. Aber vorher musste er doch noch einmal nach Berlin-Cölln reisen, um die Weferlinger Biersteuer-Frage endgültig zu klären.

13.

EINIGE TAGE NACH DER GEWONNENEN SCHLACHT hatte der
Kurfürst den Prinzen von Homburg zum Rapport an den Hof
bestellt. Der hessische Landgraf ging hocherhobenen Hauptes,
er fühlte sich schließlich als wahrer Sieger der Schlacht von Fehrbellin, hielt alle anderen für undankbare Gesellen und dachte
nicht im Traum daran, dass er gemaßregelt werden könnte.
Zudem wollte er das Thema Weferlingen sowie die unselige
Biersteuer erneut aufs Tapet bringen, jetzt mit dem Rücken-
wind des siegreichen Generals. Also reiste er mit Unterstützung, nämlich mit seinen beiden Braumeistern an. Und wieder
einmal standen Knoll, der Prinz von Homburg und diesmal
auch Ulrich vor dem Kurfürsten, der nun, nach dem Sieg von
Fehrbellin, bereits als ›Großer Kurfürst‹ besungen wurde. Das
Treffen fand diesmal nicht im Zelt, sondern am Hof zu Cölln
im großen Audienzzimmer, dem Thronsaal des Kurfürsten,
statt. Jede Diskussion, alle vorgebrachten Argumente erschienen zwecklos und überflüssig. Immer noch beharrte der Preußenfürst Friedrich Wilhelm auf Zahlung der Weferlinger Biersteuer. Und er prangerte das Verhalten des Prinzen als Befehls-
verweigerung an, obwohl er Preußen den Sieg gebracht hatte.
Auch über das letzte Gefecht, das der Prinz verloren hatte, nachdem die Schweden bereits kapituliert hatten, war der Kurfürst
sichtlich ungehalten, auch wenn er mittlerweile eingesehen hatte,
dass er seine Soldaten jenseits ihrer körperlichen Grenzen und
Möglichkeiten getrieben hatte und nicht mehr vom Kriegsgericht sprach.

»Wenn er denkt«, fuhr der Kurfürst seinen General an, »dass
er und seine Reiter mir keinen Gehorsam schuldig sind, weil er
wegen dieser verdammten Bierakzise erzürnt ist, dann hat er sich
aber mächtig getäuscht. Und eines sei ihm gesagt: Die Bierak-

zise ist zu zahlen, und zwar so lange, bis meine Soldaten auch den letzten Schweden aus dem Land gejagt haben!«

Knoll war zornig und hilflos, insbesondere, solange sein Dienstherr zu den Vorwürfen schwieg. Und das tat er. Der Prinz von Homburg spürte in dieser Situation instinktiv, dass der Kurfürst sich momentan unangreifbar und unbesiegbar fühlte, da wollte er nicht das Opfer einer öffentlichen Demütigung werden. Der alte Knoll hingegen war weniger empfindsam. Er war bereits dabei, sich diese endgültige Niederlage und das Ende der Weferlinger Brauerei einzugestehen und sah dies als letzte und härteste Prüfung seines an Heimsuchungen nicht gerade armen Lebens. Die wenigen Anwesenden des Hofstaats waren allesamt von hohem Rang, erinnerten Knoll in diesem Moment jedoch eher an eine Meute von Bluthunden, die lechzend, sabbernd und zähnefletschend danach gierten, dass ein Opfer zur Jagd freigegeben wurde.

Der Prinz von Homburg verkniff es sich ebenso, dem hämisch grinsenden Freiherr von Pöllnitz vor allen Leuten in die Parade zu fahren. Aber es war letzten Endes dieses Grinsen, mit einer Mischung aus Verachtung und Überheblichkeit – Gefühle, die Knoll auch bei anderen Mitgliedern des Cöllner Hofes registrierte –, das den alten Braumeister sich ein letztes Mal aufraffen und zu seiner vollen, imposanten Größe aufstehen ließ. Die Angst vor Schande, Armut und Tod, die seit der Magdeburger Hochzeit sein ständiger Begleiter gewesen war, rückte so schlagartig in den Hintergrund. Cord Heinrich Knoll ging wie ein Fixstern, der sich in einem Akt grandioser Selbstzerstörung in eine Sternschnuppe verwandelte, auf den Großen Kurfürsten los und baute seinen großen, imposanten Leib drohend vor ihm auf. Dann begann er, diesen mit einem großartigen, aber ganz und gar gotteslästerlichen Fluch zu belegen. Niemand traute sich, ihn zurückzuhalten. Niemals zuvor waren in der kurfürstlichen Residenz solche Worte vernommen worden. Knoll schrie, er brüllte, er tobte, soweit seine alten Glieder dies zuließen.

»Oh janusköpfiges Preußen, Du gepriesener Hort von Toleranz und Glaubensfreiheit«, voller Häme spuckte er die Worte hinaus, »hier zeigt sich die ganze hässliche Fratze Eures verdammten Militarismus. Vor Gott und der ganzen Welt verfluche ich Euch, Eure Familie, die ganze Brut der Hohenzollern und Euer ganzes Land. Für das, was Ihr uns angetan habt. Für die Entscheidung, eine Brauerei zugunsten eines elenden Krieges in den Ruin zu treiben. Soldaten, Tod und Qual über unser gutes Bier zu stellen. Aber ich sage Euch: Euer Ruhm soll kurz sein. Ihr werdet Kriege anzetteln, die Millionen Menschen das Leben kosten werden. In Krieg, Kampf und Tod soll Euer Schicksal liegen. Ich wünsche Euch, dass der große Weltenbrand euresgleichen irgendwann vom Antlitz der Erde vertilgt. Noch in tausend Jahren soll der Name Preußen nur mit Verachtung ausgespuckt werden. Und die Menschen werden auch dann noch gutes Bier trinken, wenn Preußen schon lange vernichtet sein wird.«

Ein letztes Mal erhob der alte Braumeister zitternd seinen einfachen, geschnitzten Krückstock und deutete anklagend auf den Kurfürsten Friedrich Wilhelm, der blass, aber gefasst auf seinem Thron saß. Nachdem die leidenschaftliche, hasserfüllte Rede des Alten offensichtlich beendet war, herrschte Schweigen im Thronsaal des Cöllner Schlosses.

Fassungsloses Schweigen.

Der alte, hünenhafte Brauherr Cord Heinrich Knoll wusste mit Bestimmtheit, dass er soeben, hier und jetzt, sein Todesurteil unterzeichnet hatte.

Der Prinz von Homburg stand neben ihm, hielt den Knauf seines silbernen Stocks so fest umklammert, dass die Adern auf der Hand hervortraten und kratzte sich mit dem Ende des Stocks verlegen am Stumpf seines rechten Beins. Sein sonst so forsches, souveränes Auftreten war dahin. Er konnte nur noch hoffen, dass er nicht mit in den Strudel der Vergeltung hineingezogen würde, der diesem Eklat unweigerlich folgen musste.

Die Höflinge, die der skandalösen Tirade beigewohnt hatten, duckten sich, als hätten sie Angst, dass sie gleich vom Orkan einer Wutrede ihres Regenten hinweggefegt würden.

Die Soldaten der Leibgarde musterten sich gegenseitig, so als würden sie bereits untereinander abmachen, wer von ihnen dem Erschießungskommando zugeteilt werden würde.

Nur Ulrich Knoll, der Jüngste in der kleinen Gruppe, die vor dem Thron stand, schaute mit Besorgnis zu seinem Vater hinüber. Sein Herz bebte und er hoffte inständig, der Regent möge Gnade walten lassen und seine Familie nicht zerstören.

Der Große Kurfürst erhob sich von seinem Thron. Einige Anwesende räusperten sich aus Verlegenheit. Mit herrischer Geste gebot der Fürst zu schweigen.

Dann öffnete er den Mund und begann, den Saal mit seiner Stimme zu füllen, lautstark, wohlüberlegt und mit ausdrucksstarken Gesten; es war eine Rede, von der alle ahnten, dass sie ein grausames Ende für den alten Braumeister einleiten würde. Und hätte eine gnädige Vorsehung dies nicht verhindert, wäre es auch genau so gekommen ...

Der Kurfürst machte eine Geste an seine Leibgarde, Cord Heinrich Knoll zu verhaften. Der jedoch zeigte herzlich wenig Bereitwilligkeit dazu, stattdessen lächelte er noch einmal melancholisch, griff sich ans Herz, verdrehte die Augen, fiel zu Boden und starb. ⊘

14.

Entsetzen bei Ulrich, ungläubiges Staunen beim Prinzen und dem Kurfürsten, leises Gelächter bei den Mitgliedern des Hofstaats, die dies für eine überaus gelungene schauspielerische Einlage des verrückten Greises hielten. Doch je länger Knoll am Boden lag und sich nicht regte, während sich keine Hand zur Hilfe rührte, desto klarer wurde ihnen, was geschehen war. Schließlich erkannte auch der Letzte, dass der Braumeister hier und jetzt das Zeitliche gesegnet hatte.

Und während in Weferlingen, in Unkenntnis der Ereignisse von Cölln, die Nachricht vom Sieg von Fehrbellin und den Ruhmestaten ihres Prinzen mit Unmengen Wein – da es Ende Juni kein Bier gab – sowie einem großen Feuerwerk gefeiert wurde, ordnete der Kurfürst an, Cord Heinrich Knoll, wie von ihm selbst prophezeit, auf dem Schindanger vor den Toren Cöllns zu vergraben.

»Dieser Sauhund, der mich so übel beschimpft und verleumdet hat, der hat kein christliches Begräbnis verdient.«

Auch Ulrichs inständiges Bitten konnte ihn nicht erweichen.

»Er soll froh sein, dass er ungeschoren davonkommt und ich hier keine Sippenhaft walten lasse.«

Der Prinz von Homburg dachte ähnlich und reiste schnell und unauffällig zur Kur nach Langenschwalbach ab. Schließlich war seine militärische Karriere nicht zu Ende, auch wenn seine Begeisterung für das preußische Heer im Moment am Tiefpunkt war. Weder der Kurfürst noch der Prinz kümmerten sich in der Folge um die Brauerei und die Biersteuer, sondern vernahmen stattdessen hocherfreut die Nachricht vom unerwarteten Tod General Wrangels, sodass Ulrich im September 1675 die Saison planmäßig eröffnen konnte. Voller Trauer im Herzen, da er ahnte, dass mit dem Tod seines Vaters auch die Zeit in Weferlingen, die glücklichste und friedlichste Zeit seines Lebens, ihrem Ende entgegen ging.

Im Sommer 1676 kam der Prinz von Homburg erholt zurück. Er kämpfte weiter erfolgreich an der Seite des Kurfürsten in Pommern gegen die Schweden. Und zwar so erfolgreich, dass dieser, nach der Eroberung Anklams am 17. August, ihn noch im Feldlager in sein Zelt rief. Der Hessenprinz humpelte also hinein ins Feldherrenzelt. Auch wenn die Szene der vor einem Jahr ähnelte, war nun alles anders. Der Kurfürst lächelte, trotz seiner Gicht, und bot Friedrich einen Platz an.

»Ein prächtiger Sieg für uns. Und ausnehmend gut hat er sich geschlagen an meiner Seite.« Fast errötete der Landgraf über das seltene Lob aus dem Mund des Kurfürsten.

»Gott war mit uns am heutigen Tag«, murmelte er seltsam unbeteiligt.

Der Kurfürst erhob sich, wenngleich mühsam, wie er es immer tat, wenn große Gesten anstanden.

»Heute soll er endlich seinen verdienten Lohn erhalten.«

Nun war ihm die ungeteilte Aufmerksamkeit des Prinzen gewiss.

»Mit Blut lässt sich schließlich so mancher Makel abwaschen.«

Jetzt war es beinahe so, als scherze der Kurfürst.

»Aus dieser Liste«, er wedelte mit einem Papier, »darf er sich fünf Landgüter heraussuchen, die er zum Lehen erhält.«

Friedrich von Homburg strahlte vor Freude.

Jedoch, es kam noch besser: »Und, seine Steuern für Weferlingen sind ihm jetzt und für alle Zeit erlassen.«

Nun überwog die Genugtuung, die Freude vor allem als der Kurfürst ergänzte: »Ich weiß nicht, ob er es bereits gehört hat, sein alter Opponent, Freiherr von Pöllnitz, ist letzten Monat im Duell erschossen worden.«

Er fuhr verschmitzt lächelnd fort: »Hatte er nicht auch einmal etwas Derartiges vor? Er und der Pöllnitz waren sich doch nie so recht grün?«

Da war sein Glück vollkommen. Dennoch, einen Wermutstropfen hatte der Kurfürst parat: »Euer Braumeister, der Sohn dieses renitenten Alten, den nur ein gnädiger Tod vor dem Rad gerettet hat, den werde ich des Landes verweisen. Auch wenn er sich noch nichts hat zuschulden kommen lassen, so trägt er wie sein Vater, den Keim von Rebellion und Aufruhr in sich. Solche Menschen brauchen wir hier nicht. Ihr seid mir verantwortlich dafür, dass dieser Mensch mit seiner Familie Brandenburg verlässt. Sucht Euch einen neuen Braumeister.«

Die Rücknahme der Biersteuer ließ Ulrich kalt, denn mit dieser Neuigkeit vernahm er die Nachricht seiner Ausweisung, obwohl sie für ihn nicht unbedingt überraschend kam, denn so etwas hatte er bereits geahnt. Also machte er sich, mit Sack und Pack, mit der vierundvierzigjährigen Sophie und den mittlerweile drei Kindern, Anfang September auf den Weg hinaus aus Brandenburg. Als sie Mitte Oktober wieder in Bitburg ankamen, war dort alles anders, als sie es verlassen hatten. Die Bitburger Stadtmauern, die bislang allen Angriffen standgehalten hatten, waren im Sommer 1676 tatsächlich von den Franzosen zerstört und die Stadt zum ersten Mal in ihrer Geschichte militärisch erobert worden. Die lange Belagerung war auch der Grund dafür gewesen, dass Lisbeth so lange nichts mehr von sich hören hatte lassen.

Sie kamen gerade zur rechten Zeit. Der alte Christoffel Flügel war gestorben. Ein Gnadentod im hohen Alter war ihm vom Schicksal gewährt worden, selten genug in diesen Zeiten.

Johann und zwei von Lisbeths Kindern waren ihm bald darauf gefolgt, nachdem in Bitburg wieder einmal die Pest ausgebrochen war. Johann war noch davor mitten im letzten Winter einfach über Nacht erblindet – auch ein äußerst schmerzhafter Starstich hatte ihm keine Besserung gebracht –, sodass die Brauerei seit einiger Zeit stillstand. Lisbeth stand bereits kurz davor, das Brauhaus zu verkaufen und sah sich als Witwe dazu gezwungen, erneut zu heiraten oder in Armut leben zu müssen. Doch als plötzlich und unverhofft ihr Halbbruder in die Stadt kam, änderte sich die Situation schlagartig. Das Dokument, welches seine Ausweisung bestätigte und ihn somit als unerwünschten Bürger Brandenburgs brandmarkte, entpuppte sich für seine Verhandlungen mit den Franzosen als Glücksfall. Nichts taten die Franzosen lieber, als einen erklärten Feind des verhassten Preußens mitsamt Familie in die Stadt hineinzulassen.

So übernahm Ulrich Knoll die Brauerei ›Zum feisten Römer‹ und rettete damit nicht nur seine Familie, sondern auch seine Halbschwester Lisbeth und deren letzten verbliebenen Sohn durch die kommenden Jahre.

Vom Jesuitenbruder Martin wurden sie nie wieder behelligt, denn der war in der Zwischenzeit nach Wien versetzt worden, wo er, freund- und freudlos, einen einsamen Tod starb.

Die erneute Übersiedlung nach Bitburg war jedoch die letzte Nachricht aus dem Leben der Familie Knoll. Danach verliert sich ihre Spur in den Wirren der Zeit und der wieder einmal folgenden Kriege. Für das Bitburger Brauhaus ›Zum feisten Römer‹, einst von Niklas von Hahnfurt gegründet, von der Familie Flügel übernommen und jahrhundertelang betrieben, war Ulrich Knoll der letzte aktive Braumeister. Mit seinem Tod schien das Brauwesen in Bitburg für einige Jahrzehnte zum Erliegen gekommen zu sein. Erst 1760 vermeldete der Theresianische Kataster, in dem alle Besitzungen im Herzogtum Luxemburg registriert wurden, wieder zwei Brauhäuser in Bitburg. Eines davon gehörte einem Schöffen mit Namen Christoph Flügel, der es 1773 an seinen Bruder Martin verkaufte. †

15.

DER PRINZ FRIEDRICH VON HOMBURG quittierte schließlich nach acht weiteren Jahren, davon fünf aktiven Kriegsjahren, seinen Dienst bei der Kavallerie des Kurfürsten. Und das, obwohl der Krieg noch nicht vorbei war. Er hatte einfach genug Tote, genug Intrigen, genug Undankbarkeit erlebt. Simple Ereignisse wurden am Hof für hinterhältige Attacken genutzt, die er einfach leid war. Wie die Tatsache, dass der Prinz den Bauern etwas zum Leben lassen wollte und seine Soldaten angewiesen hatte, nicht zu scharf zu ›fouragieren‹, wie die elegante Umschreibung dafür war, den Bauern Eier, Kälber und Schmalz zu rauben. Am 28. September 1678 war der Prinz deshalb von Feldmarschall Derfflinger zum Rapport bestellt und, vor den Augen des Großen Kurfürsten, für diese Gutmütigkeit heftig angeschnauzt worden. Ein aufgeregter, böser Streit war gefolgt, in dem sich der Hessenprinz zwar mit Zeugen verteidigt hatte, an dessen Ende er aber empört und erbost seinen Abschied einreichte. Erneut war er überredet worden, weiterzumachen, weil der Kurfürst eingelenkt hatte. Nach wenigen Monaten hatte er endgültig genug und kündigte 1679, in dem Jahr, in dem der Große Kurfürst die Schweden endgültig besiegte und aus dem Land vertrieb.

Der Landgraf mit dem silbernen Bein begann stattdessen, sich um Homburg und die dazu gehörige Regentschaft zu kümmern, die ihm nun zufiel. Nie hätte er in jungen Jahren damit rechnen können, denn gar zu viele Brüder und deren Söhne hatten vor ihm in der Erbfolge gestanden.

Aber *er,* der siebte Sohn, hatte sie alle überlebt!

Jetzt, nach dem Ausscheiden aus dem Militärdienst, begann für den Prinzen von Homburg die letzte Phase eines wahrhaft ereignisreichen Lebens. Für beinahe drei Jahrzehnte wurde er ein wirklicher Regent. Er prägte das Städtchen Homburg wie kein Zweiter vor und nach ihm und verwandelte den mittelalterlichen Ort in eine barocke Residenzstadt. Hier ist er auch, im Gegensatz zu Weferlingen, durch viele historische Zeugnisse als Landesvater in Erinnerung geblieben. Er förderte die Wirtschaft und siedelte 1685/86 aus Frankreich vertriebene Hugenotten und Waldenser in Homburg an. Auch wenn nicht alle Unternehmungen von Erfolg gekrönt waren, gegen Ende seines langen Lebens war Prinz Friedrich von Homburg, der einbeinige Landgraf mit dem silbernen Bein, eine legendäre Figur von europäischer Prominenz. Seine zweite Frau starb 1690, nachdem sie insgesamt zwölf Kindern das Leben geschenkt hatte, von denen zehn die ersten Lebensjahre überlebt hatten. Der Prinz heiratete 1691 erneut und hatte mit seiner dritten Frau, Sofie Sibylle von Leiningen-Westerburg, noch drei weitere Kinder. In seinem letzten Lebensjahr bestand seine Familie, neben seiner Frau, aus acht Kindern – fünf Töchtern und drei Söhnen – sowie sieben Enkeln.

Seine innige Beziehung zu Weferlingen währte noch einige Jahre, auch wenn er sich nicht mehr so oft dort aufhielt. Er nutzte jedoch den, auch durch seine eigene gute Bewirtschaftung gestiegenen Wert des Amtes, um es beim Rückkauf seiner Homburger Landgrafschaft, die verpfändet war, als Pfand einzusetzen. Der Weferlinger Bürgermeister Hans Hüneken sowie der Landbauermeister Hans Probst aus Ribbensdorf leisteten am 17. April 1689 bei der feierlichen Übertragung des Pfandbesitzes im Namen der Amtsuntertanen dem Herzog Amadeus als dem neuen, vorläufigen Landesherrn den Huldigungseid. Dennoch durfte der Prinz von Homburg noch sechs Jahre lang in Weferlingen wohnen bleiben; dies hatte er sich im Vertrag ausbedungen. Das letzte Kind seiner zweiten Frau, wie auch das erste der dritten, wurden noch in Weferlingen geboren. Im Jahre

1701 erfolgte dann die endgültige Einlösung des Amtes Weferlingen in bare Münze, und zwar durch den neuen Kurfürsten Friedrich I. Von keinem Weferlinger Braumeister aus der Zeit nach dem Biersteuerstreit ist auch nur der Name bekannt. Das Amt Weferlingen fiel bald wieder in seinen Dornröschenschlaf zurück, in dem es sich bereits vor der Übernahme durch den einbeinigen Prinzen befunden hatte.

Am 24. Januar 1708 starb Friedrich II. in Homburg, fünfundsiebzig Jahre alt. Er hatte seinen ›Großen Kurfürsten‹ um zwanzig Jahre überlebt. Der hatte letzten Endes in dem unseligen Steuerstreit auch allgemein nachgeben müssen, nicht nur Weferlingen gegenüber. Zu groß war der Widerstand von Städten und Landadel gewesen, die, wenngleich aus völlig widerstreitenden Motiven, gegen die neue Biersteuer gekämpft hatten.

Die Städte konnten nun, neuerdings, wählen zwischen der klassischen Kontribution oder der neuen Verbrauchssteuer, Akzise genannt. Nachdem die Städte an der Akzise prozentual beteiligt wurden, war deren Wahl die logische Konsequenz. Ab 1682 wurde sie dann zur obligatorischen Steuer in Preußen. Allerdings mit der Folge, dass sich viele Städte gegenüber dem Land abschotteten und den Handel erschwerten. Zu spät hatten die Städte erkannt, dass die Akzise ständig stieg, die Armen mehr belastete als die Reichen und somit letzten Endes ein goldenes Halsband war, das sie zu erwürgen drohte. Der Adel hingegen behielt die stets gleich bleibende Kontribution, die er so ungehindert ans einfache Landvolk weitergeben konnte.

Seine eigene Residenz Berlin mit ihren fünfzehntausend Einwohnern und etwa zweihundertfünfzig Brauhäusern hatte der Große Kurfürst mit einer verdoppelten Biersteuer auf alle eingeführten Biere abgesichert. ⨍

MEHR ALS EINHUNDERT JAHRE SPÄTER: DER DICHTER

ES WAR FRÜHLING IN DRESDEN im Jahr 1809. Aber nicht jeder empfand Frühlingsgefühle. »Nein, nein, nein! Niemals. So nicht!« Zornig und enttäuscht fegte Heinrich von Kleist in seiner Dresdener Wohnung die leeren Blätter vom Tisch. Um ein Haar hätte sich auch das Tintenfass mit der Feder darin auf den Weg nach unten gemacht, wo es sicher zerbrochen wäre. Nur eine schnelle Reaktion von Kleists rechter Hand verhinderte Schlimmeres. Draußen zog ein Unwetter auf, dunkle Wolken färbten den Himmel schwarz, so passte es gut zur Gemütslage des berühmten Dramatikers.

Die Idee, die er seit einigen Wochen mit sich herumtrug, sie wollte sich einfach nicht in sinnvolle, kraftvolle Zeilen zwängen lassen. Seine Krankheit – eine des Gemüts, die ihm kein Arzt genau erklären konnte – tat ein Übriges dazu, dass sich der übersensible junge Mann von Anfang Dreißig am Rande der Verzweiflung bewegte.

Seine Oberlippe erzitterte, bei ihm immer untrügliches Zeichen eines drohenden Zusammenbruchs.

Ein Werk wollte er schreiben, so brillant, dass es als Fanal für die Bewegung der Romantiker gelten sollte. Und gleichzeitig sollte es eine Abrechnung, eine längst überfällige Kritik am schier übermächtigen Napoleon sein. Und der mit ihm einhergehenden Welle der Vernunft, die in krassem Gegensatz zur empfindsamen Seele der deutschen Romantiker stand.

Heinrich von Kleist goss sich aus dem bereitstehenden Krug ein Glas Wein ein, setzte sich und atmete tief durch, um seine Emotionen wieder unter Kontrolle zu bekommen. Den allseits beliebten Kaffee hatte ihm sein Arzt aufgrund seiner rätselhaften Krankheit verboten. Bis zum Nachmittag trank er also heiße Schokolade, dann ging er zum Wein über. Seiner Schreibblockade half dies jedoch nicht auf die Sprünge. Vielleicht würde der bevorstehende Umzug nach Berlin Besserung bringen.

Heinrich von Kleist hatte sich nicht getäuscht. Der Ortswechsel in die preußische Metropole setzte verlorengegangene Ideen wieder frei. Hier sah er auch das Bild wieder. Ein Bild, das als Sieger aus einem Wettbewerb hervorgegangen war, den die Preußische Akademie der schönen Künste einige Jahre zuvor ausgeschrieben hatte. Das Bild sollte den Ruhm der Hohenzollern preisen, Sieger wurde der Maler Carl Kretschmar. Nur, mit der Aussage des Gemäldes ›Die Schlacht bei Fehrbellin‹ war von Kleist nicht einverstanden. Der zerknirscht vor dem ›Großen Kurfürsten‹ stehende Prinz von Homburg war sein Held, nicht der zu Preisende vom Stamme der Hohenzollern. Nicht der, historisch falsch dargestellt, weil völlig gichtfreie, Preußenfürst und seine viel gepriesene preußische Pflichterfüllung entsprachen von Kleists Ideal, sondern Herz und Gefühl des Prinzen. Er kannte auch die entsprechenden Geschichten dazu, die mittlerweile, weit über einhundert Jahre nach der Schlacht, längst Anekdotenstatus erreicht hatten. Der König Friedrich II. von Preußen hatte 1751 höchstselbst von dieser Schlacht berichtet. Und auch ein Herr Krause, Feldprediger der preußischen Infanterie, hatte in einem ›Lesebuch für Freunde der Geschichte‹ den Verlauf der Schlacht geschildert. Endlich hatte er seine beiden Gegensätze gefunden. Hier der romantisch veranlagte Prinz von Homburg – ein wenig wie er selbst –, dort der napoleonisch denkende Vernunftmensch in Gestalt des ›Großen Kurfürsten‹. Natürlich durfte er den Kurfürsten nicht zu drastisch darstellen, schließlich wollte von Kleist sein Stück, wenn es denn fertig sein würde, auch aufgeführt sehen. Nun, da er Personen und Handlung zu seiner Idee gefunden hatte, ging ihm das Schreiben schnell von der Hand. Zuerst gab er dem Helden sogar noch einen zweiten Namen hinzu: ›Friedrich‹ allein, das war zu banal, der Name zu häufig und leicht zu verwechseln, also ergänzte er einen ›Arthur‹.

Rasch brachte er die fünf Akte des Dramas zu Papier. Besonders der zweite würde es in sich haben: Die Schlacht, in der sich der Prinz nicht an den Befehl hält und deswegen die Schlacht zugunsten seines Kurfürsten entscheidet. Zugleich erhält er falsche Nachricht vom Tod des Kurfürsten und beschließt daraufhin, die Schweden endgültig aus dem Land zu jagen. Indes, der Kurfürst ist nicht gefallen, im Gegenteil, er berät mit seinen Generälen über einen Waffenstillstand mit den gerade noch in der Schlacht besiegten Schweden. Und er stellt den Prinzen vors Kriegsgericht, weil er sich nicht an seinen Befehl gehalten hat.

Im Sommer 1810 war das Drama vollendet. Liebe, Treue und Empfindsamkeit gegen Verstand und stures militärisches Gehabe: Das war der Stoff, den die Romantiker liebten, da war sich von Kleist sicher. Und so liebte von Kleist seinen ›Prinzen von Homburg‹ als einen Mann, der sogar den Befehl seines Kurfürsten missachtete, so es denn einem höheren Zweck diente.

Heinrich von Kleist war kein Historiker und glaubte an die Echtheit seiner Quellen. Indes, er hätte falscher nicht liegen können.

Die wahre Geschichte des Prinzen von Homburg handelte nicht nur von Ehre, Liebe und Ritterlichkeit, sondern von Bier. Viel Bier!

Und eigentlich war sie viel spannender.

›Die Schlacht von Fehrbellin‹
Gemälde von Carl Kretschmar, 1802, Public Domain.

ANMERKUNGEN

DER GROSSE SIEGER am Ende des Dreißigjährigen Krieges hieß Frankreich. Mit dem Westfälischen Frieden stand es in nie zuvor gesehener Blüte da. Dieser Triumph ließ seine westliche Grenze bis an den Rhein vorrücken. Im riesigen Heiligen Römischen Reich lebten hingegen nur noch etwa zehn Millionen Menschen, halb so viele wie im westlichen Nachbarland und ebenfalls nur halb so viele wie zu Beginn des Krieges 1618. Leider wurde in dieser Zeit, besonders durch die Politik Richelieus, Mazarins und dann, kurze Zeit später, Ludwigs XIV. die Saat gelegt für eine nationale Feindschaft zwischen den Völkern beider Länder, die es so vorher nicht gegeben hatte, die direkt in den ersten Weltkrieg führte und die erst später im 20. Jahrhundert überwunden werden konnte.

Die Zerstörung Magdeburgs wurde in vielen Büchern und Dramen beschrieben und betrauert. Geradezu symbolhaft könnte man dazu anmerken, dass im gleichen Jahr (1631), natürlich ohne Wissen der Europäer, etwa sechstausend Kilometer von Magdeburg entfernt der Bau des Tadsch Mahal begann, eines der schönsten Bauwerke aller Zeiten. Geschaffen von über zwanzigtausend Handwerkern, also in etwa so vielen Menschen, wie in Magdeburg ›geschlachtet‹ worden waren. Es liegt etwas Tröstliches in der Tatsache, dass sich Zerstörung und Erschaffung häufig die Waage halten, auch wenn es die vielen Toten des Dreißigjährigen Krieges nicht wieder lebendig macht.

Zusammenfassend gesagt, ging das 17. Jahrhundert als eines der kriegerischsten Jahrhunderte aller Zeiten in die Europäische Geschichte ein, mit lediglich vier Friedensjahren – das nachfolgende brachte es immerhin bereits auf sechzehn. Die Tatsache, dass die Entdeckung, mit dem Krieg an sich Geld zu verdienen aus dem 17. Jahrhundert stammt, hat sicherlich damit zu tun.

Als anderes exemplarisches Beispiel für den Krieg (neben Magdeburg) habe ich meine Heimatstadt Bitburg verwendet, dessen Umland über viele Jahrhunderte beliebtes Aufmarschgebiet der Heere aller Nationen war. Die ›Schweisdal-Chroniken‹, eine über viele Jahre geführte Familienchronik der Familien Schweisdal und Scholer, enthalten auch ein persönliches Tagebuch des Bitburger Bürgers Johann Philipp Schweisdal über die letzten vier Kriegsjahre (und darüber hinaus). Dieses Tagebuch ist die Grundlage für einige der geschilderten Ereignisse in der Bitburger Gegend, vor allem aber für die Tagebuchaufzeichnungen des Cord Heinrich Knoll. Das Original der Schweisdal-Chroniken befindet sich im Staatsarchiv von Luxemburg.

Als Vorlage für den Hexenprozess diente mir der Vorfall der Anklage gegen den Bitburger Stadtschöffen Johann Schweisthal (den Großvater von Johann Philipp Schweisdal) zu Anfang des 17. Jahrhunderts. Auch das Ende dieses Prozesses ohne die sonst übliche Hinrichtung ist überliefert. Ebenso wie Magdalenas Freilassung auf Quellen beruht, nachdem in seltenen Fällen Frauen sogar Verhöre unter Folter überstanden und anschließend freigelassen wurden. Im Jahr 1653 wurde in Trier die Hexenjagd mit all ihren Begleiterscheinungen schließlich behördlich verboten. Die Geschehnisse um die Belagerung Bitburgs und den Jungen mit den Ziegenfellen sind nicht zu einhundert Prozent verbürgt, sind aber als Legende von den ›Beberiger Gässestreppern‹ (den Bitburger Geiß-Überstreifern) die bekannteste Anekdote in der langen Bitburger Geschichte.

Der Regensburger Bischof war tatsächlich der Einzige, der sich in Bayern beim Weißbierbrauen nicht dem Wittelsbacher Monopol beugen musste – aufgrund der Tatsache, dass Regensburg die einzige freie Reichsstadt im bayerischen Kreis war, und somit ein politischer Sonderfall. Im Jahr 1649 ließ Fürstbischof Franz Wilhelm Graf von Wartenberg deswegen in seiner Residenz, dem Bischofshof in Regensburg, neben der römischen Porta Prätoria ein neues Brauhaus errichten: die heutige Brauerei Bischofshof. Das Erste stand seit 1608 in Wörth an der Donau. Jahrzehntelange Konkurrenzkämpfe über den Verkauf des Weißbiers im Regensburger Umland zwischen Kurfürst Maximilian und dem Bischof von Regensburg sind historisch belegt.

Das herzogliche Brauhaus zu Winzer war Jahrzehnte lang eine gute Geldquelle für die Wittelsbacher, wurde aber 1673 durch Feuer schwer beschädigt, dann im österreichischen Erbfolgekrieg 1742 durch kroatische Truppen zerstört und 1810 endgültig abgerissen. Der Bräuverwalter Edelweckh arbeitete von 1634 bis zu seinem Tod 1654 in Winzer. Der Braugegenschreiber Wasmair war von 1625 ebenfalls bis zu seinem Tod 1649 in Winzer beschäftigt. Sogar die gegenseitige Abneigung der Herren ist überliefert. Heute wird in Winzer kein Bier mehr gebraut. Der kleine, beschauliche Ort inmitten der Donauauen, der sich als Anglerparadies einen Namen gemacht hat, verdient aber auch ohne Schloss und Brauhaus einen Besuch.

Die Vorlage für die Vampirfürstin Theodora Hyazintha von Silberstein lieferte die legendäre Gräfin Eleonora von Schwarzenberg (vor der Heirat: Prinzessin von Lobkowitz), Witwe des Fürsten Adam Franz Karl Eusebius von Schwarzenberg. Sie lebte (leider) von 1682 bis 1741, also zu spät für die Handlung dieses Romans. Die Versuchung war aber groß, diese interessante Figur der Zeitgeschichte hier passend einzuarbeiten. Eine Brauereibesitzerin als Vampir, noch dazu als die Person, die allem Anschein nach die Vorlage für Bram Stokers ›Dracula‹ geliefert hat.

Erst Maria Theresia verbot übrigens jede Vampirverfolgung sowie alle etwaigen Abwehrmaßnahmen wie das Köpfen, Pfählen oder Verbrennen.

Die Herrenbrauerei in Böhmisch-Krumau (Çeský Krumlov), Vorlage für die fiktive Brauerei in Böhmisch-Steinisch, war mit wechselndem Erfolg bis 1945 im Besitz der Familie Schwarzenberg. Seit 1989 kämpfen die Erben um eine Rückgabe zumindest von Teilen des damals enteigneten riesigen Besitzes. Die Brauerei firmiert jetzt wieder unter dem Namen ihrer Besitzer aus dem frühen 17. Jahrhundert: Eggenberg. Die Stadt Çeský Krumlov selbst ist eine Perle europäischer Baukunst und allgemein als schönste Stadt Tschechiens anerkannt. Mittlerweile UNESCO-Weltkulturerbe, ist ein Besuch trotz der Touristenmassen aus aller Welt sehr zu empfehlen. Sogar die berühmten Krumauer Bären im Schlossgraben gibt es zu sehen.

Aus dem Braunschweiger ›Haus zur Hanse‹ entwickelte sich das Hofbrauhaus Wolters, das bis heute erfolgreich gutes Bier produziert.

Das Schloss von Weferlingen brannte 1929 aus, die Ruine ist heute noch in einer Schleife der Aller zu besichtigen. Zum Prinzen von Homburg sei noch nachzutragen: Am 18. Januar 1872 verstarb Caroline, verheiratete Prinzessin von Reuß, die Tochter des vorletzten Landgrafen Gustav von Homburg. Mit ihrem Tod erlosch die Linie Hessen-Homburg und somit die direkte Nachkommenschaft unseres Landgrafen mit dem silbernen Bein. In anderen Adelsfamilien lebten sie weiter, so war zum Beispiel der legendäre Bayernkönig Ludwig II. ein Urururenkel des Siegers von Fehrbellin.

Zur Biergeschichte:

Heinrich Knausten (auch: Knaust, Knaustinus, Knustius, Cnaustinus, Chnustinus) wurde zwischen 1521 und 1524 in Hamburg geboren und starb 1577 in Erfurt. Er war Doktor des Rechts, Lehrer, Schriftsteller, Dichter, Übersetzer und poeta laureatus. Er brachte 1575 das erste richtige und weithin beachtete Lexikon über Bier heraus. Und das gleich in mehreren Bänden. Seine fünf Bücher von der ›göttlichen und edlen Gabe, der philosophischen, hochteuren und wunderbaren Kunst, Bier zu brauen‹, sind legendäre und äußerst begehrte Sammlerstücke.

Titelbild der Erstauflage des Buches von Dr. Knaust von 1575
(Gedruckt bei Georg Bawman in Erfurt, Größe: 200 x 150 mm, Bild: Public Domain)

Der Broyhan (zuletzt gebraut Mitte des 19. Jahrhunderts) ist leider, wie auch das Anfangs erwähnte Zerbster Bitterbier (zuletzt gebraut 1949) und der Duckstein (zuletzt gebraut 1898) und viele andere legendäre Biere, als Biersorte ausgestorben. Mittlerweile gibt es wieder Versuche der Wiederbelebung dieser und anderer alter, traditioneller Biersorten. Das Duckstein-Bier, das seit 1987 wieder auf dem Markt ist, kommt allerdings aus Hamburg und heißt ›Das Duckstein‹, im Gegensatz zum Althergebrachten, das sich mit ›Der Duckstein‹ anreden ließ.

Über das Ende des Brauwesens in Weferlingen gibt es wenige bis gar keine Informationen. Bis zur Mitte des 19. Jahrhunderts soll es noch drei Brauhäuser gegeben haben, heute existieren jedenfalls keine mehr. Es scheint jedoch nicht nur eine Frage mangelnden Kapitals gewesen zu sein, sondern war offensichtlich auch der nachlassenden Qualität des Weferlinger Bieres geschuldet. Die Weferlinger Wirte beziehen ihr Bier heute von auswärts.

Die Bitburger Bierbrauer haben sich dagegen erfolgreich behauptet. Ab dem späten 17. Jahrhundert ging es wieder aufwärts. Martin Flügel baute sein Brauhaus zur ›Bavaria Brauerei‹ aus – die 1944 bei einem Bombenangriff völlig zerstört wurde –, verkaufte dann im hohen Alter, um 1830, den Betrieb an die Familie Zangerle, die ursprünglich aus Tirol stammte. Für das Jahr 1817 wird das Gründungsjahr der Bitburger Brauerei Th. Simon vermerkt. Sie hat als einzige der damals zahlreicheren Brauereien Bitburgs bis heute überlebt, dabei unter anderem durch Heirat mit der Brauerei Zangerle fusioniert, und sorgt nun bereits in der siebten Familiengeneration dafür, dass der Name Bitburg in erster Linie mit Bier assoziiert wird.

Der Sieg bei Fehrbellin war der erste eigenständige Sieg einer preußischen Armee, noch dazu erzielt über die hochberühmten, kampferprobten Schweden, und steht somit am Beginn des Aufstiegs der späteren Großmacht Preußen. Der weitere Rückzug Wrangels vor den selbstbewusster werdenden Brandenburgern geriet zur Katastrophe, bei der über achttausend weitere Soldaten ihr Leben ließen. Nicht nur die ständige Gefahr durch Schweden war einstweilen gebannt, auch andere Mächte wie Frankreich scheuten in der Folge die Konfrontation mit Kurfürst Friedrich Wilhelm, auf den bereits kurz nach der Schlacht von der Ostsee bis zum Schwarzwald Heldenlieder gedichtet wurden, und der ab da nur noch der Große Kurfürst hieß. Im kollektiven Gedächtnis Schwedens ist die Schlacht völlig bedeutungslos, während deutsche und ganz besonders preußische Historiker in ihr lange Zeit einen Wendepunkt der deutschen Geschichte sahen.

Ebenso kontrovers wird die Rolle des Prinzen von Homburg betrachtet, dessen historische Bewertungen vom ›Geburtshelfer der Militärmacht Preußen‹ bis zum ›hasardierenden Glücksritter‹ reichen.

Am deutlichsten sichtbar wurde das Dilemma der zwei Gesichter Preußens – unstet pendelnd zwischen Toleranz und Fortschritt auf der einen, sowie Krieg und Soldatentum auf der anderen Seite – später bei einem Urenkel des Großen Kurfürsten. Der war ein aufgeklärter Schöngeist, führte jedoch mehr Kriege als jemals ein Preußenfürst zuvor, und war zu allem Überfluss noch gelernter Bierbrauer. Sein Name, mit dem er in die Geschichte einging:

Friedrich der Große oder der ›Alte Fritz‹.

Jedoch, inwieweit sich der ›Fluch des Bierzauberers‹ im Nachhinein erfüllt hat, dies möchte ich letztlich zur Beurteilung meinen lieben Lesern selbst überlassen.

Wenn auch die Geschichte der Brauerfamilie Knoll meiner Fantasie entsprungen ist, so habe ich mich doch bei der Vita des

Prinzen von Homburg wie auch bei der Geschichte der Biere, Bierstädte und klassischen Biersorten bemüht, die bekannten (oder teilweise wenigen vorhandenen) Fakten korrekt wiederzugeben.

Mein besonderer Dank gilt (unbekannter Weise) dem großartigen Schriftsteller und Historiker Herbert Rosendorfer, der sich wie wohl sonst kein anderer mit dem Thema Dichtung und Wahrheit beim Prinzen von Homburg beschäftigt hat und dem auch die Aufdeckung und Veröffentlichung dieses literarisch-historischen Irrtums – nicht romantisches Ehrgefühl oder gar der freie Wille waren die Ursache des Streites zwischen dem Kurfürsten und dem Prinzen von Homburg, sondern die Weferlinger Biersteuer – zu verdanken ist. Rosendorfer bekräftigt aber ausdrücklich, dass er Heinrich von Kleist nach wie vor für einen der größten deutschen Dichter hält und die Aufdeckung dieses Irrtums nicht publik gemacht hat, um dessen Ruhm als Literat zu schmälern. Ein Zitat aus Rosendorfers Nachwort zur Biografie Friedrichs von Homburg:

Die Wirklichkeit, hier: die historische Realität ist nicht besser und ist nicht schlechter als die Poesie, sie ist anders.

Dem möchte ich gern bestätigend beipflichten.

Ergänzend muss noch bemerkt werden, dass im 17. Jahrhundert, besonders während des Dreißigjährigen Krieges, die Kriegsparteien unterschiedliche Kalender verwendeten: Die Katholiken rechneten mit dem neuen Gregorianischen Kalender, die reformierten Länder und Regionen nutzten noch den alten Julianischen Kalender. Daher kam und kommt es bis heute immer wieder zu Datumsverwechslungen. Die Magdeburger Hochzeit zum Beispiel fand entweder am 10. Mai (Julianisch) oder am 20. Mai (Gregorianisch) statt. Auch war der 18. Juni, nicht der 28., bis zu Anfang des 20. Jahrhunderts ein preußischer Feiertag: Der Tag der Schlacht von Fehrbellin. Ich habe in der Regel das heute Gebräuchliche, den Gregorianischen Kalender, gewählt. ▨

DANKSAGUNG

HERZLICHEN DANK zuerst einmal an alle Leser der ersten beiden Bierzauberer-Romane – darunter zahlreiche Brauer und Braumeister – für die vielen positiven Reaktionen und konstruktiven Diskussionen, per E-Mail und Post, aber auch bei den Lesungen.

Natürlich gehört an diese Stelle auch ein Lob an meinen Verleger, Herrn Gmeiner, sowie das gesamte Gmeiner-Team, für das Vertrauen in meine Bücher, die perfekte Zuarbeit und Unterstützung sowie ein ungemein motiviertes, professionelles Lektorat unter der Leitung der lieben Claudia Senghaas.

Ein großes Dankeschön geht an Frau Michaela Knör von der ›Gesellschaft für Geschichte des Brauwesens‹ in Berlin für die tolle Unterstützung bei der Recherche, einen herzlichen Dank an Herrn W. D. Speckmann für den Tipp mit der Vampirfürstin sowie viele, viele Dankeschöns an meine liebe Familie für Geduld und gute Nerven.

Und, für das allererste, akkurate Korrekturlesen an dich, natürlich. Ja, dich, du weißt genau, wen ich meine … ▓

ENDE

Geschichtliche Eckdaten:

23.05.1618	Prager Fenstersturz, der den Beginn des Dreißigjährigen Krieges markiert
16.02.1620	Geburt von Friedrich Wilhelm, dem späteren Großen Kurfürsten
19.06.1627	Hochzeit des Braunschweiger Bürgermeister Zacharias Boiling mit der Witwe Haberland und somit offizielles Gründungsdatum der Brauerei Wolters
20.05.1631	Zerstörung Magdeburgs bei der Magdeburger Hochzeit
30.04.1632	Tod von General Tilly in Ingolstadt, nach einer Verwundung in der Schlacht bei Rain am Lech
17.11.1632	Tod von Reitergeneral Pappenheim bei der Schlacht von Lützen
30.03.1633	Geburt des Prinzen Friedrich von Homburg in Homburg
25.02.1634	Ermordung von Wallenstein in Eger
01.12.1640	Friedrich Wilhelm wird mit zwanzig Jahren Kurfürst von Brandenburg
18.11.1645	Eroberung Triers durch Turenne und das französische Heer
24.10.1648	Westfälischer Friede zu Münster und Osnabrück, der den Dreißigjährigen Krieg beendet
03.04.1650	Das Bistum Halberstadt mit dem Amt Weferlingen gehört nun zu Brandenburg
1654	Friedrich von Homburg tritt in schwedische Dienste
1658	Im Januar/Februar setzt Karl X. mit seiner Armee, darunter auch der Prinz von

	Homburg, über den gefrorenen Belt, überrascht die Dänen und erobert Dänemark
29.01.1659	Bei der Belagerung Kopenhagens verliert Friedrich von Homburg durch eine Kanonenkugel sein rechtes Bein
12.05.1661	Friedrich von Homburg heiratet in Stockholm die schwerreiche Gräfin Margarethe Brahe und beendet den Kriegsdienst für Schweden
11.01.1662	Der Prinz von Homburg erwirbt einige Güter von General Königsmarck, darunter das Amt Weferlingen
15.05.1669	Tod von Gräfin Margarethe Brahe Friedrich von Homburg erbt ein riesiges Vermögen
23.10.1670	Zweite Heirat des Prinzen von Homburg, diesmal mit der Prinzessin Luise Elisabeth von Kurland. Der Prinz konvertiert zur reformierten Konfession
12. 1670	Ernennung Friedrichs von Homburg zum General der brandenburgischen Kavallerie
1675	Schwedische Truppen fallen in die Mark Brandenburg ein
28.06.1675	Die Schlacht von Fehrbellin
27.07.1675	Der französische Feldmarschall Turenne wird von einer Kanonenkugel getötet
1676	Einnahme Bitburgs durch Franzosen und Zerstörung der Stadtmauer
17.08.1676	Der Große Kurfürst nimmt die Bierakzise zurück
1678	Die Schweden werden fast vollständig aus Pommern verjagt

	Friedrich von Homburg quittiert den Militärdienst
1680	Friedrich übernimmt die Landgrafschaft und Landesherrschaft in Homburg Baubeginn des neuen Homburger Schlosses ›Friedrichsburg‹ unter den neuen Landesherren
27.08.1681	Friedrichs älterer Bruder stirbt, nun ist Friedrich auch Familienoberhaupt
09.05.1688	Tod des Großen Kurfürsten
16.12.1690	Friedrichs zweite Ehefrau stirbt kurz nach der Geburt des zwölften Kindes
15.11.1691	Dritte Heirat des Prinzen von Homburg mit der Gräfin Sophie Sibylle von Leiningen-Westerburg
1701	Der Prinz von Homburg löst das Weferlinger Pfand ein und verkauft das Amt an den Kurfürsten Friedrich III.
24.01.1708	Prinz Friedrich II. von Hessen-Homburg stirbt in Homburg. Noch heute liegt er dort begraben
06.08.1798	Der bayerische Kurfürst Karl Theodor beendet das Weißbiermonopol
1809/1810	Entstehungszeit des Schauspiels in fünf Akten ›Prinz Friedrich von Homburg‹
21.11.1811	Heinrich von Kleist begeht Selbstmord
1817	Offizielles Gründungsjahr der Bitburger Brauerei Th. Simon GmbH
03.10.1821	Uraufführung von Kleists ›Prinz von Homburg‹ im Wiener Burgtheater

Kleines Rotwelsch-Wörterbuch (Eine Auswahl)

Es ist erstaunlich, wie viele Worte der einstigen Soldaten- und Gaunersprache sich bis heute in unserer Umgangssprache festgesetzt haben. Bei einigen kann man die Herkunft erahnen, aber auf alle Worte etymologisch einzugehen, würde den Rahmen dieses Buches sprengen.

acheln	essen
baldowern	auskundschaften (Dagobert-Duck-Fans sicherlich auch von den ›Panzerknackern‹ her bekannt)
Barlenbarlen	sprechen
Blech	Geld
Bock	Hunger, Gier (heute noch umgangssprachl. Bock haben: ›Lust haben‹)
Boßhard	Fleisch
Breitfuß (oder Strohbutz)	Gans
Brieffen	Karten spielen
Bulle	Polizist
Caball	Pferd
Dampf (siehe auch ›Kohldampf‹)	Hunger, Angst
fechten, Fechter, Fechtbruder	betteln, Bettler
Flick	Knabe
Flossa	Wasser
foppen	necken, anführen
Galch	Pfaffe

Glyß	Milch
Gugelfranz	Mönch
Hans Walter	Laus
Holderkautz	Huhn
Jungfrau	Betrüger
juverbassen	fluchen
klemsen	fangen
Kohldampf	Hunger
Kober	Wirt
daraus entwickelt: ankobern	anmachen, Freier aufreißen
Krauter, Krauterer	Handwerksmeister
Kreuzspanne	Weste, Zwangsjacke, Hosenträger
Maro	Brot
Model, Maudel, Mudel, Muldel	Frau, Mädchen
Muß, Moß	Mädchen, Frau, Dirne
Platt	vertraut, sicher, gaunerisch
daraus entwickelt: platte Leute	Gauner
Platte	Bande
sowie: Platte machen	auf der Straße leben, im Freien nächtigen
schinageln	arbeiten
Schmuh	Profit, unredlicher Gewinn
Schocher, Schokelmei	Kaffee
Schweiger	betrügerischer Bettler
seffeln	scheißen
Sore	(Hehler-) Ware, Diebesgut, Beute
Stapeln, stappeln	Betteln
Stenz	Stock, Prügel, auch Zuhälter oder Penis

Tholman	Galgen
verjonen	verspielen
Wetterhahn	Hut
Windfang	Mantel
Wolkenschieber	bettelnder Handwerksbursche oder Kunde, der kein Handwerk versteht
Wunnenberg	hübsche Jungfrau

Die Zeichen am Ende der einzelnen Kapitel sind Gaunerzinken, wie sie auch von Ulrich und Johann verwendet wurden.

Bibliografische Hinweise zum Nach- oder Weiterlesen:

Zum Zeitgeschehen und / oder dem Dreißigjährigen Krieg:

Hans-Christian Huf: Mit Gottes Segen in die Hölle – Der Drei-ßigjährige Krieg, List Taschenbuch-Verlag, 2. Auflage 2006

Geschichte von Bitburg (verschiedene Autoren), 1965, heraus-gegeben von der Arbeitsgemeinschaft für Landesgeschichte und Volkskunde des Trierer Raumes in Verbindung mit der Stadt Bitburg, durch Dr. Richard Laufner

Dr. Peter Neu: Bitburger Persönlichkeiten, Herausgeber: Kul-turgemeinschaft Bitburg e.V., 2006

Herbert Rosendorfer: Der Prinz von Homburg – Biographie, Verlag Nymphenburger in der F.A. Herbig Verlagsbuchhand-lung GmbH, 2. erweiterte Auflage 1989

Holger Th. Gräf: Landgraf Friedrich II. – Der Prinz von Hom-burg, Sutton Verlag, Erfurt, 2007

Golo Mann: Wallenstein, S. Fischer Verlag, Frankfurt/Main (ohne Datum)

Johann Franzl: Ferdinand II. – Kaiser im Zwiespalt der Zeit, Verlag Styria, Graz, 1978

Herbert Rosendorfer: Deutsche Geschichte – Ein Versuch – Das Jahrhundert des Prinzen Eugen, Verlag Nymphenburger in der F.A. Herbig Verlagsbuchhandlung GmbH, 2006

Bernd Hamacher: Erläuterungen und Dokumente – Heinrich von Kleist – Prinz Friedrich von Homburg, Philipp Reclam jun. Verlag, Stuttgart 1999

Herbert Langer: Hortus Bellicus – Der dreißigjährige Krieg, Lizenzausgabe der Edition Leipzig, 1978, für die Buchgemeinschaft Donauland Kremayr & Scheriau, Wien

H. E. Hausner (Hrsg.): Zeit-Bild 1618-1648, Verlag Carl Ueberreuter, Wien, 1977

Manfred Barthel: Die Jesuiten – Giftmischer oder Heilige?, Casimir Katz Verlag, Gernsbach, 1991

Christopher Clark: Preußen – Aufstieg und Niedergang 1600-1947, Pantheon Verlag/Random House, München, 1. Auflage, Oktober 2008

GEO Epoche Nr. 29: Der Dreißigjährige Krieg, Gruner & Jahr AG & Co. KG, Hamburg, 2008

Hagen Schulze: Staat und Nation in der europäischen Geschichte, Verlag C.H. Beck, München, Sonderauflage 1999

Romane zum Thema:

Hans Jacob Christoph von Grimmelshausen: Der abenteuerliche Simplicissimus, Nikol Verlagsgesellschaft mbH & Co. KG, Sonderausgabe 2004

Erwähnenswert ist, dass dieser erste große deutsche Roman nun endlich auch in heutigem Deutsch, brillant übersetzt, erschienen ist:
Der abenteuerliche Simplicissimus Deutsch: Aus dem Deutschen des 17. Jahrhunderts und mit einem Nachwort von Reinhard Kaiser (Gebundene Ausgabe), von Hans Jakob Christoffel von Grimmelshausen, Eichborn Verlag, Frankfurt/Main, 2009

Ricarda Huch: Der dreißigjährige Krieg, zweiter Band, Insel Taschenbuch, 1912/1914, Nachdruck der Ausgabe von 1962, erste Auflage 1974, Insel Verlag, Frankfurt am Main

Wilhelm Raabe: Unseres Herrgotts Kanzlei, Stuttgart, 1864

Dörte Damm: Die Els und ich (Ein Jugendroman über den Dreißigjährigen Krieg), Ueberreuter Verlag, Wien, 2002

Zur Geschichte von Bier sowie Getränken und Ernährung im Allgemeinen:

Wolfgang D. Speckmann: Biere, die Geschichte machten, Verlag Archiv Hopfen & Malz, 2005

Dr. Karin Hackel-Stehr: Das Brauwesen in Bayern vom 14. bis 16. Jahrhundert, Herausgeber: Gesellschaft für Öffentlichkeitsarbeit der Deutschen Brauwirtschaft e.V., Bonn-Bad Godesberg, 1989

In englischer Sprache: Richard W. Unger: Beer in the Middle Ages and the Renaissance, Pennsylvania Press, Philadelphia, 2004

Die Jahrbücher der Gesellschaft für die Geschichte und Bibliographie des Brauwesens e.V., Berlin, insbesondere die Jahrbücher 1990, 2003, 2004 und 2006

Karl Gattinger: Bier und Landesherrschaft – Das Weißbiermonopol der Wittelsbacher unter Maximilian I. von Bayern, Karl M. Lipp Verlag, München, 2007

August Edelmann: Münchener Bier-Chronik, München, 1888 (Reprint von W. D. Speckmann)

Massimo Mantanari: Der Hunger und der Überfluss – Kulturgeschichte der Ernährung in Europa, C.H. Beck'sche Verlagsbuchhandlung, München, 1993

Wolfgang Schivelbusch: Das Paradies, der Geschmack und die Vernunft – Eine Geschichte der Genussmittel, Fischer Taschenbuch Verlag, Frankfurt/Main, 1990

Erich von Ehrenfels-Meiningen: Gambrinus – Ein fröhliches Bierbuch aus zwei Jahrtausenden, Carl Lange Verlag, Duisburg, 1953

Historische Fachbücher über Bier:

Heinrich Knaust: Fünff Bücher/ Von der Göttlichen und Edlenn Gabe der Philosophischen/ hochthewren und wunderbaren Kunst/ Bier zu brawen ... (Reprint der Ausgabe von 1614 von der Gesellschaft für die Geschichte und Bibliographie des Brauwesens e.V., Berlin, Oktober 1973).

Dr. R. Stierlin: Das Bier, seine Verfälschungen und die Mittel, solche nachzuweisen, Bern, 1878

Dr. A. Maurizio: Geschichte der gegorenen Getränke, Paul Parey Verlag Berlin, 1933 (Reprint)

A. F. Zimmermann: Ausführliches Lehrbuch der Bier-Brauerei, Berlin, 1852

Johann Albert Josef Seifert: Das Bamberger Bier, Bamberg 1818 (Reprint)

O. N.: Der vollkommene Bierbrauer, Oder kurzer Unterricht alle Arten Bier zu brauen, wie auch verdorbene Biere wieder gut zu machen, auch alle Arten von Kräuterbieren, Frankfurt und Leipzig, 1784 (Reprint)

G. W. L. Hopff: Das Bier in geschichtlicher, chemischer, medizinischer, chirurgischer und diätetischer Beziehung, mit Rücksicht auf seine Verfälschungen und deren Entdeckungen, Zweibrücken, 1846 (Reprint)

Johann Gottfried Hahn: Die Hausbierbrauerei, Oder vollständige praktische Anweisung zur Bereitung des Malzes und Hausbiers; nebst Beschreibung einer Braumaschine mittelst der man auf eine leichte Art ein Hausbier selbst brauen kann, Erfurt, 1804 (Reprint)

Internetquellen:

Die meisten Informationen zum Bierbrauen in Weferlingen und dem Ort im Allgemeinen stammen von: *http://www.flecken-werflingen.de*; dabei aus dem Heimatbuch von D. Heinrich Nebelsieck: ›Aus der Geschichte des ehemaligen Amtes Weferlingen‹

Allgemeine Informationen von: http://de.wikipedia.org/wiki/ Wikipedia:Hauptseite

Verzeichnis der Abbildungen:

(soweit nicht schon im Text erläutert)

Titelvignette Erster Teil: Kölner Brauherr und Braufrau, Kupferstich von 1612, Abgedruckt in: ›Prosit Colonia‹ von Franz Mathar, Greven Verlag, Köln, 1999. Das Original liegt im Historischen Archiv der Stadt Köln

Titelvignette Zweiter Teil: ›Söldner überfallen einen Bauernhof‹, Sittenbild aus dem Krieg von Sebastian Vrancx (1573-1647). Public Domain

Titelvignette Dritter Teil: Friedrich II. von Hessen-Homburg, Büste von Andreas Schlüter, gegossen von Johann Jacobi (Vestibül Schloss Bad Homburg), Bild: Wikipedia. Public Domain

Titelvignette Vierter Teil: ›A Brewhouse‹, Kupferstich von 1747, Public Domain

Das Bild vom Drehkreuz entstammt einem Brauerei-Lehrbuch aus dem 19. Jahrhundert. Copyrightfrei.

Weitere Romane finden Sie auf den
folgenden Seiten und im Internet:
www.gmeiner-verlag.de

Günther Thömmes
Der Papstkäufer
978-3-8392-1297-4

»Ein biografischer Historienroman, der die
Welt der Päpste zeigt und ein spannendes
Sittenbild der beginnenden Renaissance ver-
mittelt.«

Der Augsburger Kaufmann Johannes Zink ist selbst in der
korrupten Zeit zu Beginn der Renaissance eine ungewöhnliche Erscheinung. Als Faktor von Jakob Fugger in Rom
tut er alles, um seine Ziele und die der Fugger durchzu-
setzen. Fürsten, Bischöfe und Kardinäle stehen in seinem
Sold. Die Palette seiner Untaten ist vielfältig. Eines Tages
schießt Zink nicht nur mit der Bestechung des Papstes über
das Ziel hinaus …

Wir machen's spannend

Günther Thömmes
Das Erbe des Bierzauberers
978-3-89977-788-8

»Ein Streifzug durch die Geschichte der Bierbrauerei.«

Fünf weite Bierreisen durch das Heilige Römische Reich, vier ermordete Bierbrauer, drei mächtige Herzöge und zwei Habsburger-Kaiser liegen auf dem Weg zu einem Gesetz, das die Jahrhunderte überdauern sollte: das Reinheitsgebot für Bier.

Auf seiner Reise durch die wichtigsten Bierstädte des 15. Jahrhunderts ist der »Kaiserliche Bierkieser« Georg den Geheimnissen seiner Zeit auf der Spur: Was bedeutet Kaiser Friedrichs mystisches Rätsel AEIOU? Gab es bereits im Mittelalter bewusstseinserweiternde Drogen? Und wer hat die Brauer aus vier verschiedenen Städten ermordet?

Ein epochaler Mittelalter-Krimi um Habsburger, Wittelsbacher und das liebe Bier.

Wir machen's spannend

Günther Thömmes
Der Bierzauberer
978-3-89977-746-8

»Ein Genuss, nicht nur für Biertrinker!«

Ein altes, geheimnisvolles Buch, ein Brauer aus dem 13. Jahrhundert – und schon steht die Tür zum Kosmos des Mittelalters weit offen.

Niklas von Hahnfurt macht sich auf den steinigen Weg, der beste Bierbrauer seiner Zeit zu werden. Von seiner fränkischen Heimat gelangt er dabei über das Kloster Weihenstephan nach St. Gallen, der Hochburg mittelalterlicher Braukunst. Als dort mehrere Pilger mit vergiftetem Bier ermordet werden, gerät Niklas ins Visier des fanatischen Inquisitors Bernard von Dauerling. Es beginnt eine Jagd auf Leben und Tod. Niklas' Flucht führt ihn in die Bierstädte Regensburg, Bitburg und Köln, sogar bis nach Lübeck und London kommt der »Bierzauberer«. Doch am Ende ist ein letztes »Bierduell« mit seinem Todfeind unausweichlich …

Wir machen's spannend

Bernhard Wucherer
Der Peststurm
978-3-8392-1350-6

»Der schwarze Tod im Allgäu. Fesselnd bis zur letzten Seite!«

Staufen im Jahr 1635. Inmitten des Dreißigjährigen Krieges bricht die Pest aus. Aber nicht nur der schwarze Tod fordert Opfer. Zwischen dem Totengräber und der Familie des Staufener Kastellans, Ulrich Dreyling von Wagrain, ist noch eine alte Rechnung offen und der missgünstige Dorfschuster setzt alles daran, die jüdische Familie Bomberg aus ihrem Haus zu vertreiben und zu vernichten ...

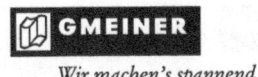

GMEINER

Wir machen's spannend

Unsere Lesermagazine
2 x jährlich das Neueste aus der Gmeiner-Bibliothek

Alle Lesermagazine erhalten Sie in Ihrer Buchhandlung oder unter www.gmeiner-verlag.de.

24 x 35 cm, 32 S., farbig; inkl. Büchermagazin »nicht nur« für Frauen

10 x 18 cm, 16 S., farbig

GmeinerNewsletter
Neues aus der Welt der Gmeiner-Romane

Haben Sie schon unsere GmeinerNewsletter abonniert?

Monatlich erhalten Sie per E-Mail aktuelle Informationen aus der Welt der Krimis, der historischen Romane und der Frauenromane: Buchtipps, Berichte über Autoren und ihre Arbeit, Veranstaltungshinweise, neue Literaturseiten im Internet und interessante Neuigkeiten.

Die Anmeldung zu den GmeinerNewslettern ist ganz einfach. Direkt auf der Homepage des Gmeiner-Verlags (www.gmeiner-verlag.de) finden Sie das entsprechende Anmeldeformular.

Ihre Meinung ist gefragt!
Mitmachen und gewinnen

Wir möchten Ihnen mit unseren Romanen immer beste Unterhaltung bieten. Sie können uns dabei unterstützen, indem Sie uns Ihre Meinung zu den Gmeiner-Romanen sagen! Senden Sie eine E-Mail an gewinnspiel@gmeiner-verlag.de und teilen Sie uns mit, welches Buch Sie gelesen haben und wie es Ihnen gefallen hat. Alle Einsendungen nehmen automatisch am großen Jahresgewinnspiel mit attraktiven Buchpreisen teil.

Wir machen's spannend